BASTEI
LÜBBE

WING COMMANDER IM TASCHENBUCH-PROGRAMM:

23 148 Band 1 Die Befreier
von Mercedes Lackey und Ellen Guon

23 152 Band 2 Der Hinterhalt
von William R. Forstchen und Christopher Stasheff

23 160 Band 3 Die Geheimflotte
von William R. Forstchen

23 189 Band 4 Das Herz des Tigers
von William R. Forstchen und Andrew Keith

23 218 Band 5 Wing Commander
Das Buch zum Film von Peter Telep

PETER TELEP

WING COMMANDER

Der Roman zum Film

Ins Deutsche übertragen
von Jürgen Heinzerling

BASTEI LÜBBE

BASTEI LÜBBE TASCHENBUCH
Band 23 218

Erste Auflage: November 1999

Originaltitel: Wing Commander
Lektorat: Martina Sahler / Stefan Bauer
Titelbild: David Martin / Agentur Schlück
Umschlaggestaltung: QuadroGrafik, Bensberg
Satz: KCS GmbH, Buchholz / Hamburg
Druck und Verarbeitung:
Brodard & Taupin, La Flèche, Frankreich
Printed in France
ISBN 3-404-23218-6

Sie finden uns im Internet unter
http://www.luebbe.de

Der Preis dieses Bandes versteht sich einschließlich der gesetzlichen Mehrwertsteuer

PROLOG

Flotten-Hauptquartier Wega-Sektor Pegasus, Asteroidenwelt der terranischen Föderation 15. März 2654, 0900 Uhr Zulu-Zeit 700 Lichtjahre von der Erde

Der neunzehnjährige Radaroffizier Thomas Sherryl saß gedankenverloren an seinem Kontrollpult in der NAV-COM-Zentrale der Pegasus-Station. Er starrte auf das Viewport, auf dem die roten und blauen Lichtwirbel des Charybdis-Quasars zu sehen waren. Hinter dem imposanten Lichtstrudel befand sich das dunkle Herz des Quasars; ein Schwarzes Loch, das sich vor ihm wie das Maul eines unfaßbar großen Raubtieres öffnete. Thomas versuchte sich vorzustellen, daß es irgendwo weit dahinter eine blaue Kugel gab, die von einer weiß schimmernden Lufthülle bedeckt war.

Die Erde. Seine Heimatwelt. So nahe. So weit entfernt.

Thomas Sherryl träumte von grünen Pflanzen. Vom frischen Duft eines warmen Sommerwindes. Von schaumgekrönten Wellen, die auf sanft gegen seine Brust platschten. Von Grillfeten am Strand. Von bunten Bikinis. Er saß nicht mehr hier auf seinem Stuhl, umhüllt von Tausenden Tonnen Durastahl und eisglattem Felsgestein. Er spürte nicht mehr, wie die gigantischen Ionen-Triebwerke die gesamte Navy-Basis in tieffrequente, kaum hörbare Schwingungen versetzten, während sie den ausgehöhlten Asteroiden tiefer in den Korridor hineintrieben. Er vergaß seine Aufgabe, die darin bestand, die Instrumente zu beobachten, die den gesamten Sektor auch ohne ihn verdammt gut überwacht hätten. Thomas Sherryl hatte keine Probleme mehr. *Tschüs, ihr Kommandotürme, Feuerleitstände und Antennen. Tschüß, ihr Regierungsschiffe der Föderation. Ich muß nicht länger auf diesem öden Felsen rumhängen. Ich verzieh' mich.*

»Hey, Tom? Kannst du kurz für mich einspringen? Muß mal pinkeln!«

Thomas blickte mürrisch hoch. Es war Rick Adunda, der andere Radaroffizier, der ihn aus seinen Träumen gerissen hatte. Rick stellte seinen halbgeleerten Kaffeebecher auf eine Konsole und verschwand aus dem Raum, bevor Thomas etwas sagen konnte.

Er seufzte so laut, daß einige der anderen Radarbeobachter sich zu ihm umdrehten, um ihn mißbilligend anzusehen. Thomas setzte sich vor Ricks Pult und warf einen gelangweilten Blick auf das Videobild des Tiefenscanners. *Schwarz, sonst nichts.* Sein Blick wechselte zum Bild des Nahbereichsscanners, auf dem es keineswegs anders aussah.

»Ich liebe meinen Job«, knurrte er.

Seine Stimme war noch nicht ganz verklungen, als das eintönige Schwarz des Bildschirms schlagartig von zahllosen, blutrot glitzernden *Blips* durchbrochen wurde.

Thomas drehte sich zu den anderen um. Hatte einer von ihnen einen Virus in das System eingeschleust, um ihm einen Streich zu spielen? Er beobachtete seine Kameraden. Keiner grinste, keiner sah ihn hämisch an. Plötzlich spürte er unter seinen Füßen ein anschwellendes Vibrieren, das in seinen Beinen hochwanderte, bis es sein Rückgrat erreichte.

Er sah, wie Ricks Kaffeebecher heftig zu wackeln begann. Ein Schatten huschte über das Viewport, gefolgt von einem zweiten, einem dritten …

Die dumpfen Geräusche stark gedämpfter Explosionen drangen in den Kontrollraum.

Jakoby, der diensthabende Sicherheitsoffizier, lief zum Viewport. »Kilrathi-Jäger!« rief er überflüssigerweise.

Im nächsten Moment dröhnten die Sirenen los. Die Deckenlampen des Kontrollraums schalteten auf Rotlicht um. Hinter Thomas gaben eine Reihe von Monitoren brummend und zischend ihren Geist auf. Stinkender, ätzender Rauch zog durch den Raum. Thomas' Blick glitt über die Monitore der Außenkameras.

Er sah, wie sich ein gutes Dutzend Parabolantennen unter dem gnadenlosen Beschuß der Partikelkanonen und Mesonenwerfer in gleißende Feuerbälle verwandelten.

Fast dreißig klauenförmige Dralthi-Jagdbomber rasten mit höchster Beschleunigung über den Dockbereich und bombardierten die hilflos in ihren Landebuchten verankerten Zerstörer und Kreuzer der Föderation. Während die Maschinen der angegriffenen Schiffe warmliefen, wurden sie bereits von den hitzesuchenden Zielcomputern der Raketen erfaßt, die in rascher Folge von den Jägern ausgestoßen wurden. Die Kreuzer und Zerstörer versuchten die Geschosse mit Tachyonensalven abzuwehren. Trotzdem durchkreuzten etliche der Projektile das Sperrfeuer und detonierten auf den Energieschirmen, die dadurch zunehmend geschwächt wurden. Die nächste Raketensalve würde bereits auf blanken Panzerstahl treffen, auf Fleisch, auf Knochen …

Wie mächtige Paukenschläge hämmerten nun die schweren Abwehrbatterien los. Aus den ständig auf neue Ziele umschwenkenden Mündungen zuckten dicke Blitze.

Thomas' Hand verkrampfte sich um die Armstütze seines Stuhls, während er fasziniert zusah, wie der Horror seinen unvermeidlichen Lauf nahm. Wie wütende Hornissen tauchten die Jagdbomber über der Oberfläche des Asteroiden ab, entledigten sich ihrer tödlichen

Last und zogen direkt im steilen Winkel wieder hoch, um dem Trümmerhagel der Explosionen zu entkommen. Wenn einer der Dralthijäger zerstört wurde, tauchte in seinen auseinanderfliegenden Überresten sofort ein neues Schiff auf.

Der Besatzung des schweren Kreuzers *Iowa* gelang es, ein halbes Dutzend Abfangjäger vom Typ F-44 Rapier startklar zu machen. Doch während die stumpfnasigen Jäger den Hangar verließen, wurden sie systematisch von den Kilrathi-Jagdbombern mit Mesonensalven und Raketen bombardiert. Wenn der von ihnen entfachte infernalische Feuerwall sich ein wenig lichtete, waren nur noch umherschwirrende Trümmer auszumachen.

»Wir sind am Ende«, hörte Thomas einen der Navigatoren sagen. In der Stimme des Mannes lag ein seltsamer Ton der Verwunderung.

Rick Adunda drängte Thomas von seinen Stuhl. »Verschwinde, mach schon!« In Ricks Gesicht stand nackter Horror.

Schaudernd begab sich Thomas zu seinem eigenen Pult, während Rick das Comlink aktivierte, um die einlaufenden Sprechverbindungen abzuhören.

»Verdammt noch mal! Kappt endlich die Magnetanker! Wir müssen hier weg!« schrie die Kommandantin eines Föderationsschiffes. Ihre Stimme klang rauh und verzweifelt.

»Die Ankersysteme sind … äh … beschädigt!« antwortete ein Rekrut nervös. »Initialisierung kann … ist nicht durchführbar!«

Die Verbindung wurde von der Stimme eines Kampfpiloten unterbrochen. »Allmächtiger! Die sind wirklich überall! Rückzug, Leute. Sofortiger Rückzug zum Sammelpunkt am Südpol! Weg hier!«

»Befehl zurücknehmen!« schrie die Kommandantin des Föderationsschiffes. »Wir brauchen Unterstützung,

Lieutenant. Sie können uns doch verdammt noch mal nicht hier hängenlassen!«

»Vergessen Sie's, Commander. Es sind ... wir können dem nichts entgegensetzen!« antwortete der Pilot lahm. »Tapferkeit ist eine Sache, aber das hier wäre reine Idiotie!«

»Dafür werden ich Sie zur Verantwortung ziehen!«

»Glaube kaum, daß ich das erleben werde ...«

»Mayday! Mayday! Hier spricht Matrose Eric Popkin, Wachturm 3. Wir können sie nicht mehr zurückhalten. Batterien sind funktionsunfähig. Sie brechen durch! Moment. Was zur Hölle ... O Gott, O GOTT! AHHH ...«

»Popkin? Machen Sie Meldung! Popkin – sind Sie noch da?«

»... und erlöse uns von dem Übel, denn Dein ist das Reich und die Kraft ...«

»Du willst dich mit mir anlegen? Ernsthaft? Bürschchen, dir reiße ich den Arsch ...«

Jemand verpaßte Thomas einen heftigen Stoß. Er drehte sich um. Rick starrte ihn an. »Was machst du da?«

»Ich ...äh ... keine Ahnung. Ich meine, was soll ...«

»Meldung machen sollst du!« brüllte Rick entnervt.

Thomas schluckte und betrachtete sein Display. »Ich zähle hier eins-neun-null *Bogies* auf direktem Kurs. Vektor 3-7-4, Angriffsformation.«

»Schutzschirme zeigen keine Reaktion«, verkündete Sicherheitsoffizier Jakoby.

Auf dem Viewport wurde das monotone Schwarz des Weltraums von einem gleißendhellen Lichtkegel überdeckt. Ein unglaublicher Donnerschlag erschütterte die gesamte Station. Eine Fusionsbombe, daran bestand kein Zweifel.

»Scheiße, was war ...« fluchte Rick, während er seinen Arm hochriß, um sein Gesicht vor dem Funkenregen zu schützen, den sein qualmendes Pult produzierte.

»Das darf doch nicht wahr sein«, entfuhr es Ordonnanzoffizier Scott Osborne, während das grelle Licht dort draußen langsam verlosch. »Das war die *Iowa!*« sagte er zu Thomas. Sein Gesicht war totenbleich.

»Bestätigt«, meldete Funkoffizier Rene Gemma. »Die *Iowa* ist zerstört. Und die *Kobi.*«

Thomas vernahm die Geräusche eiliger Schritte. Er starrte auf die Türen des Lifts, während Admiral Bill Wilson in den Kontrollraum stürmte, einen Marineinfanteristen in voller Kampfmontur im Schlepptau. In den blankpolierten Metallknöpfen seiner Uniform spiegelte sich das Deckenlicht. Der Admiral wischte sich den Schweiß von der Glatze. Während sein Blick durch den Raum schweifte, wirkte sein Gesicht noch hagerer als gewöhnlich.

Rick stand direkt links neben Thomas vor einem Pult. Er deutete mit dem Kinn auf Wilson und murmelte: »Wird ja auch langsam Zeit.«

Wilson sah sie scharf an. »Lagebericht?«

Thomas zuckte zusammen und betrachtete sein Display. »Vier Kilrathi-Großraumer im Anflug, Admiral. Mit aktivierten Waffensystemen.«

Mit verzerrtem Gesicht fragte Wilson: »Wie sind sie an unseren Patrouillen vorbeigekommen?«

»Wir haben den Kontakt mit unseren Patrouillen vor einigen Minuten vorübergehend verloren«, antwortete Funkoffizier Gemma. »Ich bin davon ausgegangen, daß es sich um eine durch den Quasar verursachte Störung handelte. Aber wie es aussieht, haben sie die Wachschiffe ausgeschaltet und uns mit gefälschten Funkmeldungen hereingelegt.«

Bevor Wilson reagieren konnte, legte sich ein dröhnendes Alarmsignal über den ohnehin kaum zu ertragenden Lärmteppich.

Sicherheitsoffizier Jakoby lief zu seinem Terminal. Hektisch berührte er einige Schaltflächen und verzog das

Gesicht. »Sie sind durchgebrochen. Ebenen 7, 11 und 13. Kilrathi-Marineinfanteristen.«

Wilson ging eilig zu Jakoby, um die Überwachungsmonitore zu beobachten. Thomas stellte sich auf die Zehenspitzen, um über die Schulter des Generals blicken zu können. Plumpe, in kupferfarbene Kampfmonturen gekleidete Gestalten durchquerten die düsteren Korridore der Station und warfen lange, monströse Schatten. Ihre Gesichter wurden größtenteils von Atemschläuchen verdeckt, die sich wie Schlangen vom unförmigen Kopf bis in den gewaltigen Brustkorb wanden. Zielstrebig und unaufhaltsam schritten sie voran und zogen dabei lange Gasfahnen hinter sich her.

Zwei Sicherheitsoffiziere der Föderation eröffneten nun das Feuer auf die Angreifer, die sich jedoch von dem Nahbeschuß unbeeindruckt zeigten und nun auf die beiden Frauen losstürmten. Thomas schloß die Augen, als sie anfingen zu schreien. Das letzte, was er von ihnen hörte, war ein grausiges Gurgeln.

»Sie marschieren direkt auf das Kontroll- und Kommandozentrum zu«, stellte Jakoby fest.

Thomas war zwar nur ein einfacher Radaroffizier, aber er wußte genau, was die Aliens vorhatten. Er betrachtete die große Wand aus Synthoglas am anderen Ende des Kontrollraums, hinter der sich ein riesiger Computer befand, ein Mainframesystem, welches das Herz und Hirn der Raumstation Pegasus darstellte. Und mitten in diesem System verbarg sich ein extrem wertvoller schwarzer Kasten, auf dessen Seite die Buchstaben NAVCOM eingraviert waren.

Wilson biß die Zähne zusammen und setzte sich in Bewegung. Er lief direkt auf die Glaswand zu. »Los, wir müssen die NAVCOM-KI zerstören! Sofort!« befahl er dem Chefnavigator Benjamin Ferrago.

Ferrago gab hektisch etwas in sein Notepad ein, bevor

er mit der Faust die Glasabdeckung vor dem roten Hebel zertrümmerte. Mit grimmiger Miene drückte er den Hebel nach unten, um an den Kasten heranzukommen. Doch es passierte nichts.

Absolut nichts.

Er betätigt den Hebel ein zweites Mal. Sein Blick wurde glasig.

Nichts.

»Was ist los, mein Junge?« wollte Wilson wissen.

Ferrago schüttelte den Kopf. »Die Zugangscodes wurden überschrieben.«

Wilson wirbelte herum und entriß dem Marineinfanteristen das Gewehr. Er betätigte den Ladehebel und richtete die Waffe auf den NAVCOM. Thomas kniff gequält die Augen zusammen, als die Uranprojektile am Synthoglas abprallten und als Querschläger durch den Raum pfiffen. Wilson feuerte, bis das Magazin leer war. Mit einem Wutschrei packte er die Waffe am Lauf und rammte den Kolben gegen das Glas, worauf die Waffe am Schaft zerbrach.

»Geht mal beiseite«, rief Jakoby, während er den Sicherheitsbolzen einer Sprenggranate zog, die nur so groß war wie ein Kugelschreiber.

Thomas verzog sich hinter sein Pult und hielt sich die Ohren zu. Die Granate detonierte mit einem unglaublichen Knall. Er blieb noch einen Moment in Deckung und holte tief Luft.

»Hat's geklappt?« fragte irgendwer.

Jemand fluchte.

Thomas hob vorsichtig den Kopf über den Rand des Pultes, um etwas erkennen zu können.

Von draußen ertönte eine zweite Detonation. Die verstärkten Stahltüren des Lifts bogen sich ächzend nach innen durch, als die Kilrathi Salve um Salve aus ihren Sturmgewehren darauf abfeuerten.

»Hier!« Rick drückte Thomas eine Pistole in die Hand.

Er zwinkerte ihm zu. »*Arakh*-Spezialgeschosse. Kilrathi-Killer. Wir Terraner sollten zusammenhalten.«

»Wo hast du die her? Wir kriegen mächtigen Ärger …«

»Ärger? Willst du mich verarschen?« Rick entsicherte seine Waffe. »Gehen wir!«

Thomas zog seinen Kopf ein und lief hinter Rick an den Radar- und Navigationsplätzen vorbei auf eine Nische direkt gegenüber dem Lift zu. Dort verschanzten sie sich und beobachteten, wie sich die Türen erhitzten und zunehmend nachgaben.

Admiral Wilson sah Funkoffizier Gemma sehr besorgt an. »Bereiten Sie eine Drohne vor. Ich brauche einen kodierten Kanal.«

Für einen Moment wirkte Gemma etwas ratlos, doch dann drückte sie die entsprechenden Tasten und nickte dem Admiral zu.

Wilson hob den Kopf, als die Kamera über Gemmas Arbeitsplatz auf ihn zuschwenkte. »Hier spricht Admiral Bill Wilson, Kommandant der Station Pegasus. Vier Kilrathi-Schiffe nähern sich uns. Der Feind ist in die Station eingedrungen. Sie versuchen, an den NAVCOM heranzukommen. Wiederhole, Feind konnte in die Station eindringen. Sie wollen …«

In diesem Augenblick wurden die Türen des Lifts aus den Leitschienen gerissen und krachten donnernd auf den Boden. Eine Wolke stinkenden Qualms zog durch den Raum. Und hinter dem Qualm konnte Thomas die schreckenerregende Silhouette eines Kilrathi erkennen, der sich zu Boden warf und seine Waffe aktivierte.

Rick und einige der anderen feuerten mehrere Salven auf das Durcheinander hinter der Qualmwolke ab. Thomas sah, wie hinter dem ersten Kilrathi weitere auftauchten, und verzog sich augenblicklich wieder in die Deckung der Nische.

»Drohne aktiviert!« rief Gemma.

Thomas warf einen Blick durch das Viewport. Die winzige Drohne entfernte sich von der havarierten Raumstation mit Kurs auf den Flottenträger *Concordia*, der etwa zwölf Flugstunden entfernt und somit das nächstliegende Schiff war. Sie zog an einem Geleitzug von Kilrathi-Schiffen vorbei, der aus einem Panzerkreuzer, zwei Zerstörern und etlichen vorausfliegenden Transport- und Begleitschiffen bestand, die einen riesigen Kreuzer der Snakair-Klasse eskortierten.

Thomas hörte einen scharfen Knall und sah, wie Rick an der Wand herunterrutschte. Mitten in seiner Brust befand sich ein großes, schwarzes Loch.

Thomas wollte ihm helfen, aber statt dessen stand er nur zitternd da. Er hörte schwere, dumpfe Schritte. Sie kamen näher. Mechanisch rasselnde Atemgeräusche. *O Gott! Was ist das für ein Gestank?*

Da beugte sich der Kilrathi-Soldat schon über ihn. Das geblankpolierte Metall war von den Explosionen geschwärzt. Die hellgelben Augen starrten ihn feindselig an. Der Kilrathi schien den Anblick auf eine bedrohliche Art zu genießen.

Schieß doch! schrie eine Stimme in Thomas' Kopf.

Er hob seine Pistole, aber der Kilrathi riß sie ihm ohne jede Anstrengung aus der Hand und grunzte ungehalten, bevor er Thomas einen Tritt in die Seite verpaßte, so daß dieser auf seinem Rücken zu liegen kam. Der Soldat setzte ihm einen Stiefel auf die Brust. Thomas schnappte nach Luft. Er hörte, wie eine seiner Rippen knirschend brach.

In diesen letzten Sekunden verließ Thomas die Station Pegasus und kehrte über das Sprungtor Charybdis nach Hause zurück, wo die Palmen sich vor dem Küstenwind verneigen, wo die Wellen tagein, tagaus den Strand benetzen, wo er unter einem Dach aus Palmblättern die Lippen eines dunkeläugigen Mädchens küßte, bis die endlose Nacht über ihm hereinbrach.

KAPITEL 1

Schlachtformation *Concordia*
15. März 2654, 2100 Uhr Zulu-Zeit
Position: 42 Stunden von der Erde

Das Flaggschiff der 14. Flotte der Föderation, der Flottenträger *Concordia,* wurde in einer geradezu klassischen Schlachtformation von fünf Kreuzern, fünf Zerstörern – darunter die imposante TCS *Beowulf* – und zehn Versorgungsschiffen begleitet. Majestätisch durchpflügte die *Concordia* den Raum; neunhundertvierundachtzig Meter lang und beeindruckende dreiundsiebzigtausend Tonnen schwer. Durch ihre spezielle Ausrüstung verfügte sie über die Feuerkraft eines Panzerkreuzers, der einem Kreuzer oder Zerstörer der Kilrathi durchaus Paroli bieten konnte. Drei schwere Flakbatterien dienten der Abwehr leichter Jagdflieger, während die acht Antimateriekanonen die Korvetten, schwere Kampfflieger und Jagdbomber der Kilrathi im Zaum hielten. Die vorderen und hinteren Energieschirme waren für eine ganze Reihe von Kilrathi-Waffensystemen ausgelegt, und dasselbe traf auf die 500 Zentimeter starke Metallpanzerung zu. Die Piloten ihrer 120 Maschinen umfassenden Abwehrstaffel gehörten zu den höchstdekorierten und erfahrensten Offizieren der Navy.

Admiral Geoffrey Tolwyn vermutete, daß schon der reine Anblick der *Concordia* das Blut der Aliens gefrieren ließ.

Was durchaus beabsichtigt war.

Zwölf Abfangjäger kehrten gerade vom Patrouillenflug zurück – Wachablösung. Tolwyn löste seinen Blick vom Außenmonitor, um seine ergrauten Koteletten glattzustreichen und sich am Nacken zu kratzen. Er liebte den Duft seines neuen Parfüms, ein Geschenk seines Neffen Kevin. Leider verursachte das verfluchte Zeug einen unerträglichen Juckreiz, sobald er seine Uniform trug. Er vermutete, daß das Parfüm mit dem Stoff der Uniform eine unheilvolle chemische Reaktion einging. Auf dem Etikett der Parfümflasche fehlte ein entsprechender Hinweis des Herstellers, was den Zorn des Admirals ins Unermeßliche steigerte. Er fluchte, rückte seinen Uniformkragen zurecht und durchquerte die fabrikneue Kommandobrücke des Schiffes.

Gerade trat Commodore Richard Bellegarde aus dem Lift. Untersetzt, mit ordentlich kurzgeschnittenem, dunklem Haar, ein guter, erfahrener Offizier. Was nichts daran änderte, daß Bellegarde ein schlechter Lügner war. Er schien davon auszugehen, daß die anderen von seiner Alkoholsucht und seinen außerehelichen Affären nichts ahnten. Beide Laster gehörten zu einer Midlife-crisis, die ihn voll und ganz zu ruinieren drohte. Tolwyn fand es alles andere als angenehm, dabei zuzusehen, wie das Leben eines Mannes allmählich in seine Bestandteile zerfiel. Trotzdem verzichtete er darauf, Bellegarde zur Rede zu stellen. Jedenfalls fürs erste.

»Haben wir es, Commodore?« fragte Tolwyn.

Bellegarde nickte nachdrücklich. »Wurde soeben entschlüsselt.« Er ging mit schnellen Schritten auf den Videomonitor im Bereich des Kommandosessels zu. Tolwyn folgte ihm.

Der Bildschirm zeigte eine verwackelte Aufnahme von Admiral Bill Wilson. In seinen Augen stand ein flehender Blick. »Die NAVCOM-Codes wurden überschrieben. Wir können ihn nicht abschalten, können ihn nicht zerstören. Die Selbstzerstörungsprogramme wurde eingefroren, die Paßwörter geändert. Jesus, es tut mir leid, Geoff. Tut mir verdammt leid.« Hinter Wilson fegten

Laserschüsse durch den Kontrollraum, ab und zu war auch der Lichtblitz einer Explosionen zu sehen. Dann endete die Verbindung schlagartig in einem monotonen Rauschen.

Tolwyn hätte nur zu gerne mit der Faust auf die Lehne seines Sessels geschlagen, um seine Frustration abzureagieren. Doch er hatte gelernt, solche Gefühle in Zaum zu halten, sie sogar konstruktiv einzusetzen, statt sich von ihnen übermannen zu lassen. Er ermahnte sich zur Ruhe und konzentrierte sich auf seinen Atem, um seine Gedanken zu reinigen und seine Gefühle umzuleiten.

Bellegarde reagierte ganz anders – er wanderte nervös durch den Raum, murmelte unverständliches Zeug und massierte dabei seinen Unterkiefer. Wenn seine Gedanken sichtbar gewesen wären, hätten sie seinen Kopf wie Saturnringe umkreist. Jetzt ruckte er auf dem Absatz herum und sah Tolwyn mit dem Blick eines Irren an. Er lachte verbittert. »Ich habe mir nur einige Möglichkeiten durch den Kopf gehen lassen, wie ich an Wilsons Stelle vorgegangen wäre. Aber er ... man darf gar nicht darüber nachdenken ... ausgerechnet der Pegasus-NAVCOM! Gnade uns Gott, wenn er wirklich in ihre Hände geraten ist!«

»Immer mit der Ruhe, Richard«, erwiderte Tolwyn mit kühler Gelassenheit. »Gehen wir einmal davon aus, daß sie ihn jetzt haben. Also, was sollten wir Ihrer Meinung nach unternehmen? Nur zu, Commodore!«

Bellegarde zog die Luft ein. »Sie verfolgen!«

»Richtig. Und ich bin sicher, daß die Kilrathi dasselbe denken.« Tolwyn drehte sich um und ließ seinen Blick über die Brücke wandern. »Geben Sie mir die Sektoren Wega und Sol auf den Bildschirm.«

Das Deckenlicht wurde abgedunkelt, um eine holographische Ansicht der beiden Sektoren zu projizieren, die neben den Hauptsonnen auch Dutzende anderer

Sterne zeigte. Die Planeten rotierten in Echtzeit um ihre Sonnen. Blau leuchtende Punkte zeigten die Position von Schiffen der Föderation an, während die Flottenträger, Kreuzer und Zerstörer der Kilrathi durch rote Punkte dargestellt wurden. Auf Tolwyn wirkten sie wie die Blutspritzer eines brutalen Gemetzels. Dic lctzte bekannte Position der Station Pegasus wurde durch einen kleinen blauen Fleck im Zentrum des Mahlstroms dargestellt. Dahinter repräsentierten einige dünne, weiße Linien den Odysseus-Korridor, der in den Quasar Charybdis mündete. Hinter dem Quasar deuteten viele hundert gelbe Linien die bekannten Reiserouten durch die Raumzeit an. Eine gelbe Linie, die weitaus dicker war als die anderen, führte direkt ins Solsystem. Zur Erde.

Tolwyn spazierte direkt in das Projektionsfeld hinein, bis er von Sonnen und Planeten umgeben war. Während er langsam auf die Projektion des Solsystems zuging, vergrößerte sich die Darstellung der Erde, bis der Planet in allen Details zu sehen war. An der Küste Floridas wütete ein Hurrikan. Kalifornien lag unter einer dichten Wolkendecke verborgen, unter der offenbar ein schweres Gewitter tobte. Tolwyn sah Bellegarde aus dem Augenwinkel an. »Die genaue Position der Flotte?«

Der Commodore trat näher an das Hologramm heran und deutete auf die blauen Punkte. »Sie wurde über diesen Sektor verteilt.« Er lief eilig zum Kommandostand und tippte die Koordinaten ein. Dann blickte er wieder auf und schüttelte den Kopf. »Unsere ersten Schiffe könnten Sol frühestens in zweiundvierzig Stunden erreichen – aber nur mit viel Glück und wenn sie einige Risiken bei den Sprüngen in Kauf nehmen, Sir. Innerhalb des gegebenen Zeitrahmens müßten wir sämtliche Sprungrekorde brechen.«

»Da die Kilrathi den NAVCOM haben, können sie die Erde in vierzig Stunden erreichen, wenn sie den Weg durch den Quasar nehmen.« Tolwyn verzog den Mund in bitterer Ironie. »Zwei verdammte Stunden, die den Ausgang dieses Krieges entscheidend beeinflussen könnten.«

»Das stimmt nicht ganz, Sir.«

»Was?« Tolwyn runzelte die Stirn.

»Selbst wenn wir die Erde verlieren, hätten wir immer noch die Flotte und die Unterstützung der gesamten Föderation.«

Tolwyn trat aus der Projektion heraus und starrte den Commodore an. »Wofür kämpfen Sie eigentlich, Richard? Die Erde scheint Ihnen ja ziemlich gleichgültig zu sein?«

»Bitte um Erlaubnis ...«

»Erlaubnis erteilt.«

»Tut mir leid, Sir, aber die Erde ist nun einmal nicht meine Heimat. Ich bin mir ihres strategischen Wertes durchaus bewußt, aber im Gegensatz zu Ihnen habe ich keine familiären Bindungen in die terranische Industrie oder Regierung.«

»Trotzdem ist es die Welt Ihrer Vorfahren. Denken Sie mal an Schottland, an Glasgow. Man merkt Ihnen den Akzent immer noch an. Sie können Ihre Abstammung nicht verleugnen.«

»Manchmal wünschte ich, daß ich es könnte.«

Tolwyn wandte sich von ihm ab. Sein Blick wurde für einen Augenblick leer, doch dann sah er Bellegarde wieder selbstbewußt an. Seine Stimme klang hart und herausfordernd. »Übermitteln Sie unseren Kurs an alle erreichbaren Schiffe. Wir fliegen zur Erde, mit allem, was die Triebwerke hergeben.«

»Kursdaten an alle Schiffe übermitteln. Volle Kraft Richtung Erde. Aye-aye, Sir!« parierte der Commodore angespannt. Er drehte sich auf dem Absatz zu seinem Statusmonitor um.

»Richard, ich schlage vor, daß wir unsere politischen

Differenzen einstweilen ruhen lassen. Ich denke, daß sich später eine Gelegenheit ergeben wird, diese Angelegenheit auszudiskutieren.«

Bellegarde wandte Tolwyn weiter den Rücken zu. »Ja, Sir!«

Tolwyn starrte noch einmal das Hologramm an. Sein Blick wanderte vom Wega-Sektor über McAuliffe und Trimble zu Bairds Stern. »Gut. Ich muß unbedingt wissen, was die Kilrathi vorhaben. Ich brauche Augen und Ohren, Schnüffler und Lauschposten. Haben wir noch Schiffe im Wega-Sektor?«

»Abfrage erfolgt, Sir!« Die Finger des Commodore huschten lautlos über die Tastatur.

Tolwyn dachte mißmutig darüber nach, daß bei all dem Pech, das sie bislang gehabt hatten, kaum mit einer positiven Antwort zu rechnen war. In diesem Fall mußte er sich einen neuen Plan überlegen, wie er einige Beobachtungsschiffe in der Nähe der Kilrathi-Flotte plazieren konnte.

»Wir haben eine Reihe von Trägerschiffen im Wega-Sektor, Sir«, kam endlich Bellegardes Antwort. »Die *Tiger Claw* liegt am nächsten an den letzten bekannten Koordinaten von Pegasus. Wir können momentan aber keine Verbindung zu ihr aufnehmen, da sie sich gerade im Enyo-System aufhält. Eine Drohne dürfte etwa zwei Tage benötigen, um sie zu erreichen.«

Tolwyn beobachtete den blauen Punkt, der sich nun zu einer Darstellung der *Tiger Claw* vergrößerte, ein Flottenträger der Bengal-Klasse – siebenhundert Meter geballte Feuerkraft im Dienste der Föderation. *Verdammt!* Wenn man sie doch nur erreichen könnte! Wieder verzog er verbittert den Mund.

Plötzlich entdeckte er auf der Projektion einen winzigen blauen Punkt. Was für einen Typ Schiff er auch repräsentieren mochte, er befand sich immerhin im Sol-Sektor. Falls man dieses Schiff per Funk erreichen konnte, konnte es die relativ überschaubare Distanz zur *Tiger Claw* vielleicht in vertretbarer Zeit überwinden. Er deutete auf den Punkt. »Was ist das?«

Bellegarde betrachtete das Hologramm und bearbeitete wieder seine Tastatur. »Ein Handelsschiff, Sir. Die *Diligent.*«

»Die *Diligent?*« Tolwyns Augen verengten sich, als sich der blaue Punkt in die Darstellung eines ziemlich plumpen, nach rein funktionalen Gesichtspunkten designten Raumschiffs verwandelte. Aber hier ging es schließlich nicht um ästhetische Fragen, sondern um strategische.

»Kapitän ist ein James Taggart«, erklärte Bellegarde.

Mit einem Schlag vergaß Tolwyn die Bedeutung der Wörter »Pech« und »möglicherweise«. Er wollte schon seit langem wissen, wo Taggart eigentlich steckte. Nun hatte ihm das Schicksal sozusagen die gesuchten Koordinaten ins Ohr geflüstert. »Können Sie ihr Logbuch abfragen?«

»Bereits erfolgt, Sir. Sie hat direkten Kurs auf die *Tiger Claw.* An Bord befinden sich zwei Reservepiloten: First Lieutenant Todd Marshall und Christopher Blair.«

Blair. Auch diesen Namen kannte er schon seit langem. In ihrem Kreuzzug gegen die Menschheit hatten die Kilrathi unbeabsichtigt dafür gesorgt, daß Admiral Geoffrey Tolwyn mit zwei Gestalten aus seiner Vergangenheit konfrontiert wurde, die ihm nur zu gut bekannt waren. Die Zukunft war vielleicht alles andere als rosig, aber über Langeweile konnte er sich nicht beklagen. Er starrte die geisterhafte Projektion des Handelsschiffes an und meinte: »Verbinden Sie mich über einen kodierten Kanal mit der *Diligent.* Ich möchte mit ihrem Kapitän sprechen ...«

»Zu Befehl, Sir!«

»... und natürlich auch mit diesem First Lieutenant Blair!«

KAPITEL 2

Freies Handelsschiff *Diligent*
15. März 2654, 2130 Uhr Zulu-Zeit
Sol-System
Kurs auf *TCS Tiger Claw*,
Wega-Sektor

First Lieutenant Christopher Blair hatte erst vor einem Monat die terranische Marineakademie auf Hilthros absolviert. Wie viele ehrgeizige, junge Piloten träumte er davon, als Jagdpilot auf einem der großen Flottenträger wie der *Concordia* oder einem Kreuzer wie der *Waterloo* zu dienen. Er war neidisch und wütend auf einige Kameraden seines Jahrgangs, die tatsächlich direkt nach dem Examen auf eines dieser legendären Schiffe versetzt worden waren. Einen ganzen Monat lang hatte er gehofft, ebenfalls eine solche Stelle antreten zu dürfen. Rund dreißig Stunden lang hatte er auf dem Zerstörer *Gilgamesh* gedient, bis man ihn zur Akademie zurückbeorderte. Der Kommandant hatte ihm aufgetragen, Einführungsvorträge für frischgebackene Rekruten zu halten. Blair gelangte jedoch bald zu der Ansicht, daß seine Schüler während seiner Vorlesungen davon träumten, in schnittigen Starfightern durch das Weltall zu gurken. Das Interesse an seinen Weisheiten war entsprechend gering, was Blair ihnen nicht einmal übelnehmen konnte. Schließlich hatte er sich nicht anders verhalten, als er gerade der Akademie beigetreten war.

Christopher Blair brauchte ein neues Zuhause. Und wie es aussah, teilten seine Vorgesetzten diese Ansicht, da sie ihn auf die *TCS Tiger Claw* versetzt hatten, den größten Flottenträger der Föderation mit über siebenhundertfünfzig Mann Besatzung. Gleich nachdem er von seiner Versetzung erfahren hatte, aktivierte Blair den kaum fingernagelgroßen Personalcomputer an seinem Handgelenk, um mehr über die Vergangenheit des Flottenträgers in Erfahrung zu bringen.

Im Jahr 2462 hatte das militärische Hauptkommando die Konstruktion von Flottenträgern der Bengalklasse veranlaßt. Zwei Jahre später fand der Jungfernflug der *Tiger Claw* statt, der von einer viel zu kleinen und unerfahrenen Besatzung durchgeführt wurde, die das Schiff versehentlich direkt auf den Kurs einer Invasionsflotte der Kilrathi manövrierte. Doch gelang es der Mannschaft, den Feind durch taktisches Geschick aufzureiben. Kurz darauf wurde der Träger permanent im Wega-Sektor stationiert.

Im Verlauf des Jahres 2649 sorgte die *Claw* dafür, daß die Transporter der Föderation unbehindert die von den Kilrathi besetzten Gebiete verlassen konnten. Diese Mission ging als ›Custers Karneval‹ in die Geschichte ein und endete damit, daß das Schiff trotz schwerster Schäden zurückkehrte. Die Reparaturen waren im Jahr 2050 vollständig abgeschlossen. Trotzdem vertraten einige Veteranen die Ansicht, daß das Schiff nie mehr zu seiner alten Form auflaufen würde.

Blair hätte nur zu gerne etwas über die Besatzung der *Tiger Claw* in Erfahrung gebracht, erhielt aber keinen Zugang zu den Daten, da er noch nicht als Besatzungsmitglied registriert war. Kein Problem. Er würde die anderen Offiziere ja bald kennenlernen.

Nun lag er in einer der engen Kabinen der *Diligent* auf seiner Pritsche. An der Decke der Kabine war ein dichtes Geflecht aus Kabeln und Rohren aus Durastahl angebracht. Selbst die winzigen, mit einem Spind und einem Bett zugestellten Standardkabinen der Flottenträger wirkten dagegen geradezu weiträumig. Außerdem schien sich auf der *Diligent* niemand daran zu stören, daß die Böden schmutzig waren und die Matratzen einen muffigen Gestank verbreiteten.

Blair versuchte, seine trostlose Umgebung zu vergessen und sich statt dessen auf eine Ausgabe der Bordzeitung der *Tiger Claw* zu konzentrieren, die ihm einer seiner Fluglehrer als Abschiedsgeschenk überreicht hatte. Während er die neuesten Nachrichten des CommNet der Streitkräfte der Terranischen Föderation studierte, berührte er gedankenverloren den Anhänger der Kette, die er um seinen Hals trug. Es war ein fingerlanges Silberkreuz, das in der Mitte mit einem seltsamen Symbol verziert war. Das goldene Schmuckstück erinnerte ein wenig an das alte terranische Motiv der Waage der Justitia, war aber von drei Punkten von Silber umgeben, über denen sich ein goldener Halbkreis spannte. Von weitem wirkte es wie ein Kreuz, vom Strahlenkranz einer aufgehenden Sonne eingerahmt.

Aus dem Augenwinkel bemerkte er einen grellen Blitz. Offenbar wollte Merlin Kontakt zu ihm aufnehmen. Blairs Computer projizierte das holographische Abbild eines alten Mannes, dessen Haar zu einem fast einen halben Meter langen Pferdeschwanz gebunden war, den er nun mit einer Bewegung des Kopfes über die Schulter nach vorn fallen ließ. Er glättete seine schwarze Tunika und seine Kniebundhosen, bevor er Blair ansprach.

»Ich weiß durchaus, daß man in Kriegszeiten Abstriche machen muß«, begann er zynisch. »Aber – um Himmels willen! – warum ausgerechnet ein Handelsschiff? Was geht hier eigentlich vor – sollen wir deren Müll übernehmen? Sie mit Küchenkräutern versorgen?« Merlin verzog angewidert sein glattrasiertes Gesicht.

Blair ignorierte ihn, da er seit seinem fünften Lebensjahr wußte, daß Merlin mit seiner Grummelei sofort aufhören würde, wenn das geneigte Publikum nicht darauf einging.

»Die *Diligent*, das soll wohl ein Witz sein?« keifte Merlin. »Dillgurke, das würde eher passen! *Dilemma. Dilettant. Dilation.*«

»Dilation?« Blair sah den aufgebrachten kleinen Mann mit gerunzelter Stirn an.

Merlin zog verächtlich die Nase hoch. »Jawohl. Wie Aufschub, Verzögerung, Zeitverschwendung. Vom lateinischen *dilator.*« Er grinste boshaft. »Ich halte dich doch nicht von irgend etwas ab, oder?«

Nun war Blair doch ziemlich überrascht. Hatte er sich verhört? Das Nörgeln war ein beabsichtigter Teil des Programms, aber die Fähigkeit, einen so schneidenden Humor zu produzieren, überraschte ihn doch. »Wo hast du denn diesen Sarkasmus her? Von meinem Vater bestimmt nicht. Und ich habe dir so was auch nicht einprogrammiert.«

»Na ja, ich habe es einfach satt gehabt, untätig darauf zu warten, daß du mich einschaltest. Ich habe nun mal ein eigenes Leben, weißt du? Ich habe durchaus eigene Ambitionen. Zum Beispiel träume ich oft davon, daß du eines Tages dafür sorgst, daß ich in meiner natürlichen Größe erscheine.«

Blair verdrehte die Augen. »Nichts da.«

»Wieso machst du mich kleiner, als ich bin?«

»Mein Vater wollte es so. Abgesehen davon gehst du den Leuten auf diese Weise weniger auf den Geist.«

»Auf den Geist gehen? Ich gehe den Leuten nicht ...«

»Tust du doch! Laß mal das Diagnoseprogramm durchlaufen, dann wirst du es schon sehen. Und bei der Gelegenheit kannst du gleich mal abfragen, wo du dir diesen Sarkasmus eingefangen hast!«

»Habe mir die passenden Programmroutinen vom

Hauptcomputer der Akademie runtergeladen, als du ...« Merlin hob überrascht den Blick.

»Was ist jetzt wieder los?« erkundigte sich Blair.

»Lieutenant Marshall hat gerade den Gang betreten.«

Blair klappte hektisch das Magazin zusammen, um sein Kreuz darunter zu verbergen, als Todd Marshall bereits die Kabine betrat. Seine blaue Standarduniform war etwas zu weit geschnittenen, so daß Blair beim Anblick von Marshalls dürrer Gestalt unwillkürlich an einen wandelnden Drahtkleiderbügel denken mußte. Beim Eintreten stieß er sich den von kurzgeschorenen, blonden Haaren bedeckten Kopf an einem Rohr und murmelte »Scheißhaus!«, wobei unklar blieb, ob er sich damit auf das gesamte Raumschiff bezog oder lediglich auf Blairs Kabine. Mit angewidertem Gesichtsausdruck massierte er seinen Schädel. Schließlich musterte er Blair mit seinem gewohnten Blick, hinter dem sich ein Hauch des Irrsinns zu verbergen schien. Marshall ließ seinen Adamsapfel so vehement auf und ab hüpfen, als ob er für dieses anatomische Kunststück eine Sonderzulage bekäme. »Ich wollte dich abholen.« Er grinste anzüglich und hob eine Braue. »Habe einige Holos im Freizeitraum gefunden, für die du dich sicher interessieren wirst.«

Blair atmete tief ein und nickte verständnisvoll. »Bist du das Zeug nicht langsam satt? Ich glaube ehrlich gesagt nicht, daß es diese Frauen wirklich gibt.«

»Natürlich gibt es sie nicht. Alles nur eine Frage der Phantasie. Wie ich schon sagte: Ich bin extra heruntergekommen, um dich zu holen, damit wir sie uns ansehen können. Aber dann hat der Captain angeordnet, daß ich dich auf die Brücke schicken soll. Prioritätsstufe eins!«

»Tatsächlich? Weshalb?«

Marshall zuckte die Achseln und ging um die Pritsche

herum, um Merlin zu betrachten. »Er klang nicht gerade hoch erfreut.«

Merlin hatte sich in den Wartemodus geschaltet. Er bewegte sich nicht, starrte aber unentwegt in den Raum. Sein Gesicht wirkte wie eine Maske, hinter der sich ein anderes, vollkommen unbekanntes Wesen verbarg. Blair hatte dies schon unzählige Male gesehen, so daß es ihn absolut nicht mehr zu irritieren vermochte – er nahm es lediglich zur Kenntnis.

Ganz im Gegensatz zu Marshall, der Merlins Verhalten höchst bemerkenswert und unheimlich fand. »Was glotzt du so?« fragte er Merlin. Dann wandte er sich an Blair: »Und so was nennt man künstliche *Intelligenz*!«

»So ein Zufall auch, Lieutenant!« rief das Hologramm mit einer Stimme, die vor Zynismus geradezu triefte. »Etwas Ähnliches ging mir gerade bezüglich Ihrer Person durch den Kopf.«

»Geh schlafen, Merlin!« befahl Blair.

»Ich wäre ja nur zu gerne bereit, deinem Befehl Folge zu leisten, aber vorher möchte ich doch ...«

»Geh schlafen, verdammt noch mal!«

Das holographische Abbild eines kleinen alten Mannes schnaubte verächtlich, bevor es mit einem Schlag verschwand.

»Tut mir wirklich leid«, murmelte Blair. »Er hat an seiner eigenen Software herumgehackt.«

»Wahnsinn«, sagte Marshall kopfschüttelnd. »Als ob es noch nicht genug Besserwisser in diesem Universum geben würde ... Dein alter Herr hätte sich wirklich etwas Besseres einfallen lassen können, als diesen Schlaukopf zu programmieren.«

Blair grinste. »Was du nicht sagst! Hast wohl Angst, daß Merlin dir Konkurrenz machen könnte?«

»Jetzt weiß ich endlich, woher Zwerg Nase seine Weisheiten hat!« erwiderte Marshall. »Habe ich dir mal erzählt, wie ich Marty Pinshaws Computer so umprogrammiert habe, daß er jedesmal sein gesamtes Geheimtagebuch vorlas, wenn Marty das Wort ›Bescheid‹ sagte? Du kannst dich doch noch an diesen Nervtöter erinnern, damals auf der Akademie, du weißt schon? *Ich habe ihm mal so richtig Bescheid gesagt. Ich habe ihr mal so richtig Bescheid gesagt.* Mann, ich habe eine Engelsgeduld, aber wenn ein Typ ständig erzählt, wie großartig er ist, muß man etwas dagegen unternehmen.«

»Da gebe ich dir ausnahmsweise recht!«

»Gut. Schön. Aber jetzt laß uns hinaufgehen.« Marshall drehte sich zur Tür.

»Ich komme nach«, sagte Blair schnell. Marshall brauchte von dem Kreuz nichts zu wissen.

Marshall wollte etwas entgegnen, überlegte es sich aber im letzten Moment anders und zuckte gleichmütig die Achseln, bevor er die Kabine verließ.

Blair legte das Magazin zur Seite und richtete sich seufzend auf. Ein eisiger Schauer zog über sein Rückgrat, während er die Zauberformel flüsternd wiederholte: »Prioritätsstufe eins!« Er griff nach seinem Hemd und sprang auf.

Wenn ich es nicht besser wüßte, ging es Blair durch den Kopf, würde ich die Kommandobrücke der *Diligent* für den Maschinenraum eines Schaufelraddampfers aus dem frühen 19. Jahrhundert halten. Oder bestenfalls für das Innenleben eines vorzeitlichen Atomkraftwerks. Überall Rohre, an denen man sich den Kopf stoßen konnte, offenliegende Schaltkreise, kaputte Lampen, miese Luft. Blair fühlte sich, als befände er sich in den Gedärmen eines gigantischen Cyborgs, der eine Vorliebe für überwürzte Currygerichte hatte. Er zog den Kopf ein, um durch einen niedrigen Durchgang in den hinteren

Teil der Brücke zu gelangen, in dem eine Hydraulikleitung so tief von der Decke herunterhing, daß er sich erneut klein machen mußte, um sich nicht den Kopf zu stoßen. Marshall saß an der Steuerbordseite am Platz des Kopiloten und betrachtete einen an einem Schwenkarm befestigten Monitor. Dann bemerkte Blair, daß der Captain aus einem seitlichen Durchgang hereinkam. Er balancierte einen dampfenden Kaffeebecher vor sich her.

Captain James Taggart hatte während der gesamten Reise die meiste Zeit geschwiegen. Blair vermutete, daß seine Zurückhaltung darauf zurückzuführen war, daß man ihm das Kommando über einen so schlampig zusammengeschusterten Frachter gegeben hatte.

Seltsamerweise sah Taggart gar nicht aus wie der typische Captain, den das Militär für derartige Aufgaben zu verpflichten pflegte. Dunkles, ordentlich frisiertes Haar. Ein Gesicht, das für einen Mann mittleren Alters etwas zu jugendlich und unbekümmert wirkte. Außerdem sah er recht gut aus und besaß den Sex-Appeal eines altgedienten Raumpiraten, der eine Menge Dinge gesehen hat, die er für sich behält. Marshall hätte sicher einiges von ihm lernen können.

Blair bemerkte, daß der Captain ihn anstarrte. »Sir?«

Der Blick wanderte nach unten und verharrte auf Blairs Brust. Taggart setzte eine seltsame Miene auf.

Blair schielte nach unten und sah, daß sein Kreuz aus dem V-Ausschnitt des Hemdes gerutscht war. Er beeilte sich, das Symbol wieder verschwinden zu lassen. Dann nahm er Haltung an, weil er eine peinliche Befragung erwartete.

»Sie scheinen interessante Bekannte zu haben, Lieutenant. Gerade ist für Sie ein Confed-Kommuniqué im Sicherheitsstandard eins hereingekommen.« Taggart hob den Kaffeebecher, um auf das zentrale Pult der Brücke zu deuten.

Blair atmete unmerklich aus, weil der Captain sich dazu entschlossen hatte, das Kreuz zu ignorieren. Er ging zum Zentralpult, zog den Funkmonitor am Schwenkarm zu sich herüber und gab den Aktivierungscode ein.

»Identifikation«, sagte eine Computerstimme.

»Blair, Christopher. Lieutenant.«

»Sprachmuster erkannt. Zugang erteilt ...«

Auf dem Bildschirm erschien sozusagen das Antlitz Gottes, repräsentiert durch einen Mann, der durch den Begriff »lebende Legende« nur unzureichend charakterisiert worden wäre. »Admiral Tolwyn!«

»Rühren, Lieutenant.«

»Ja, Sir! Zu Befehl, Sir!«

»Sie könnten mir eine Gefälligkeit erweisen«, sagte Tolwyn in sehr sachlichem Tonfall. Seine grauen Augen blitzten auf.

Blair schluckte. »Jederzeit, Sir!«

»Sie bewegen sich derzeit in den Wega-Sektor mit Kurs auf die *Tiger Claw.* Ich möchte, daß Sie eine Diskette mit einer verschlüsselten Botschaft an Captain Sansky übergeben. Die Übermittlung wird jetzt eingeleitet.«

Während er das Ende des Downloads abwartete, steigerte sich Blairs Verunsicherung. Der Comm-Recorder piepste. Blair zog die Minidiskette aus dem Laufwerk und hielt sie demonstrativ hoch. »Verzeihen Sie meine Neugier, Herr Admiral, Sir – aber warum schicken Sie sie nicht per Drohne nach Pegasus? Es würde erheblich schneller ...«

Tolwyn schüttelte langsam den Kopf, worauf Blair es vorzog, zu schweigen. »Pegasus wurde vor zwölfeinhalb Stunden von einer Kilrathi-Flotte zerstört.«

Blair riß fassungslos den Mund auf. Zwei Kameraden aus seinem Jahrgang waren nach Pegasus versetzt worden, Trish Melize und Sandra Sotovsky. Er mußte plötzlich an ihre Eltern denken, die er auf dem Abschlußball kennengelernt hatte. Und an die Grillparty, das große Fest.

Der Krieg hatte sein erbarmungsloses Gesicht gezeigt.

»Sorgen Sie dafür, daß Captain Sansky die Diskette erhält«, fügte Tolwyn hinzu.

»Mit allem Respekt, Sir – warum ausgerechnet ich?«

Tolwyn verzog seinen Mund zu einem bitteren Lächeln. »Ich habe sonst niemanden.« Sein Blick wirkte abwesend, als würde er über etwas nachdenken. »Ich habe in den Pilgerkriegen an der Seite Ihres Vaters gekämpft. Er war ein guter Mann – Sie sehen ihm sehr ähnlich.«

Blair legte sich seine Erwiderung genau zurecht, da er den Admiral nicht verärgern wollte, andererseits aber auch nicht einsah, eine Behauptung im Raum stehenzulassen, die im Widerspruch zu dem stand, was er sich sein ganzes bisheriges Leben hatte anhören müssen. »Die meisten Menschen sagen, ich sähe meiner Mutter ähnlich, Sir!«

Die Augen des Admirals verengten sich. »Ja, es muß wirklich hart gewesen sein. Gute Leute. Viel Glück. Tolwyn Ende.«

Blair starrte auf den leeren Bildschirm, bis Marshalls Stimme ihn aus seinen Gedanken riß. »Nicht zu fassen! Er hat wirklich Seite an Seite mit deinem Vater gekämpft? Mann, du hast wirklich Glück ... Wenn ich an deiner Stelle wäre, würde ich mir über die nächste Beförderung keine Gedanken machen!«

Blair schloß die Augen, bevor er sich zu Marshall umdrehte. »Schnauze!«

Auf der Brücke der *Concordia* bemerkte Admiral Geoffrey Tolwyn, daß Commodore Bellegardes sein jungenhaftes Gesicht zu einer Miene der Mißbilligung verzogen hatte. Tolwyn zog eine Braue hoch. »Sind Sie damit nicht einverstanden, Richard?«

»Blairs Jungen einzusetzen? Nein, Sir. Bin ich nicht.«

»Warum?«

Bellegarde kam einen Schritt auf ihn zu. »Ich glaube, daß Sie bereits wissen, warum.«

Während Captain James Taggart die Zielkoordinaten eingab, erwachten die Navigationsbildschirme aus ihrem Schlummer und zeigten animierte 3-D-Gitter. Blair stand hinter dem Captain und sah ihm zu. »Das ist interessanter, als nur den Milchmann zu spielen, nicht wahr?« meinte der Captain. »Kurs auf Meldefeuer hundertsiebenundvierzig, ein Viertel Impulskraft voraus.«

Marshall nickte und bearbeitete seine Tastatur. »Kurs auf hundertsiebenundvierzig. Ein Viertel Impulskraft.« Er verzog das Gesicht, als am oberen Rand seines Bildschirms ein Warnlicht rot aufflackerte. »Hundertsiebenundvierzig ist Sperrgebiet, *Sir.* Eine hunderttausend Kilometer breite Verbotszone.«

Taggart stieß die Luft aus. »Meldefeuer hundertsiebenundvierzig, wie gesagt. Ist 'ne Abkürzung. Und den Sir schenken Sie sich bitte!«

Mit einem übertriebenen Achselzucken wandte Marshall sich wieder dem Bildschirm zu und hämmerte den Kurs ein, um anschließend energisch das Hauptpedal durchzutreten.

Während Taggart sich in seinen Stuhl zurückfallen ließ und gähnte, verrutschte sein Kragen. Einen winzigen Augenblick lang bemerkte Blair eine kleine, dunkle Tätowierung. Er erkannte das Zeichen sofort: vier vertikale Linien, ein Symbol der Sprache der Kilrathi. Taggart sah ihn scharf an, worauf sich Blair schnell wieder auf seinen Bildschirm konzentrierte.

Die *Diligent* zog am fleckigen, roten Pluto vorbei, dessen Atmosphäre fast bis an die Umlaufbahn seines düsteren Mondes Charon heranreichte.

Taggart sprang plötzlich auf. »Ich bin in meiner Kabine. Sagen Sie mir bei hundert Klicks vor dem Meldefeuer Bescheid.«

»Geht klar«, erwiderte Marshall. Als der Captain den Raum verlassen hatte, flüstert er Blair zu: »Ich traue diesem Typen nicht über den Weg. Was meint er denn mit ›Abkürzung‹?«

»Null Ahnung«, entgegnete Blair. »Hast du seinen Hals gesehen?«

»Was ist damit?«

»Er hat eine Tätowierung. Kilrathi-Schrift. Hätte es mir gern etwas genauer angesehen. Vielleicht weiß Merlin etwas darüber.«

»Weißt du was? Ich glaube, daß er den Anflug absichtlich verzögert. Ein Viertel Impulskraft, das kann doch nicht wahr sein! Warum steigen wir nicht gleich aus, um die Kiste durch den Weltraum zu schieben? Und jetzt erzählst du mir, daß er eine Kilrathi-Tätowierung hat! Na prima. Da ist doch was faul!«

»Laß es langsam angehen! Ich werde mit ihm reden. Noch wissen wir nicht, was er vorhat.« Blair stand auf und lief auf den Korridor zu.

»Hey«, rief Marshall.

Blair drehte sich herum. Marshall hielt ihm eine kleine Handfeuerwaffe entgegen. »Ich bin auf *alles* vorbereitet.«

KAPITEL 3

Invasionsflotte der Kilrathi
KIS *Grist'Ar'Roc*,
Kreuzer der Snakeirklasse
15. März 2654, 2140 Uhr Zulu-Zeit
Odysseus-Korridor, Wega-Sektor
Position: 39 Stunden 20 Minuten vom Sprungpunkt Charybdis

Captain Thiraka nar Kiranka stampfte nun bereits zum vierten Mal innerhalb der letzten fünf Standardminuten durch die mit Nährgas gefüllte Kommandobrücke der *Grist'Ar'Roc*, um auf den Radarschirm des gigantischen Kreuzers zu blicken, der mit maximaler Beschleunigung auf den Quasar zuflog. Der Angriff auf die Station Pegasus war exakt nach Plan verlaufen. Da es keinerlei Probleme gegeben hatte, dachte Thiraka nun angestrengt darüber nach, an welchem zukünftigen Punkt sie wohl auftreten würden. Daß er felsenfest mit Scherereien rechnete, beruhte auf den Erfahrungen, die er bislang bei zahllosen Schlachten gegen die Terraner gemacht hatte.

Als Mitglied eines der wichtigsten Clans von Kilrah war Thiraka dazu verpflichtet, die Tradition und den guten Ruf seiner Familie zu pflegen, was ihm nicht gerade leichtfiel und einen großen Teil seiner Zeit in Anspruch nahm. Sein eigener Vater bezweifelte, daß er den Namen des Clans zu Recht trug. Sein eigener Vater glaubte nicht, daß er auch nur einen einzigen Terraner zu Ehren des kilrahischen Kriegsgottes Silvar entleiben würde. Sein eigener Vater hatte aus seinen Zweifeln auch vor den geschwätzigen Dienstboten keinen Hehl gemacht, weshalb Thiraka vermutete, daß ihn der größte Teil der Crew seines Schiffes für einen Versager hielt. Daß Kalralahr Bokoth, der höchstdekorierte Admiral der Kilrathi-Flotte, derzeit an Bord der *Grist'Ar'Roc* weilte, trug nicht unbedingt positiv zu Thirakas Stimmung bei, was unter anderem daran lag, daß Bokoth ebenfalls seinem Clan angehörte und seinen Vater zweifellos über alles unterrichten würde, was Thiraka unternahm. Der Imperator selbst hatte solche Zweifel an Thirakas Eignung für den aktiven Kriegsdienst, daß er den Kreuzer kurzerhand zum Flaggschiff Kalralahrs bestimmt hatte. *Ich bin ein Bauer niedrigster Herkunft, der jedem Gebot des Kalralahr zu gehorchen hat,* dachte er. Dergestalt vermischten sich in Thiraka Neid und Selbstzweifel.

Commander Ke'Soick legte seine Pfote auf Thirakas Schulter. »Kal Shintahr, unsere Offiziere beschweren sich darüber, daß Ihr zuviel Kontrolle ausübt. Ich sah, daß Ihr bereits zum vierten Mal diesen Bildschirm betrachtet. Dabei wißt Ihr doch genau, daß der Fang dritten Ranges sofort Meldung machen wird, wenn er etwas Ungewöhnliches beobachtet.«

Thiraka zog die dichten Brauen zusammen. »Meldung machen? Wem denn, mir oder dem Kalralahr?«

»Wir dienen erst seit kurzer Zeit zusammen, aber trotzdem kann ich Euren Schmerz gut nachvollziehen. Meine Loyalität gehört Euch, Kal Shintahr. Ich habe Euch den Treueeid geleistet, Euch und sonst niemandem.«

Thiraka spitzte die Lippen und nickte. »Eine Gefälligkeit wurde erwiesen, eine Verpflichtung geschaffen.«

»Habt Ihr vergessen, wie Eure Familie meinen Clan stärkte, indem sie die schwächsten von uns tötete? Nun hat sich unsere Macht vergrößert, und wir dienen auf den tödlichsten Kreuzern und Schlachtschiffen des Imperiums. Aber mein Clan ist überzeugt davon, daß diejenigen, die mit den Terranern verhandeln, Feiglinge niedrigster Herkunft sind, die Sivar verdammen soll.«

Thiraka näherte sich seinem Commander. Seine Augen, die den gesamten infraroten Bereich des Spektrums wahrnehmen konnten, durchbohrten die grünlichen Schwaden des Nährgases, um sicherzustellen, daß er von niemandem beobachtet wurde. »Diese Ansichten sollten besser nicht ausgesprochen werden, doch teile ich diesbezüglich durchaus Eure Meinung, lieber Ke'Soick.«

Hinter ihnen öffneten sich die Türen des Lifts. Kalralahr Bokoth betrat schweigend die Brücke. Er trug seinen glänzenden Kampfpanzer, dessen Harnisch mit wehenden, bunten Federn geschmückt war, dem prächtigen Kriegsschmuck seines Clans. Er blieb vor dem Viewport stehen, um den Quasar anzustarren.

»Und der Gedanke ward zu Fleisch«, sagte Ke'Soick leise, während er den Kalralahr mit Blicken des Hasses bedachte.

Der zweite Fang Norsh'Kal, der die Funktion des Navigators ausübte, kam mit einer Computertafel auf sie zu. »Kal Shintahr. Sektor-Report über die Bewegungen der Schiffe der Föderation.« Er wollte seinem Vorgesetzten die Tafel aushändigen. Aber Thiraka hatte es leid, ständig Holos und Bildschirme anzustarren. »Lies es vor.«

Der zweite Fang schnurrte einverständig. »Ein Schiff verbleibt im Sektor, die TCS *Tiger Claw*. Unseren Geheimdienstberichten zufolge liegt sie außerhalb der Funkreichweite ihrer Flotte.«

»Sehr gut«, sagte Thiraka. »Als ob ich das nicht schon gewußt hätte!«

»Aber Kal Shintahr – einer unserer Lauschposten am Rande des Sol-Sektors hat eine längere Funksendung von der *Concordia* abgefangen und teilweise dekodiert. Sie war an ein Handelsschiff gerichtet, das die *Tiger Claw* anfliegt. Ein Offizier dieses Handelsschiffes übermittelte dem Captain des Flottenträgers eine kodierte Botschaft.«

»Versucht dieses Handelsschiff, die *Tiger Claw* zu erreichen?«

»Das wissen wir nicht genau, Kal Shintahr. Das Schiff versucht Meldefeuer hundertsiebenundvierzig zu erreichen, das am Rand des Solsystems liegt.«

»Es fliegt nicht Richtung Wega?«

»Nein. Und wir wissen nicht, warum.«

Thiraka atmete so tief ein, daß sein Hals schmerzte. Er ließ seine Offiziere stehen und ging auf den Kalralahr zu.

Während er sich dem Alten näherte, senkte Thiraka seinen Kopf. Er zischte respektvoll: »Der Odysseus-Korridor ist frei. Wie Ihr es vorhergesagt habt, steht uns der Weg zur Erde damit offen. Doch haben sich neue Schwierigkeiten ergeben.«

Kalralahr Bokoth wandte Thiraka sein schmales, bleiches Gesicht zu, auf dem die Spuren der Schlacht bei McAuliffe verewigt waren. Im Hinterhalt hatte er ein Auge verloren. Von der Augenhöhle ausgehend durchzogen sternförmig tiefe Narben sein Gesicht. Auf Thiraka wirkte es wie ein schwarzes Loch.

»Schwierigkeiten, Thiraka?«

»Ja. Einer unserer Lauschposten ...«

»Ich weiß.« Bokoth strich die langen, feinen Haare an seinem Kinn glatt und entblößte seine Fangzähne. Thiraka nahm bestürzt zur Kenntnis, daß er lächelte. »Ich habe angeordnet, daß alle Geheimdienstberichte direkt in meine Kabine übertragen werden.«

»Kalralahr, dies ist mein Schiff. Ich habe Euch Ehre zuteil werden lassen, indem ich Euch das Kommando meiner Flotte übergab. Die Berichte sollten zur Brücke übertragen werden.«

Bokoths Auge weitete sich. »Ich habe mich bereits gefragt, wie lange ich dich noch herumschubsen kann, bevor du deine Ehre verteidigst. Also besteht noch Hoffnung für dich!«

Thiraka hob seine Brauen, als er den muffigen Gestank wahrnahm, der vom Federschmuck des Kalralahr ausging. Er unterdrückte den Brechreiz und ließ sich einige deftige Kommentare durch den Kopf gehen, die er jedoch nicht auszusprechen wagte. Ein falsches Wort würde genügen, um bei einem oder beiden von ihnen den Tötungsdrang der Kilrathi auszulösen, der in jedem Krieger schlummerte und jeder Zeit die totale Kontrolle übernehmen konnte. In diesem Fall würde es nur eine Frage der Zeit sein, bis einer oder beide Kilrathi tot auf dem Boden lägen.

»Was gibt es noch, Thiraka?« fragte Bokoth in einem Tonfall, der etwas weniger aggressiv klang.

»Nichts, Kalralahr. Nichts.«

»Dann laß mich über die Schwierigkeiten reden, die du auf uns zukommen siehst. Ja, es ist wirklich unschön, daß die Terraner so früh von unserem Angriff auf Pegasus erfahren haben. Aber es bleibt ohne Folgen, da wir strategisch bereits unaufholbar in Führung liegen werden, wenn dieses Handelsschiff die *Tiger Claw* erreicht. Falls ein kleines Wunder geschehen sollte und sie auf uns treffen, werden wir sie genauso wirksam auslöschen, wie wir es bei der Station Pegasus getan haben. Diese Komplikation wurde bereits durchgespielt, und es dürfte klar sein, daß ein einzelner Flottenträger es nicht mit unseren Schiffen aufnehmen kann. Das sollte selbst für jemanden von niedrigster Herkunft offensichtlich sein.«

»Aber warum fliegt dieses Handelsschiff nicht zum Wega-Sektor? Erscheint Euch das nicht etwas rätselhaft?«

»In der Tat. Deshalb habe ich verlangt, daß man *es* auf die Brücke bringt.« Bokoth wandte sein Gesicht dem Lift zu, aus dem gerade ein mit einem Druckanzug bekleideter Mensch trat.

»Wann steigt denn endlich die Siegesfeier?« fragte der haarlose Affe. Der Translator ließ seine Stimme hoch und dünn erscheinen. »Der Weg zur Erde ist frei. Ihr habt, was ihr wollt.«

Als der Mensch näher kam, bemerkte Thiraka, daß er eine Halskette mit einem silbernen Kreuz trug. Er kannte dieses Symbol aus den Holos, mit denen man ihn während seiner Ausbildung beinahe zu Tode gelangweilt hatte. Es repräsentierte eine Vereinigung von Menschen, die sich als »Pilger« bezeichneten.

»Der NAVCOM-Computer wurde an Ihre Sprungtriebwerke angepaßt«, fuhr der Affe fort.

»Exzellent. Ihr werdet mir zwei Fragen beantworten müssen«, sagte Bokoth in einem Tonfall, der keinen Widerspruch duldete. »Warum wurde die *Concordia* bereits so früh über unseren Angriff informiert?«

»Tut mir leid, aber das war unvermeidlich. Nächste Frage?«

Bokoth knurrte bösartig. »Was bedeutet *unvermeidlich?*«

»Ich denke, daß die Bedeutung dieses Wortes klar sein dürfte.«

Bokoth hob eine Pfote und zeigte demonstrativ seine langen, rissigen Klauen. »Sollte ich ...«

»Ihr könnt mir nicht drohen – nicht in Anbetracht dessen, was ich für Euch getan habe!«

Bokoth ließ seine Pfote langsam sinken. »Ein Handelsschiff hat den Auftrag erhalten, die *Tiger Claw* zu informieren. Warum fliegt es nicht zum Wega-Sektor?«

»Ich weiß es nicht. Ich finde dies allerdings bedenklich.«

»Falls Ihr lügt ...«

»Fangt Ihr schon wieder damit an? Habe ich nicht bereits gesagt, was ich will?«

»Ja. Sogar sehr deutlich. Ihr habt Eure eigene Rasse auf eine unvorstellbare, ungeheuerliche Weise verraten, Pilger!«

Der Affe kicherte gehässig. »Ich habe meinen Teil unserer Vereinbarung erfüllt. Jetzt seid Ihr am Zuge. Vernichtet die Erde!«

Bokoth starrte den Verräter intensiv an. Schließlich nickte er.

KAPITEL 4

Handelsschiff *Diligent*
15. März 2654, 2150 Uhr Zulu-Zeit
beim Anflug auf Meldefeuer 147

Taggarts Schott stand weit auf, so daß Blair ohne Mühe die Einrichtung begutachten konnte. *Angeblich soll ein Raum ja eine Menge Rückschlüsse auf seinen Eigentümer zulassen,* überlegte Blair. Soweit es Taggart betraf, konnte man diese Regel getrost vergessen, da sein Zimmer nur die notwendigsten Einrichtungsgegenstände enthielt: eine Pritsche, einen Nachttisch, einen großen, ziemlich ramponierten Schreibtisch. Keine Familienfotos an den grauen Wänden, keine Pin-ups, wie man sie in den meisten Kabinen fand, die von einsamen Raumpiloten bewohnt wurden.

Taggart saß an seinem Schreibtisch und betrachtete eine Sammlung von antiken Sternenkarten, die auf echtem Papier gedruckt waren. Einige lagen sorgfältig zusammengerollt und mit einem Gummiband versehen neben seinem aufgestützten Ellenbogen, andere waren achtlos über den Boden verstreut. Auf dem Tisch befand sich außerdem ein angebissenes Sandwich und ein Kaffeebecher.

Blair wollte gerade die Hand heben, um anzuklopfen, als Taggart »Immer herein« rief.

Blair grinste anerkennend, weil Taggart seine Sinne offensichtlich beieinanderhatte. Er betrat den Raum und fühlte sich dabei etwas unwohl, weil er das Gefühl hatte, in das Allerheiligste eines anderen Menschen einzudringen. »Wir halten nach wie vor den Kurs Richtung Meldefeuer. Marshall hat das Ruder besetzt.« Er näherte sich dem Schreibtisch und strich mit dem Finger über eine der Karten. »Die sind ja richtig antik!«

»Ja«, erwiderte Taggart. »Sie wurden von der ersten Expedition angefertigt, die diesen Sektor erforscht hat. Von Pilgern.«

»Wie sind Sie darangekommen?«

Taggart rollte eine der Karten auf. »Das ist eine lange Geschichte.«

»Ich ... äh ... ich habe vorhin zufällig die Tätowierung an Ihrem Hals gesehen.«

Taggart lächelte seltsam. Blair hätten nur zu gerne gewußt, was im Kopf des Kapitäns vor sich ging.

»Und was ist mit dem Pilgerkreuz unter Ihrem Hemd?«

Blair trat einen Schritt zurück und griff erschrocken an sein Hemd. Eine Sekunde später wurde ihm klar, daß er sich damit verraten hatte. Er ließ seine Hand sinken und wartete auf das Unvermeidliche.

»Machen Sie sich keine Sorgen. Wir haben alle eine dunkle Vergangenheit. Und unsere kleinen Geheimnisse.«

Blair seufzte leise. »Es gehörte meiner Mutter.«

»Darf ich es einmal sehen?«

Blair zögerte einen Moment, bevor er die Kette über den Kopf zog und Taggart gab. Der Kapitän strich vorsichtig mit dem Zeigefinger über den halbkreisförmigen Querbalken. Seine Augen nahm einen rätselhaften Glanz an, und sein Gesicht wirkte plötzlich wie das eines Priesters, der eine längst verloren geglaubte Reliquie betrachtete. Er drückte mit dem Daumen auf das Symbol in der Mitte. Eine fast zwanzig Zentimeter lange Klinge sprang aus dem unteren Teil des Kreuzes hervor.

Während er mit dem Zeigefinger an der Klinge entlangfuhr, lächelte er wieder auf diese seltsame Art und sagte: »Es ist lange her, daß die Leute große Achtung vor den Pilgern hatten. Sie waren an vorderster Front mit dabei, als wir begannen, den Weltraum zu erforschen. Als ich noch ein Junge war, wußte ich, daß es eine Verbindung zwischen Gott und den Sternen geben mußte. Ich glaube, daß die Pilger diese Verbindung gefunden haben.« Er drückte noch einmal auf das Symbol, bevor die Klinge wieder im Inneren des Kreuzes verschwand. Dann gab er Blair das Kreuz zurück.

»Wissen Sie«, fuhr Taggart fort, »daß nicht ein einziger neuer Quasar entdeckt wurde, nachdem die Pilger besiegt wurden?«

»Es ist wirklich merkwürdig, wenn jemand positiv über die Pilger redet. Das Wort war schon immer so etwas wie ein ... nun ... wie ein Fluch!«

Das Schiff machte plötzlich einen Satz nach vorn. Blair verlor für eine Sekunde das Gleichgewicht und streckte den Arm aus, um sich an Taggarts Schreibtisch abzustützen. Im nächsten Moment rutschte der Kaffeebecher von der Schreibtischplatte und fiel auf den Boden, wo er mit einem dumpfen Klirren zersprang.

»So ein Idiot!« schrie Taggart wütend. Er sprang auf und rannte aus der Kabine.

Während Blair ihm folgte, ahnte er bereits, was Marshall getan hatte.

Taggart stürmte auf die Brücke und rief: »Weg da!«

Marshall räumte sofort den Sitz des Kopiloten. Er war etwas bleich um die Nase. »Also wirklich, Sie sollten weniger Kaffee trinken, Mann!«

»Schnauze. Haben Sie den Kurs geändert?«

»Sie sagten doch, ich soll meine Schnauze halten?«

»Beantworten Sie meine Frage!«

»Nein. Habe nur die Schubleistung erhöht. Hatte die Schleicherei satt. So sind wir in einer Stunde am Meldefeuer. Aber wenn Sie lieber herumtrödeln wollen ...«

Blair sah, wie Marshalls Hand sich langsam auf das Holster an seiner Seite zubewegte.

»Das Meldefeuer markiert eine Gravitationsquelle«, erklärte Taggart erbost.

Marshall warf Blair einen entsetzten Blick zu. »Heilige Scheiße!«

Taggart schwenkte den Navigationscomputer zu sich herüber. Seine Finger huschten über die Tastatur, bis über ihren Köpfen das Display aufflackerte. Ein grünes Drahtgitter rotierte zwischen wechselnden Zahlenwerten, die Koordinaten darstellten. Schließlich zog sich das Gitter zu einer konkaven Form zusammen, aus deren Mitte sich eine seltsame, chaotisch rotierende, elliptische Spitze erhob.

Blair stand wie hypnotisiert da. Er wußte nur zu gut, wie gefährlich eine Gravitationsquelle einem Raumschiff werden konnte. Vor allem, wenn es sich um eine Rostlaube von einem Handelsschiff handelte.

Blair bemerkte ein Flackern. Merlin hatte sich aktiviert. »Habe ich dir nicht gesagt, daß dieses Schiff vollkommen ungeeignet ist? Meine Sensoren melden eine Reihe von strukturellen Schwächen ...«

»Was zur Hölle ist das?« fragte Taggart.

»Das ist Merlin«, antwortete Blair. »Das Dateninterface von meinem Personalcomputer.«

Taggart richtete seinen Blick wieder auf den Bildschirm. »Wenn Ihr Datenzwerg nicht augenblicklich die Klappe hält, ziehe ich ihm höchstpersönlich den Stöpsel raus!«

Blair öffnete den Mund, um den entsprechenden Befehl zu geben. Aber Merlin hatte sich bereits selbst abgeschaltet.

Taggart schob den Navigationscomputer auf seinem Schwenkarm zur Seite, um ein anderes Display nach vorne zu holen, auf dem die Videosignale der Außenkameras des Schiffes dargestellt wurden. Er wählte ein Signal aus der Mitte des Bildschirms und ließ es vergrößert darstellen. Auf dem Bildschirm war nun ein schwachleuchtendes Objekt zu sehen. Die Gravitationsquelle. Blair sah, wie Asteroiden von ihr angezogen wurden und schließlich im wirbelnden Mahlstrom verschwanden. Der *Diligent* würde es nicht anders ergehen.

Taggart hämmerte mit dem Knöchel auf den Knopf, der die Schubsteuerung aktivierte. Das Beschleunigungsmanöver traf Blair und Marshall wie ein Schlag. »Fünfzehn ccm davon üben dieselbe Anziehungskraft aus wie eine ganze verdammte Sonne vom Sol-Typ!« schrie er Marshall zu.

»Ich gebe es zu – ich habe Scheiße gebaut!« antwortete Marshall, wobei er das Display nicht aus den Augen ließ. »Habe schon kapiert. Sie können sich den Physikunterricht schenken!«

Taggart schob das Display zur Seite, um wieder den Navigationscomputer heranzuholen. Er zog besorgt die Brauen zusammen und änderte die Koordinaten. »Komm schon, komm schon«, knurrte er hektisch. »Wenn wir den Eintrittsvektor nicht rechtzeitig anpassen, schaffen wir den Sprung nicht!«

»Und wenn wir den Sprung nicht schaffen ...«, meinte Marshall.

»... sind wir im Arsch!« raunzte Taggart.

»Haben wir den letzten Umkehrpunkt des Eintrittsvektors schon passiert?« fragte Blair. Er wußte, daß eine Korrektur des Kurses hinter diesem Punkt nicht mehr möglich war.

»Noch nicht«, sagte Taggart. Er betätigte einen Kippschalter, um das beginnende Taumeln des Schiffes durch die automatische Stabilisierung kompensieren zu lassen. »Das Biest versucht uns hereinzuziehen, hört ihr das?«

Die Außenhülle des Schiffs ächzte nun noch lauter, während die wirbelnde Gravitationsquelle durch das Viewport bereits in ihrer gesamten, tödlichen Pracht zu sehen war. Die Triebwerke fuhren jaulend hoch, als Taggart den Kurs erneut korrigierte. Doch immer noch schien die Gravitationsquelle größer zu werden. Die Raumkrümmung war so hoch, daß der Außenbereich des Mahlstroms auf bizarre Weise verzerrt wurde. Blair lief es eiskalt über den Rücken.

Taggart warf kurz einen Blick aus dem Viewport und hob theatralisch eine Hand. »Liebe Mädchen, liebe Buben – dort besiegt ihr Scylla, das Monstrum der Mythen, den Schrecken aller Seefahrer!«

Marshall glotzte zunächst Blair an und dann wieder Taggart. »Was zum Henker ist eine Scylla?«

Blair beantwortete seine Frage. »Odysseus durchkreuzte das Meer zwischen dem Mahlstrom Charybdis und der Insel des Monstrums Scylla. Sie fraß sechs von seinen Männern auf.«

»So genau wollte ich es gar nicht wissen«, erwiderte Marshall und stöhnte auf.

Taggart deutete mit dem Finger auf den Bildschirm. »Unser Herzchen hier ist sicher noch gefräßiger. Haltet euch fest, Leute!«

Blair hockte sich auf den Navigationsplatz direkt hinter Marshall und Taggart. Der Captain betätigte eine Reihe von Kippschaltern, um die Nachbrenner zu aktivieren. Die *Diligent* kippte ruckartig auf die Seite. Blair klammerte sich mit beiden Armen an seinem Sitz fest, als das Schiff zu zittern und schwanken begann wie einen Rodeopferd mit Schüttelfrost. Die Schweißnähte des alten Frachters stimmten einen nervenzerreißenden Kanon an, was deutlich anzeigte, daß die Schiffshülle die Belastungsgrenze bereits überschritten hatte. Einige Sekunden später wurden die Vibrationen und Schwankungen so stark, daß Blair aus seinem Sitz fiel und gegen eine Wand krachte. Als er sich umdrehte, bemerkte er Merlin, dessen Projektion durch die Vibrationen bis zur

Unkenntlichkeit verzerrt wirkte. Schließlich verlor auch Marshall seinen Halt und kollidierte ein gutes Stück neben Blair mit der Wand. Nur Taggart hockte immer noch fest auf seinem Sitz. Blair kam der Verdacht, daß er seinen Hintern mit Superkleber festgeleimt hatte.

Taggart korrigierte erneut den Kurs der *Diligent*. Der Frachter richtete sich langsam wieder auf, wobei Marshall und Blair an der Wand herunterrutschten und hart auf dem *eigentlichen* Boden aufschlugen. Während sich das Schiff automatisch ausbalancierte und die künstliche Schwerkraft wiederherstellte, betrachtete Blair über Taggarts Schulter hinweg das über Kopf projizierte Display, auf dem nun ein Vektorpfad angezeigt wurde, auf dem sie die Gravitationsquelle am Rand umfliegen würden.

»Hast uns fast gekriegt, altes Mädchen«, sagte Taggart, während er das Bild einer Außenkamera auf den Monitor holte. »Vielleicht klappt es ja beim nächsten Mal!«

Blair beobachtete, wie Taggart das Schiff entlang des Vektorpfades navigierte. Die *Diligent* umschiffte den gefährlichen Schlund in großem Abstand. Trotzdem zeigte die optische Verzerrung des Weltraums an der Steuerbordseite des Schiffes, daß dieses Manöver einem gefährlichen Flirt mit dem monströsen Naturereignis gleichkam.

Marshall verstand die Welt nicht mehr. Er starrte fassungslos auf das Bild der Steuerbordkamera und dann wieder auf den Vektorpfad der Computersimulation. Er schüttelte langsam den Kopf. »Das ist doch verdammt noch mal keine normale Gravitationsquelle!«

»Eine Verzerrung der Raumzeit«, erklärte Taggart. »Die Pilger haben sie zuerst entdeckt.«

»Und warum hat man den Sektor hier zum Sperrgebiet erklärt?« fragte Marshall.

»Weil das Ding instabil ist.«

»Und Sie wollen trotzdem einen Sprung versuchen?«

Marshalls Frage war wohl eher rhetorisch gemeint, da er dabei Blair ansah. Bevor er jedoch seinen Mund wieder schließen konnte, machte sich der Navigationscomputer durch ein blinkendes Warnlicht bemerkbar, das von einem durchdringenden Piepsen begleitet wurde. Das Projektionsdisplay brach zusammen, und die *Diligent* begann, unaufhaltsam nach Steuerbord zu driften.

»Der Nav-Computer ist ausgefallenen«, bemerkte Blair höchst geistreich.

»Das liegt an den Magnetfeldern«, meinte Taggart. »Blair – nehmen Sie das Ruder!«

Blair starrte ihn entsetzt an. »Ich habe noch nie einen Sprung durchgeführt!«

Taggart zog eine Braue hoch. »Dann ergibt sich jetzt eine erstklassige Gelegenheit, es zu lernen.« Er sprang auf und verschwand im Korridor.

»Ich weiß genau, was er vorhat«, flüsterte Marshall. »Er will uns umbringen!«

Blair ignorierte ihn und konzentrierte sich auf das Bild des Strudels, das allmählich ins Zentrum des Viewports rückte. Ohne den Navigationscomputer würde die *Diligent* wieder ihren ursprünglichen Kurs einschlagen. Wie es aussah, würden Blair, Marshall und Taggart schon bald kostenlos in das Geheimnis eingeweiht werden, was uns sterblichen Menschen nach unserem Tod widerfährt.

Taggart stand währenddessen im Korridor. Er hatte eine Wandverkleidung abmontiert und betrachtete nun das offenliegende Wirrwarr von Kabeln. Schließlich zog er einige Eiweißprozessoren aus ihren Sockeln und ließ sie achtlos auf den Boden fallen. Hinter einer anderen Wandverkleidung holte er einige neue Chips hervor.

Mittlerweile gab es auf der gesamten Brücke keinen Monitor mehr, auf dem etwas anderes zu sehen war als die bedrohliche Darstellung der Gravitationsquelle.

Gerade verschluckte sie einige leere O_2-Container, die irgendeiner als Raummüll abgeworfen hatte. Auf dem Weg in ihr Zentrum vergingen die Container in grellbunten Explosionen. Ähnlich erging es den zahllosen Asteroiden, die auf die Gravitationsquelle zuflogen und dabei zu Trümmerschwaden zerfetzt wurden. Sogar einen Kometen hatte Scylla mit ihren Gravitationsarmen zu sich geholt. Nun stürzte er haltlos auf sie zu und malte dabei einen hellen Kondensstreifen auf ihre turbulente Oberfläche.

Der Alarm kündigte an, daß sie die kritische Distanz erreicht hatten. Marshall sah, wie die digitale Anzeige herunter zählte: 9, 8, 7 …

»Äh, Captain?« rief Marshall.

»Ja?«

»Noch fünf Sekunden bis zum Sprung.«

»Na und?«

»Wenn Sie den Nav-Computer nicht wieder hinkriegen, wird uns diese instabile Gravitationsquelle verschlucken – und zwar schön langsam, ein Molekül nach dem anderen!«

KAPITEL 5

Handelsschiff *Diligent*
15. März 2654, 2200 Uhr Zulu-Zeit
Sprungpunkt: Gravitationsquelle Scylla

»Dieses antiquierte Gefährt ist förmlich von strukturellen Schwächen durchsetzt«, behauptete Merlin, der in diesem Moment über dem Pult des Kopiloten erschien. »Meine Ansicht nach wird es den Sprung nicht überleben!«

Marshall zählte laut den Countdown mit: »drei ...«

Taggart drückte einen Eiweißchip in einen Sockel –

»... zwei ...«

– und zupfte an einem Draht herum.

»... eins!«

Das Navigationssystem sprang an. Die Hintergrundbeleuchtung der Schaltflächen wurde aktiviert, gleichzeitig erschienen auf den vier Bildschirmen direkt vor Blair die aktuellen Kurskoordinaten. *Pitsch!* Die Bildschirme wurden schwarz.

Pitsch! Sie sprangen wieder an.

»Los, verdammt!« schrie Marshall.

Es prasselte und brummte vernehmlich, als das Projektionsdisplay eine dicke grüne Linie anzeigte, die mitten durch Scylla verlief. Blair las die Koordinaten und Kursdaten, worauf ihm der unheimliche Verdacht kam, daß der Computer eines Riesenfehler gemacht hatte. Eigentlich gab es dafür keinen Grund, es war nur eine böse Vorahnung. Er mußte an die Zeit auf der Akademie zurückdenken. Damals hatte er sich ganz ähnlich gefühlt, als er zum ersten Mal Blindflüge mit dem Simulator durchgeführt hatte. Die gleiche Panik stieg nun in ihm hoch und ergriff seinen Verstand.

»Legen Sie den Kurs fest, Mr. Blair!« brüllte Taggart.

Mutter? Vater? Bitte steht mir bei! Blair griff in sein Hemd und nahm das Kreuz fest in seine Hand. Er schloß die Augen, bevor er das Eingabefeld bearbeitete wie ein blinder Klavierspieler. Dann zwang er sich, die Augen wieder zu öffnen und den Schriftzug zu betrachten, der am oberen linken Rand des Bildschirms zu sehen war: KURS FESTGELEGT.

Blair atmete tief ein und hielt die Luft an, bevor er die *Diligent* in die Gravitationsquelle steuerte. Hinter dem Viewport wurde es dunkler und dunkler, während sie sich Scylla näherten. Wieder erzitterte das Schiff, während es in die Zone der größten Raumkrümmung eintauchte. Das dunkle Herz der Singularität.

Blair hörte etwas, das wie ein langgezogener Kriegsschrei klang. Es war Marshall, der versuchte, damit die Kakophonie rappelnder und rasselnder Geräusche zu übertönen, die offenbar ziemlich an seinen Nerven zerrten.

»Wie ich bereits sagte, bevor man mich unverschämterweise unterbrach«, meldete sich Merlin wieder, »stehen die Chancen für unser Überleben ausgesprochen schlecht, explizit bei 27,2 Prozent. Ich schlage vor …«

Blair starrte das Hologramm wütend an, während er die Monitore festhielt, da zu befürchten war, daß die Schwenkarme durch die Rappelei nachgeben würden.

3,2,1 – und dann durchbrach die *Diligent* die Barriere …

Blairs Augen waren geöffnet, aber trotzdem sah er nur eine schwarze Leere, die ab und zu von gelben Funken durchbrochen wurde. Er drehte sich um, doch dort war nichts zu sehen. Er rief nach Marshall, erhielt jedoch keine Antwort. Dann begriff er, daß sich alles nur in seinem Kopf abspielte, daß seine Sinne nicht mehr funktionierten, daß sie von etwas ersetzt worden waren, von …

… *der Panik.*

Noch nie hatte er dies so deutlich empfunden. Er hatte Verbindung mit einem Universum aufgenommen, dessen Gesetze unsinnig waren und doch – für sich betrachtet – perfekt sinnvoll erschienen. Er verstand plötzlich, daß die subatomaren Partikel seines Körpers gar nicht ihm gehörten. Sie waren vielmehr Eigentum seines Universums. Zum erstenmal begriff er, worin das Gefühl der Panik sich begründete.

Scyllas Gravitationskraft sorgte dafür, daß jegliche Materie auf eine unendliche Dichte und ein unendlich kleines Volumen komprimiert wurde. Gleichzeitig wurden der Raum und die Zeit unendlich verzerrt.

Aber diese Spielregeln wurden durch den von Blair eingeschlagenen Kurs durchbrochen.

Die Brücke der *Diligent* tauchte genauso schnell wieder auf, wie sie vorhin verschwunden war. Doch die Zeit und damit auch das Leben verharrten zwischen dem letzten Moment und dem nächsten. Taggart stand unbeweglich an der Schwelle des Korridors. Marshall hockte unbeweglich auf seinem Sitz und hatte den Mund zum Schrei aufgerissen. Merlin schwebte festgefroren in der Luft und deutete auf die Projektion der Gravitationsquelle. Und während Blair all dies betrachtete, merkte er plötzlich, daß er sich nicht bewegen konnte, obwohl sein Gefühl ihm zu sagen schien, daß es durchaus möglich sein müßte.

Unendliche Ruhe, ewiger Frieden, eins mit dem Universum zu sein – dieses Gefühl hielt für eine Minute an, für tausend Jahre, für die ganze Ewigkeit. All diese Zeitbegriffe waren in diesem Augenblick irrelevant.

Doch gab es einen Punkt – wobei Blair nicht einmal annähernd sagen konnte, *wann* es passierte –, an dem die *Diligent* in ein novaweißes Licht eintauchte. Sie war den Fangarmen Scyllas entkommen und in den Normalraum zurückgestürzt.

Blair zuckte zusammen. Das Schiff rappelte immer noch, Marshall brüllte unentwegt weiter. Blair zog der Qualm verbrannter Kabel und Schaltkreise in die Nase, seine Hände schmerzten, weil er die Monitore so fest umklammert hatte. In sich spürte er eine große Leere, als hätte er etwas von sich selbst in Scyllas dunklem Herz hinterlassen. Und er wollte wieder zurückfliegen, um es sich zurückzuholen. Aber er wußte, daß die anderen seine Sehnsucht nicht teilen würden.

»Dieser Wahnsinn muß ein Ende nehmen!« verlangte Merlin. »Dieser Mann ist mit großer Wahrscheinlichkeit komplett verrückt. Er wird uns alle umbringen!« Merlin drehte sich zur Seite, weil Taggart hereinkam. »Oh.«

Aber der Captain ignorierte ihn und lief direkt zum Display des Navigationscomputers. Er öffnete den Mund, um etwas zu sagen. Doch statt dessen starrte er Blair wortlos an.

Der Blick ging Blair auf die Nerven. »Was ist los?«

Taggart lachte auf. »Sie haben soeben in weniger als fünf Sekunden einen Sprung durch eine Gravitationsquelle durchgeführt. Ein NAVCOM hätte das nicht geschafft.« Sein Blick wanderte zu Blairs Brust herunter.

Blair wurde rot und ließ das Kreuz unter seinem Hemd verschwinden. »Ich weiß nicht, was ich dazu sagen soll. War ein ziemlich merkwürdiges Gefühl, aber das ist alles, was mir dazu einfällt.«

»Sie haben den vom Navigationscomputer berechneten Kurs vollkommen ignoriert. Warum eigentlich?«

»Keine Ahnung.«

Marshall drehte sich zu Blair um und nickte ihm zu. Sein Gesicht wirkte vollkommen ausdruckslos. »Wen interessiert es schon, wie er es gemacht hat. War jedenfalls ein verdammt harter Ritt. Nicht schlecht für den zweitbesten Piloten der Akademie.«

»Schnauze!« fauchte Taggart. »Wenn Sie meine Befehle in Zukunft noch einmal mißachten, schmeiße ich Sie mit dem andern Müll raus! Haben Sie das kapiert, Lieutenant Marshall?«

Marshall spannte seine Muskeln an und sah ins Leere. »Ja, Sir. Verstanden, Sir.«

Taggart gab anscheinend damit zufrieden. »Berechnen Sie schon mal den Anflug auf die *Tiger Claw*, Mr. Blair.«

»Ja, Sir.«

Taggart rieb sich die Augen und verschwand dann ohne jeden weiteren Kommentar im Korridor.

Der Adrenalinschub, den Marshall durch den gefährlichen Sprung erhalten hatte, wurde durch die Zurechtweisung noch verstärkt. Als er sicher war, daß Taggart ihn nicht mehr hören konnte, sagte er: »So ein Arschloch!«

»Komm schon, er ist ganz in Ordnung«, erwiderte Blair leise.

»Was?«

»Nee, ernsthaft.«

Marshall stieß ein boshaftes Lachen aus. »Klar, er liebt dich heiß und innig, weil du seinen Arsch gerettet hast!«

»Deinen übrigens auch!«

»Purer Zufall!«

Blair verzog spöttisch den Mund. »Du hältst dich also für eine Art Glückspilz, ja?«

Marshall zog die Nase hoch. »Sag mal, hast du schon irgend was über seine Tätowierung herausgefunden?«

»Noch nicht. Du wirst es kaum glauben, aber ich hatte keine Zeit ... Und jetzt sei mal still«, meinte Blair etwas ungehalten und warf einen Blick auf das Display. Noch vierzehn Minuten, dann würden sie den Flottenträger erreichen.

KAPITEL 6

Handelsschiff *Diligent*
16. März 2654, 0130 Uhr Zulu-Zeit
Wega-Sektor, Enyo-System
beim Anflug auf die TCS *Tiger Claw*

»Wo gehst du hin, Daddy?«

»Tut mir leid, Christopher, aber Daddy muß zur Arbeit. Der Krieg ruft.«

»Was ist ein Krieg?«

»Das ist … weiß nicht, wie ich es dir sagen kann. Es ist böse.«

»Aber warum gehst du dann hin?«

»Weil es mein Beruf ist.«

»Geh nicht, Daddy. Bleib bei mir!«

»Bis nachher, Christopher. Komm, gib mir einen Kuß.«

»Geh nicht, Daddy! Bitte bleib hier!«

»Hey, was ist verdammt noch mal mit dir los, Blair? Hallo, Blair! Bitte melden!«

Blair blinzelte und riß schließlich die Augen weit auf. Er sah Marshalls kantiges Gesicht. Dann warf er einen Blick auf das Navigationsdisplay. *Kontakt mit TCS Tiger Claw in drei Minuten.*

Marshall legte seine Hand auf Blairs Schulter. »Alles klar, Alter?«

»Ja. Habe nur … nachgedacht.« Er deutete auf das Viewport. »Wir sollten uns mal mit diesen Vögeln da befassen!«

Oben auf dem Bildschirm waren zwei Rapier-Jäger der Föderation zu sehen, die mit rotierenden Bugkanonen die *Diligent* anflogen. Ihre kurzen Vorderflügel verliehen ihnen ein elegantes, raubvogelhaftes Aussehen. Die Positionslichter blinkten rhythmisch auf, wie es bei Begleitflügen vorgeschrieben war. Während Blair die beiden Jäger beobachtete, wünschte er sich, einen von ihnen zu steuern, statt am Navigationspult eines plumpen Handelsschiffs zu sitzen. Er zog den Schwenkarm der Comm-Anlage zu sich herüber. »Sie haben Kontakt mit uns aufgenommen. Ist wohl besser, wenn ich den Captain rufe.«

Marshall tat so, als müsse er sich übergeben. »Oh, wie freue ich mich auf ihn!«

Blair gab den Offizierscode ein. Das Gesicht von First Lieutenant Tanaka Mariko erschien auf dem linken Bildschirm. Ihr Gesicht wurde größtenteils von der Sprechgarnitur verdeckt. »Handelsschiff *Diligent*. Hier spricht Black Lion eins. Erbitten Zugangscode für Anflug auf TCS *Tiger Claw*. Empfang aktiviert.«

»Verstanden, Black Lion eins«, antwortete Blair. »Warten Sie auf Beginn der Übertragung.«

»Senden Sie das Bestätigungssignal«, sagte Taggart, der gerade hinter ihm auftauchte. »Schön, daß Sie auf mich gewartet haben. Offensichtlich haben Sie die Vorschriften nicht nur gelesen, sondern auch verstanden.«

Blair drehte sich um. Taggart und Marshall starrten sich haßerfüllt an. Schließlich war es Marshall, der aufgab.

Nachdem er das Signal eingegeben hatte, legte Blair einen Kippschalter um. Aus dem Lautsprecher war ein Knacken zu hören, dem ein kurzes Signalgemisch folgte. Blair blickte wieder auf das Display. »Identifikation bestätigt. Sie eskortieren uns.«

Die Rapier-Jäger flogen eine Wendeschleife und nahmen die *Diligent* in die Zange. Blair konnte durch das Viewport in einiger Entfernung voraus einen kleinen, hellen Punkt ausmachen.

Marshall trat an das Viewport heran, um die Jäger zu betrachten. »Die könnte ich mir pausenlos angucken.«

»Das wird sich bald ändern«, erwiderte Taggart lakonisch.

Marshall drehte sich auf dem Absatz um und funkelte Taggart giftig an. »Sir, darf ich eine ehrliche Frage stellen?«

»Das klingt aber gefährlich ... Okay, schießen Sie los!«

»Was haben Sie eigentlich gegen mich?«

Blair sprang auf und wandte sich mit erhobenem Zeigefinger an Marshall. »Laß es!«

»Mr. Blair – halten Sie mein Schiff auf Kurs. Ich regle das allein.« Taggart näherte sich Marshall und umkreiste ihn wie ein Spieß einen frischgebackenen Rekruten. »Ich habe nichts gegen Sie, Lieutenant – im Gegenteil. Dummerweise habe ich eine Schwäche für Idioten wie Sie, die sich einen Scheißdreck um die Vorschriften kümmern und sich aufspielen, als hätten sie alles im Griff. Typen wie Sie können es gar nicht erwarten, abgeknallt zu werden. Ich weiß genau, wessen Geistes Kind Sie sind, Lieutenant. Ihre Sorte kann ich schon aus einem Lichtjahr Entfernung riechen – und die Kilrathi stehen mir diesbezüglich nicht nach.«

Marshall regte sich nicht. Aber Blair wußte genau, daß er gerade überlegte, ob er ein blödes Grinsen aufsetzen und die Augen verdrehen sollte.

Taggart hatte offensichtlich beschlossen, die Sache mit Marshall ein für allemal zu bereinigen. »Ich möchte Ihnen einen guten Rat geben: Behalten Sie Ihre Pflichten im Hinterkopf. Halten Sie ihr aufgeblasenes Ego im Zaum. Keiner von uns kommt allein zurecht. Keiner.« Damit ließ Taggart Marshall einfach stehen und begab sich zu seinem Platz.

Marshall drehte sich zum Viewport um und murmelte eine Erwiderung, die niemand außer ihm selbst verstehen konnte.

Blair seufzte und warf Taggart einen Blick zu, aber der Captain starrte ostentativ durch das Viewport, durch das nun bereits das geöffnete Schott des gewaltigen Flugdecks der *Tiger Claw* zu erkennen war.

Blair gab den Anflugvektor frei und aktivierte den Autopiloten. Auf dem Projektionsdisplay wurde der Flottenträger durch ein grünes Drahtgittermodell angezeigt, in das der Anflugvektor als ›roter Teppich‹ hineinragte. Blair drehte den Kopf, um das Bild einer Außenkamera sehen zu können. Er bestaunte die acht doppelten Laserbatterien und die dicke Panzerung des Flottenträgers. Bei der Formgebung der *Tiger Claw* hatten sich die Ingenieure der Firma Troyan Four von den gigantischen Ozeanriesen der terranischen Antike inspirieren lassen. Sie durchstieß den Weltraum wie ein majestätischer Dolch auf der Suche nach den Aggressoren.

Die Jäger zogen nun in einer weiten Schleife von der *Diligent* weg, um sich wieder ihrem Geschwader anzuschließen. Aus der Projektorkanzel unterhalb des Flugdecks wurde nun ein breitgefächerter Traktorstrahl ausgesendet. Der Autopilot schaltete sich ab, nachdem er die Bremstriebwerke aktiviert hatte, um die Geschwindigkeit des Schiffes so weit herunterzusetzen, daß es durch das transparente Energiefeld manövriert werden konnte. Bald darauf setzte das Schiff innerhalb einer gelben Markierung auf der ölverschmierten Landefläche auf. Hinter der *Diligent* schlossen sich die gewaltigen Tore zum Weltraum.

»Ich übergebe jetzt die Steuersysteme«, erklärte Blair.

»Gute Arbeit«, sagte Taggart. »Energiespeicher werden heruntergefahren. Ich erhalte gerade eine Mitteilung von der Flugleitung. Der XO erwartet euch auf dem Deck. Vergeßt euer Zeug nicht!«

»Na prima«, murmelte Marshall.

Fünf Minuten später näherten sich zwei mit hellbraunen Uniformen bekleidete Marineinfanteristen der Laderampe der *Diligent.* Blair und Marshall trotteten ihnen recht langsam entgegen, weil sie einiges zu tragen hatten.

»Identifikation?« fragte der männliche Teil des militärischen Duos kurz angebunden. »Haben Sie Ihren Versetzungsbefehl, Lieutenant Blair? Als Ausdruck natürlich, schwarz auf weiß!«

Marshal marschierte direkt auf den Soldaten zu. »Hey, meinen Sie etwa, daß wir hier unseren Urlaub verbringen wollen?«

»Ignorieren Sie ihn!« sagte Blair schnell. »Er hat sich eine Infektion zugezogen. Ich bringe ihn sofort ins Lazarett.«

Der Infanterist grinste Marshall breit an. Dann riß er seine Augen auf. »Ist mir egal, ob Sie Offizier sind – Sie werden jetzt erst mal Ihre Klappe halten und warten, bis Sie dran sind.«

Marshall biß die Zähne zusammen und hielt den Mund, während Blair dem Infanteristen seinen Versetzungsbefehl überreichte.

Nach der eingehenden Überprüfung schlug Blair vor, auf Taggart zu warten, um sich von ihm zu verabschieden.

»Sag mal«, entgegnete Marshall, »das meinst du doch nicht im Ernst?«

Blair ließ seinen Weltraumsack zu Boden gehen. »Ich warte.«

Marshall rieb sich die Braue und blieb ein Moment lang ratlos stehen. Dann setzte er ebenfalls sein Gepäck ab. »Du hast recht. Wir sollten auf ihn warten. Ich bin noch nicht fertig mit ihm.«

Inzwischen hatte sich Blair an Marshalls aufsässige Bemerkungen gewöhnt. Er ließ ihn einfach stehen und sah sich auf dem riesigen Landedeck um. Er lief an etwa ein Dutzend Tragsäulen, die hoch über seinem Kopf durch ein Netzwerk von Trägern aus Durastahl miteinander verbunden waren, vorbei. Hinter den Säulen standen Hornets, Rapiers, Scimitars, Broadswords und Raptors. Die meisten der Waffen wurden gerade von Wartungstechnikern in orangefarbenen Overalls inspiziert. Die Männer hockten in den geöffneten Cockpits, auf den verbrannten Flügeln oder auf dem zernarbten Rumpf. Ein Techniker schloß gerade ein buntes Gewirr von Treibstoff- und Ölleitungen an einen Raptor an, dessen Nase entfernt worden war, so daß sein elektrisches System offenlag. Überall war ein unangenehmer Geruch wahrzunehmen, wie er nur auf Militärschiffen herrscht und der sich trotz redlicher Bemühungen der Entsorgungsoffiziere nicht beseitigen läßt. Ein Zivilist hätte vielleicht die Nase gerümpft, aber Blair lächelte. *Ich bin endlich daheim.* Er betrachtete den ramponierten Eingang zu einem Lift, fuhr mit dem Finger über eine dicke Schweißnaht. Man merkte diesem Schiff an, daß es bereits lange Zeit im Dienst war. »Du warst an großen Gefechten beteiligt«, flüsterte er. »Ich denke, daß deine Zeit noch lange nicht vorbei ist.«

»Hey, was machen Sie da?« fragte eine vertraute Stimme.

Blair drehte sich zu Taggart um. »Ich warte auf Sie. Ich wollte mich nur fürs Mitnehmen bedanken.«

Der Captain schwieg einen Moment lang. »Nun, Gentlemen – ich kann nicht behaupten, daß mir eure Gesellschaft besonders angenehm war!«

Marshall bleckte die Zähne. »Das beruht wohl auf Gegenseitigkeit, *Sir!*«

Taggart ließ sich gar nicht erst auf Marshalls Spielchen ein. »Ich nehme den Lift dort«, meinte er zu Blair. Er deutete mit dem Kinn auf einen der Aufzüge, der in etwa 50

Meter Entfernung von ihnen lag. »Bis dann einmal. Und viel Glück!«

Blair holte seinen Raumsack und meinte: »Ich komme mit.«

»Ich nicht«, knurrte Marshall.

»Marshall, warte hier auf mich.« Blair ließ Marshall stehen und beeilte sich, um den Captain einzuholen. »Bevor wir uns nicht mehr sehen – was ist mit Ihrer Tätowierung?«

»Kennen Sie das Symbol?« fragte Taggart mit lauter Stimme, um den Maschinenlärm zu übertönen.

»Ich glaube, daß ich es weiß. Es stammt von den Kilrathi. Sie waren ein Kriegsgefangener?«

»Ich war auf der *Iason,* als sie geentert wurde.«

Blair starrte ihn überrascht an. »Auf der *Iason*? Das war doch das erste Schiff, das auf die Kilrathi gestoßen ist. Sie haben unter Commander Andropolos gedient?«

Taggart nickte. »Wir begegneten einem Raumschiff unbekannter Herkunft und ein Breitbandsignal strahlten eine nonverbale Begrüßung ab. Dann warteten wir vier Stunden auf eine Rückmeldung, als sie plötzlich mit allen Batterien zu feuern begannen. Aber ich vermute, daß Sie diese Geschichte bereits kennen?«

»Ja. Soweit ich informiert bin, gab es keine Überlebenden?«

»Stimmt vermutlich.«

Sie hatten den Lift erreicht, dessen Türen sich nun automatisch öffneten. Taggart ging hinein und drehte sich noch einmal zu Blair um.

»Warum haben Sie sich das nicht wegmachen lassen?« fragte Blair. Er warf einen bezeichnenden Blick auf den Hals des Captains.

»Wahrscheinlich, damit ich es nicht vergesse.«

»Was vergesse?«

»Warum ich kämpfe.«

Die Türen des Lifts begannen, sich zu schließen.

Blair trat einen Schritt nach vorn. »Ein Moment noch – ich habe Fotos und Holos von den Kilrathi gesehen, aber wie sehen sie wirklich aus? Ich meine, wenn man ihnen begegnet?«

»Sie sind häßlich. Viel Glück.«

Der Spalt zwischen den Türen schloß sich mit einem schmatzenden Geräusch.

»Nun ...«, murmelte Blair, bevor er sich umdrehte und zu dem anderen Lift zurücklief. Marshall plauderte mit einer hübschen, blonden Technikerin, deren glatte, helle Haut gar nicht zu ihrem ölverschmierten Overall passen wollte. Sie stand unter dem Rumpf eines Bombers und zerlegte mit Hilfe eines Motorschraubers eine der Bordkanonen.

»Wo bleibt eigentlich der XO?« fragte Marshall, ohne seinen Blick von der Technikerin abzuwenden. »Ich habe die ganze Zeit nach ihm gesucht ...«

»Aber sicher doch«, frotzelte Blair.

»Vielleicht kann sie uns ja helfen.« Marshall setzte sich in Bewegung, wobei die Sohlen seiner Stiefel den Boden kaum zu berühren schienen.

Blair schüttelte den Kopf und beschloß, sich die in einiger Entfernung stehenden Rapier-Jäger näher anzusehen. Er blieb vor dem ersten Jäger stehen, der die Flugnummer fünfunddreißig trug. Die an zahlreichen Stellen geflickte und größtenteils mit Rußspuren bedeckte Panzerung bewies, daß diese Maschine schon etliche Rundflüge zur Hölle hinter sich gebracht hatte. Er kam sich ein wenig wie ein kleiner Junge vor, als er darüber nachdachte, wie es wohl wäre, selbst im Cockpit zu sitzen und an den Triebwerken eines Dralthi-Jägers zu kleben ...

Neben dem Jäger stand ein Rollwagen, auf dem zwischen Werkzeugen und Ersatzteilen ein Computerpad lag. Er nahm es in die Hand und ließ sich das Logbuch anzeigen. Demnach war es kaum acht Stunden her, seit diese Maschine von einem Gefecht am Rande des Enyo-Systems zurückgekehrt war. Es stand noch nicht fest, wer ihr nächster Pilot sein würde. Blair legte das Computerpad wieder auf den Rollwagen und stieg die Cockpitleiter hoch. Als er auf der letzten Sprosse stand, vergewisserte er sich, daß er nicht beobachtet wurde, bevor er sich ins Cockpit zwängte.

Die Instrumente waren natürlich abgeschaltet, aber er wußte, daß der kleine Bildschirme, an der linken Seite die Schadensmeldungen anzeigte, während der rechte für die Videoverbindungen und die Zielerfassung zuständig war. Der kreisrunde Radarschirm in der Mitte würde während des Gefechts von zahllosen roten Blips gefüllt sein.

»Schwenke zum Angriff ab!« schrie ein Wingman, der nur in Blairs Kopf existierte.

»Zwei Dralthi von achtern – über und unter dir!«

Blair schreckte zusammen. Dann sah er die Person, die sich in seinen Traum eingemischt hatte. Sie war Ende Zwanzig und fast so groß wie er. Braunes, schulterlanges Haar mit goldenen Locken. Sie besaß eine natürliche Schönheit, die weder von den Schatten unter ihren Augen noch von dem Schmutzfleck auf ihrem Gesicht beeinträchtigt wurde. In einer Hand hielt sie einen Röntgenscanner, in der anderen einen Schraubenschlüssel, mit dem sie nun auf ihn deutete. »Sie haben fünf, maximal vielleicht zehn Sekunden – die Uhr läuft. Also, was machen Sie?«

»Ganz einfach – ich ziehe sie mit vollem Schub hoch und lege sie auf den Rücken, um sie voll herumzuziehen. Dann steige ich in die Eisen und hänge mich an sie dran!«

»Und PENG! Du bist tot. Warst nicht flott genug – die Dralthis sind verdammt fix, besonders beim Steigflug.

Bevor du dich versiehst, haben sie dir eine Rakete in den Hintern gejagt!«

Blair war noch nie auf diese plumpe Art von einem rangniedrigeren Mitglied der Instandsetzung angesprochen worden. Was sollte das? War sie neidisch, weil sie keine Pilotin war? Und warum redete sie wie ein knallharter Kerl?

»Okay – jetzt drehen wir den Spieß einmal um«, meinte sie. »Du hast dich an einen Dralthi drangehängt. Er versucht, dich abzuhängen, indem er in einen Asteroidengürtel eintaucht. Die Uhr läuft!«

Blair zog die Nase hoch und deutete mit seinem Zeigefinger auf den fiktiven Feind. »Ich habe mich bei ihm eingeklinkt. Mit dem Ausweichmanöver ist es also Essig ...«

»PENG! Schon wieder tot. Das war ein Hinterhalt. Da gibt es nämlich ein paar Asteroiden, die mindestens so dick sind wie dein Holzkopf, und dahinter können sich fünf oder sechs von ihnen verstecken – du bist ihnen in die Falle gegangen!«

Nun hatte Blair wirklich genug. Er versuchte, sich eine passende Bemerkung zurechtzulegen, während sie ihr Werkzeug auf den Boden legte und ihren Overall auszog.

»Was ist los mit dir? Keine Lust mehr?« fragte sie schnippisch.

»Wenn ich Nachhilfestunden brauche, dann bestimmt nicht von einem guteingefetteten Schrauber!« Blair hatte den Mund kaum wieder geschlossen, als er bemerkte, daß sie unter ihrem Overall eine blutrote Fliegeruniform trug, dessen Rangabzeichen ihm schlagartig klarmachten, daß er besser den Mund gehalten hätten.

»Lieutenant Commander Jeanette von Deveraux – dein Wing-Commander. Hast du eigentlich einen Namen, *Schätzchen?*«

Blair richtete sich auf und salutierte, wobei er sich

nicht der Illusion hingab, daß ihm diese nachträgliche Ehrenbezeugung aus der Misere helfen würde. »Lieutenant Christopher Blair, Madam!«

»Gut, Lieutenant. Wenn Sie Kampfpilot spielen wollen, dann schlage ich vor, daß Sie sich in unser virtuelles Freizeitzentrum begeben. Ansonsten wäre ich sehr dafür, daß Sie Ihren werten Hintern augenblicklich aus dem Cockpit dieses Jägers entfernen.«

Blair wurde puterrot. Er stand auf und setzte seinen Fuß auf die oberste Sprosse der Cockpitleiter. Während er die Leiter herunterstieg, fiel ihm auf, daß der Name des Piloten mit gelben Klebebuchstaben direkt unter der Kanzel auf dem Rumpf der Maschine ausgewiesen war. Lieutenant Commander Vince ›Bossman‹ Chen. Daneben waren sechsundzwanzig Symbole aufgeklebt – von einer Brandmarke durchgestrichene Kilrathi-Pfoten. Jede einzelne stand für einen Abschuß.

»Madam, laut Logbuch war dieser Jäger keinem Piloten zugewiesen. Ich möchte mich entschuldigen. Ich wußte nicht, daß es Bossmans Maschine ist.«

»Wer?«

»Lieutenant Commander Chen. Bossman.« Blair warf wieder einen kurzen Blick auf den Rapier-Jäger. Hatte er sich verlesenen? Nein.

Deveraux schien zu schmunzeln.

Blair war nun vollends verwirrt und lief zu dem Rollwagen, um noch einmal das Computerpad zu studieren. »Wenn das nicht sein Jäger ist, wer hat dann die 26 Abschüsse gemacht?«

Sie entriß ihm das Computerpad. »Was haben Sie überhaupt hier auf dem Landedeck zu suchen?«

»Wir suchen den XO«, sagte Marshall, der sich nun neben Blair aufbaute.

Deveraux ließ ihren Blick durch die Halle schweifen, bis sie einen hochgewachsenen Offizier entdeckte. »Da ist er.« Sie machte auf dem Absatz kehrt und ließ die beiden Neuankömmlinge stehen.

»Ich bin verdammt stolz auf dich, Blair.« Marshall schlug ihm kräftig auf die Schulter. »Selbst aus der Entfernung konnte ich genau erkennen, daß du dich in geradezu vorbildlicher Weise gegen die Autorität eines ranghöheren Offiziers zur Wehr gesetzt hast. Der Tag wird kommen, an dem diese Betonköpfe unsere Kreativität hinsichtlich des Umgangs mit Vorgesetzten endlich zu würdigen wissen!«

»Dein Wort in Gottes Ohr, Marshall. Ach, nur so nebenbei: Dieser Betonkopf von eben ist unser Wing-Commander. Ich vermute, daß ich einen hervorragenden Eindruck bei ihr hinterlassen habe.«

»Sie wird es schon irgendwann vergessen. Das ist halt der Gang der Dinge. Oder sie wird abgeschossen, dann hast du ebenfalls Ruhe vor ihr. Wie es auch kommen mag. Und jetzt komm! *General Grinskopf* dort winkt schon die ganze Zeit nach uns.«

Blair musterte das von tiefen Furchen durchzogene Gesicht des XO. Vielleicht hat er wirklich mal gegrinst, aber das muß so um das Jahr 2049 gewesen sein.

KAPITEL 7

Tiger Claw, Flottenträger der Vereinten Föderation
16. März 2654, 0200 Uhr Zulu-Zeit
Wega-Sektor, Enyo-System

Während seines Abschlußjahres an der Akademie hatte Blair sein Flugtraining auf der *TCS Formidable* absolviert, einem Zerstörer der Exeter-Klasse, der im Wega-Sektor operierte. Die Kommandobrücke des Zerstörers hatte er nur wenige Male betreten, wobei er immer so etwas wie Ehrfurcht empfand.

Dementsprechend war er ein wenig aufgeregt, als er nun zum erstenmal seinen Fuß auf die Brücke der *Tiger Claw* setzte, die immerhin doppelt so groß war wie ein Zerstörer. In alle Wände waren große Viewports eingelassen, deren Synthoglas so klar war, daß den Betrachter nichts mehr vom Vakuum dort draußen zu trennen schien. Dutzende Offiziere und Offiziersanwärter saßen vor den Schaltpulten und gaben ihre Meldungen mit gedämpften Stimmen durch, um den Geräuschpegel auf ein erträgliches Maß zu reduzieren. Ihre Gesichter reflektierten das gespenstische Licht der Bildschirme und Meldeleuchten. An einer unter der Decke angebrachten Strebe hingen sechs kuppelförmige Holo-Projektoren, ein siebter war in der Nähe der Radarstation angebracht und zeigte gerade eine Drahtgitteranimation von sechs startenden Hornets – die Wachablösung für die gerade wieder einfliegenden Rapiers.

Captain Jay Sansky stand unter dem Hologramm und diskutierte mit einem Radaroffizier, der ihm den Kurs der Patrouille erläuterte. Die große Verantwortung seines

Postens und der damit einhergehende Streß hatten ihn seiner Haare beraubt und ihn vorzeitig altern lassen. Sein Stolz hielt in davon ab, diesen Makel auf chirurgischem Wege beheben zu lassen. Seine freundliche und doch bestimmende Art im Umgang mit seinen Untergebenen ließ darauf schließen, daß er genau jene Führungsqualitäten besaß, die Blair bei Commander Gerald – dem ›Grinskopf‹ – vermißte.

Gerald hatte kaum etwas gesagt, während er Blair und Marshall zur Kommandobrücke führte. Blair fand es höchst bezeichnend, daß Gerald seinen Vornamen verschwieg, als er sich den beiden vorstellte. Zudem schien er es geradezu als eine Belästigung zu empfinden, daß er sie vom Flugdeck abholen mußte. Schließlich war es nicht die Aufgabe eines XO, neue Piloten zu begrüßen oder sie auf eine Besichtigungstour zu führen – normalerweise wurden diese Aufgaben vom Wing-Commander übernommen. Gerald hatte Marshall und Blair erklärt, daß Captain Taggart für diese Abänderung der üblichen Prozedur verantwortlich war. Um ihn zu beruhigen, hatte Blair ihm erklärt, wie wichtig die Minidiskette war, die er bei sich trug. Falls Gerald davon beeindruckt war, verstand er es jedenfalls, dies nicht zu zeigen. Unabhängig davon hatte er Marshall befohlen, vor der Brücke zu warten, da er dort ›nichts verloren‹ habe.

Blair hatte also einige gute Gründe, nach dem Betreten der Brücke zielstrebig auf Captain Sansky zuzugehen, statt sich von Gerald vorstellen zu lassen. Er stand stramm und begrüßte den Kommandanten mit einem so schmissigen Salut, daß der Captain in einem Reflex ebenfalls die Hand vor die Stirn riß. »First Lieutenant Christopher Blair meldet sich zum Dienst, Sir!«

»Rühren, Lieutenant.« Sansky betrachtete Blair von oben bis unten und sagte: »Wenn ich richtig unterrichtet bin, haben Sie mir etwas zu übergeben?«

»Ja, Sir!« Er zog die Minidisk aus seiner Tasche und reichte sie Sansky. »Eine verschlüsselte Mitteilung – von Admiral Tolwyn.«

Sansky kratzte sich an der Stirn und starrte die Minidisk an. »Warum hat der Admiral nicht einfach eine Drohne von Pegasus abgeschickt?«

Blairs Stimme war plötzlich sehr leise. »Sir – Pegasus wurde vor siebzehn Stunden von einer Kampfflotte der Kilrathi zerstört. Tut mir leid, das melden zu müssen, Sir.«

Der Captain betrachtete Blair schwermütig. Dann drehte er sich um und ging zum Kommunikationsstand, wo er die Disk einem jungen Funker entgegenhielt. »Ich möchte, daß Sie diese Disk dekodieren, und zwar so schnell wie möglich.«

»Aye-aye, Sir!« Der Funker drehte sich auf dem Stuhl herum, um die Disk entgegenzunehmen.

»Sonst noch etwas, Sir?« fragte Blair, als Sansky zurückkam.

»Seien Sie froh, daß wir den Überbringer einer schlechten Botschaft nicht mehr umbringen. Statt dessen heiße ich Sie an Bord willkommen. Abtreten.«

Blair salutierte und wollte bereits gehen, als Gerald rief: »Hey, Lieutenant! Sie sind nicht zufälligerweise verwandt mit Arnold Blair, oder?«

Blair sah ihn an und antwortete: »Er war mein Vater.«

Gerald nickte und verzog die Lippen zu einem selbstgefälligen Grinsen, das jedoch sofort wieder verschwand. »Er hat doch eine Pilger-Frau geheiratet, nicht wahr?«

»Diese Frage müssen Sie nicht beantworten!« sagte Captain Sansky.

Blair zögerte ein Moment, bevor er nickte. »Ja, Sir. Mein Vater hat eine von den Pilgern geheiratet, Sir.«

»Man weiß ja, was man von Mischehen zu halten hat.« Das Gesicht des Commanders hatte sich verhärtet, und seine Stimme klang eiskalt. »Die Pilger denken eben nicht wie wir!«

Blair sah ihm direkt in die Augen. »Darüber brauchen Sie sich keine Gedanken zu machen, Sir! Sie sind beide tot.«

Sansky legte seine Hand auf die Schulter des Commanders. »Ich bin davon überzeugt, daß seine Abstammung keinen Einfluß auf die Leistung des Lieutenants haben wird, Mr. Gerald.«

»Ja, Sir. Das denke ich auch.«

»Das wäre dann alles, Lieutenant«, sagte Sansky abschließend. »Ich schlage vor, daß Sie Ihr Gepäck unterbringen und dann an einer virtuellen Führung teilnehmen. Ihre Daten wurden bereits aufgenommen. Sie können sich die Ausdrucke später in der Personalabteilung abholen.«

Blair nickte. »Danke, Sir.«

Captain Sansky blickte dem neuen Piloten hinterher. Geralds Verhalten mißfiel ihm. »Sie trauen ihm nicht über den Weg?«

Statt diese Frage zu beantworten, wandte sich Gerald an den Gefechtscomputer.

»Wie groß sind die Chancen, daß eine Kampfflotte der Kilrathi unbemerkt in das Gebiet der Föderation eindringen und die Station Pegasus zerstören kann?«

»Berechnung erfolgt«, antwortete der Computer. »Eins gegen eins Komma zwei eins Millionen hoch zehn.«

Gerald riß erstaunt die Augen auf und drehte sich zu seinem Vorgesetzten um. »Sie sagten, daß ich ihm nicht über den Weg traue? Allerdings!«

Draußen auf dem Korridor stürmte Blair wutentbrannt an Marshall vorbei. Es lief absolut nicht so, wie er es sich vorgestellt hatte. Er fühlte sich betrogen – wozu hatte er die ganzen Jahre so hart gearbeitet, trainiert, studiert? Etwa für nichts und wieder nichts? *Ich bin ein halber Pilger, ein Mischling. Für euch ist es sonnenklar – ihr seht nur meine Herkunft, alles andere interessierte nicht.*

»Hey, hey, hey!« rief Marshall. Er rannte hinter Blair her und riß ihn an der Schulter herum. »Was ist los? Komm mal wieder runter ...?«

Blair fluchte und funkelte Marshall wütend an. »Manche Dinge ändern sich verdammt noch mal nie!«

»Hör mal zu, ich habe einiges von dem mitbekommen, was hier läuft. Schön und gut, Gerald ist ein Arschloch. Wen interessiert's? Jetzt werden wir uns erst einmal mit den anderen Piloten bekannt machen. Mit den Männern und Frauen, die mit uns kämpfen, vielleicht sogar sterben werden. Und vielleicht ...«

»Vielleicht mit dir bumsen? Du bist wirklich beneidenswert, Marshall!«

»Mag sein. Kann mir andererseits nicht vorstellen, daß eine von denen mit einem Weichei wie dir in die Kiste steigt! Mann, du solltest einfach mal zusehen, wie der alte Marshall es anstellt. Vielleicht fällt dabei ja was für dich ab, wer weiß?« Marshall legte seinen Arm um Blairs Schultern und zog ihn in den Korridor.

Als sie die Messe erreichten, hatte Blair sich beruhigt. Marshall öffnete das Schott und ging hinein. Blair folgte ihm.

Angesichts der großen Anzahl von Piloten, die auf der *Tiger Claw* stationiert waren, hatte Blair eigentlich erwartet, daß die Messe geräumig, gut ausgestattet und einigermaßen ordentlich sein würde. Statt dessen betrat er nun einen engen, schäbigen Raum, in dem es roch wie im Stiefel eines frisch vom Fronteinsatz zurückgekehrten

Rauminfanteristen. Das erstaunlichste aber war die Unordnung, die ein Kommandant eigentlich nicht ungestraft durchgehen lassen konnte. Vermutlich schämte sich Captain Sansky so sehr für die schlechte Unterbringung seiner Kampfpiloten, daß er davon absah, gegen dieses Chaos einzuschreiten. Der Raum war mit unbequem aussehenden Metallstühlen und total ramponierten Tischen möbliert. Die Wände waren mit vergilbten, im Luftsog der Klimaanlage flatternden Spindbildern von Männern und Frauen zugehängt. Am hinteren Ausgangsschott klebte ein Rekrutierungsposter der Navy, auf dem ein Raumkreuzer abgebildet war, der gerade aus einem Sprungpunkt hervorbrach. Unter dem Schiff war in großen Buchstaben der Spruch ›DIE NAVY – WER SONST?‹ abgedruckt. Irgend jemand hatte sich mit einem schwarzen Marker daran versucht, möglichst zotige Antworten auf die rhetorisch gemeinte Frage zu finden. Blair war zutiefst beeindruckt vom Einfallsreichtum des unbekannten Schmierfinken.

An einem der Tische spielten zwei Piloten Schach. Einer von ihnen war auffällig groß und kräftig gebaut. Unter seinem Bürstenschnitt stach das hervor, was man üblicherweise eine römische Nase nennt. Die lange Narbe in seinem Gesicht verzog sich, als er grinsend einen der gegnerischen Bauern vom Spielbrett nahm. »Es geht bergab mit dir, Forbes.«

»Schön zu wissen, daß Menschen wie Sie noch Träume haben, Mr. Polanski.« Forbes war eine hübsche, dunkelhäutige Frau mit kurzem, grellblond gefärbtem Haar. Sie starrte ihn eine Sekunde lang an, um dann mit einer blitzschnellen Bewegung Polanskis Läufer aus dem Spiel zunehmen. Blair fand ihr Grinsen ziemlich bemerkenswert. Es war, als würde ihr Lippenstift ein geheimes Gift enthalten, von dem nur sie und er etwas wußten.

Die beiden Schachspieler bemerkten erst jetzt, daß

zwei Unbekannte den Raum betreten hatten. Auch die anderen fünf oder sechs anwesenden Piloten betrachteten die beiden nun mit unverhohlener Neugierde.

Blair nickte freundlich. Marshall legte dagegen die gesamte Jovialität eines Zeremonienmeisters an den Tag, der die Parade zum Siegestag der Föderation ankündigt. »Hey! Wie läuft es denn so? Lieutenant Marshall, Todd Marshall!«

Stille. Tödliche Stille. Die Gesichter der anderen zeigten keinerlei Regung. Aber nach einigen Augenblicken setzten sie ihre Gespräche wieder fort, als wäre absolut nichts geschehen.

So leicht ließ sich Marshall jedoch nicht aus der Fassung bringen. »Leute, ich möchte euch einen alten Kumpel von mir vorstellen, Lieutenant Christopher Blair, den zweitbesten Piloten auf diesem Schrotthaufen.«

Einige der Piloten starrten ihn seltsam an, darunter auch einer mit rotbraunen Haaren und mächtigen, absolut vorschriftswidrigen Koteletten. Er nahm den Zigarrenstummel aus dem Mundwinkel und sagte mit einem breiten australischen Akzent: »Und wer ist deiner Meinung nach der beste, Herzchen?«

»Du willst dich wohl unbedingt unbeliebt machen?« zischte Blair Marshall zu.

Doch Marshall baute sich unbekümmert vor dem Zigarrenfan auf, der daraufhin sofort vom Stuhl aufstand. »Es gibt zwei Methoden, das herauszufinden.« Er studierte das Namensschild auf der Brust des Piloten. »Beispielsweise könnten Sie, Captain St. John, doch mal versuchen, mir was auf die Fresse zu hauen.«

St. John legte die Stirn in Falten. Offenbar wußte er nicht, was er von Marshall halten sollte. Blair konnte ihm das gut nachempfinden.

»Und wie sieht die andere Methode aus?« fragte St. John.

Marshall lächelte. Er sah nun ziemlich gefährlich aus. »Die andere Methode? Nun, da kommt ein anderer alter Freund von mir ins Spiel. Mr. Johnny Walker Black Lable.« Marshall bückte sich, um aus einem Seitenfach seines Raumsacks eine Flasche hervorzuholen. Scotch. Echter Scotch. Das einzig wahre, gute alte Zeug. Marshall hielt die Flasche einladend hoch.

St. John wandte sich an Forbes und sagte ihren Namen, wobei sein Tonfall vermuten ließ, daß sie hier das Sagen hatten.

Forbes betrachtete die Flasche mit einem ziemlich gierigen Blick. »Wir stehen ja nicht auf Abruf bereit. Ich denke, einer kann nicht schaden.«

»Das kann man immer erst nach dem zweiten sagen.« Marshall langte in eines der Regale, um einen Plastikbecher hervorzuholen, den er mit Scotch füllte und Forbes anbot.

Nun scharten sich auch die anderen Piloten um Marshall, der Blair kurz einen triumphierenden Blick zuwarf.

Forbes stützte ihren Drink hinunter und atmete geräuschvoll aus, als das erwartete Brennen in ihrer Kehle einsetzte. »Du bist ein harter Zocker!« meinte sie anerkennend.

Marshall grinste. »Du solltest mal erleben, wie hart ich werden kann.«

»Nicht hart genug für mich, und sicher auch nicht groß genug!«

»Ich habe mal gehört, daß es auf die Größe gar nicht ankommt.«

»Sie hat dich angelogen!«

Einige der anderen Piloten lachten. Forbes drehte sich zu St. John herum und sprach ihn mit seinem Einsatznamen an. »Hunter, ich hätte an deiner Stelle die dritte Methode gewählt und ihm erst was auf die Fresse gehauen, um ihm anschließend seinen Scotch wegzusaufen!«

Noch mehr Gelächter. Womit Blair klar wurde, daß das Eis gebrochen war.

Captain Sansky und Commander Gerald hatten sich im Kommunikationsraum eingefunden, um sich über den Inhalt der von Lieutenant Blair mitgebrachten Minidisk zu informieren. Sansky war keineswegs überrascht, als er hörte, was Tolwyn von ihm wollte. Aber er wußte genau, daß es in dieser Situation nicht ratsam wäre, die Vorschriften zu umgehen. Es war beileibe nicht das erste Mal, daß er die Meinung des Admirals nicht teilte. Aber diesmal stand ungewöhnlich viel auf dem Spiel. Die Verantwortung lag natürlich komplett beim Admiral, und Sansky war in diesem Fall weisungsgebunden, was er als Erleichterung empfand.

Auf dem Monitor erschien das Gesicht von Admiral Tolwyn. Hinter ihm war die Brücke der *Concordia* zu sehen. »Jay, ich möchte es kurz machen. Die Kilrathi haben Pegasus eingenommen. Sie haben unseren NAVCOM. Wenn dich diese Botschaft erreicht, werden sie noch ungefähr dreiundzwanzig Stunden vom Sprungpunkt Charybdis und der Erde entfernt sein. Die Schiffe des Föderation sind mit Kurs Richtung Heimat unterwegs. Die Einsatzflotte der *Concordia* wird diesen Punkt erst in fünfundzwanzig Stunden erreichen. Ich werde die *Tiger Claw* zum Quasar Charybdis beordern. Versuch bitte, möglichst viel über die Stellung der Kilrathi, ihre Feuerkapazität und ihre Angriffspläne in Erfahrung zu bringen. Ich benötige diese Daten, alter Freund. Am besten setzt du Taggart ein. Er kennt den Wega-Sektor besser als jeder andere – er kann dich ohne großen Zeitverlust nach Charybdis bringen. Viel Glück.«

Sansky sah seinen ersten Offizier an, der schon seit

einer Weile den Kopf schüttelte. »Das will mir gar nicht gefallen!«

»Niemand hat dich nach deiner Meinung gefragt, Paul!«

»Sir? Diese Disk wurde uns durch die *Diligent* zugestellt, von einem Pilger-Mischling.«

»Ich weiß sehr genau, wie einfach es ist, so etwas zu fälschen. Aber wenn diese Mitteilung echt ist, besiegeln wir das Schicksal der Erde, wenn wir sie ignorieren. Ich nehme doch nicht an, daß Sie auf diese Weise in die Geschichte eingehen wollen?«

»Nein, Sir! Aber ich halte Ihr Vertrauen nicht für angebracht.«

»Ich habe Ihre Vorbehalte zur Kenntnis genommen. Nun lassen Sie bitte Taggart holen.«

Gerald verließ ohne ein weiteres Wort den Raum.

Sansky drehte sich zum Monitor um und stellte den Ton ganz ab, bevor er sich die Meldung noch einmal ansah. Er starrte Tolwyns Gesicht an. »O Gott, Geoff! Du hast schon immer ein Händchen dafür gehabt, die richtigen Entscheidungen zu treffen. Ich habe dir immer vertraut. Aber das hier … das ist ein harter Brocken. Ich frage mich, warum es ausgerechnet mich treffen muß? Aber das fragt sich wahrscheinlich jeder, nicht wahr? Viel Glück, alter Freund!«

KAPITEL 8

Tiger Claw, Flottenträger der Föderation
16. März 2654, 0330 Uhr Zulu-Zeit
Wega-Sektor, Enyo-System

Während Blair den Scotch durch seine Kehle rinnen ließ, beobachtete er Forbes und Polanski beim Schachspielen. Marshall schnappte sich seine Flasche und gesellte sich zu den beiden.

Blair dachte über seinen Kameraden nach. Als jüngster von vier Brüdern hatte Marshall es in seiner Kindheit nicht einfach gehabt, da er sich ständig gegen die anderen hatte behaupten müssen. Natürlich wußte er das nicht von Marshall, der niemandem solche Einblicke in sein Vorleben gestattet hätte. Aber nachdem Blair Marshalls Brüder kennengelernt hatte, war ihm vieles klargeworden: ein Haufen hartgesottener, undisziplinierter Bengel aus einer Soldatenfamilie. Zwei von seinen Brüdern arbeiteten als Piloten für die Chartergesellschaft ihres Vaters, ›Boomer‹ Marshall, einem ehemaligen Marineflieger, dem es zu verdanken war, daß Todd vor seinem Eintritt in die Akademie mehr Flugstunden absolviert hatte als jeder andere seines Jahrgangs. Marshall legte viel Wert darauf, diesen Umstand hervorzuheben.

Sicher war Marshall ein Nervtöter, was aber nichts daran änderte, daß er ein verdammt guter Pilot war. Das hatte Blair während eines Trainingsfluges zur Kenntnis genommen, bei dem er und Marshall zufällig im Sternennebel des Hilthros-Systems auf einen Zerstörer der Kilrathi gestoßen waren. Marshalls irrsinnige Manöver und Blairs schulbuchmäßige Vorgehensweise hatten sich ausgezeichnet ergänzt, und es war ihnen gelungen, das gegnerische Schiff zu zerstören, das bereits tief in das Gebiet der Föderation eingedrungen war und vermutlich große Mengen an brisanten Daten über die Flottenstärke und Feuerkraft in diesem Sektor gesammelt hatte.

Allerdings konnte Blair kaum glauben, daß der Marshall von damals identisch war mit dem, der hier und jetzte in der Messe herumstolzierte. Schwankend hob er die Flasche und meinte zu Forbes: »Schmeiß doch das blöde Pony da mit deinem Schneemann raus!« Dann setzte er die Flasche an den Hals.

Polanski rülpste Marshall an und sagte: »Wir bevorzugen es, dazu *Springer* und *Läufer* zu sagen.«

»Du willst mich wohl verarschen? Wie sagt ihr dazu?«

Forbes betrachtete das Spielbrett und hob dann den Kopf, um Marshall anzugrinsen.

Marshall zwinkerte ihr zu.

Dann nahm sie ihren ›Schneemann‹ und zog ihn auf das Feld, auf dem Polanskis ›Pony‹ stand. »Schach.«

Polanski zuckte zusammen und glotzte fassungslos das Spielbrett an. »Wie ...?«

»Und matt!« sagte Marshall.

»Verdammt!« murmelte Polanski erschüttert. »Was war denn das für ein Trick?«

Forbes sah Marshall interessiert an. »Sieh an – hinter deiner großen Fresse steckt anscheinend so etwas wie ein Gehirn.«

Marshall lächelte auf eine Weise, die erfahrungsgemäß eine bestimmte Sorte von Frauen sehr beeindruckte und gleichzeitig so ziemlich jeder Sorte von Mann das Messer in der Tasche aufgehen ließ. Er kippte noch einen Drink hinunter, während sie aufstand. Es war wohl eher einem Zufall zu verdanken, daß ihr Blick sich mit Blairs traf, der beide Hände in den Taschen hatte und sich redlich mühte, besagtes Messer wieder zuzuklappen.

»Ist dein Freund immer so redselig?« erkundigte sie sich bei Marshall.

»Er hat gerade den Fehler gemacht, Commander Deveraux für eine Schmierölmagd zu halten.«

Sie ging zu Blair und beugte sich über ihn. Dann schoß ihre Hand blitzschnell zwischen Blairs Beine. Sie drückte fest zu, wogegen Blair sich nicht wehren konnte, da er immer noch die Hände in den Hosentasche hatte.

»Erstaunlich«, sagte sie grinsend, »sind beide noch dran!«

Die anderen Piloten kicherten, am lautesten St. John, der direkt neben Blair saß.

Forbes drückte nun noch fester zu, worauf Blair sich nun doch zur Wehr setzte und sich von ihr befreite.

»Wenn Commander Deveraux wirklich ernsthaft böse auf dich gewesen wäre«, sagte Forbes mit einem vieldeutigen Grinsen, »hätte dich das bestimmt nicht mehr gestört, Lieutenant!«

Blair biß die Zähne zusammen. Dann bemerkte er, daß ihn alle im Raum anstarrten. »Ich habe nur in Lieutenant Commander Chens Maschine gesessen, mehr nicht!«

Das Lächeln auf den Gesichtern der anderen verschwand. Polanski drehte sich weg. St. John setzte sein Glas ab und sah ihn an. »In wessen Maschine?«

»Lieutenant Commander Chens. Bossman.«

St. John nahm die Zigarre aus dem Mund. »Bossman? Kennt einer von euch einen Bossman?«

»Nein«, sagte jemand.

»Nie gehört«, meinte ein anderer.

Blair sprang so abrupt auf, daß er dabei seinen Stuhl umwarf. »Was ist mit euch los?« Die Gleichgültigkeit in ihren Gesichtern trieb ihn wirklich auf die Palme.

Schließlich handelte es sich um einen gefallenen Kameraden.

Ein Schwarzer, auf dessen Namensschild Khumalo stand, sagte leise und ruhig: »Laß es sein, Blair!«

»Was soll ich lassen?«

St. John verzog seinen Mund. »Du redest von einem Mann, der niemals existiert hat, Herzchen.«

»Da bin ich aber anderer Meinung!«

Es geschah blitzartig, fast so schnell wie die Begegnung mit dem dunklen Herzen Scyllas. Eben saß St. John noch vor seinem Glas, und jetzt – keine Nanosekunde später – stand er direkt vor Blair und stieß ihn hart vor die Brust. »Es hat ihn niemals gegeben«, zischte er. »Ich schlage vor, daß du das Thema wechselst. Andernfalls werde ich es für dich tun.«

Marshall bahnte sich seinen Weg durch den Raum und baute sich direkt hinter St. John auf. »Hast du ein Problem mit meinem Freund, Hunter?«

»In der Tat, das habe ich.«

»Dann hast du jetzt ein doppeltes Problem.«

St. John wirbelte herum. »Ach ja? Dann laß uns mal sehen ...«

Blair rechnete damit, daß St. John Marshall im nächsten Augenblick angreifen wurde. Er bereitete sich darauf vor, seinem Freund zu helfen. Doch statt dessen drehte St. John sich um und packte ihn am Kragen. Nun übernahm Marshall Blairs Vorhaben und trat schnell von hinten an St. John heran, um ihn in den Schwitzkasten zu nehmen. Worauf Polanski eingriff und Marshall auf gleiche Weise festhielt, um ihn von St. John wegzuziehen, wobei Blairs Hemd das Nachsehen hatte.

Seine Brust war nun halb entblößt. Jeder im Raum konnte das Kreuz sehen.

»Er ist ein Pilger!« schrie St. John. Er ließ von Blair ab und trat einen Schritt zurück.

Alle starrten das Kreuz an. Marshall fluchte und schlug mit der Faust gegen die Wand. Die Piloten, die neben dem Eingang standen, bauten sich nun direkt davor auf.

Forbes drängte die anderen mit den Ellenbogen zur Seite, bis sie vor Blair stand.

Plötzlich hörte er eine Stimme, die ihm nur zu gut bekannt war. »Wenn ihr mich nicht sofort durchlaßt, kriegt ihr mächtigen Ärger!«

Gut. Sie konnte ihn noch nicht sehen. Er nutzte die Gunst des Moments, um sein Kreuz wieder unter dem Hemd zu verstecken.

»Was ist hier passiert? Hunter?«

Bevor der Mann antworten konnte, stand Blair bereits vor Commander Deveraux. »Hunter und die anderen haben sich nur mit Lieutenant Marshall und mir bekannt gemacht. Eine wirklich freundliche Truppe, Commander Deveraux!«

Sie sah zunächst ihn und dann St. John mit zweifelndem Blick an. »Lieutenant?«

Der Captain und murmelte: »Ja, genau so war's, Madam!«

Jetzt hatte Blair die Nase endgültig voll. »Sehen Sie, Madam? Es ist gar nichts passiert. Ich vermute, daß auch diese Unterhaltung niemals stattgefunden hat.«

Dann verließ er ohne ein weiteres Wort den Raum.

Draußen im Korridor stieß Blair beinahe mit zwei Waffentechnikern zusammen, die erst im letzten Moment zur Seite traten.

Gott, wie ich diesen Laden hasse!

»Lieutenant?« rief ihm Deveraux scharf hinterher.

Er blieb stehen, drehte sich aber nicht zu ihr um.

»Ich möchte mich nur vergewissern, ob Sie sich über Ihre Pflichten im klaren sind. Was zur Hölle glauben Sie eigentlich, wer Sie sind?«

»Ich bin ein Kampfpilot im Einsatz auf einem militärischen Schiff, das sich derzeit in einem Kampfgebiet aufhält, Madam. Muß ich dazu noch etwas erläutern?«

»O nein, Lieutenant, keineswegs. Ich weiß genau, was gespielt wird. Sie sind lediglich eine kleine Figur in einem Spiel, dessen Verlauf nicht in Ihren Händen liegt. Wir bekommen zehn, manchmal zwölf Ersatzleute pro Monat – so viele, wie die Akademie für uns durchschleift.«

»Nun, Commander, das trägt ungemein zur Stärkung meines Selbstbewußtseins bei!«

Sie verstellte ihm den Weg. Zwei rote Flecken auf ihren Wangen zeigten, daß sie einige Mühe hatte, ihr Temperament zu zügeln. »Vielleicht sollte ich Ihnen sagen, wie es dort draußen wirklich aussieht. Mit großer Wahrscheinlichkeit werden Sie sterben – das gilt für uns alle. Wir können gut darauf verzichten, daß uns jemand diese Tatsache vor Augen führt. Also – wer tot ist, hat nie gelebt. Ist das klar?«

Blair fügte sich ihrer abstrusen Logik. »Ja, Madam«, sagte er langsam. »Habe verstanden, Madam.«

»Fein. Ich hoffe nur, daß Sie auch meinen, was Sie sagen. Also, vergessen Sie es nicht.« Sie drehte sich um und ging.

Im nächsten Moment tauchte Merlin auf. »Die Wut steht ihr ungemein gut!«

Blair verzog das Gesicht.

»Hey, ich bin zwar ein Hologramm, aber deshalb noch lange nicht blind.«

Captain Sansky saß immer noch in der düsteren Funkbude und betrachtete die roten Flecken auf dem Strategieplan, den Lieutenant Commander Obutu ihm herausgesucht hatte. Die Punkte bewegten sich auf die glutheißen Arme des Quasars Charybdis zu. Hinter dem Quasar verlief eine gelbe Linie direkt zur Erde.

Sansky kannte seine Befehle und wußte sehr gut, welche Rolle er zu spielen hatten. Doch tief in ihm nagte der Zweifel, verursacht durch Commander Geralds Bedenken sowohl hinsichtlich der Echtheit der Mitteilung als auch bezüglich Sanskys Entscheidung, Taggart in diese Sache hineinzuziehen. Es würde Probleme mit der Crew geben, wenn Gerald seine Ansichten nicht für sich behielt. Obwohl Gerald seine Leute hart rannahm, respektierten sie seine Autorität. Sansky blieb nichts anderes übrig, als abzuwarten, selbst wenn es ihm ein Magengeschwür bescheren würde.

Das Schott öffnete sich. Gerald betrat den Raum, gefolgt von Captain James Taggart, der gerade eine Hand vor seinen Mund hielt, um herzhaft zu gähnen. »Captain Sansky – da wir beide den gleichen Rang haben, nehme ich es mir heraus, Ihnen einen Rat zu erteilen: Wecken Sie niemals einen müden Raumfahrer, wenn es nicht um Leben oder Tod geht!«

»Das sehe ich genauso, Mr. Taggart.«

Taggart begab sich unter das Hologramm, um die Kilrathi-Flotte zu betrachten, die sich dem Quasar näherte. »Die haben es aber ganz schön eilig«, murmelte er.

»Ich habe einiges von Ihnen gehört, Taggart. Aber anscheinend weiß ich so gut wie nichts über Sie. Sie sind ein ziviler Kapitän, der einen in den Kriegsdienst gepreßten Frachter kommandiert, schön und gut. Aber trotzdem überbringen Sie mir eine kodierte Order von Admiral Tolwyn.«

Taggart grinste. »Und Sie trauen weder mir noch Blair, noch der Disk über den Weg, nicht wahr?«

»Würden Sie es tun?«

»Nein.«

Sansky deutete auf das Hologramm. »Was Sie da sehen, Mr. Taggart, ist ein Alptraum. Es zeigt mir unzweifelhaft, daß die Kilrathi einen NAVCOM besitzen und somit die Möglichkeit haben, direkt zur Erde zu springen. Und auf Basis dieses Alptraums soll ich nun eine radikale Entscheidung treffen, die – falls Sie mich belogen haben – dieses Schiff, seine Crew und die Erde in höchstem Maße gefährden könnte. Was ich natürlich nicht zulassen kann. Also, bevor ich dieses Risiko eingehe, muß ich mich zunächst vergewissern, daß Sie und die von Ihnen überbrachten Befehle tatsächlich das sind, was Sie behaupten.« Sansky griff in seine Brusttasche und zog die dekodierte Disk heraus. »Also, Mr. Taggart – welche Beweise können Sie mir für die Echtheit dieser Disk nennen?«

Taggart griff in eine Westentasche und zog einen kleinen, glänzenden Gegenstand heraus. Er warf ihn Sansky zu, der ihn erstaunlich geschickt auffing und betrachtete. Es war ein goldener Ring, der schon ziemlich alt sein mußte, da das Metall fleckig war und der Smaragd stumpf wirkte. Sansky hielt den Ring ins Licht des Holos und sah eine Inschrift: *Anapolis Naval Academy 1941.* Seine Hand zitterte plötzlich. »Wo haben Sie das her?«

»Tolwyn hat ihn mir vor acht Monaten gegeben. Er meinte, daß es vielleicht in einer Situation wie dieser dazu beitragen könnte, einen Offizier davon zu überzeugen, daß er seine Befehle ausführt.«

Gerald gesellte sich zu ihnen und streckte Sansky seine Hand entgegen. Sansky gab ihm den Ring und beugte sich dann über das Mikrophon des Interkom. »Brücke – Kurs auf den Quasar Charybdis nehmen, volle Kraft.«

Lieutenant Obutu betrachtete den Navigationsbildschirm, auf dem nun die Koordinaten erschienen. Von allen Offizieren seines Schiffes war Obutu derjenige, über den Sansky am wenigsten wußte. Der zähe, tiefernste Schwarze schien von einer Vergangenheit verfolgt zu werden, deren Geheimnisse er niemandem eröffnete.

Für Sansky stellte dieser Mann einen Ruhepol innerhalb der Mannschaft dar, und seine Anwesenheit wirkte auf ihn in Krisensituationen seltsam beruhigend. »Sir, der nächste Sprungpunkt nach Charybdis liegt gut vier Flugtage entfernt. Wie sollen wir es überhaupt schaffen, rechtzeitig dort anzukommen?« fragte der Lieutenant überrascht.

»Elf Stunden von hier gibt es einen Pulsar der Klasse zwei«, erklärte Taggart. »Wir könnten von dort aus springen.«

Obutu gab mit flinken Fingern einige Befehle ein. Dann meinte er zu Sansky: »Ist nicht verzeichnet, Sir. Wir haben keine Koordinaten im NAVCOM.«

Taggart trat einen Schritt nach vorn und stand nun zwischen Sansky und Gerald. »Aber ich«, sagte er.

»Seit vierzig Jahren hat niemand mehr versucht, durch einen Pulsar zu springen«, gab Gerald zu bedenken. Er sah Taggart mißtrauisch an. »Damals waren es übrigens Pilger.«

»Ich glaube nicht, daß wir eine andere Wahl haben, Mr. Gerald«, erwiderte Sansky gelassen. »Wenn die Schlacht bei Charybdis entschieden werden soll, dann müssen wir Charybdis erreichen, so einfach ist das.« Er sah Taggart an. »Legen Sie den Kurs fest.«

Taggart nickte und nahm vor dem Navigationsterminal Platz. Gerald schien Mühe zu haben, sich zu beherrschen. Als Taggart außer Reichweite war, flüsterte er Sansky zu: »Sir, dieser Ring besagt gar nichts.« Er gab ihn Sansky. »Sie sollten ...«

»Dieser Ring befindet sich seit sechzehn Generationen im Besitz der Familie Tolwyn. Wer ihn erhalten hat, der hat das volle Vertrauen des Admirals.«

»Falls er echt ist – was noch nicht feststeht –, stellt sich immer noch die Frage, wieso ihn Tolwyn ausgerechnet einem Zivilisten anvertraut.«

»Glauben Sie mir: Das macht er nicht zum erstenmal. Das ist sein Ring. Und Sie haben Ihre Befehle. Lassen Sie alles für den Sprung vorbereiten.«

Während Gerald salutierte und anschließend den Raum verließ, beobachtete Sansky Taggart. Er hätte viel dafür gegeben, mehr über diesen mysteriösen Mann in Erfahrung zu bringen. Sansky hatte selbst seine kleinen Geheimnisse, vermutete jedoch, daß sie sich gegenüber Taggarts Vergangenheit als recht bieder erweisen würden. Und wenn schon. Was ihnen nun bevorstand, würde noch weitaus interessanter sein.

Und gefährlicher.

KAPITEL 9

Tiger Claw, Flottenträger der Föderation
16. März 2654, 0930 Uhr Zulu-Zeit
Wega-Sektor
Position: fünf Stunden vom Pulsar Klasse zwei

Blair lag auf der Pritsche in der Kabine, die man ihm und Marshall zugewiesen hatte. Er hatte das Licht gelöscht und seine Augen geschlossen, da er schlafen wollte. Träumen wollte. Davon träumen wollte, irgendwo anders zu sein – nur nicht auf dem Flottenträger. Er versuchte, sich an die Träume zu erinnern, die er sonst hatte. Träume von zu Hause, von Nephele, von seiner Tante und seinem Onkel, die hart gearbeitet hatten, um ihren Neffen großziehen zu können, nachdem seine Eltern gestorben waren. Er dachte an alte Liebschaften, an die Jobs, die er in den Sommerferien angenommen hatte, an eine bestimmte Geburtstagsparty an einem siebzehnten Juli, die für das Ende seiner Kindheit stand. Er überlegte, wie es damals auf der Akademie von Hilthros war, in jenen Tagen, seit denen scheinbar viele tausend Jahre vergangen waren. Sein Leben bestand aus einem Strom unklarer Erinnerungen. Nichts erschien ihm bemerkenswert, alles versank in seiner Depression. Das einzige, was ihm noch fehlte, war das Pilger-Kreuz an seinem Hals. Ein Symbol, das ihn schützen sollte. Ein Symbol, das sich oft als Fluch erwies.

Wie bin ich überhaupt hierhingekommen? Ich war damals doch nur ein ganz normaler Junge, der auf einer Farm aufwuchs und gerne mit anderen Kindern herum-

balgte. Dann habe ich mich entschlossen, Pilot zu werden – Pilot, und nicht einfach eine Nummer in der Statistik der Föderation. Ich kann mich noch erinnern, daß mein Onkel mir davon abriet, dem Militär beizutreten. Was hat es mir letztlich eingebracht?

Das Licht ging an. Blair legte eine Hand auf seine Augen und richtete sich auf. Er hörte, wie jemand mit Stiefeln herumpolterte und einen Reißverschluß hochzog. Blair öffnete die Augen und sah Marshall, der dort in einer tiefroten Fliegermontur stand, den ramponierten Helm unter den Arm geklemmt.

»Müssen wir raus?« fragte Blair.

»Nein. Nur ich. Lieutenant Forbes und ich müssen Wache schieben.«

»Und warum weckst du mich dann?«

Marshall deutete mit dem Zeigefinger auf Blairs Kreuz und öffnete den Mund, aber Blair kam ihm zuvor.

»Du, ich habe meine Meinung geändert. Aber ich kann nun einmal nichts daran ändern, wer ich bin.«

»Richtig. Aber du hast mir auf der Akademie versprochen, daß du es nicht mehr trägst. Ich will ja nicht, daß du es wegschmeißt, aber du verstehst sicher, wie ich das meine.«

»Es bringt mir Glück, Todd!«

»Es wird dir den Tod bringen, *Chris.*«

Blair nahm das Kreuz in die Hand, als ob er es vor Marshall schützen wollte. »Ich habe es getragen, als wir den Sprung durchgeführt haben. Du hast Taggart gehört. Ein NAVCOM hätte das nicht geschafft!«

»Mit Glück hat das doch nichts zu tun! Eher schon mit Training und Willenskraft.« Marshall streckte Blair seine Hand entgegen. »Nimm's ab.«

Blair rückte von ihm ab und hielt schützend seine Hand um das Kreuz. »Es ist ein Teil von mir. Oder von dem, was ich eigentlich sein sollte.«

Marshall zog verächtlich die Nase hoch. »Du weißt doch gar nicht, was es bedeutet. Sie haben den Krieg verloren. Die Geschichtsbücher werden von den Siegern geschrieben, und die stellen auch die Spielregeln auf. Willst du für ein Team kämpfen, daß es überhaupt nicht mehr gibt? Denk mal darüber nach!«

Blair wußte natürlich genau, daß Marshall recht hatte. Doch fühlte er sich immer noch ganz seltsam berührt, wenn er an seine Abstammung und an die wirkliche Bedeutung des Kreuzes dachte. Er konnte doch nicht einfach die gesamte Vergangenheit vergessen, nur um mit den anderen Piloten besser zurechtzukommen.

»Hier geht die Post ab, mein Junge«, fuhr Marshall fort. »Andere töten oder sich töten lassen, so einfach ist das.«

»Mann, das klingt wirklich hochphilosophisch! Hast du das durch eine Vision erfahren?«

»Schnauze. Du weißt genau, wie ich es meine. Diesmal hast du wirklich Scheiße gebaut! Und jetzt brauchst du jemanden, der dir den Rücken freihält. Hör zu, Alter: es wird Momente geben, in denen ich nicht dein Kindermädchen spielen kann!«

»Das erwarte ich auch nicht – schon gar nicht von dir!«

»O Mann!« seufzte Marshall. »Sie werden dich fertigmachen – wenn nicht die Kilrathi, dann ...«

»Erzähl mir doch mal was Neues!«

Marshall ließ sich auf seine Pritsche fallen, glättete sein Haar und rieb sich die blutunterlaufenen Augen. »Ich habe doch nur versucht, vernünftig mit dir zu reden. Ich weiß echt nicht, warum ich das mache.« Er sprang auf. »Drück mir die Daumen!«

»Wozu, um dir Glück zu wünschen? Ich dachte, es sei alles nur eine Frage der Willenskraft!«

Marshall grinste ihn breit an. »Denk mal an Lieutenant Forbes. An Willenskraft mangelt es mir diesbezüglich nicht!« Er ging zur Tür.

»Hey, Marshall!« Blair streckte den Daumen hoch.

Sein typisches Grinsen war für einen Moment zu sehen, bevor Marshall den Raum verließ.

Blair ließ sich auf die Pritsche zurückfallen und stützte seinen Kopf auf den Händen ab. Er starrte das Muster aus Rohren und Leitungen auf der Decke an. Eigentlich hatte er ja keinen Grund, sich zu beschweren. Immerhin mußte er seine Kabine nur mit einem anderen Piloten teilen – es gab Schiffe, auf denen es wesentlich beengter zuging. Er mußte an das Training auf der TCS *Formidable* denken, wo man ihn mit siebzehn anderen Piloten in eine Kabine gepfercht hatte. Die Pritsche über ihm hatte ein hundertundfünf Kilogramm schwerer Neandertaler belegt, der sich überwiegend von gebratenen Zwiebeln und Kohl ernährte.

Er überlegte. Marshall hatte irgend etwas gesagt, das ihm nicht mehr aus dem Kopf gehen wollte. Etwas über das Kreuz – was war es noch? Daß er sich gar nicht über dessen Bedeutung bewußt war. Daß er nicht wußte, woher er kam und wer er überhaupt war. Wie konnte er ohne dieses Wissen einen geordneten Weg durch sein Leben finden? Wie konnte er dafür sorgen, daß die Erinnerungen an seine Eltern nicht verwässert wurden? Oder war es besser, diese Rätsel einfach aus seinen Gedanken zu verbannen?

»Merlin, aufwachen!«

Der kleine Mann erschienen vor dem Spind am anderen Ende des Raumes. »Mein Gott. Wie spät ist es überhaupt?«

»Die Pilger«, sagte Blair ohne Umschweife, »was kannst du mir über sie erzählen?« Blair richtete sich auf und rutschte ein Stück zurück, um sich an die Wand zu lehnen.

»Pilger. Ja. Geschichte der Erde. Anhänger der Religion des Islam, des Christentums …«

»Nicht die. Unser Jahrtausend.«

Das Hologramm zuckte mit den Achseln. *»Die* Pilger. Tut mir leid, aber ich weiß nur sehr wenig darüber. Dein Vater hat das entsprechende Segment meines Dauerspeichers gelöscht.«

»Warum?«

»Weiß ich nicht.«

»Hast du nicht *irgend etwas*? Irgendeine temporäre Datei, die du versehentlich nicht gelöscht hast?«

»Nein. Tut mir leid, Christopher.« Doch dann erhellte sich Merlins Gesicht. »Äh – ich weiß, daß seit dem Sieg über die Pilger kein einziger neuer Quasar entdeckt wurde.«

»Das weißt du von Taggart.«

»Meinst du? Ach ja. Habe versehentlich alles aufgezeichnet. Tut mir leid.«

Blair stand auf, um zum Waschbecken zu gehen. Er drehte das warme Wasser an und wusch sein Gesicht. Schließlich warf er einen Blick in den Spiegel, der jedoch durch den Wasserdampf beschlagen war. Dann trocknete er sich ab, öffnete seinen Spind und suchte eine saubere Uniform heraus.

»Was hast du vor?« fragte Merlin.

»Mit jemandem reden, der vielleicht mehr über die Pilger weiß als du.«

Nachdem er sich angezogen hatte, ließ Blair sich mit dem Datennetzwerk des Schiffes verbinden, um herauszufinden, wo man Taggart untergebracht hatte. Er stellte fest, daß zwischen seiner und Taggarts Kabine mehr als 20 Flure und 13 Ebenen lagen. Ohne Plan hätte er problemlos den Rest des Jahres mit der Suche verbringen können.

Er machte sich auf den Weg durch des Schiff, benutzte hier einen Lift und dort ein Treppenhaus, wie es auf dem Plan stand. Dreimal wurde er von hilfreichen Besatzungsmitgliedern angesprochen, aber Blair lehnte dankend ab, da er die Suche als eine gute Übung betrachtete – früher oder später würde er sich ja allein auf dem Schiff zurechtfinden müssen.

Nach etwa zwanzig Minuten erreichte er die Tür zu Taggarts Kabine. Er drückte auf den Klingelknopf.

»Herein«, sagte Taggart über die Türsprechanlage.

Blair trat durch die sich automatisch öffnende Tür. Im Vergleich zu seiner Kabine war diese geradezu riesig und bot zudem den Komfort eines Bettes mit einer dicken Matratze.

Taggart stand am anderen Ende des Raumes und starrte durch ein großes Viewport ins Weltall. »Bis auf einige bunte Flecken gibt es dort draußen eigentlich nichts, nur absolute Leere«, sagte er nachdenklich. »Wenn es nach mir gehen würde, könnten die Kilrathi den ganzen Laden übernehmen – sie sollen nur die Erde in Ruhe lassen!«

Blair hob die Schultern. »Wir müssen reden.«

Taggart ging nicht auf ihn ein. Statt dessen erklärte er: »Ich bin in rund tausend verschiedenen Sonnensystemen gewesen, aber niemals habe ich etwas gesehen, das es mit dem Anblick unserer eigenen Sonne aufnehmen könnte, wenn sie nach einem Regenschauer durch die Wolken bricht. Ich bin auf Ares geboren, Lieutenant. Aber meine Eltern waren Terraforming-Ingenieure aus Schottland. Sie haben mir beigebracht, daß meine Heimat nicht einfach nur eine Raumstation im Orbit um die Venus ist. Sie haben mir die Wahrheit erzählt. Gilt das auch für Ihre Eltern?«

»Wollen Sie damit sagen, daß meine Heimat die Erde ist?«

Er nickte.

»Das einzige Zuhause, das ich jemals kannte, war Nephele. Als ich klein war, war ich einmal auf Peron, aber daran kann ich mich nicht erinnern. Wissen Sie, wenn ich jetzt die Erde besuchen würde, würde man mich dort als Außerirdischen ansehen.«

»Wenn Sie jetzt die Erde besuchen würden, dann wüßten Sie, warum wir kämpfen. In den Augen der Kilrathi sind wir dekadent und schwach. Sie werden nicht aufhören, bevor wir alle tot sind. Wenn sie uns weiterleben lassen, dann käme das dem Zugeständnis gleich, daß eine andere Rasse ebenfalls Anspruch auf den Weltraum hat. In Wirklichkeit hat niemand Anspruch auf den Weltraum. Aber ich vermute, daß Sie nicht hierhergekommen sind, um Nachhilfestunden in Philosophie zu nehmen.«

»Nein, Sir. Ich wollte mit Ihnen reden.«

»Über was?«

Blair ging zu einem bequem aussehenden Stuhl und setzte sich. »Ich habe in meinem bisherigen Leben eine Menge einstecken müssen, weil ich Pilger-Blut in mir habe. Dabei weiß ich eigentlich nicht, warum das so ist. Die meisten Menschen wollen darüber nicht sprechen oder wissen gar nicht, warum Menschen und Pilger sich so hassen.«

»Das ist richtig. Die meisten Menschen denken nicht einmal darüber nach.«

»Sehen Sie – Sie wissen doch eine Menge darüber. Warum erzählen Sie mir nicht, wie Sie an die Sternenkarten gekommen sind? Haben Sie schon mal einen echten Pilger getroffen? Ich meine, der kein Halbblut war wie ich? Wie sind diese Menschen überhaupt? Was ist mit dem Krieg? Was wissen Sie noch?«

»Ich kannte mal einen Jungen in Ihrem Alter, der dieselben Fragen gestellt hat. Wissen Sie, was mit ihm passiert ist?«

»Interessiert mich nicht.«

»Da wäre ich nicht so sicher.«

Blair sah ein, daß das Gespräch in einer Sackgasse zu enden drohte. Er stand auf, um zu gehen. »Tut mir leid, daß ich Ihnen die Zeit gestohlen habe.«

»Sie sind, was Sie sein wollen, Lieutenant!«

Die Tür öffnete sich.

»Sie sind der letzte Abkömmling einer sterbenden Rasse«, fügte Taggart schnell hinzu.

Blair drehte sich wieder zu ihm um. Die Tür schloß sich wieder.

Taggart fuhr fort: »Die Pilger waren die ersten Menschen, die den Weltraum erforschten und besiedelten. Fünf Jahrhunderte lang haben sie sich damit abgemüht. Sie haben für den Weltraum gelebt und erhielten im Gegenzug ein Geschenk: die Fähigkeit, jeden Weg zu finden. Keine Computer, Blair. Kein Kompaß. Keine Sternenkarten. Sie wußten einfach, wie es geht. Aber dann zeichnete sich ab, daß sich bei einigen von ihnen ein Wechsel vollzog.«

»Was für ein Wechsel?«

Er wußte, daß Taggart ihm nun etwas sehr Wichtiges und Geheimes erzählen wollte. »Sie konnten die magnetischen Felder spüren, die von Schwarzen Löchern und Quasaren produziert werden – Singularitäten aufspüren, wenn Sie so wollen. Sie konnten plötzlich nicht nur zu den Sternen fliegen, sondern tatsächlich die Raumzeit durchkreuzen.«

Blair lief es plötzlich eiskalt über den Rücken. Sie *spüren* die magnetischen Felder von Schwarzen Löchern und Quasaren.

Sie durchkreuzen die Raumzeit.

Unmöglich. Undenkbar, daß er dieses Erbe in sich tragen sollte.

»Also konnten die Pilger mehr oder weniger das tun, was ein NAVCOM kann«, entgegnete Blair.

»Umgekehrt. Die Milliarden Berechnungen, die ein

NAVCOM durchführt, um uns durch ein Schwarzes Loch oder einen Quasar zu navigieren, sind lediglich ein Versuch, die Funktionsweise eines Pilgergehirns nachzuvollziehen.«

Er schüttelte erstaunt den Kopf. Wie konnte ein Gehirn nur über so eine Macht verfügen? Er konnte sich nicht vorstellen, daß dies auch für ihn selbst galt. »Wie kam es überhaupt zu dem Krieg?«

Taggart stellte sich wieder vor das Viewport. Blair sah, daß er seine Lippen fest zusammenpreßte und seine Augen seltsam starr wirkten. »Wenn man soviel Zeit hier draußen verbringt, verliert man nach und nach alles, was einen mit der Menschheit verbindet. Die Pilger unterhielten immer weniger Kontakt zu der Rasse, von der sie abstammten. Sie betrachteten sich als höhere Wesen. Und in ihrer Arroganz beschlossen sie, alles Menschliche hinter sich zu lassen, um ihr eigenes Schicksal zu verwirklichen. Manchmal wird behauptet, daß sie sich als Götter betrachteten. Andere sagen, daß sie Engel waren.«

»Glauben Sie, daß sie wirklich Götter waren?«

»Nein. Aber ich glaube, daß sie Gott sehr nahe waren.« Er drehte sich zu Blair um, aber sein Blick wirkte immer noch gläsern. »Ob Sie es mögen oder nicht, etwas davon steckt auch in Ihnen.«

Blairs Volk hatte großartige Dinge vollbracht. Und schreckliche Dinge. Waren sie Götter? Dämonen? Gab es zwischen beiden Möglichkeiten wirklich einen Unterschied? Und welche Konsequenzen würde er daraus ziehen, daß er sich nun seiner Abstammung bewußt war?

Jede Antwort, die Taggart ihm gegeben hatte, schien drei neue Fragen aufzuwerfen. Blair hätte am liebsten gefragt: »Wie soll ich mit diesem Wissen leben? Was soll ich jetzt tun?« Aber er wußte, daß Taggart darauf keine Antwort geben konnte. Niemand hätte es gekonnt. Außer Blair selbst.

Taggart seufzte und sagte: »Ich muß auf die Brücke – in einigen Stunden werden wir den Sprung durchführen. Wäre nicht schlecht, wenn Sie auch dabei sind.«

»Ich werde dasein.« Blair trat nun ebenfalls zum Viewport. »Haben Sie was dagegen, wenn ich noch etwas hierbleibe?«

»Nein. Solange Sie mir nicht den Kaffee wegsaufen.«

Blair grinste immer noch, als Taggart bereits den Raum verlassen hatte. Dann starrte er ins Weltall hinaus. Er bemerkte ein Aufblitzen, als die zwei Rapier-Jäger das ewige Dunkel durchkreuzten. In weiter Entfernung sah Blair einen riesigen, leuchtenden Wirbel. Das war der Pulsar, ein rotierender, hochverdichteter Neutronenstern. Nichts entkam der Anziehungskraft dieses Naturwunders – nur energiereiche Photonen, Neutrinos und Föderationsschiffe, die entweder einen NAVCOM oder einen Pilger an Bord hatten. Blair fragte sich, wie viele seiner Ahnen bereits diesen Pulsar durchkreuzt hatten.

Und er fragte sich auch, wie viele andere Pilger es dort draußen noch geben mochte, die sich beim Anblick der Sterne fragten, wohin ihre Zukunft sie führen mochte.

KAPITEL 10

Tiger Claw, Flottenträger der Föderation
16. März 2654, 1130 Uhr Zulu-Zeit
Wega-Sektor
Position: drei Stunden vom Pulsar Klasse zwei

»Hör zu, wenn ich nicht fliegen kann, dann bin ich wie ein Pitbull, den man an die Leine gelegt hat. Du weißt genau, daß er die Leine in jedem Augenblick zerreißen kann, aber du würdest dich nie trauen, die Leine vom Halsband zu lösen – es sei denn, du legst es unbedingt darauf an, einige Finger zu verlieren. Lies mal nach, was sie über Pitbulls schreiben. Sie wurden für den Kampf gezüchtet – genau wie ich, Baby. Genau wie ich.« First Lieutenant Todd Marshall grinste so breit, daß ihm die Mundwinkel schmerzten. Dann beschleunigte er hart, um an Lieutenant Forbes' Rapier vorbeizuziehen und ihr die Sicht mit den Abgasen seiner Triebwerke zu nehmen.

Marshall schaltete den Monitor auf die hintere Waffenkanzel um. Er sah, daß Forbes schnell reagierte, indem sie ihre Nachbrenner aktivierte und auf seinen Jäger zustieß wie ein tollwütiger Turmfalke. »Wir sind auf Patrouillenflug, Herzchen«, sagte sie in ernstem Tonfall. »Nichtautorisierte Manöver sind untersagt. Entweder hältst du dich dran – oder du bist draußen!« Sie holte auf, bis ihr Rapier direkt neben seinem flog. Er warf einen Blick zur Seite, konnte sie aber nicht sehen, weil das Glas des Cockpits die Reflexionen des Flottenträgers auffing.

»Nichtautorisierte Manöver?« rief Marshall. »Was zur Hölle sind nichtautorisierte Manöver?«

»Keine Ahnung«, antwortete sie und aktivierte noch einmal die Nachbrenner, um an ihm vorbeizuziehen.

Während sein Rapier in die von ihrem Triebwerk hinterlassene Partikelwolke hineinstieß, rutschte ihm der Steuerknüppel aus der Hand. Im nächsten Augenblick ertönte ein Alarmsignal und eine Computerstimme sagte: »Der Pilot hat die Kontrolle verloren. Autopilot aktivieren? Falls Sie in den nächsten fünf Sekunden nicht antworten, wird der Autopilot automatisch aktiviert. Fünf, vier ...«

Marshall griff nach dem Steuerknüppel, worauf der Countdown unterbrochen wurde. Er fluchte und beschleunigte den Jäger, um sich an Forbes dranzuhängen. Er folgte ihr etwa dreißig Sekunden lang, bevor er ein neues Manöver versuchte. Er riß den Steuerknüppel auf sich zu und setzte zu einer Kurve an, bis Forbes etwas unter ihm auf 12 Uhr und damit im Streukegel seiner Waffensysteme lag. Er raste auf sie zu, wobei vor seinem linken Auge die Projektion des Sichtgerätes aufflackerte, das an seinen Helm montiert war. Das eingeblendete Fadenkreuz des intelligenten Waffenleitsystems rastete so ein, daß ihr Jäger direkt im Zentrum des grünen Zielkreises lag. »Los, drück den Feuerknopf!« schien eine Stimme in seinem Kopf zu sagen.

»Verdammt noch mal, was machst du da?« schrie Forbes. »Ich hänge in deiner Zielerfassung! Bestätigung?«

»Bestätigt. Du hängst voll drin!«

»Abbrechen, sofort abbrechen!«

»Abbrechen ist nicht, du As!«

Er ließ den Jäger wieder beschleunigen, während er darüber nachdachte, was sie wohl als nächstes tun würde.

Möglicherweise würde sie die Nachbrenner einschalten, um ihn abzuhängen und mit einer 180-Grad-Kehre auf Gegenkurs zu gehen. Oder würde sie auf jenes Manöver ausweichen, das im Jargon der Raumpiloten ›Wursthaken‹ genannt wurde – ein 90-Grad-Bogen, gefolgt von einer 180-Grad-Kehre, die sie an seine Steuerbordseite bringen würde?

Vielleicht hatte sie auch einfach keine Lust, dann würde sie auf die gute alte Bremse treten, um ihn vorbeischießen zu lassen. Aber auf diesen Trick aus der Mottenkiste war Marshall gut vorbereitet: Sobald er an ihr vorbei war, würde er die Schubumkehr aktivieren und so die engste Spitzkehre einleiten, die sie jemals gesehen hatte. Und sobald er die Nase seines Rapier herumhatte, würde er sie von vorne in die Zielerfassung nehmen.

Er glaubte nicht, daß sie einen Heckslide oder eine Drehung versuchen würde, da ein einfaches 90-Grad-Manöver wohl kaum dazu geeignet war, ihn abzuschütteln – unabhängig davon, ob sie nun die Triebwerke dabei abwürgte oder nicht. Das gleiche galt für die ›Achterbahn‹, den ersten und wohl lahmsten Trick, den jeder Kampfpilot lernt. Egal wie wild sie die Maschine drehen und Haken schlagen lassen würde, damit konnte sie ihn keinesfalls abhängen.

»Also, Forbes: was machst du jetzt? *Tick. Tick. Tick.* Hörst du, wie es tickt?«

Sie antwortete nur mit einem Feuerstoß aus den Nachbrennern. Dann senkte sie die Nase ihres Jägers zu einem Außenlooping, um ihn dann in Rückenlage anzufliegen.

Der Bordcomputer seines Jägers schlug roten Alarm. Erst nach zwei Sekunden kapierte Marshall, daß sie es voll drauf anlegte. Er drückte den Knüppel verzweifelt nach unten – das Cockpit ihres Jägers rauschte nur wenige Zentimeter an seinem vorbei. Die Stabilisatoren kratzten mit einem ohrenbetäubenden Kreischen über den Rumpf seines Jägers, und dann …

Die beiden Kampfflieger lösten sich voneinander. Während er den Kurs korrigierte, hörte er das Geräusch seines eigenen Atems. Er weigerte sich zu begreifen, was soeben passiert war.

»Sollen wir jetzt den ersten Patrouillenpunkt anfliegen«, fragte Forbes, »oder willst du weiterspielen?«

»Mir scheint«, meinte Marshall, der sich noch nicht ganz von seinem Schock erholt hatte, »daß du sozusagen die weibliche Ausführung von mir bist!«

»Blödsinn, Kerl! Du bist die männliche Ausführung von mir. Wenn du ganz lieb bist, darfst du vielleicht mal hinter mir herfliegen!«

Rechts von Marshall flackerte ein Monitor auf und zeigte Commander Geralds mißmutiges Gesicht. »Lieutenant Marshall – wir haben den Kontakt zu Lieutenant Forbes verloren. Was geht da draußen vor?«

»Moment, Sir!« Marshall funkte Forbes auf einem abhörsicheren Kanal an. »Hey, Lieutenant! Gerald flippt gerade aus.«

»Ich weiß. Die Flugkontrolle hat mich bereits angefunkt, aber ich habe ihr Signal blockiert. Deshalb haben sie vermutlich Gerald verständigt. Ich kümmere mich darum.«

»Roger.« Er schaltete wieder auf Geralds Kanal um. »Sie ist wieder empfangsbereit, Sir!«

Marshall hörte mit, als Forbes Gerald irgendeinen Blödsinn über technische Schwierigkeiten erzählte, die sie heldenhafterweise selbst ausgeräumt hätte. »Nehmen jetzt Kurs auf der ersten Patrouillenpunkt, Sir.«

5000 Kilometer vor ihnen lag ein willkürlich in den Raum gesetzter Punkt, der sich absolut nicht von der Umgebung unterschied, wenn man einmal außer acht ließ, daß die Flugkontrolle ihn zum ersten von insgesamt drei Anflugpunkten der Patrouille auserkoren hatte. Marshall aktivierte den Navigationsmodus und betrachtete das weiße Fadenkreuz, das nun sowohl auf seinem Radarschirm als auch auf dem Projektionsdisplay vor seinem linken Auge erschien. Er korrigierte den Kurs, bis die beiden Fadenkreuze deckungsgleich waren. Der Radarschirm war in Quadranten unterteilt, die wie wild aufblitzen würden, wenn ihn das Waffenleitsystem eines Lasers oder einer Rakete erfaßt hatte. Ein Blitzen, das er noch nicht oft gesehen hatte.

Manchmal wünschte er sich, die Steuereinrichtungen des Rapiers wären fortschrittlicher und würden somit eine echte Herausforderung darstellen. Schließlich war das hier ein echter Kampfjäger und nicht ein Simulator aus der nächsten Spielhalle, auf dem man Ziele abknallt, die nur im Computer existieren. Und doch waren die Steuereinrichtungen sehr einfach gehalten. Was ihm auf der anderen Seite natürlich die Möglichkeit eröffnete, sich voll darauf zu konzentrieren, die Kilrathi abzuknallen.

»Delta Zwo? Bin auf Kurs«, berichtete Forbes.

»Roger. Mir ist ein Lichtlein erschienen.« Er betrachtete den Knopf mit der Aufschrift AUTO, der hell aufleuchtete.

»Wenn ich *jetzt* sage, aktivierst du den Autopiloten. Jetzt!«

Marshall drückte den Knopf und spürte, wie das Doppeltriebwerk ansprang. Er gähnte herzhaft und vergaß dabei, daß die Funkverbindung mit Forbes immer noch stand.

Ihr Gesicht erschien auf dem Funkmonitor. »Immer dasselbe mit euch Kerlen!« sagte sie. »Sobald man euch ein bißchen rangenommen hat, seid ihr leergepumpt. Total leergepumpt.«

»Liegt nur am Scotch.«

»Auch ohne Scotch nimmst du es nicht mit mir auf!«

Bevor er sich durch eine passende Bemerkung revanchieren konnte, leitete der Rapier das Bremsmanöver ein. Sie waren nur noch einen Klick vom Patrouillenpunkt entfernt. Auf dem Radarschirm erschien nur ein einziger blauer Blip, der den Standort von Forbes' Jäger markierte. Der Sektor war unverseucht, keine Kilrathi und auch sonst niemand.

»Sieht aus, als hätten wir eine Niete gezogen, Lieutenant. Langweilig, was?«

»Das ist ganz okay«, erwiderte sie. »Besonders wenn dein Flügelmann noch grün hinter den Ohren ist.«

»Oder deine Flügelfrau.«

»Herzchen, dafür wirst du bezahlen!«

»Macht nichts, ich habe Kredit.«

»Als ich hier angefangen habe, haben sie mich davor gewarnt, daß ich früher oder später an eine Chauvisau geraten werde. Ich wollte es nicht glauben – ich meine, in welchem Jahrhundert leben wir denn? Weibliche Kampfpiloten gibt es doch seit mindestens sechshundert Jahren.«

»Das ist aber ein komischer Zufall, daß wir Männer uns genauso lange darüber lustig machen. Wird wohl noch einige Jahrhunderte so bleiben, Forbes. Solange es den kleinen Unterschied gibt, denke ich.«

»Du meinst wohl eher, solange man Arschlöcher wie dich fliegen läßt!«

»Hör mal, ich habe es nicht so gemeint. Das mit den Frauen, meine ich. Klar, du bist eine Frau. Und was für eine. Aber ich habe es nur gesagt, um dich ein wenig zu ärgern.«

»Na, vielleicht bist du ja gar kein Chauvi. Vielleicht hast du nur was gegen andere Piloten, weil du sie als Konkurrenten siehst.«

»Nicht Konkurrenten, Fans!«

»O Gott. Laß uns lieber zum nächsten Patrouillenpunkt fliegen, bevor ich kotzen muß!«

»Von mir aus. Ich bin soweit klar.« Er winkte ihr zu, aber sie hatte bereits den Videokanal abgeschaltet.

»Autopilot aktivieren – jetzt!«

Der zweite Patrouillenpunkt lag in einem großen Gebiet, das nach allen sechs Seiten eine wundervolle Aussicht auf absolut nichts bot. Zu einem Feindkontakt kam es hier ebensowenig wie vorher am Punkt Nr. 1 und nachher am Punkt Nr. 3. Nach dieser erhebenden Erkenntnis machten sich die beiden Piloten daran, zum Flottenträger zurückzukehren, wobei sie auf halber Strecke ihrer Wachablösung begegneten, die andere Punkte anflogen, um dort mit an Sicherheit grenzender Wahrscheinlichkeit einen ähnlichen Gipfel der Langeweile erleben zu dürfen.

In rund zweiundzwanzigtausend Kilometer von der *Claw* schalteten sich die Autopiloten der Jäger ab. Forbes funkte das Schiff an, um Landeerlaubnis zu beantragen. Sie wurden auf eine Warteschleife geschickt.

Marshall gähnte. Er wollte nur noch unter die Dusche und dann ab ins Bett.

»Hey, Marshall! Ich habe über diese Sache mit Männchen und Weibchen nachgedacht. Nimm's bitte nicht persönlich, aber ich glaube, das liegt nur am Östrogen. Frauen sind eben die besseren Piloten und Schützen. Wir neigen nicht zu destruktiven Wutausbrüchen und können außerdem mehrere Dinge gleichzeitig im Auge behalten. Beispielsweise vier feindliche Jäger auf einmal.«

Marshall war schlagartig wach. »Hey, man braucht Eier – und keine Eierstöcke –, um mit vier Gegnern fertig zu werden. Tut mir leid um dich – bist einfach falsch ausgerüstet.« Er sah, daß sich die Tore zum Landedeck öffneten. »Paß mal auf.« Er schaltete auf die Kanalfrequenz des Chefs der Flugleitung und sagte: »Hier ist Delta zwo. Bitte um Landeerlaubnis.«

Das Gesicht des Flugleiters erschien auf dem Videoschirm. »Delta zwo, Landeerlaubnis erteilt.«

Marshall aktivierte die Nachbrenner und zog seine Maschine zum Landedeck herunter.

»Wow, das waren sicher mindestens drei g!«, meinte Forbes sarkastisch.

Marshall sagte nichts. Statt dessen drückte er den Knüppel hart nach links und gab vollen Schub, so daß die Maschine eine halbe Schraube durchführte und schließlich auf dem Rücken weiterflog. »Versucht's mal damit!«

»Delta zwo – Sie kommen zu schnell rein!« schrie der Flugleiter. Sein Gesicht war von Panik verzerrt. »Abdrehen! Ich wiederhole – sofort abdrehen! Delta zwo, verstehen Sie mich? Scheiße!«

Marshall hielt stur seinen Kurs und sauste wie ein Irrer in Rückenlage auf die Landefläche zu, die nun für ihn sozusagen die Decke darstellte. Er sah aus der Ferne, wie kleine orangegekleidete Männchen fluchtartig das Landedeck freimachten, während er sich mit rasender Geschwindigkeit dem Energiefeld näherte, das das Deck vor dem Vakuum schützte.

»Delta zwo! Sie kommen in Rückenlage rein!«

»Dann dreht doch einfach das Schiff!« brüllte Marshall zurück und lachte auf. Der Rapier zitterte, als er das Energiefeld durchflog. Im nächsten Augenblick brach schlagartig der Lärm seiner Triebwerke über ihn herein, der vorher im Vakuum des Weltalls unhörbar gewesen war.

»Verdammt!« Der Flugleiter klang ziemlich hysterisch. »Drehen Sie die Maschine um!«

»Kein Problem!« meinte Marshall gelassen. Er riß den Knüppel nach rechts, um wie geplant eine Schraube zu fliegen. Was ihm auch gelang, nur hatte er seine Geschwindigkeit unterschätzt. Ihm wurde schlagartig klar, daß er selbst bei voller Schubumkehr mindestens zwanzig, wenn nicht dreißig Meter über das Ende der Landebahn hinausschießen würde. Und dort stand dummerweise ein Tankwagen, den der liebe Gott vermutlich höchstpersönlich dort abgestellt hatte, um First Lieutenant Todd Marshall, seines Zeichens größter Egomane der Navy, eine kleine Lektion zu erteilen.

Der Deckmaat Peterson, dessen Sinn für Humor jedem Steuerfahnder zur Ehre gereicht hätte, fegte wie ein Tasmanischer Teufel über die Landebahn auf den Tankwagen zu. Er wollte um die Motorhaube herumlaufen, um den Fahrer auf Trab zu bringen, blieb aber auf halbem Weg abrupt stehen, weil er sah, daß Marshalls Rapier genau auf ihn zuflog.

Peterson riß den Mund auf, um sich von dieser Welt zu verabschieden.

Die Maschine war inzwischen etwas langsamer geworden, behielt jedoch ihren Kurs bei.

Mit einem heftigen Ruck wurde Marshall in den Sitz gepreßt, während sich der Klang der Triebwerke vom lauten Geheul der Schubumkehr zu einem gelassenen, irgendwie beruhigenden Brummen wandelte. Er merkte, wie die Maschine den Umständen entsprechend sanft auf dem Boden aufsetzte.

Peterson starrte die Maschine fassungslos an und hob langsam die Hand, um über das Buggeschütz zu streichen. Marshall konnte zweifelsfrei von seinen Lippen ablesen, was er sagte: »O … mein … Gott …«

Er schob das Display zur Seite und nahm den Helm und die Sauerstoffmaske ab. Der Schweiß lief ihm in Strömen über das Gesicht, und sein Hals war trockener als Forbes' Humor.

»Na warte, Freundchen – dir werde ich die Flügel abreißen!« gab der Flugleiter mit wutverzerrtem Gesicht durch. »Warte nur, bis dein Wing-Commander …« Sein Kopf ruckte herum. Marshall hörte, wie jemand ihm etwas zuflüsterte. »Was?« Der Flugleiter hämmerte auf eine Taste. »Delta eins!« brüllte er.

Dann tauchte Forbes auf Marshalls Videoschirm auf. »Paß gut auf, Herzchen!«

Er renkte sich fast den Hals aus, um zu sehen, wie ihr Rapier auf das Landedeck herunterstieß; selbstverständlich mit Volldampf und natürlich in Rückenlage. Sie passierte das Energiefeld und aktivierte im nächsten Moment die Schubumkehr, so daß ihre Maschine eine anderthalbfache Schraube durchführte, um im allerletzten Augenblick vor der Berührung mit dem Landedeck die richtige Lage zu erreichen. Sie stand wie eine Eins. *Vor* dem Ende der Landebahn.

»Siehst du, so macht man das!« schrie sie.

Marshall zwängte sich aus dem Cockpit und rannte auf ihre Maschine zu. Das Wartungspersonal hielt sich abseits, da sie vermutlich davon ausgingen, daß ein Wahnsinn dieses Ausmaßes nur die Folge eines höchst ansteckenden Virus sein konnte.

Forbes' Kanzel ging auf. Sie nahm sich die Sauerstoffmaske vom Gesicht, um ihn breit anzugrinsen.

»Das hast du doch nur gemacht, um mich zu beeindrucken«, sagte er, um ihr den Wind aus den Segeln zu nehmen.

»Vielleicht sorgt es ja dafür, daß dein Testosteron mal ausnahmsweise dorthin gelangt, wo es sinnvoller zum Einsatz gebracht werden kann.«

Als er ihr in die Augen sah, wurde ihm schlagartig klar, daß er nun etwas mit ihr teilte, das sie für Rest des Lebens miteinander verbinden würde. Jemand, der dem Militärdienst kritisch gegenüberstand, hätte es vielleicht als dümmliche Kameraderie zweier Adrenalinjunkies abgetan. Marshall sah es wesentlich pragmatischer – sie hatten eben zusammen Spaß gehabt. Und Forbes schien es nicht anders zu sehen.

»Du bist wirklich ein Wahnsinniger!« sagte sie.

Er salutierte. »Wahnsinniger Marshall zu ihren Diensten, Madam!«

Beide lachten wie verrückt.

Plötzlich sah Forbes über Marshalls Kopf hinweg und meinte: »O Scheiße!«

Lieutenant Commander Deveraux stand am anderen Ende des Landedecks. Selbst auf diese nicht unbeträchtliche Entfernung konnte man sehen, daß sie vor Wut rauchte. Sie starrte die beiden ein Moment lang an, bevor sie sich umdrehte und davonstapfte.

Marshall fand es bedenklich, daß sie davon abgesehen hatte, die beiden zurechtzuweisen. »Ich frage mich, was uns wohl bevorsteht?« fragte er Forbes, die gerade aus ihrem Cockpit stieg.

Sie sah in die Richtung, wo Deveraux eben noch gestanden hatte. »Habe keinen Schimmer. Wirklich nicht.«

KAPITEL 11

Tiger Claw, Flottenträger der Föderation
16. März 2654, 1330 Uhr Zulu-Zeit
Wega-Sektor
Position: eine Stunde bis zum Pulsar Klasse zwei

Lieutenant Commander Jeanette Deveraux marschierte mit rasendem Puls und vor Wut gerötetem Gesicht durch den Korridor hinter dem Landedeck. Sie hatte wenig übrig für Großmäuler und aufsässige Typen. Und sie hatte noch weniger übrig für erfahrene Piloten, die sich zu solch gefährlichen Kapriolen hinreißen ließen.

Deveraux stürmte an jemandem vorbei, den sie zunächst komplett übersah. Einige Meter weiter hob sie jedoch irritiert den Kopf und drehte sich um. »Hey, Mr. Raznick!« rief sie dem Flugleiter hinterher. »Gut, daß ich Sie hier treffe – ich wollte zu Ihnen, *Boß.*« Sie hoffte, ihn durch diese vertraute Anrede gnädig zustimmen.

Der Flugleiter kam auf sie zu und fuchtelte dabei mit seinem Computerpad herum, als würde er den Ritt der Walküren dirigieren. »So ein Zufall – ich wollte Sie gerade aufsuchen, um mich lobend über Ihre Leute zu äußern. Da trifft es sich ja hervorragend, daß wir uns hier im Flur begegnen ...« Über seinen kahlrasierten Schädel liefen glitzernde Schweißbäche, und die Adern traten hervor.

»Beruhigen Sie sich, Boß. Ich weiß genau, wie Ihnen zumute ist, glauben Sie mir!«

»Einen Dreck wissen Sie, Madam. Ich werde alles daransetzen, daß diese Piloten vor ein Disziplinargericht kommen, und zwar mit allen Konsequenzen! Sie haben ohne jede Rücksicht das Leben aller Menschen auf dem Flugdeck gefährdet. Und warum? Um zu zeigen, daß ihnen ihr eigenes Leben genauso am Arsch vorbeigeht wie das ihrer Kameraden? Wenn ich mit diesen Idioten fertig bin, werden die keinen Kampfjäger mehr zu Gesicht bekommen – allenfalls zum Abschmieren!«

»Jetzt beruhigen Sie sich erst mal!«

»Wozu? Ich habe mich noch gar nicht richtig aufgeregt – das kommt gleich erst, wenn ich die beiden in die Finger bekomme!«

Er wollte gehen, aber sie hielt ihn am Arm fest. »Haben Sie schon jemals Ärger mit Lieutenant Forbes gehabt?«

»Darum geht es doch gar nicht ...«

»Hören Sie ... können Sie mir einen Gefallen tun? Ich würde es gern intern handhaben. Wenn Sie unbedingt da runtergehen und die beiden zur Sau machen wollen, werde ich Sie nicht aufhalten. Aber soweit es die disziplinarischen Maßnahmen betrifft ... das würde ich gerne selbst übernehmen.«

Er schnaufte. »Mit einem Klaps auf die Hand ist es dabei verdammt noch mal nicht getan. Ganz ehrlich, Lieutenant: Sie haben für diesen Haufen schon so viel Scheiße unter den Teppich gekehrt, daß man die Beule meilenweit sehen kann.«

»Ich weiß. Aber soll ich Ihnen mal die traurige Wahrheit erzählen, Boß? Wenn man mir die beiden wegnimmt, bekomme ich dafür keinen Ersatz. Zumindest nicht in absehbarer Zeit. Und im Hinblick auf das, was man sich so erzählt, könnte es sein, daß wir schon bald auf jeden einigermaßen fähigen Kampfpiloten angewiesen sind. Himmel noch mal, es könnte sogar passieren, daß wir auf die Idee kommen, Sie in einen Broadsword zu stecken. Ich weiß, daß Sie in Ihrer Freizeit daran gearbeitet haben, Ihren Punktestand zu verbessern ...«

»Falls das ein Bestechungsversuch sein soll, dann ist es ein verdammt guter«, meinte er merklich besänftigt. »Ich hasse Piloten, aber ich liebe die Fliegerei.«

»Ich kann Ihnen diesbezüglich keine feste Zusage machen. Aber ich verspreche Ihnen, daß keiner meiner Piloten noch einmal versuchen wird, so ein Ding durchzuziehen.«

Er blinzelte, weil ihm etwas durch den Kopf ging. »Meine Leute erwarten, daß ich etwas unternehme. Ich setze ihre Achtung aufs Spiel, wenn sie mitbekommen, was ich hier mit Ihnen aushandele.«

»Davon müssen sie ja nichts erfahren. Gehen Sie einfach runter und sagen Sie ihnen, was sie hören wollen. Und anschließend ziehen Sie es einfach nicht durch. Schieben Sie es auf die Bürokratie. Es gibt niemanden, der das nicht für plausibel halten würde.«

»Ich hoffe nur, daß ich dann auch wirklich in den aktiven Dienst komme«, sagte er warnend. Dann drehte er sich herum und ging.

»Ich tu', was ich kann, Boß«, murmelte sie leise. »Aber Gerald wird sich dagegenstellen.« Sie schüttelte den Kopf. »Tut mir leid, Boß.«

Als sie in ihrer Kabine war, schlüpfte sie aus ihrer Uniform und ging unter die Dusche. Sie schloß die Augen, legte den Kopf in den Nacken und ließ den harten Strahl in ihr Gesicht prasseln. So verharrte sie drei, vier Minuten, bis sich die seit Tagen anhaltenden Verspannungen im Halsbereich und in den Schultern gelöst hatten. Sie dachte über das nach, was Forbes und Marshall gemacht hatten, über die Absurdität dieser Idee und darüber, daß die beiden das Ganze ungemein amüsant fanden. Dabei ging es ihr selbst eigentlich nicht anders. Sie konnte sich nicht daran erinnern, wann sie zuletzt etwas so Komisches erlebt hatte.

Sie war erst zu Beginn des Jahres zum Kommandanten des Geschwaders ernannt worden, und seitdem hatte sie im wahrsten Sinne des Wortes wenig zu lachen gehabt. Nur allzubald stellte sich heraus, daß ihre Aufgabe in erster Linie darin bestand, einen undisziplinierten Haufen von Chaoten zu bändigen und zu einer kleinen, aber effizienten Streitmacht zu vereinen. Wenn man es genau nahm, war sie nicht mehr als ein Babysitter für einen Haufen erwachsener Kinder. Erst gerade wieder hatte sich gezeigt, daß sie auf wirklich alles gefaßt sein mußte. Immerhin, sie hatte in ihrem Leben nur wenige Piloten kennengelernt, die es fertigbrachten, einen Landeanflug in Rückenlage durchzuführen. Sicher nicht mehr als zwei.

Sie stellte das Wasser ab und wickelte sich in ein Badetuch ein, um sich auf den Stuhl zu setzen, der vor ihrem kleinen Schreibtisch stand. Sie starrte die kleine Hundefigur an, die sie vor einiger Zeit bei einem Online-Versand bestellt hatte, weil die kurze, behaarte Schnauze und das blonde Fell sie an Pierre erinnert hatten, einen Streuner, der ihr in ihrer Kindheit zugelaufen war. Zehn Jahre lang war Pierre ihr erklärter Liebling, dann hatte sie ihn in Belgien hinter dem Waisenhaus zu Grabe getragen.

Ihre Gedanken wurden von der Türglocke unterbrochen. »Ja, wer ist da?«

»Ich.«

»Nein, ich kann es nicht glauben.«

»Laß mich rein. *Bitte.*«

Deveraux seufzte und stand auf. »Wenn du es unbedingt darauf anlegen willst!« Sie drückte einen Knopf auf der neben der Tür angebrachten Tastatur.

»Single Malt – für dich!« Forbes hielt ihr die Flasche entgegen, die Marshall mitgebracht hatte.

Sie betrachtete die Flasche und ging wieder zu ihrem Stuhl zurück, ohne sich jedoch hinzusetzen. »Versuchst du, mich zu bestechen? Keine Chance, schon gar nicht mit *seinem* Schnaps.«

»Nein, ich will mich nur bei dir bedanken. Dafür, daß du irgendwie dafür gesorgt hast, daß uns der Flugleiter nicht anscheißt.«

»Hat er dir erzählt, daß wir miteinander gesprochen haben?«

»Nicht direkt. Aber ich kann eins und eins zusammenzählen – außer dir kenne ich niemanden, der mit ihm klarkommt. Raznick haßt Piloten, die verschmuddeln ihm nur das Flugdeck und sorgen dafür, daß sein Blutdruck schön hoch bleibt. Aber vor dir hat er Respekt.«

»Und weißt du auch warum?«

Forbes' Gesichtsausdruck zeigte, daß sie es nicht wußte.

»Weil ich mit ihm zusammenarbeite und nicht gegen ihn. Eine einfache Rechnung, die immer aufgeht. Man muß kein Professor sein, um das zu erkennen.« Sie bemühte sich, ein möglichst unbeteiligtes Gesicht zu machen. »Was zur Hölle habt ihr euch dabei gedacht?«

Forbes kaute einige Sekunden lang auf ihrer Unterlippe herum, bevor sie antwortete: »Ehrlich gesagt, nichts.« Sie zögerte. »Zumindest nicht mit dem Kopf.«

Deveraux nickte. »Verflucht noch mal, Rosie – ihr hättet dabei draufgehen können! Was treibt dich eigentlich zu so was?«

»Weiß nicht.«

»Das habe ich mir gedacht. Ich glaube ...«

»Ich *weiß*, was du denkst!«

»Ich denke, daß du einer meiner besten Piloten bist. Ich kann es mir nicht leisten, dich zu verlieren.«

Jetzt fühlte sich Forbes doch etwas unwohl. »Tut mir leid, wirklich. Ich wollte dem Irren bloß zeigen ...«

»Welcher Irre?«

»Lieutenant Marshall. Er hat sich gerade ein neues Rufzeichen verdient – *Der Irre.* Vermutlich wird es einigen Leuten nicht gefallen.«

»Da könntest du recht haben.«

Forbes ging zu einem Schrank, um sich ein Glas zu holen, das sie mit Whisky füllte.

»Hoffentlich hat es wenigstens Spaß gemacht«, bemerkte Deveraux. Sie war immer noch wütend, hatte aber gemerkt, daß sie Forbes vielleicht etwas zu hart rangenommen hatte.

»Großartig war es. Besser als Sex.« Forbes gab ihr das Glas.

Deveraux nahm einen großen Schluck. »Du redest Scheiße.«

»Nun, besser, als wenn ich alleine Sex habe.« Forbes traute sich erst zu grinsen, als Deveraux amüsiert ihren Mund verzog.

»Sieh zu, daß es nicht noch mal passiert.«

»Wird nicht wieder passieren.«

Deveraux trank noch ein Schluck, während Forbes sich sichtlich entspannt auf die Pritsche setzte und gähnte.

Plötzlich starrte Forbes sie an. Deveraux erwiderte den Blick. Schließlich wandte Forbes sich ab. Aber im nächsten Moment sahen sie sich wieder an.

»Was ist los?« fragte Deveraux.

»Ich will dir nicht auf die Pelle rücken, aber könnte es sein, daß du dem Freund vom Irren ein wenig zuviel Aufmerksamkeit widmest?«

Deveraux zog unbewußt ihr Badetuch höher. »Wie kommst du denn darauf? Nein, da ist wohl deine Phantasie mit dir durchgegangen.«

»Bist doch ein verdammt niedlicher Kerl, Angel«, meinte Forbes, indem sie ihre Freundin mit ihrem Rufzeichen ansprach.

›Angel‹ sah, daß das Whiskyglas leer war. »Schnauze halten und nachschütten, Herzchen.«

Forbes goß einen Finger breit Whisky ein, aber Deveraux machte eine bezeichnende Geste, worauf sie das Glas bis zum Rand auffüllte.

Ja, Deveraux hatte sich ziemlich intensiv mit First Lieutenant Christopher Blair befaßt.

Das war ja das Problem.

KAPITEL 12

Tiger Claw, Flottenträger der Föderation
16. März 2654, 1415 Uhr Zulu-Zeit
Wega-Sektor
Position: fünfzehn Minuten vom Pulsar Klasse zwei

Captain Jay Sansky war heilfroh, endlich wieder allein zu sein. Er saß an seinem Schreibtisch, der unter einer antiken Uhr stand, deren Ticken seltsamerweise fast den Takt der zeitgenössischen Symphonie einhielt, die aus dem Minidisk-Player erklang. Er war hierhergekommen, um sich seelisch auf den großen Sprung vorzubereiten, um sich einige Gedanken noch einmal durch den Kopf gehen zu lassen und andere zu verdrängen.

Und um seine Vergangenheit zu begraben.

Vor ihm stand ein gerahmtes Holo. Er betrachtete die dreidimensionale Geheimtür, die ihm Zugang zu einem Moment verschaffte, der fünfundzwanzig Jahre zurücklag. Er lächelte beim Anblick der jungen Männer und Frauen in den frisch gestärkten Uniformen der Marineakademie; die Augen voller Hoffnung, die Gesichter voller Kraft und Mut. Auch Sansky war dort abgebildet, ein junger Offizier mit schmalem Gesicht und vollem Haar. Neben ihm stand ein zweiter junger Mann, der nicht ohne Grund wie sein Komplize wirkte. Bill Wilson, bis vor kurzem Kommandant der Station Pegasus, nun vermutlich tot. Bill hatte das verwegene Grinsen auf dem Holo niemals wirklich abgelegt, war in seinem Herzen immer ein Rebell geblieben.

Jeder Offizier der Föderationsmarine spielte eine

bestimmte Rolle. Manche taten sich darin schwer, während andere damit keine Probleme hatten. Bill Wilson war jedoch in seiner Rolle voll aufgegangen – keiner erfüllte sie leidenschaftlicher und ernsthafter als er. In den Jahren, in denen er mit schlafwandlerischer Sicherheit das Netz der Korruption innerhalb der Marine durchschnitten hatte, vergaß er nie, wer er wirklich war. Viele Jahre lang hatte er versucht, Sansky von seinen Idealen zu überzeugen. Und eines Tages erkannte Sansky wirklich, daß er wie Wilson die Welt verbessern, die Fehler der Vergangenheit rückgängig machen könnte. Ein Offizier war dazu in der Lage. Ein Offizier hatte dazu genügend Macht.

Aber Sansky war immer noch unsicher, soweit es seine Rolle betraf und seine Zukunft. Außerdem quälte ihn seine Vergangenheit. So viele Menschen hatten ihm im Laufe der Jahre geholfen. So viele Seelen hatten sich als freigebig erwiesen. Hatte er sich jemals dafür bei ihnen revanchiert? Würde er es jemals tun? War es überhaupt richtig, sich ihnen gegenüber verpflichtet zu fühlen? Oder lagen seiner Haltung auch hier Schuldgefühle zugrunde?

Er schloß die Augen. »O Herr«, flüsterte er. »O Herr, vergib mir, falls ich recht haben sollte. Und erst recht, falls ich mich geirrt haben sollte.«

»Dieses Terminal wurde seit fünf Minuten nicht mehr benutzt. Möchten Sie weitermachen?« fragte eine Computerstimme.

Sansky betrachtete den kleinen Monitor, der hinter einem grünen Navigationsgitter den Odysseus-Korridor darstellte. Er hatte die Karte genau studiert, kannte die Region und wußte genau, wie groß die Chance war, dorthin zu kommen. Hätte er nur die Zeit gehabt, das Ganze besser zu durchdenken. »Computer. Abschalten«, sagte Sansky.

»Schalte ab.«

Er warf einen Blick auf den Ausdruck der Karte und nahm seinen Kugelschreiber, um die Koordinaten einzutragen, an denen die *Tiger Claw* nach dem Sprung wahrscheinlich auftauchen würde.

Auftauchen sollte.

»Captain Sansky?« dröhnte Lieutenant Commander Obutus Stimme aus dem Interkom.

»Ja?«

»Verzeihung, daß ich Sie stören muß, Sir. Sie werden im Kartenraum erwartet.«

Sansky legte den Kugelschreiber wieder auf den Tisch und griff nach dem Holo, um noch einmal mit wehmütigem Blick die beiden jungen Männer zu betrachten, denen anzusehen war, daß in ihren Herzen die naive Flamme des Patriotismus loderte. Dann legte er das Bild zur Seite und öffnete eine Schublade, aus der er eine kleine Flasche hervorholte. Er setzte sie mit zitternder Hand an die Lippen und trank einige Schlucke von dem Whisky, bevor er die Flasche wieder zurücklegte. Er war schon beinahe an der Tür, als er sich umdrehte und zu seinem Schreibtisch zurückging, um Tolwyns Ring einzustecken.

Admiral Geoffrey Tolwyn hatte mit dem Universum einen geheimen Vertrag geschlossen, der es ihm erlaubte, sich in die unglaublichsten Gefahren zu begeben, um nachher unversehrt und als Sieger zurückzukehren.

Sansky hoffte insgeheim, daß der Ring des Admirals einen Teil dieser Fähigkeit auf ihn übertragen würde.

Als Blair sich im Kartenraum des Flottenträgers einfand, betrachtete er beeindruckt das riesige holographische Display, das die gesamte Breite des Raums überspannte.

Auf den Wänden waren die halbdurchsichtigen Schatten der projizierten Objekte zu sehen. Es dauerte eine Weile, bis er Taggart bemerkte, der an einem Navigationsterminal saß und wie hypnotisiert auf den Bildschirm starrte.

In der Mitte des Hologramms war mit einem roten, aufblinkenden Blip die Position der *Tiger Claw* markiert. Der Blip bewegte sich auf eine Gruppe bedrohlich rotierender Kreise zu, die den Standort des Pulsars repräsentierten. Daneben war eine Legende angebracht, auf der die Koordinaten angezeigt wurden, die Taggart gerade in den NAVCOM des Flottenträgers eingab.

»Man hat mir gesagt, daß ich Sie hier finde, Sir«, sagte Blair.

»Schauen Sie sich das mal an, Lieutenant«, bedeutete ihm Taggart, ohne sich von seinem Bildschirm abzuwenden. »Na, was sehen Sie?«

Blair zuckte die Achseln – das war doch klar, oder? »Einen Pulsar der Klasse zwei.«

»Erläutern Sie das!«

»Nun, im Gegensatz zu einem Schwarzen Loch, das eine diskrete Singularität enthält, oder einem Quasar, der rein theoretisch Tausende von diskreten Singularitäten enthalten kann, stellt dieser Pulsar eine diskrete Singularität dar, die eine unendliche Anzahl von sich verändernden Permutationen aufweisen kann.«

»Großartig! Sie haben wirklich die ganze Kacke im Kopf behalten, die man Ihnen auf der Akademie eingebleut hat! So, und jetzt schauen Sie sich das Ding mal genau an und lesen die Karte.«

Blair stutzte. »Ich weiß nicht, was ich dazu sagen soll. Diese Permutationen, sie … äh … jede davon kann uns möglicherweise in einen anderen Teil der Galaxis bringen. Das Problem ist nur, daß die meisten davon Sackgassen sind.«

»In der Tat. Und zwar tödliche.« Taggart drehte sich auf

dem Stuhl herum. Mit einem merkwürdigen Gesichtsausdruck deutete er auf das Hologramm.

Das Gitter begann, sich im Bereich der *Tiger Claw* zu deformieren, als es von einem konusförmigen Gebilde durchbohrt wurde. Schließlich wurde es förmlich umgekrempelt, bis es an einen Stalagmiten erinnerte, dessen Ende sich zu einem gähnenden Tunnel öffnete. Blair beobachtete fasziniert, wie die *Tiger Claw* vor der Tunnelöffnung stoppte.

»Also, Lieutenant Christopher Blair – Sie haben mir erzählt, was ein Pulsar ist. Sagen Sie mir jetzt, wie er sich *anfühlt.*«

»Ich fühle nichts, jedenfalls nicht im Moment.«

»Das ist gut.«

»Ist es das?«

Er nickte fast unmerklich und wandte sich dann wieder seiner Arbeit zu.

Mit einem sanften Zischen öffnete sich die Tür. Gerald und Deveraux betraten den nur von der Projektion des Holo-Displays beleuchteten Raum. Blair zog den Kopf ein; er wäre am liebsten im Boden versunken. Er zuckte zusammen, als Deveraux fragte: »Warum sind Sie nicht auf Ihrer Station, Lieutenant?«

Blair sah sie an. Durch das Dämmerlicht wirkten ihre Augen wie die Mündungen eine Laserbatterie. »Madam, ich ...«

»Ich habe Lieutenant Blair hierhinzitiert«, mischte sich Taggart ein.

Wieder ging die Tür auf.

»Warum?« fragte Gerald.

»Mr. Taggart war von mir dazu autorisiert«, sagte Captain Sansky, während er auf Taggart zuging. »Status?«

»Die Koordinaten sind eingegeben«, berichtete Taggart. »Sie können jetzt auf Tastendruck hochgeladen werden.« Er stand auf, um in das Hologramm hineinzugehen und mit dem Finger auf das verzerrte Gitter zu deuten. »Das hier ist der Odysseus-Korridor. Vier Tage Flugzeit, wenn man die drei bekannten Sprungpunkte verwendet. Wenn wir dagegen in den Pulsar eintauchen, können wir es in« – er warf einen Blick auf die Digitaluhr über dem Navigationsterminal – »weniger als drei Minuten schaffen.«

»Falls Ihre Berechnungen korrekt sind«, sagte Gerald übertrieben deutlich.

Taggart hob den Zeigefinger, um die Taste zu drücken, die das Hochladen der Daten einleitete. »Sind sie.«

Gerald ging zu Taggart herüber. »Weder der NAVCOM noch die besten Navigatoren der Föderation könnten diesen Sprung programmieren. Was macht Sie so sicher, daß Sie es können?«

Ein Grinsen huschte über Taggarts Gesicht. »Weil es Pilger-Koordinaten sind, Mr. Gerald!«

»Was ...?« Gerald starrte auf die Datenlegende.

Taggart stand auf und ging auf die Tür zu. »Von der Brücke aus kann man es sicher besser sehen.« Damit verließ er den Raum.

Deveraux warf Blair einen unterkühlten Blick zu, um anschließend Taggart zu folgen. Auch Gerald und Sansky machten sich auf den Weg, wobei sie sich leise und angespannt miteinander unterhielten.

Blair blieb alleine im Kartenraum zurück. Vorsichtig trat er in das Hologramm und hob seinen Finger, um sich den von Taggart geplanten Kurs vor Augen zu führen. Dann machte er einige Schritte, bis die Koordinaten der Datenlegende auf seinen Körper projiziert wurden.

Plötzlich erschien Merlin auf der Konsole, an der Taggart eben noch gearbeitet hatte. »Wenn die Kursdaten fehlerhaft sind, werden wir außerhalb der Raumzeit landen und schließlich irgendwann in den Pulsar stürzen, der uns in ein unendlich kleines Teil einer Singularität verwandeln wird. Meiner Schätzung nach stehen die Chancen dafür, daß wir dem Untergang geweiht sind, bei fünfundsiebzig Komma ein Prozent.«

Blair senkte den Kopf, um die Werte zu betrachten, die auf seine Brust projiziert wurden. »Die Koordinaten sind richtig.«

›Maniac‹ – der ›Irre‹ – Marshall saß vor einem Viewport der Messe und starrte in den Weltraum. Der Pulsar, der vor einiger Zeit nur ein schwarzer Fleck im schwarzen Nichts war, nahm nun den größten Teil seines Sichtfeldes ein. Maniac fühlte sich an Scylla erinnert, nur machte der Pulsar seinem Namen alle Ehre, indem er im Abstand von drei Sekunden aufblitzte. Die anderen Piloten hielten das bevorstehende Drama offenbar für ausgesprochen uninteressant. Maniac beschloß, sie eines Besseren zu belehren. Er drehte sich um und wollte etwas sagen, als sich Polanski zu Wort meldete.

»Das Ding da frißt ganze Sonnensysteme zum Frühstück!«

Khumalo, der das Rufzeichen ›Knight‹ trug, wandte seinen Blick vom Viewport ab. Als er sah, daß Hunter ihn neugierig musterte, sagte er: »Was zur Hölle machen die eigentlich hier?«

Hunter kaute auf seiner Zigarre herum. »Fragen wir mal anders – weiß einer von euch, was wir nicht tun werden?«

»Beidrehen«, antwortete Forbes.

Maniac betrachtete noch einmal ehrfürchtig den Pulsar und drehte sich anschließend zu seinem Publikum um. »Wißt ihr eigentlich, Leute, was ihr da anglotzt? Na, wer weiß die Antwort?«

Hunter seufzte. »Ein Pulsar der Klasse zwei, mein Freund. Habe schon eine ganze Menge von den Dingern gesehen.«

»Nein.« Er deutete mit dem Daumen auf den Viewport. »Das da, liebe Mädchen und Buben, ist die ultimative Klospülung.«

Die anderen glotzten ihn an, als wäre er gerade mit irrsinnigem Blick und weißem Haar vom jüngsten Tag zurückgekehrt, um ihnen seltsame Prophezeiungen zu überbringen. Ihm war das schnurzegal. Hauptsache, Forbes lächelte, wenn er so etwas sagte.

Was sie tat.

Blair blieb am hinteren Ende der Brücke stehen, nicht unweit von Deveraux. Als sie ihn bemerkte, rückte sie von ihm ab, worauf er so tat, als habe er sie gar nicht gesehen.

Die Stimmung auf der Brücke war hektisch und irgendwie bedrückend. Niemand schien sich zu trauen, laut zu sprechen. Statt dessen herrschte ein eintöniges Gemurmel, das auf Blair fast einschläfernd wirkte. Je mehr sie sich jedoch dem Pulsar näherten, desto mehr wurde der Geräuschteppich von knappen, laut ausgesprochenen Befehlen durchbrochen.

Der Steuermann saß vor einer dreieckigen Anordnung von Pulten, flankiert von Sansky und Gerald, die das Geschehen an den Observationsplätzen verfolgten. Taggart stand neben dem Steuermann, um notfalls sofort eingreifen zu können.

Sansky drückte eine Taste auf dem Schiffsinterkom. »Ladies und Gentlemen, hier sprich der Captain. Sicher ist Ihnen aufgefallen, daß wir seit einiger Zeit ein kompliziertes Manöver vorbereiten. Um Ihre Neugier zu befriedigen, teile ich Ihnen jetzt mit, daß wir in einigen Minuten in den direkt auf unserem Kurs liegenden Pulsar der Klasse zwei eintauchen werden. Wir wurden zum Odysseus-Korridor beordert und müssen ihn unverzüglich erreichen.« Sansky ging kurz auf die Ereignisse um die Okkupation der Station Pegasus ein. Dann drehte er sich zu seiner Mannschaft um und sah jeden einzelnen kurz an. Blair meinte, in seinen Augen dieselbe Abenteuerlust zu erkennen, die ihn selbst zu überwältigen drohte.

»Gott sei mit uns allen.« Sansky nickte dem Steuermann zu. »Bringen Sie uns rein!«

Ein Ruck ging durch den Flottenträger, als die Triebwerke hochschalteten, um ihn in Richtung des Pulsars zu beschleunigen. Alles, was nicht fest am Boden oder an den Wänden verankert war, begann zu rappeln. Die daraus resultierende Kakophonie erinnerte Blair an die Beben auf Nephele. Er streckte seine Hand nach einem Sicherungsgeländer aus, um sich festzuhalten. Deveraux, die in der Nähe desselben Geländers stand, kreuzte die Arme vor ihrer Brust und blieb breitbeinig stehen, statt sich ebenfalls festzuhalten.

Je mehr sie sich dem Pulsar näherten, desto mehr fühlte sich Blair an Scylla erinnert. Nur war dies nicht Scylla, sondern eine entfernte Verwandte, die nur einen Kopf hatte, in dessen Mitte sich das pulsierende Auge eines Zyklopen befand.

Während sie Sterne verschlang, Planeten, Planetoiden und deren Trümmer, stieß sie gewaltige Blitze aus, die mit ungeheurer Macht die *Claw* erschütterten. Und doch spürte Blair, daß sich hinter all dem Chaos ein Sinn verbarg, eine kosmische Ausgewogenheit.

Er spürte ihre magnetischen Felder.

Und dann, vor seinem inneren Auge, sah er plötzlich klar und deutlich eine Sternenstraße, die mitten durch die Raumzeit hindurchführte.

»Lieutenant?«

Ein Schauer lief über seinen Rücken. Er sah Deveraux verwirrt an. »Ja, Madam?«

»Eine Sekunde lang dachte ich ...«

»Achtung! Achtung! Kursabweichung! Sofort Kurs korrigieren«, ertönte die Stimme des NAVCOM, begleitet von einem durchdringenden Alarmsignal.

»Ignorieren Sie das«, sagte Taggart unbeeindruckt. »Steuermann – halten Sie den Kurs!«

»Captain«, fuhr der NAVCOM fort. Seine Stimme wirkte nun beinahe flehend. »Dieses Schiff taucht direkt in die Nichtumkehrzone eines nicht registrierten Pulsars der Klasse zwei ein. In einer Minute wird der Gravitationssog uns zu einhundert erfassen.«

Sansky drehte sich abrupt zu Taggart um. »Was sagen Sie dazu, Taggart?« fragte er mit rauher Stimme.

»Die Meßwerte sind falsch. Die Sensoren des NAVCOM sind nicht auf Pulsare geeicht. Durch das Gravitationsfeld produzieren sie unsinnige Daten.«

»Ich muß darauf bestehen, daß wir sofort den Kurs ändern«, forderte der NAVCOM. »Übernehme mit sofortiger Wirkung die Kontrolle.«

»Nein!« brüllte Taggart.

Die *Tiger Claw* bockte, worauf Deveraux das Gleichgewicht verlor und auf das Geländer zustolperte, an dem sich Blair festhielt. Sie klammerte sich nun mit beiden Händen daran fest, während das Schiff ruckartig zur Seite driftete.

Taggart hangelte sich am Steuerpult entlang, bis er die Kommandotastatur erreichte. »Wir müssen auf manuelle Steuerung umschalten – sofort! Vergessen Sie den NAVCOM, sonst sind wir alle tot!«

»Captain«, sagte Gerald mit verbissener Miene. »Ich glaube, Sie sollten jetzt eingreifen!«

Sansky zog eine Grimasse. »Allerdings. Steuermann – übernehmen!«

Blair meinte sehen zu können, wie der Pulsar seine tödlichen Gravitationstentakel gierig nach der *Tiger Claw* ausstreckte. Mit verzerrtem Gesicht versuchte der Steuermann, die Schwankungen auszugleichen und das Schiff stabil auf Kurs zu halten. Die Schweißnähte, mit denen die Galerie oberhalb der Brücke zusammengehalten wurde, stimmten eine bedrohliche, disharmonische Melodie an.

»Hier spricht der Captain«, gab Sansky über den Interkom durch. »Bereiten Sie sich auf den Sprung vor. Noch fünfzehn Sekunden bis zum Sprungpunkt.«

»Jesus ...«, murmelte Deveraux, während das Schiff ein geisterhaftes Stöhnen von sich gab.

Blair hörte nicht, was Deveraux sagte. Er sah nicht, was auf der Brücke geschah. Er spürte nicht, wie seine verschwitzten Hände den Stahl umklammerten. Seine Sinne hatten ihn verlassen, genau wie in dem Augenblick, als er sich Scylla näherte.

Er war vollkommen überwältigt von dem Gefühl, dem ehrfurchtgebietenden Gefühl, daß eine gewaltige, unaufhaltsame Macht ihn selbst und alles, was um ihn herum geschah, in ein subatomares Universum versetzt hatte. Er sehnte sich danach, die Grenzen dieses Mikroversums zu erforschen. Er sah den gesamten Odysseus-Korridor und das, was dahinter lag, sah Nephele, das Solsystem, sah alles, was er zu sehen wünschte, da Entfernungen hier bedeutungslos waren. Genau wie die Zeit. Er dachte an seine Mutter. Sie stand nun vor ihm und musterte ihn kritisch, aber voller Liebe. Das Haar und ihr Teint waren so dunkel, wie er es in Erinnerung hatte. »Du hättest das nicht tun sollen, Christopher. Es ist nicht recht, daß du mich jetzt siehst. Du hast in diesem Kontinuum nichts zu suchen.«

»Doch! Es gehört mir – ich habe es so gewollt!«

»Dazu hast du kein Recht. Das hat nur einer.«

»Was meinst du damit? Es gibt hier keine Gesetze. Ich spüre das. Ich kann tun, was immer ich will.«

»Das wäre dein Untergang. Es würde dir ergehen wie den anderen.«

»Du bist gar nicht meine Mutter, nicht war?«

»Ich bin alles, was deine Mutter jemals war, ist und sein wird. Ich bin zugleich in jedem Teil des Universums, genau wie du es jetzt bist, obwohl es nicht so sein sollte.«

»Warum?«

»Ich wünschte mir, du könntest es verstehen. Es gibt nichts, was ich mir mehr wünschen würde. Aber ich weiß, wohin dein Weg dich führen wird. Und daran kann ich nichts ändern.« Plötzlich sah sie jünger aus, graziler. Wie Lieutenant Commander Deveraux. Sie sagte: »Haben Sie es nicht mitbekommen, Lieutenant? Fünfzehn Sekunden bis zum Sprung. Halten Sie sich fest.«

Seine Hände schlossen sich noch fester um das Geländer. Ein greller Lichtblitz schoß aus dem Pulsar.

Dann bemerkte er, daß Taggart ihn fassungslos anstarrte. Blair konnte sich gut vorstellen, wie er in diesem Moment aussah. Was er gesehen hatte, war nicht einfach nur ein Gespenst.

Er war dem Universum begegnet.

Und diese Erfahrung warf in ihm die bange Frage auf, wer er war und wohin ihn sein Weg führen würde.

Noch nie hatte eine Prophezeiung größeren Eindruck auf ihn gemacht.

KAPITEL 13

Tiger Claw, Flottenträger der Föderation
16. März 2654, 1430 Uhr Zulu-Zeit
Wega-Sektor
Sprungpunkt: Pulsar Klasse zwei

Spezialordonnanz Justin Jones lief durch den bebenden Hangar des Flottenträgers auf eine lange Reihe Raketenmagazine zu, wo sein Kollege David Olivia bereits damit beschäftigt war, die Geschosse durch die Anbringung von Stützklammern zu sichern.

»Wo hast du gesteckt, verflucht noch mal?« fauchte Olivia ihn an, während er eine Stützklammer einschnappen ließ. »Hier ist der Teufel los, und du sitzt auf dem Scheißhaus!«

Jones machte sich selbst an einer der Stützklammern zu schaffen. »Du weißt doch, daß es mir immer noch miesgeht!«

»Dagegen solltest du etwas unternehmen, bevor es in meinem Bericht landet!«

Jones gaffte ihn an. »Du willst es tatsächlich melden?«

Olivia sah ihn mit schweißnassem Gesicht an. »Immer langsam – ich habe nicht vor, denen etwas anderes unter die Nase zu reiben als die Wahrheit!«

»Das meinst du doch nicht im Ernst ...«

Olivia wischte sich den Schweiß vom Mund. »O doch.«

»Ich dachte, wir wären Freunde!«

»Sind wir auch. Aber ich sehe nicht ein, daß du meine Karriere ruinierst. Ich kann dir nicht ständig den Rücken freihalten.«

»Mensch, gib mir etwas Zeit«, bettelte Jones, während er die nächste Stützklammer zuklappte. »Ein paar Tage, dann habe ich es im Griff!«

»Das hast du mir schon letzte Woche erzählt! Jetzt habe ich die Pappe dick! Entweder gehst du zum Doktor, oder ich schmeiße dich aus dem Team!«

»Schon gut. Alles klar. Aber meinst du, sie können wirklich was für mich tun?«

»Himmelarsch, Mann – es ist doch nur ein verdammter Dünnschiß!«

»Nee. So einfach ist das nicht. Es ist eine verdammte Plage. So etwas würde ich meinem ärgsten Feind nicht auf den Hals wünschen.« Jones drehte sich um und rannte los.

»Wo willst du denn …«, meinte Olivia.

Ach so. Alles klar.

Raznick saß im Kontrollraum des Flugdecks und versuchte, einen Schluck Kaffee zu trinken, ohne seine Uniformhose zu besudeln. Kopfschüttelnd stellte er den Becher auf der vibrierenden Oberfläche des Kommandopultes ab. Er warf einen Blick durch die Plexischeibe, die den Kontrollraum vom Hangar trennte. Seine Abteilungsleiter schienen alles gut im Griff zu haben. Überall waren ihre Mitarbeiter damit beschäftigt, die Maschinen, Gerätschaften, Karren und andere Gegenstände vor den Vibrationen zu sichern.

Nach und nach liefen die Abschlußberichte bei ihm ein. Wie gewohnt ließ die Truppe, die für die Sicherung der Raketen zuständig war, am längsten auf sich warten. »Spezialist Olivia hier, Sir. Die Waffen sind gesichert.«

»Dann sollten Sie zusehen, daß Sie Ihren Arsch in Sicherheit bringen – noch acht Sekunden bis zum Sprung!«

»Ja, Sir!«

Raznick nahm Verbindung zu den beiden Piloten auf, die für den ersten Patrouillenflug eingeteilt waren, der unternommen werden sollte, sobald die *Tiger Claw* den Sprung hinter sich gebracht hatte. »Knight? Spirit? Statusmeldung!«

»Alle Systeme normal«, sagte Spirit und murmelte leise etwas auf japanisch.

»Wie bitte, Lieutenant?« fragte Ratznick die Pilotin.

»Oh, nichts, Sir! War nur so eine Art Gebet!«

»Knight?«

»Wir sind bereit, Boß! Falls die alte *Claw* den Sprung überlebt ...«

Ratznick nickte grimmig. »Habe es vernommen.«

Raumfahrer Miguel Rodriguez vergewisserte sich zum dritten und letzten Mal, daß die Raketen in diesem Abschnitt der *Claw* gesichert und alle Laserbatterien voll aufgeladen waren. Anschließend beeilte er sich, zu seinem Platz zurückzukehren, direkt neben seine Kollegin Ashley Galaway, die sein wenig zuversichtliches Lächeln erwiderte. Sie stieß einen leisen Schrei aus, als der Flottenträger plötzlich mit einem Heidenlärm zur Seite taumelte.

»Keiner Panik, *mi amiga*!« sagte Rodriguez. Es klang nicht sehr überzeugend, eher nach aufgesetzter Tollkühnheit.

»Als Gott Señor Miguel Rodriguez erschaffen hat, sagte er: ›Verdammt, welch ein gutaussehender Hombre!‹ Seitdem bin ich sicher, daß mir nichts zustoßen kann!«

»Die Geschichte kenne ich anders! Göttin sagte: ›Hm – dieser junge Mann ist zu sehr in sich selbst verliebt. Wenn sich die Gelegenheit ergibt, werde ich ihn einfach zerquetschen!‹ Ich denke, daß *sie* sich diese Gelegenheit nicht entgehen lassen wird!«

Rodriguez sah sie betrübt an.

Im nächsten Moment wurden sie in die Sitze gepreßt, weil das Schiff sich neigte.

Galaway flüsterte ein Gebet. Rodriguez bekreuzigte sich, schloß die Augen und begab sich in Gottes Hände.

»Wißt ihr, jemand hat mir mal erzählt, daß es vor langer Zeit eine Regierung gegeben haben soll, die nicht darauf aus war, jedermanns Privatleben zu kontrollieren. Ich meine, man konnte sich beispielsweise in ein Bodenfahrzeug setzen und mit allem losdüsen, was die Kiste hergibt, ohne vorher den Sicherheitsgurt anzulegen. Keine Regierung, die einem blödsinnige Vorschriften macht, die es einem verbietet, sich den Hals zu brechen. Keine Gesetze, sondern lockere Regeln, die auf dem gesunden Menschenverstand basieren. Und was haben wir heute?« Maniac sah die anderen Piloten an, die aber zu sehr mit dem Anlegen ihrer Sprunggurte beschäftigt waren, um seinen philosophischen Ausführungen zu lauschen. »Hey, Leute – ich habe euch etwas gefragt!«

Polanski stand auf und kam auf Maniac zu. Er bohrte ihm den ausgestreckten Zeigefinger in die Rippen. »Du willst wissen, was mit unserer persönlichen Freiheit passiert ist? Wir haben sie verloren, und daran sind Idioten wie du schuld! Ihr mißbraucht, jedes bißchen Freiheit, das man euch läßt. Deshalb sah sich die Föderation gezwungen, euch Idioten an die Leine zu nehmen. Also, wenn ich du wäre, würde ich jetzt meinen Arsch ruhighalten und mich fest anschnallen, sonst hast du bald keine Gelegenheit mehr, deine Freiheit zu mißbrauchen!«

Maniac sah Forbes an. Sie schüttelte den Kopf. Nein, sie würden beide unbeschadet herauskommen, ohne so unterwürfig und feige wie die anderen zu werden.

Bordingenieur Davies betrachtete besorgt die Zwischendecke aus Durastahl, die etwa zwanzig Meter über dem Boden des Maschinenraums verlief. Ein Beben ging durch das Schiff, wobei die Paneele sich wie die Wellen eines metallisch grauen Tümpels hoben und senkten. Er umklammerte einen Sicherungsbügel und sah sich nach seinen Kameraden um, von denen keiner älter als achtzehn Jahre war. Er fragte sich, ob die anderen sich ebenso fürchteten wie er. Ingenieur Oxendane, einer der jüngsten Rekruten in seinem Team, war groß, blond und kräftig. Ansonsten zeichnete er sich durch einen eklatanten Mangel an Mut aus. »Riechst du das? Hey, riecht ihr das auch?« fragte er nun besorgt.

»Was ist das?« übertönte Davies das Gemurmel der anderen. »Brennt da was?«

Oxendane schnüffelte übertrieben. »Nee, ich glaube, das bist du, Davies!«

»Wie meinst du das?« fragte er irritiert. Er versuchte, seine Nase in die Nähe seiner rechten Achselhöhle zu bringen. »Ich rieche nichts.«

»Soll wohl ein Witz sein? Dein Angstschweiß verpestet den ganzen Maschinenraum!«

»Halt die Fresse, Oxy!« rief einer der anderen.

»Fünf Sekunden bis zum Sprung«, klang die Stimme des Captains aus dem Interkom.

Davies rülpste Oxendane verächtlich an und klammerte sich noch fester an seinem Sicherheitsbügel fest.

Die Stärke der Vibrationen hatte sich nach Blairs Schätzung um mindestens eine Zehnerpotenz gesteigert. Er hatte das Gefühl, daß seine Arme aus Durastahl bestanden und ihn davon abhielten, in einen endlosen Abgrund zu stürzen. Er verlor kurz den Boden unter den Füßen und sah, daß es Deveraux nicht viel besser erging. Die Panik stand ihr nun ins Gesicht geschrieben.

Nur Taggart schien vom Klammergriff des Pulsars unbeeindruckt zu sein. Er hielt sich am Sitz des Steuermanns fest und betrachtete abwechselnd die Bildschirme und das Geschehen hinter den Viewports. »Geradehalten, einfach ruhig halten …«

Der Pulsar hatte es anscheinend leid, die *Tiger Claw* langsam in sich hineinzusaugen. Statt dessen gab es nun einen mächtigen Ruck, als ob er das Schiff wie einen Fisch an der Angel an sich reißen wollte. Deveraux kollidierte mit Blair, der daraufhin ebenfalls das Gleichgewicht verlor und mit ihr zu Boden ging.

Als sie sich wieder aufgerappelt hatten, fragte Deveraux: »Was in aller Welt war das?«

»Das Schiff versucht, sich aus der Raumzeit herauszuwinden«, erklärte Blair, der das Gefühl hatte, daß seine letzte Mahlzeit gerade einen ähnlichen Plan in die Tat umsetzen wollte.

Die Vibrationen wurden immer hochfrequenter, bis Blair nur noch ein unangenehmes Brummen hörte. Der Pulsar blitzte wieder auf, so daß Blair für einen Augenblick nicht nur taub, sondern auch noch blind war. Das erste, was er wieder sah, war Deveraux' Hand in der Nähe seiner Schulter …

Im nächsten Moment stürzte die *Tiger Claw* in das Herz des Pulsars, in jenen Spalt in der Raumzeit, dessen Existenz Taggart vorausberechnet hatte.

Das Brummen, das Beben und der saure Geschmack in Blairs Mund verschwanden mit einem Schlag. Er nahm überrascht zur Kenntnis, daß er keine Ruhe empfand, wie er erwartet hatte. Statt dessen verspürte er wieder diesen Sirenengesang, der ihn in das Universum hinauslocken wollte, in den Bereich des nicht körperlichen, wo er die Bedeutung der Ewigkeit in einer Sekunde begreifen würde, die Milliarden von Jahren andauerte. Wo er ein ganz anderes Leben führen konnte, in dem er seine Eltern kannte. Wirklich kannte.

Du wirst untergehen. Wie die anderen.

Welche Macht. Zum Greifen nah, nur einen Gedanken entfernt. War es vorstellbar, daß man sie überhaupt beherrschen konnte? Das einzige, was ihn noch mit seinem Universum verband, war die Angst, die seine Mutter in sein Herz gebrannt hatte. Ja, er konnte dieses Gefühl beherrschen, konnte es so steuern, wie es ein echter Pilger vermochte. Davon war er überzeugt. Doch selbst mit einem perfekten Navigationssinn und der Begabung, die Unendlichkeit des Universums gedanklich zu erfassen, würde er sich immer noch nach Glück, Liebe, Freundschaft, Hoffnung und Weisheit sehnen. Nach all dem, was das menschliche Dasein ausmacht.

Oder sollte er auf all dies verzichten?

Christopher Blair stand an einem kosmischen Scheideweg, und er weigerte sich, seine Entscheidung zu fällen, weigerte sich, dem süßen Gift der Versuchung nachzugeben. Er spürte, daß es ihn für immer beherrschen würde, wenn er nur einmal nachgab. Es mußte doch möglich sein, ein Gleichgewicht zu erzielen, seine Menschlichkeit zu bewahren und gleichzeitig eine Beziehung mit dem Universum einzugehen, die intimer war als alles, was er je erlebt hatte.

Er suchte nach einem Weg, das Drängen zu zügeln, doch dann ging ein mächtiger Schauer durch seinen Körper, und seine Sinne kehrten mit elektrifizierender Intensität zurück. Er verzog schmerzvoll das Gesicht, als er das atonale Röhren hörte, den Klagelaut des gequälten Schiffes. Er sah, daß Sansky, Gerald, Taggart und der Steuermann nun ebenfalls Mühe hatten, die Stellung zu halten.

Deveraux' Hand lag nun auf Blairs Schulter. Er drehte

sich zu ihr um, als sie wieder vom Ruckeln und Bocken des Schiffes gegen ihn geschleudert wurde. Wieder fielen sie beide um, aber diesmal kam Deveraux auf unsanfte Weise mit dem harten Durastahl in Berührung. Blair machte eine Grimasse, als er den dumpfen Ton hörte. Er packte sie an den Schultern und zog sie an sich. Besorgt betrachtete er die große Platzwunde auf ihrer Stirn. »Alles okay?«

Ihre Augen wirkten ein bißchen glasig. »Werden wir es schaffen?«

Blair ließ seinen Blick über die Viewports schweifen. Der Pulsar hatte sich in seine düstere Gruft der Schwerkraft zurückgezogen, die vier Tage und drei Sprünge von ihnen entfernt lag. In einiger Entfernung war ein riesiger Planet zu sehen, ein Gasriese mit gelben, orangen- und malvenfarbenen Streifen. Auf seiner Oberfläche waren mehrere Flecken zu sehen. Lichtpunkte zeigten an, wo seine Monde ihn umkreisten. Dahinter lag der Samtteppich des dunklen, stillen Vakuums, durchbrochen vom Licht uralter Sterne. »Wir sind durch!«

Er hatte seinen Mund noch nicht wieder geschlossenen, als das Heulen der Alarmsysteme verstummte. Die Notlichter wurden ausgeschaltet.

Taggart betrachtete den Bildschirm des Steuermanns und schaute anschließend durch die Viewports. »Ladies und Gentlemen, herzlich willkommen im Odysseus-Korridor!«

Lieutenant Commander Obutu legte die Hand an seine Sprechgarnitur und wandte sich an Captain Sansky: »Rapiers werden gestartet. Jetzt.«

Nach einigen Sekunden schossen die beiden Jäger mit glühenden Nachbrennern an den Viewports vorbei. Blair sah ihnen nach, bis sie aus seinem Blickwinkel verschwanden.

»Energieschirme hochfahren«, befahl Sansky. Er

stand auf. »Mr. Obutu, wir gehen in den Tarnkappenmodus.«

Obutu betätigte einen Kippschalter. Die Instrumentenbeleuchtung der Pulte wurde abgeschwächt. »Tarnkappenmodus aktiviert. Elektronikreststrahlung sieben Prozent, Kommunikation null Prozent.«

Sansky begab sich zum Radarstand, der von einem großen, dürren Jungen bedient wurde. »Status?«

»Scanner melden einen starken elektromagnetischen Abdruck bei 1-11 auf 4-3. Dort liegt ein Asteroidengürtel. Ich vermute, es handelt sich um Kilrathi, Sir.«

Sansky nickte und richtete sich dann auf, um sich mit dem sauertöpfisch dreinblickenden Gerald zu beraten.

Blair stand mittlerweile wieder auf den Beinen. »Nicht bewegen«, warnte er Deveraux. »Bin sofort wieder da.« Er ging zur Hinterwand der Brücke, um einen Erste-Hilfe-Kasten zu holen. Als er damit wieder bei Deveraux eintraf, entnahm er dem Kasten einen Laserstift. »Nicht bewegen!« Er führte den Stift an ihre Stirn.

»Das hast du schon mal gesagt.«

»Aber diesmal meine ich es ernst.« Er drückte auf einen Knopf, um mit dem Strahl die Wunde zu schließen. »Du bist ein tapferes Mädchen«, sagte er sanft. Dann rutschte der Laser ab.

»Autsch!«

»Oh, entschuldige.« Er richtete den Laser neu aus und machte weiter. Schließlich schaltete er den Stift ab und kam dicht an sie heran, um sein Werk zu begutachten.

»Schon okay!« Sie rückte von ihm ab und machte eine Grimasse, worauf die Wunde wieder aufplatzte.

Er schüttelte den Kopf und hob wieder den Stift. »Es blutet immer noch. Wenn ich ...«

»Ich bin okay!« Sie griff nach seinem Handgelenk, um den Arm herunterzudrücken.

»Jawohl, Madam!« Er stand auf und bot ihr seine Hand.

Doch sie lehnte seine Hilfe ab und richtete sich selbst auf, bis sie leicht schwankend stand.

Blair öffnete den Mund, weil er ihr sagen wollte, daß er es nicht so gemeint hatte. Er wollte ihr nicht zu nahe kommen, er wollte ihr nur helfen. Außerdem hätte er ihr gerne gesagt, daß ihr Parfüm ihn etwas benebelte, daß ihre Haut so glatt und samtig war wie die glatte Oberfläche einer reifen, tropischen Frucht, daß er zu gerne seine Nase in ihr Haar gesteckt hätte, um dessen Geheimnisse zu ergründen. Vermutlich hätte er ihr dies alles zugeflüstert, oder zumindest das meiste davon, wenn in diesem Augenblick nicht Captain Sansky zwischen die beiden getreten wäre. »Was ist mit Ihrem Kopf?« fragte er besorgt.

»Nur ein Kratzer. Kein Problem.«

»Gut. Die Patrouille ist unterwegs, soll aber in unmittelbarer Nähe des Schiffes bleiben. Ich möchte, daß Sie später einen Erkundungsflug durchführen, damit wir wissen, was auf uns zukommt.«

»Ja, Sir!«

Sie wollte zum Korridor laufen, als Sansky ihr etwas hinterherrief. »Deveraux – keine Kontaktaufnahme mit dem Feind. Noch nicht.«

Sie sah ihn über ihre Schulter hinweg an und nickte. Dann wechselte ihr Blick zu Blair. »Gehen wir, Lieutenant!«

Zwanzig Decks unter der Brücke befand sich eine dunkle, enge Latrine. Spezialist Justin Jones richtete sich ein wenig auf, preßte eine Hand auf seinen Bauch und stöhnte. Er war, soweit er wußte, der einzige Mensch, der es zustande gebracht hatte, auf dem Klopott einen Pulsar zu durchspringen.

Er entschied, diese Meisterleistung den Annalen der Marine vorzuenthalten.

Flugleiter Raznick betrachtete fluchend den auf seinem Schoß liegenden Kaffeebecher. Seine Uniformhose war von einem großen, braunen Fleck verunziert. Ewige Rache schwor er dem Idioten, der den Captain dazu überredet hatte, einen Pulsar zu durchspringen. Er würde dafür sorgen, daß derjenige wieder zum Latrinendienst degradiert wurde. Als hätte er nicht genug Probleme mit dem Reinigungsdienst, der es einfach nicht schaffte, seine Uniformen ordnungsgemäß zu säubern. Einen derartigen Fleck zu beseitigen überforderte ihre Kompetenz um Lichtjahre.

Er hob seinen Blick, um den Himmel um eine Entschädigung für diesen Tag anzuflehen.

Für einen Moment hätte er schwören können, ein gewaltiges Lachen zu hören.

Miguel Rodriguez griff in sein Hemd und zog die Sankt-Christopherus-Medaille hervor, um sie dankbar zu küssen.

»Ich glaube, wir haben es geschafft«, sagte Ashley Galaway, wären sie ihre Gurte löste.

»Das haben wir, *mi amiga*!« entgegnete Rodriguez. »Komm her, laß dich umarmen!«

»Danke, mir ist schon schlecht.«

»Auf meiner Welt pflegt man den nächstbesten Menschen zu umarmen, wenn man eine gefährliche Situation überstanden hat!«

»Auf meiner Welt lügen die Männer nicht, wenn sie eine Frau anmachen wollen!«

»Oh, komm schon, *mi amiga*! Sehen diese Augen aus, als könnten sie lügen?« Er versuchte, einen halbwegs ehrlichen Blick aufzusetzen.

»Nein. Lüstern sehen sie aus.« Sie sprang auf und küßte ihn auf die Wange. »Nimm's nicht zu ernst. Wenn wir schon gegen die Vorschriften verstoßen, dann wollen wir doch wenigstens Spaß dabei haben, oder?«

Sie ließ ihn einfach stehen, und er zählte langsam bis hundert, um seinen Puls zu beruhigen.

»Das wird richtig schön dick, Kumpel«, erklärte Hunter Maniac, während er dessen Unterarm inspizierte. »Damit bist du endlich ein richtiger Mann. Klasse.«

Maniac rieb seinen schmerzenden Arm und ging zu Forbes, die sich gerade in einen Drink vertieft hatte.

Als sie ihn sah, funkelten ihre Augen ihn über den Rand des Glases an. »Das war gut. Sehr, sehr gut!« hauchte sie.

»Manche Männer wissen, wie man einer Dame die Zeit vertreibt«, er warf ein bezeichnenden Blick auf Hunter, »und manche nicht.«

»Apropos Zeit, hast du mal auf die Borduhr gesehen?«

»Nein, wie spät ist es denn?«

»Fast 0300 Zulu.«

Seine Uhr zeigte 1434 an. »Aber wir haben doch nur drei Minuten für den Sprung gebraucht.«

»Und trotzdem haben wir fast einen halben Standardtag verloren.«

Er zog die Brauen hoch. »Dann haben wir wohl noch etwas Zeit.«

Sie wollte etwas erwidern, als der Interkom einen kurzen Piepston von sich gab. »Hier spricht der Captain. Die meisten von Ihnen dürften gemerkt haben, daß wir gerade einen höllischen Sprung hinter uns gebracht haben.«

»Ach, deswegen!« meinte Polanski wütend.

»Genauer gesagt haben wir eine kleine Abkürzung zum Odysseus-Korridor genommen, wo – wie ich Ihnen bereits erklärt habe – die Station Pegasus angegriffen und zerstört wurde. Die Hauptflotte der Kilrathi befindet sich in diesem Quadranten und hat Kurs auf den Quasar Charybdis. In etwas mehr als zehn Stunden werden sie eine Position erreicht haben, von der aus sie direkt zur Erde springen können. Unsere Mission besteht darin, die Kilrathi zu finden, möglichst viel über ihre Feuerkraft und ihre Pläne in Erfahrung zu bringen und sie anschließend aufzuhalten, falls sich dies als notwendig erweisen sollte.«

Maniac und Forbes wechselten einen Blick. Action! Ja!

»Leute, wir sind in diesem Sektor das einzige Schiff der Föderation«, fuhr Sansky fort. »Wir können keine Hilfe erwarten und auch keine Rettung. Wir können nur auf uns selbst zählen. Das ist alles.«

KAPITEL 14

Kampfflotte der *Concordia*
17. März 2654, 0300 Uhr Zulu-Zeit
Position: zwölf Stunden von der Erde

Die Sterne hatten sich in einen wirbelnden Strom funkelnder Streifen verwandelt. Admiral Geoffrey Tolwyn saß am Beobachtungsstand und dachte darüber nach, was seiner Flotte bevorstand. Er dachte über die Zukunft nach und darüber, welche Konsequenzen es haben würde, daß sie zwei Stunden zu spät im Solsystem eintreffen würden. Der einst blaue Planet war dunkelgrau, da die Biowaffen der Kilrathi dicke Giftwolken in der Atmosphäre freigesetzt hatten, deren Wirkungen etliche Monate lang anhalten würden. Millionen Menschen, die nicht rechtzeitig die Bunker erreicht hatten, würden sterben. Und mit ihnen die gesamte Fauna und Flora des Planeten. Es würde einige tausend Jahre dauern, bis sich die Erde von diesem Desaster erholt haben würde.

Tolwyn schlug mit der Faust auf die Konsole, vor der er saß. Zwei Stunden. Einhundertundzwanzig Minuten. Eine Ironie des Schicksals, die in ihm das Gefühl abgrundtiefer Hilflosigkeit und Frustration hervorgerufen hatte.

Er hörte, wie jemand von hinten auf ihn zukam und erkannte den charakteristischen Tonfall der Schritte. »Was gibt es, Commodore?«

»Eine Nachricht vom Hauptkommando der Erdstreitkräfte, Sir. Die Verteidigungsysteme wurden aktiviert, aber ...«

»Aber sie glauben nicht, daß sie ohne Unterstützung der Flotte einem Angriff der Kilrathi widerstehen können, nicht wahr?«

»Richtig, Sir. Aber sie werden kämpfen. Die Erde wird sich niemals ergeben.«

»Ergeben? Das gibt es nicht bei den Kilrathi. Sie halten sich für eine überlegene Rasse. Alle anderen haben ihrer Ansicht nach nur eine Aufgabe.«

»Verzeihung, welche Aufgabe?«

Tolwyn verzog verbittert den Mund. »Zu sterben.« Er drehte sich im Stuhl herum und sah Bellegarde an. »Unser Status?«

»Wir fliegen immer noch mit 110 Prozent. Aber wir haben bereits drei Schiffe verloren, zwei an einem Sprungpunkt, eines durch Meltdown des Hauptreaktors.«

»Steigern Sie die Geschwindigkeit auf einhundertzwanzig.«

»Wir werden noch mehr Schiffe verlieren!«

»Einhundertzwanzig, Commodore!«

»Einhundertzwanzig. Aye-aye, Sir.«

Tolwyn lehnte sich zurück und legte die Hände hinter seinen Kopf. »Da wäre noch eine Kleinigkeit, Richard: Haben Sie die Zeit gefunden, einmal über ... wie soll ich es sagen ... einmal über Ihre Vergangenheit nachzudenken?«

Der Commodore dachte einen Augenblick lang nach und sagte dann: »Wie Sie wissen, Sir, war ich sehr beschäftigt.«

»Was haben Sie für ein Gefühl, wenn Sie darüber nachdenken, daß wir einen Planeten retten wollen, der Ihnen egal ist?«

»Sir, die Erde repräsentiert einen großen Wert für die Föderation. Ihre strategische ...«

»Wie Sie mir bereits erklärt haben, haben Sie keinerlei Bindungen zu diesem Planeten. Ich dachte eigentlich, daß wir zur selben Generation gehören. Ich dachte, daß wir ein Geschichtsbewußtsein haben, uns unserer Herkunft bewußt sind.«

»Das gilt auch für mich, Sir. Es ist bloß so, daß ich anders an die Sache herangehe. Falls Sie damit ein Problem haben …«

»Ich stelle nicht Ihre Loyalität in Frage. Es geht mehr um Ihre *Identität.* Wer sind Sie?«

»Sir?«

»Sagen Sie mir, wer Sie sind!«

»Bellegarde, Richard. Commodore. Terranische Föderation …«

»Nein, Richard. Das sind doch nur Floskeln, dummes Geschwätz. Sie wurden im Eddings-System geboren, im Wega-Sektor. Aber wenn Sie sich die Mühe machen, Ihren Stammbaum zurückzuverfolgen, werden Sie feststellen, daß Ihre Vorfahren von der Erde stammen, aus Schottland.«

»Das stimmt. Aber ich werde es nicht tun.«

»Wieso?«

»Ich bin nicht dazu bereit.«

»Tut mir leid, Richard, aber dann muß ich Ihnen den Befehl erteilen, meine Frage zu beantworten, warum Sie es nicht tun wollen.«

Der Commodore verzog den Mund und drehte sich um, als ob er den Raum verlassen wollte. Doch dann wandte er sich wieder an Tolwyn. »Meine Vorfahren waren Gangster, Mörder, Vergewaltiger. Wir nahmen den Namen Bellegarde, nachdem wir diese Familie systematisch ausgerottet hatten, um uns ihre Macht und ihren Reichtum anzueignen. Wir übernahmen durch juristische Tricks und kosmetische Operationen ihre Identitäten, um einen Betrug zu erschaffen, der jahrhundertelang nicht aufflog. Es war ein erstaunlicher Schwindel. Und ein tragischer.« Er blickte Tolwyn direkt in die Augen. »Sie können nicht einmal erahnen, wie viele Menschen wir auf dem Gewissen haben. Einige von uns waren Attentäter, die andere Planeten aufsuchten, um dort weitere echte Mitglieder der

Familie Bellegarde umzubringen. Wir machten weiter, bis auch der letzte von ihnen tot war.«

Tolwyn hatte es die Sprache verschlagen. Er rechnete Bellegarde seine Ehrlichkeit hoch an und hatte ein schlechtes Gewissen, weil er ihn zu diesem Geständnis gezwungen hatte. »Damit haben Sie doch nichts zu tun. An der Vergangenheit können wir nicht ändern. Unsere wirkliche Herkunft ergibt sich aus dem, was wir tun.«

»Wieso sollte man seine wirkliche Herkunft nicht vollständig vergessen können, Sir? Falls die Erde vernichtet wird, ist das möglicherweise gar nicht so schlimm. Dieser Planet hat viele schreckliche Menschen hervorgebracht.«

Tolwyn seufzte und stand auf. »Nun, Richard, das war eine sehr erhellende Unterhaltung.«

»Man mag von mir halten, was man will, aber ich bin ein aufrechter Mann, Sir.«

»Das mag ich an Ihnen, Richard. Vielleicht gehen Sie jetzt in Ihre Kabine, setzen eine Flasche an Ihren Hals und schreiben Ihrer Freundin, daß Sie Schluß machen wollen. Dann wären Sie wirklich ein aufrechter Mann. Abtreten.«

Bellegarde wurde bleich, fing sich aber recht schnell. Er salutierte. »Ja, Sir!« Dann trat er ab.

Tolwyn wandte sich wieder dem Viewport zu. Er überlegte, ob er zu weit gegangen war. Gewiß. Aber selbst mit harten Worten konnte man Bellegardes Probleme nicht aus der Welt schaffen. In einigen Wochen würde er wieder an seiner Flasche und seiner Freundin hängen. Und trotzdem glaubte Tolwyn zu wissen, daß der Commodore einer der besten Offiziere der Föderation war.

Oder einer ihrer schlimmsten Verräter.

Mit klopfendem Herzen und zittrigen Händen zog Blair den Reißverschluß seiner roten Fliegermontur zu. Dann nahm er den Helm aus dem Spind und klemmte ihn sich unter den Arm, um seine Kabine zu verlassen.

Lieutenant Commander Deveraux hatte ihn als Flügelmann für die Beobachtungsmission ausgewählt, statt sich für einen erfahreneren Piloten wie St. John oder Khumalo zu entscheiden. Blair bezweifelte trotzdem, daß sie ihm wirklich vertraute. Er fragte sich, welche Motivation sie dazu getrieben haben könnte. Statt sich darüber den Kopf zu zerbrechen, würde er sie schlicht und ergreifend fragen, nahm er sich vor.

Er drängte sich in den vollbesetzten Lift und wartete ungeduldig darauf, daß sich die Türen schließen würden.

»Hey, Blair! Was hast du vor?«

Es war Maniac, der mit verschwitztem Gesicht hinter ihm stand.

»Gegenfrage: Was hast du denn so angestellt?«

»Oben vor dem Sportdeck laufen gerade Tests für die neuen Null-g-Planschbecken. Habe mich freiwillig als Versuchskaninchen gemeldet.«

»Und, wie war es?«

»Sind noch ein paar Macken drin. Ich wurde ziemlich durchgebeutelt, aber du weißt ja, daß man mich nicht so schnell kleinkriegt. Rosie ist allerdings nicht so gut dabei weggekommen.«

»Wer?«

»Rosie. Forbes.«

»Rosie, soso. Paß nur schön auf, mein Alter.«

Maniac lachte. »Das sagst ausgerechnet du?«

Als er auf dem Flugdeck ankam, wartete Deveraux bereits neben dem Lift auf ihn. Sie nickte ihm ziemlich unfreundlich zu und lief zu den Rapiers. Blair überholte sie und stellte sich ihr in den Weg, um ihre Platzwunde zu begutachten.

»Laß das!« sagte sie unwirsch.

»Entschuldige. Wollte mich nur vergewissern, daß es gut abheilt. Möchte nicht, daß du mit einer Narbe herumlaufen muß.«

»Mit einer Narbe mehr, meinst du wohl! Ich kann dir gerne ein paar von meinen abtreten. Und jetzt komm endlich!«

Sie liefen an einigen Maschinen vorbei, die gerade gewartet wurden. Der Geruch von Treibstoff und Schweißelektroden hing dick in der Luft. Es mußte ein ziemlich frustrierender Job sein, wenn man eine Maschine in der Gewißheit reparierte, daß sie schon beim nächsten Einsatz wieder beschädigt wurde.

»Gibt es noch irgendwelche Sonderoperationsvorschriften, die ich kennen sollte?« fragte Blair, als sie an den ersten Rapiers vorbeiliefen.

»Keine SOPs, nicht da draußen«, erwiderte Deveraux. »Es gibt nur eine einzige Regel.«

»Mich nicht abschießen zu lassen?«

»Mich nicht abschießen zu lassen.« Sie lief auf zwei vollbewaffnete Rapiers zu, deren Stummelflügel sich unter der Last der Waffen durchbogen. Intelligente Lenkraketen, Geschosse mit Infrarotsucher und solche mit Brandsätzen waren auf oder unter den Flügeln angebracht.

Blair betrachtete ihre Maschine, auf der das Rufzeichen ›Angel‹ angebracht war.

Er fand das ungemein passend. Beeindruckt schweifte sein Blick über die langen Reihen von Abschußmarken. »Sechsundzwanzig, alle Achtung!«

»Damit liege ich vor dem Durchschnitt«, erklärte sie, während sie die Cockpitleiter bestieg. »Ziemlich weit sogar. Statistisch betrachtet sollte meine Marke längst auf irgendeinem Kilrathi-Jäger kleben.« Sie deutete mit dem Kinn auf den anderen einsatzbereiten Rapier. »Dein Vogel, Blair. Geh zärtlich mit ihm um.«

Erst als Blair fast an der Cockpitleiter stand, sah er die

Flugnummer seines Jägers: Fünfunddreißig. Sie hatten ihm Bossmans Rapier gegeben. Chens Name war entfernt worden und auch seine Abschußmarken. Die neuen, gelben Buchstaben des Schriftzuges LT. CHRISTOPHER BLAIR wirkten auf der ramponierten Panzerung irgendwie unpassend und unecht.

Obwohl er Bossman nie kennengelernt hatte, verspürte er so etwas wie ein schlechtes Gewissen. Es war, als ob er den Tempel der Erinnerung an seinen Vorgänger beschmutzen würde. Er nahm sich vor, seine Mission als Tribut für Bossman zu betrachten, da er davon ausging, daß dieser nicht anders als die anderen Piloten gewesen war und sich somit über diese Geste gefreut hätte.

Blair ging noch einmal um die Maschine herum und berührte das an der Nase angebrachte Geschütz. »Alles meins!« Er grinste Deveraux an.

»Und in ein paar Stunden gehört die Maschine vielleicht schon jemand anderem. Steig ein. Wir müssen los.«

»Eine Frage noch. Warum ich?«

»Warum nicht?«

»Ja. Warum nicht.« Er kletterte die Leiter hinauf und zwängte sich ins Cockpit.

Nachdem er sich angeschnallt hatte, führte er den letzten Check durch. Das Wartungspersonal machte einen letzten Inspektionsgang um die beiden Maschinen und überprüfte die Ladung und alle Verbindungsstellen mit Scannern. Dann betätigte Blair eine Reihe von Kippschaltern, um die Triebwerke hochzufahren. Deveraux machte ebenfalls ihre Maschine startklar.

Blair hatte schon jetzt das Gefühl, die sanft vibrierende Maschine sei ein Teil seines eigenen Körpers. Er setzte seine Sprechgarnitur, den Helm und die Sauerstoffmaske auf. Dann wählte er Deveraux' Sprechkanal an. »Maverick an Angel. Funkcheck. Roger.«

»Empfang bestätigt«, antwortete sie. Auf dem Display

sah er, wie sie den Daumen hob. »Lieutenant – wo haben Sie denn das Rufzeichen Maverick aufgegabelt?«

Er wunderte sich über die förmliche Anrede, bis ihm einfiel, daß ihre Gespräche über den internen Kanal auf dem Deck von der Flugleitung empfangen werden konnten. »Madam, es handelt sich um einen Witz. Auf der Akademie war ich dafür bekannt, daß ich mich strikt an die Vorschriften gehalten habe. Also nannten sie mich Maverick, wie den Pokerspieler in den alten Filmen, der nie schummelte und trotzdem immer gewann.«

»Gut«, sagte sie nur. »Verankerungen sind gelöst. Externe Energieversorgung abgekoppelt. Interne Systeme nominal. Roger.«

Blair las die Instrumente ab. »Roger. Ich bin voll einsatzfähig und bei Marke fünfundneunzig.«

Der Flugmaat wies Deveraux zu ihrer Startplattform ein. Sie ließ ihren Rapier einige Meter aufsteigen, um dann auf die Plattform zuzufliegen, während das Landegestell in den Rumpf des Flugzeuges eingefahren wurde.

»Lieutenant Commander, Sie haben Starterlaubnis«, gab der Flugleiter über Funk durch.

»Roger, Boß.« Sie ließ die Triebwerke hochlaufen, bis Blairs Rapier in eine kaum sichtbare Wolke aus heißem Gas gehüllt war. Dann raste ihre Maschine wie ein Geschoß über das Deck.

»So, Lieutenant, wollen mal sehen, ob Sie sich noch daran erinnern, wie es geht!« gab der Flugleiter etwas lahm durch.

Blair ließ seinen Jäger aufsteigen und folgte den Gesten des Deckmaats. Er hatte sich vorgenommen, einen Bilderbuchstart hinzulegen, der dem Flugleiter ein für allemal das Maul stopfen würde.

»Sehr schön, junger Mann«, kommentierte der Flugleiter, als ob Blair ein Kleinkind wäre, das ihm gerade ein selbstgemaltes Bild gezeigt hatte. »Start … – jetzt!«

Blair erhöhte den Schub auf exakt achtzig Prozent Vollleistung – wie im Lehrbuch. Der Jäger schoß mit einem Schlag auf das Energiefeld zu. Blair sah aus dem Augenwinkel, wie die Tragsäulen des Flugdecks an ihm vorbeizurasen schienen. Vor ihm waberten und flimmerten die Sterne hinter dem Energievorhang, den er im nächsten Augenblick durchbrach. Er zog den Jäger vom Mutterschiff weg und beschleunigte dann mit voller Kraft, um auf dem Radarschirm nach Deveraux zu suchen. Kurz darauf bezog er neben ihrer Maschine die Flügelposition. Mit der freien Hand öffnete er seine Fliegermontur, holte das Kreuz hervor und nahm es kurz in seine Hand. Auf seinem rechten Display blinkte die Meldung ›Funkstille‹ auf.

Vor ihm befand sich ein kleiner, öder Planetoid, der eine weit entfernt liegende, düstere Zwergsonne umkreiste. Blair betrachtete die Daten, die auf dem Display erschienen. Offiziell wurde er als Planetoid SX34B5 geführt. Er ähnelte auf eine fast unheimliche Weise dem Mond. Danach forderte Blair Daten über die Sonne an: Größe, Alter, chemische Zusammensetzung und die Mitteilung, daß diese Sonne zu klein war, um Wasserstoff durch Kernfusion in Helium zu verwandeln. Dann wurde es ziemlich technisch, und er verlor die Lust, weiterzulesen. Immerhin hatte er sich einen Überblick verschafft, während Maniac wahrscheinlich einfach so ins schwarze Nichts hineingedüst wäre und sich allein auf seine Augen verlassen hätte. Blair war jedoch davon überzeugt, daß es bei einem Kampf nur von Vorteil sein konnte, wenn man wußte, wo man sich befand.

Er richtete das Fadenkreuz der Zieleinrichtung auf eine Gruppe von Asteroiden aus, die die Zwergsonne umkreiste. Kleine, eisbedeckte Felsen, die durch das Weltall taumelten und bisweilen miteinander kollidierten, wobei sie zu noch kleineren Felsen zersprangen.

Deveraux zogen ihren Rapier vor seinen, um Blair zu

signalisieren, daß sie die Asteroiden zu einer kleinen Waffenübung auszunutzen gedachte. Er klappte das Projektionsdisplay herunter, um mit seinem linken Auge die Zielangaben abzulesen. Dutzende von kleinen, hektisch aufblinkenden Fadenkreuzen markierten einzelne Asteroiden als potentielles Ziel. Gleichzeitig wurde ein grünes Liniengitter eingeblendet, das den sichersten Kurs durch das Asteroidenfeld anzeigte.

Plötzlich bemerkte er, daß unter den Trümmern auch solche waren, die nicht aus mattem Stein bestanden, sondern metallisch glänzten. Es war zweifellos Durastahl, an den Rändern ausgefranst wie Papierfetzen.

Ein größerer Trümmer flog gerade an seinem Cockpit vorbei. Auf dem verbrannten Metall entdeckte er die aufgemalten Buchstaben ASUS.

»Angel? Hast du das gesehen? Das ist von der Pegasus.«

Ihr Bild erschien auf seinem linken Display. Sie richtete sich auf, um das Asteroidenfeld besser sehen zu können. »Muß ziemlich heftig zugegangen sein – die Trümmer sind über den ganzen Sektor verteilt.«

Dann ertönte der Alarm ihres Massetasters, und mit kaum einer halben Sekunde Verspätung auch der von Blair. Er sah auf den Radarschirm, auf dem zunächst ein Blip auftauchte, gefolgt von einem zweiten. Dann war der Schirm wieder leer. »Melde mehrfach Kontakt, will mal …«

»Ruhe! Ich habe ebenfalls …«

Blair sah es auch: Sechs Blips, die laut Radarschirm direkt auf ihrem Kurs liegen mußten.

»Angel …«

»Funkstille. Laß uns tiefer in das Feld reinfliegen. Mit möglichst wenig Leistung. Mal sehen, ob wir das aussitzen können.«

»Roger.«

Sie zog vor, um dem Gitterparcours zu folgen, den der

Computer errechnet hatte. Blair hängte sich auf ihre 6-Uhr-Position, die sie sechzig Grad abdrehte, um den Schatten eines etwa hundert Meter langen, fast quaderförmigen Asteroiden anzufliegen. Blair suchte sich einen etwa fünfhundert Meter von ihrer Position entfernt liegenden Asteroiden aus und folgte ihrem Beispiel. Rasch schaltete er alle Systeme außer den lebensnotwendigen ab. Ein Moment lang saß er ganz ruhig da und lauschte dem Geräusch seines eigenen Atems. Er verzog das Gesicht, als eine Schweißperle über seine Braue lief. Dann betrachtete er die dicken Eisstränge, die über die zerfurchte Oberfläche des Asteroiden liefen. Aber es half nichts, er war einfach zu aufgeregt.

»Meine Scanner sind blind, Merlin. Rede mit mir.«

Der kleine Mann tauchte nicht auf, da der Computer intelligent genug war, um zu wissen, daß das Holofeld möglicherweise angepeilt werden konnte. Statt dessen loggte er sich in den Bordcomputer des Rapiers ein. Das rechte Display flackerte im Takt seiner Worte, als er sagte: »Wechselseitige Kommunikation zwischen einem großen Kilrathi-Schiff und der Zwergsonne dort. Ich kann den Code nicht entziffern.«

»Wissen sie, daß wir hier sind?«

»Möglicherweise. Wenn ich den Stand der Technik an Bord richtig interpretiere, handelt es sich um ein Befehls- und Kommunikationsmodul, vermutlich ein Transporter der Dorkir-Klasse, den man zu diesem Zweck umgerüstet hat.«

»Und wie sieht es mit den Begleitschiffen aus?«

»In der Nähe der Sonne befinden sich mindestens sechs andere Schiffe, mit denen es kommuniziert. Interessant: Ich empfange ein Signal mit ultraniedriger Frequenz. Die Scanner des Rapiers sind nicht für UNF-Signale geeignet.«

»Aber deine schon, ja?«

»Hast dir wohl mein Sarkasmusprogramm installiert, ja?«

Blair winkte ab. »Vergiß es. Sag mir lieber, was es damit auf sich hat!«

»Bei UNF handelt es sich um ein primitives Impulsverfahren. Äußerst langsam, aber man kann damit große Entfernungen überbrücken. Wie mit Buschtrommeln. Die Pilger haben UNF während des Krieges eingesetzt.«

»Aber warum sollten die Kilrathi –« Blair sprach den Satz nicht zu Ende. »Hast du eben *Pilger* gesagt?«

»Ja. Glaube schon.«

»Du weißt also etwas über die Pilger? Du hast doch behauptet, daß mein Vater deinen Erinnerungsspeicher gelöscht hat?«

»Ich ... ist mit ein Rätsel, wieso ich das mit der UNF überhaupt weiß«, stammelte Merlin. »Ist einfach da. Vielleicht befanden sich diese Daten auf der Speicherebene unterhalb meines Betriebssystems, die noch aus dem Krieg stammt. Vielleicht ist es auch Intuition.«

»Intuition?« Blair verzog den Mund. Merlins Sarkasmus zu ertragen war schlimm genug. Falls Merlin das mit der Intuition wirklich ernst meinte, sah Blair einer wirklich grausigen Zukunft entgegen. »Hast du die Signalquelle schon gefunden?«

»Es scheint aus Quadrant dreißig zu kommen.«

»Dreißig. Das ist doch direkt in der Nähe der *Tiger Claw*. Kannst du es dekodieren?«

»Der Code ist mir nicht ...« Merlin brach mitten im Satz ab.

»Hey, was ist los?«

»Sie scannen die Asteroiden.«

»Merlin: abschalten.«

Ein grünes Licht tastete den Asteroiden ab, hinter dem sich Blair versteckt hatte. Er konnte den Strahl fast körperlich fühlen.

KAPITEL 15

Im Trümmerfeld der Station Pegasus
Odysseus-Korridor
16. März 2654, 0400 Uhr Zulu-Zeit
Position: neun Stunden vom Quasar-Sprungpunkt Charybdis

»Mach schon«, murmelte Deveraux. »In diesem Mauseloch wirst du nichts finden. Hau ab!«

Das Kilrathi-Schiff untersuchte immer noch mit seinem grünen Strahl den Asteroiden.

Plötzlich hörte sie einen dumpfen Schlag. Ein Schaudern überkam sie, als sie die in einen Marinekampfpanzer gekleidete Gestalt sah, die an ihrem Jäger vorbeitrieb. Sie wendete ihren Blick ab, weil sie vermeiden wollte, die Helmscheibe und damit das Gesicht der Leiche zu betrachten. Es half nichts, ihr Magen drehte sich trotzdem um, weil der Jäger in diesem Moment mit dem vereisten, rasiermesserscharfen Gestein in Berührung kam. Ein ekelhaftes metallisches Kratzen ertönte. Der Jäger setzte sich langsam in Bewegung.

Ihre Gedanken rasten. Sie konnte die Triebwerke nicht zünden, ohne ihre Position zu verraten. »Das habt ihr einfach nicht bemerkt«, flüsterte sie an die Kilrathi gerichtet. »Und falls doch, dann war es nur eine Kollision zwischen zwei von den Brocken hier.«

Sie wartete einen Moment. Und noch einen. Sie war verdammt gut im Warten. Wußte, worauf es ankam: Die Anspannung in den Griff zu bekommen. Zu begreifen, daß sie absolut nichts tun konnte. Außer warten. Und gegebenenfalls reagieren. Gegebenenfalls. Aber zunächst mußte sie hier in diesem engen Cockpit verharren, wobei sie an das muffige Kämmerchen im Waisenhaus denken mußte, in dem sie mit verquollenen Augen endlos lange gewartet hatte, bis Schwester Fleurette kam. Ihr Atem würde nach Alkohol riechen, und sie würde ein Holzlineal mitbringen. Die Tür ging auf, das Licht fiel in die Kammer. Deveraux blinzelte. Und dann sah sie mitten im Licht, wie sich die Hand mit dem Lineal erhob …

Sie riß sich aus ihren Erinnerungen. Der Rapier driftete langsam von dem Asteroiden weg. Alle zwei oder drei Sekunden vergrößerte sich der Abstand um einen Meter.

Der grüne Lichtschein hatte sich verstärkt.

Blair sah, daß irgendwo zwischen den Felsen wieder etwas glitzerte. Noch mehr Durastahl, weitere Trümmer der Station Pegasus? Ein zweiter Blick bestätigte seinen Verdacht. Das Kilrathi-Schiff hatte sich Deveraux' Position genähert. »Sag mir, was sie sehen, Merlin.«

»Gar nichts sehen sie. Schalte deinen Hitzescanner ein. Sie sind zu weit weg, um ihn anpeilen zu können.«

Blair zog das Projektionsdisplay vor sein linkes Auge und aktivierte den Scanner. Nicht viel zu sehen, nur das metallische Glitzern und das matte, düstere Gestein der Asteroiden.

Halt! Ein roter Schimmer blitzte im Bereich des Asteroiden auf, hinter den sich Deveraux verzogen hatte. »Sie haben Angels Hitzestrahlung angepeilt.«

»Ich orte zwei weitere Kilrathi, die sich mit hoher Geschwindigkeit nähern«, berichtete Merlin hektisch. »Vermutlich Abfangjäger.«

Blairs Finger huschten über die Kontrollen. Displays erwachten zum Leben, die Scanner lieferten erste Daten, und die Maschinen verkündeten mit einem leisen Summen, daß sie betriebsbereit waren. Ein Piepsen zeigte an, daß das Kommunikationssystem wieder aktiv war. »Angel – sie haben uns bemerkt. Zwei weitere Kilrathi auf 6 Uhr.« Er warf einen Blick auf den Radarschirm. Nein, die Kilrathi drehten bei.

Deveraux' Gesicht erschien auf dem Display. »Kann Peilung nicht bestätigen. Übernehmen!«

Die Blips näherten sich.

»Durchstarten«, sagte Blair entschlossen. »Auf Drei – Drei ... Zwei ...«

Die Triebwerke sprangen mit einem imposanten Dröhnen an. Der Rapier schoß dicht an der Oberfläche des Asteroiden entlang und zog dann mit einer Schraube nach oben, um das Asteroidenfeld zu verlassen.

»Position am Flügel beziehen!« befahl Deveraux.

»Ja, Madam!« Blair riß den Jäger herum und schoß mit allem, was die Triebwerke hergaben, auf ihre Position zu. Kurz bevor er seine Zielposition erreichte, entdeckte er zwei Dralthi-Jäger, die zum Geleitschutz des Hauptschiffes gehörten.

Er und auch Deveraux feuerten ohne Vorwarnung. Ihre Rakete durchfetzte den Abwehrschirm des einen Dralthi und zerriß ihn in einem gleißenden Feuerball. Sein Geschoß traf die zweite Maschine an der Triebwerksbucht. Sie verlor eine Abdeckung, die gegen den Asteroiden prallte, hinter dem sich Deveraux eben noch versteckt hatte. Silbrige Splitter von Plastistahl wirbelten durch das Vakuum, während Deveraux und Blair bereits die von den Explosionen hinterlassenen Gaswolken durchquerten. Im selben Moment, in dem Blair erneut eine Rakete abfeuerte, meldete ihm der Bordcomputer, daß auch Deveraux den Feuerknopf gedrückt hatte. Die Raketen flogen mit vollem Tempo auf das Mutterschiff der Kilrathi zu und explodierten wirkungslos, als sie auf den mächtigen Energieschirm traf.

»Nun, das sollte sie aus dem Schlaf gerissen haben«, meinte Blair. Er las seinen Radarschirm ab. »Da kommen noch zwei aus Richtung der Zwergsonne. Fangen wir sie ab.«

»Negativ! Ich habe hier eine Peilung von vierzehn Feindschiffen. Mindestens zwei Zerstörer. Rückzug einleiten!« Ihre Düsen flammten auf, als sie die Nachbrenner aktivierte.

Blair fuhr ebenfalls die Nachbrenner hoch und ließ seine Maschine abkippen, um ihr zur *Tiger Claw* zu folgen. Dann schaltete er das linke Display auf die hintere Waffenkanzel um. Der Bildschirm zeigte einen Schwarm glühender Funken, der sich in Richtung des Asteroidenfeldes bewegte.

Captain Thiraka nar Kiranka stand mitten auf der Brücke der *Grist'Ar'Roc.* Er grübelte über den Bericht nach, den er gerade von seinem Waffenleitoffizier erhalten hatte. Oh, er wußte genau, was er nun gern getan hätte. Aber er wußte auch, was der Admiral plante – und zwischen diesen beiden Ansichten konnte es keinen Kompromiß geben. Falls der unwahrscheinliche Fall eingetreten wäre, daß Thiraka und Bokoth sich bezüglich der Strategie verständigt hätten, dann hätte Thiraka ernsthaft daran geglaubt, daß es für ihn noch eine Zukunft in der Militärhierarchie der Kilrathi geben könnte. Aber wie die Vergangenheit bereits gezeigt hatte, wichen seine Vorstellungen von denen seiner Vorgesetzten ab. Und es sprach nichts dafür, daß die jüngsten Ereignisse daran etwas ändern würden.

Gemächlich ging er zum hinteren Teil der Brücke, wo Kalralahr Bokoth vor einer metergroßen Statue Sivars kniete, deren furchterregende Gestalt die Stimmung auf der Brücke wie eine düstere Regenwolke überschattete. Im flackernden Kerzenlicht des Altars waren die Fahnen des Thiraka-Clans zu sehen, deren Vorhandensein ebenso vergangene Ruhmestaten bezeugte, wie sie zukünftige forderte. Die asymmetrischen Symbole standen für Legenden des Todes, der Eroberung, der Unterwerfung; sie erzählten von Planeten, die von allem Leben bereinigt worden waren, von Grenzstreitigkeiten und Bürgerkriegen, deren Grausamkeit alles übertraf, was ein Mensch sich auch nur vorzustellen vermochte.

Thiraka wartete in gebührendem Abstand hinter dem Admiral und hoffte, daß dieser ihn bald bemerken würde. Möglicherweise entschied sich Bokoth dafür, seine Meditation noch um eine Stunde auszudehnen. Thiraka würde in diesem Fall nichts anderes übrigbleiben, als zu warten. Niemand durfte den Bokoth stören. Wer es wagte, war des Todes – so wollte es das Gesetz der Kilrathi.

Aber anscheinend hatte Bokoth ihn doch bemerkt. Er sprach langsam, als hätte er nur unwillig eine große Vision hinter sich gelassen, um für kurze Zeit in die Realität zurückzukehren. »Kal Shintahr?«

»Herr, unser Hauptkommunikationschiff wurde im Sektor sieben in ein Gefecht mit zwei Aufklärern der Föderation verwickelt. Daraufhin wurden Abfangjäger von unseren beiden Zerstörern entsendet.«

»Und die Aufklärer sind entkommen.«

Thiraka nickte und mahlte mit den Zähnen. Der Admiral hatte sich nicht an Thirakas Bitte gehalten, er ließ die eingehenden Mitteilungen weiterhin in seine Kabine übertragen, was zweifelsohne eine Überschreitung seiner Kompetenzen bedeutete. Für einen Moment überlegte Thiraka ernsthaft, zunächst Bokoth und dann sich selbst zu töten. Dann atmete er tief durch, um sich wieder in den Griff zu bekommen.

Mit einem leisen Knurren erhob sich Bokoth. »Demnach ist die *Tiger Claw* also eingetroffen.«

»Ja, Herr. Das Handelsschiff, das wir entdeckten, traf

mittels eines Sprunges durch eine Gravitationsquelle in diesem Sektor ein. Beim Flottenträger war es dagegen ein Pulsar.«

»Können wir ihre Bewegungen verfolgen?«

»Ja, Herr.«

Der Admiral drehte sich zum Kommandostand um und sprach eine Gestalt an, deren äußere Form hinter den dichten Schwaden des Nährgases kaum zu erkennen war. »Euer Freund scheint sehr zäh zu sein«, sagte Bokoth. Seine Worte wurden sofort in die fiepsenden Laute übersetzt, die Menschen zur Verständigung benutzen.

Der mit einem Druckanzug bekleidete haarlose Affe hob einen seiner kurzen, behandschuhten Finger und entgegnete: »Mein Freund ist ein Pilger. Er wurde zu diesem Zweck ausgebildet. Ihr solltet den Hinterhalt vorbereiten.«

»Später«, erwiderte Bokoth, wobei er die Pfote hob und eine seiner Klauen zeigte.

»Dieses Schiff ist das einzige, das den Erfolg unserer Mission noch gefährden könnte. Ihr solltet die Gelegenheit nutzen.«

Bokoth zupfte nachdenklich seine Barthaare zurecht und schnurrte. Dann erklärte er kurz angebunden: »Dieses Schiff spielt keine Rolle. Dein Haß blendet dich. Vergiß es. Alles geht vorüber.«

Der Affe ging einen Schritt auf ihn zu. »Du hast unrecht, alter Mann. Die meisten Dinge gehen vorüber – Liebe, Leidenschaft, Wut, das Leben. Nur eines nicht: Haß.«

»Was ist los?« fragte Blair Deveraux, während sie durch den Korridor liefen. »Kriegen wir Ärger?«

Sie befand es nicht für notwendig, ihm zu antworten.

Kurz darauf erreichten sie die Brücke. Sie lief direkt zu den Viewports hinüber und nahm Haltung an, als sie Gerald und Sansky am Radarstand sah. Blair stellte sich neben sie und salutierte ebenfalls.

Der Captain und der Commander musterten die beiden einen Moment lang. Dann sagte Gerald: »Wir haben Ihren Kampfbericht zur Kenntnis genommen. Ich persönlich bin wenig beeindruckt. Sie kennen Ihre Befehle – Feindkontakt war unerwünscht. Ihr unüberlegtes Handeln gefährdet unsere Mission und dieses Schiff.«

»Sir – ich hatte keine Wahl. Der Gegner hatte Lieutenant Commander Deveraux' Hitzesignatur aufgespürt, Sir.«

»Tatsächlich«, erwiderte Gerald in einem zynischen Tonfall. Sein Blick wechselte zu Deveraux. »Angel, sind Sie sicher, daß die Kilrathi Sie geortet hatten? Im Hinblick auf den persönlichen Hintergrund des Lieutenant …«

»Entschuldigung?« unterbrach Blair ihn wütend.

Geralds Kopf bewegte sich so langsam auf ihn zu, daß sich Blair an den Waffenturm eines Panzers erinnert fühlte. »Es gibt genug Belege dafür, daß die Pilger während dieses Krieges maßgeblich an den Sabotageakten gegen die Föderation beteiligt waren. Ich kann Ihnen diese Informationen gerne herunterladen, Lieutenant!«

»Hatten die mich wirklich in der Zielerfassung?« wollte Deveraux von Blair wissen. »Oder warst du nur ein bißchen schießwütig?«

»Schießwütig? Was soll denn diese …«

»Es reicht jetzt!« mischte sich Sansky ein. »Diese Vorwürfe sind akademischer Natur – die Kilrathi wissen genau, daß jedes größere Schiff der Föderation mit Rapiers bestückt ist. Und sie wußten auch, daß wir in der Nähe waren.« Er wandte sich an Blair. »Erzählen Sie mir noch mal von dieser Meldung, die Sie empfangen haben!«

Blair warf Gerald einen verächtlichen Seitenblick zu.

»Es war ein UNF-Signal, das aus unmittelbarer Nähe der *Tiger Claw* abgestrahlt wurde, Sir.«

Sansky drehte sich zum Navigationsstand um, obwohl der Computer seine Stimme auch so registriert hätte. »Was hat es damit auf sich, NAVCOM? Sind irgendwelche Funksendungen von diesem Schiff abgestrahlt worden?«

»Negativ, Captain. Von der *Tiger Claw* wurden keine Funksendungen ausgestrahlt.«

Gerald grinste böse und nickte.

»Sir, ich möchte berichten …«

»Sie berichten gar nichts, Lieutenant!« fiel ihm Sansky ins Wort. »Und soweit es Ihren Flugschreiber betrifft, gilt wohl dasselbe. Die Scanner eines Rapiers können keine UNF-Sendungen empfangen. Daß Sie auf Ihren Computer und damit auf nichtautorisiertes Privateigentum zurückgegriffen haben, trägt nicht zur Glaubwürdigkeit Ihrer Behauptung bei. Personalcomputer erfüllen nicht die üblichen militärischen Standards und sind deshalb anfällig für alle möglichen Computerviren. Was Sie Ihrer Meinung nach gehört haben …«

»Aber Sir …«

»… war vermutlich natürlichen Ursprungs.«

»Das war kein natürliches …«

»Abtreten, Lieutenant!«

Blair salutierte und verließ mit schnellen Schritten die Brücke, da er kurz davor war, etwas zu sagen, das ihn vor das Kriegsgericht gebracht hätte.

Ihm war natürlich klar, daß Sansky und Gerald keine Zeit hatten, um sich mit falschen Fährten abzugeben. Doch konnte er kaum glauben, daß die beiden so dumm waren, daß sie eine so wichtige Meldung einfach ignorierten.

Obwohl er zugeben mußte, daß es andererseits mindestens genauso dumm wäre, auf ein Halbblut zu hören, das möglicherweise ein Saboteur war.

Captain Sansky brauchte einen Moment, bis er sich von dem Streit mit Blair erholt hatte. Insgeheim bewunderte er den Jungen für seinen Mut, sich auf der Brücke mit seinem Captain anzulegen. Andererseits war Blair ihm aber auch unheimlich, und er vermutete, daß es Gerald nicht anders ging. Der starrte durch den Viewport hinaus ins Vakuum, bis die Zweifel aus seinem Kopf verschwunden waren. »Ihre Expertise, Mr. Gerald?«

»Dieses Kommunikationsschiff bildet die Vorhut für die Kampfflotte, die sich in nicht allzu weiter Entfernung befinden dürfte. Wie Sie bereits sagten, wissen sie, daß wir hier sind. Also sollten wir Kontakt mit ihnen aufnehmen, denke ich. Meine Jäger können in dreißig Minuten abfliegen.«

»Zwanzig«, korrigierte ihn Deveraux, die noch zuversichtlicher klang als Gerald.

»Das wäre ein großer Fehler«, mischte sich Taggart ein, der immer noch neben dem Pult des Steuermanns saß. »Ohne die Jäger ist das Schiff schutzlos.« Er stand auf und lief kopfschüttelnd auf Sansky zu.

Sansky zog eine Grimasse und ließ sich die Vor- und Nachteile eines Erstschlags durch den Kopf gehen. Die Liste der einzelnen Stichpunkte war auf beiden Seiten so lang, daß er bald den Überblick verlor.

»Sie arbeiten hier als ziviler Scout«, rief Gerald in Taggarts Erinnerung. »Sie sind kein Offizier der Marine, und somit sind Ihre Äußerungen zur taktischen Situation unerwünscht.«

Taggarts Gesicht wurde hart, und seine Stimme klang plötzlich tief und bedrohlich. »Hier steht weitaus mehr auf dem Spiel, als Sie überblicken können, Commander!«

Sansky erhob beschwichtigend eine Hand. »Der XO hat recht, Mr. Taggart. Wenn wir das Kommunikationsschiff und seinen Geleitzug zerstören, wird dies den Vormarsch der Kilrathi verzögern. Deveraux wird das Kommando über den Angriff übernehmen. Sie werden sie begleiten.« Er drehte sich zu Lieutenant Commander Obutu um, der gerade die Bildschirme kontrollierte. »Con, legen Sie einen Kurs auf die Ringe des Planeten 4-15 fest. Wir werden dort Stellung beziehen.«

KAPITEL 16

Tiger Claw, Flottenträger der Föderation
Odysseus-Korridor
17. März 2654, 0500 Uhr Zulu-Zeit
Position: acht Stunden vom Sprungpunkt Charybdis-Quasar

Vor dem Gefecht sollte sich jeder Pilot die Zeit nehmen, zu meditieren. In jedem von Ihnen steckt das Potential, in einem ungeahnten Maß über sich hinauszuwachsen. In jedem von Ihnen versteckt sich das Herz eines Tigers. Um dieses Potential freizusetzen, müssen Sie zunächst Frieden mit sich selbst machen, ein abgeklärtes Verhältnis zur Außenwelt und zu Ihrer Zukunft aufbauen, aber auch zum Töten. Es gibt keine Emotionen. Es gibt nur Ihre Aufgabe. Sie sichten das Ziel und vernichten es ohne Haß, lassen es hinter sich, ohne Reue zu empfinden.

Dies waren die Worte, die Deveraux' Ausbilder ihrer Abschlußklasse mit auf den Weg gegeben hatte. Worte, die für Deveraux immer noch so lebendig waren wie an dem Tag, an dem sie sie gehört hatte. Sie kannte jedes Wort, seine exakte Betonung, hatte die Sätze so weit verinnerlicht, daß die Ansprache wie ein Gebet in ihrem Kopf erschien, wenn sie sich auf eine Mission vorbereitete.

Als sie die Brücke verlassen hatte, um den Angriff auf das Kilrathi-Schiff vorzubereiten, war sie direkt in ihre Kabine gegangen, um zu duschen und eine saubere Fliegermontur anzuziehen, bevor sie sich zur Meditation an ihren Schreibtisch setzte.

Niemand hatte Deveraux beigebracht, wie man meditiert. Sie war nicht einmal sicher, ob sie es richtig machte. Aber sie hatte gelesen, daß man durch Meditation den Ausstoß des Hormones Kortisol steuern kann, das vom Körper in Streßsituationen freigesetzt wird. Sie wußte auch, daß Meditation Erschöpfungszustände mildern kann.

In Wirklichkeit ging es ihr jedoch um etwas anderes: Sie suchte in sich etwas, das am Rande ihres Bewußtseins existieren mußte. Ihre wirkliche Identität. Das Gefühl, nicht einfach das Produkt eines Waisenhauses zu sein. Die Überzeugung, daß das Leben ihrer Eltern ihr etwas bedeutet hatte, die Hoffnung, daß das Gefühl der Leere eines Tages aus ihrem Herzen weichen würde. Daß es zu all den Rätseln irgendwo in ihr eine Lösung geben mußte.

Deveraux hatte diese Lösung noch nicht gefunden. Sie überlegte oft, ob sie Meditationsunterricht nehmen sollte. Es ging ihr nicht darum, einen höheren Bewußtseinszustand zu erreichen oder gar eins mit Gott zu werden. Auf religiöse Visionen konnte sie gut verzichten, sie wollte nur im Einklang mit sich selbst sein. Deveraux öffnete die Augen und langte über den Tisch, um den Holovidspieler einzuschalten.

Vor ihrem Bett erschien eine Picknickdecke, auf der ein kleines Mädchen saß. Ein junger Mann rollte einen pinkfarbenen Ball auf das Mädchen zu, eine junge Frau sah den beiden mit stolzem Lächeln zu. Der Ton war verrauscht, und das Bild flackerte stark. Deveraux fluchte. Die Disk war einfach zu alt; sie hätte sie längst zum Restaurieren wegschicken sollen, aber sie wollte sich nicht eine Sekunde von diesem Vid trennen. Von dieser Familie trennen, die manchmal ungreifbar weit entfernt schien und zu anderen Zeiten so nah, daß sie einen Teil ihrer Seele darstellte. Es war das einzige Zeugnis eines

Lebens, das vor langer Zeit plötzlich endete. Sicher, sie hätte eine Kopie des Videos anfertigen können. Aber eine kopierte Disk war nun einmal nicht durch die Hände ihrer Eltern gegangen.

Die Türglocke riß sie aus ihren Gedanken. Sie stand auf und drückte die Pausentaste des Holovid. Es gab nicht viele Leute, die sie in ihrem Quartier besuchten, da sie Privates und Berufliches strikt auseinanderzuhalten pflegte. Neugierig ging sie zur Tür und drückte den Knopf.

Ihr Herz blieb für einen winzigen Augenblick stehen.

»Ich muß mit dir sprechen.« Blair hatte sich an den Türpfosten gelehnt. Sein Gesicht wirkte entspannt, seine Augen ruhig und ein wenig geheimnisvoll.

Sie vergaß zu atmen und warf einen zögernden Blick auf die eingefrorenen Figuren der Holoprojektion ...

Blair drängte sich an ihr vorbei.

»Hey, du kannst doch nicht einfach hier herein ...«

Er drehte sich um und warf ihr etwas zu. »Ich trage es als Glücksbringer!«

Sie fing das Kreuz auf und betrachtete es.

»Es gehörte meiner Mutter«, erklärte er.

»Ich frage mich nur, was es für unsere Mission bedeutet, wenn es dir wirklich Glück bringt!«

Er seufzte entnervt. Sein Blick wanderte durch ihre Kabine, bis er das erstarrte Holovid entdeckte. »Was ist das?«

»Nichts«, antwortete sie, bevor sie zum Projektor ging und ihn ausschaltete. »Wäre besser, wenn du jetzt gehst.«

»Machst du dir etwa Sorgen, daß man über dich tratscht? Ich nicht, ich weiß nämlich genau, was man sich über mich erzählt!«

»Du gibst ihnen ja auch genug Anlaß!«

Er richtete den Blick auf die Decke, als ob er hoffte, dort eine passende Antwort zu finden. Schließlich sagte er: »Meinst du, daß er mich richtig einschätzt?«

»Wer? Gerald?«

»Ja. Ich meine, daß er bereits in dem Moment den Verdacht hatte, daß ich die *Tiger Claw* an den Feind verhökern will, als ich dieses Schiff zum erstenmal betrat!«

Sie warf einen Seitenblick auf das Kreuz. »Ich kann auch nicht glauben, daß ein Pilger wie du auf unserer Seite kämpft!«

»Ich bin kein Pilger. Ich weiß nicht mal, was ein Pilger ist!«

»Jetzt spiel nicht den Naiven! Wenn es so wäre, würdest du das Ding sicher nicht tragen!«

»Vielleicht hast du ja recht. Meine Mutter wurde nicht auf der Erde geboren, und deshalb haßte sie sie, haßte die Menschheit. Mein Vater kämpfte für die Föderation. Und trotzdem haben sie irgendwie zueinandergefunden, trotz des ganzen Hasses!«

»Wie?«

»Das weiß ich nicht. Sie starben, als ich noch nicht einmal fünf Jahre alt war. Mein Vater wurde getötet, als er während des Peron-Massakers versuchte, meine Mutter zu retten. Ich weiß nicht, wo ich hingehöre, Commander – also fliege ich und kämpfe für die Föderation!«

Sie spürte ein seltsames Kribbeln im Nacken. Sie hatte immer noch das Kreuz in der Hand. »Setz dich.«

Er wollte sich auf ihr Bett setzen, aber sie hob schnell die Hand, um auf den Schreibtischstuhl zu deuten.

»Was glaubst du wohl, warum sie mich Angel nennen?« fragte sie.

Er zuckte die Schultern.

»Ist eine traurige Geschichte, richtig zum Heulen. Schlagzeile: Meine Eltern starben ebenfalls im Krieg. Ich wuchs in einem Waisenhaus auf der Erde auf, in Brüssel.«

Ihre Blicke begegneten sich. Deveraux glaubte jetzt noch intensiver zu spüren, daß es eine Verbindung zwischen ihnen gab.

»Nachts habe ich um sie geweint«, fuhr sie fort. »Die Schwestern haben mir erzählt, daß sie jetzt Engel seien. Aber sie waren keine Engel. Sie waren tot. Fort. Es war, als ob sie niemals existiert hätten.«

»Wie Bossman?«

Deveraux saß für ein Moment bedrückt dort und versuchte, Ruhe zu bewahren, tief durchzuatmen, ihre zitternden Hände unter Kontrolle zu bekommen. »Emotionen können unsere Mission gefährden. Es gibt keine Emotion. Es gibt nur den Job. Du siehst das Ziel, ballerst es eiskalt ab und fliegst durch das Trümmerfeld, als sei nichts geschehen.«

»Commander, Gefühle zu empfinden, das ist es, was uns von den Pilgern unterscheidet. Und von den Kilrathi.«

Sie lehnte sich zurück und schloß die Augen. Sie sah Bossmans lächelndes Gesicht, seine Witze darüber, daß man ihn früher den ›Ripper‹ genannt hatte und daß er lange gebraucht hatte, um zu lernen, wie man ein vorbildlicher Pilot wird, zu dem die jüngeren Kameraden aufschauen. Deshalb nannten sie ihn Bossman. Bossman hinterließ eine Frau und eine kleine Tochter. Der Gedanke, daß das kleine Mädchen seinen Vater niemals gekannt hatte, bohrte sich wie ein Dorn in Deveraux' Seele. Sie riß ihre Augen auf, als sie merkte, wie sich die Tränen sammelten. »Lieutenant Commander Chen war ... Bossman und ich standen uns sehr nahe. Zu nahe. Und dann ließ er sich abschießen.« Eine Träne lief über ihre Wange. *Verdammt.*

Blair stand auf und ging zu ihr, um sie zu trösten. Aber sie ließ ihn nicht herankommen und wischte sich die Tränen mit dem Handrücken vom Gesicht. »Was du gerade gesehen hast, behandelst du besser wie ein Staatsgeheimnis, ist das klar?«

Er ließ seine Hand sinken und lächelte. »Ja, Madam. Darf ich eine persönliche Frage stellen?«

»Kommt drauf an.«

»Du hast gesagt, daß deine Eltern während des Krieges starben. Wurden sie von Pilgern getötet?«

Sie sah ihm prüfend in die Augen. »Willst du wissen, auf welcher Seite meine Familie kämpfte, oder warum fragt du?«

»Mir ging es eher darum, wie du es siehst.« Er warf einen Seitenblick auf das Kreuz.

»Ich weiß es nicht genau. Also ist es wohl müßig, darüber zu reden.«

»Würdest du es gerne wissen?«

»Ich habe versucht, es herauszufinden, aber die Aufzeichnungen sind verlorengegangen.«

Er deutete auf den Holovid-Player. »Ist das *dein* Kreuz?«

»Lieutenant, wir sind patt. Du hast heute meinen Arsch gerettet. Also, ich muß noch etwas tun.« Sie gab ihm das Kreuz zurück.

Er nickte schroff und ging zur Tür.

»Ach so, Blair«, rief sie ihm nach, »Gerald ist ein Idiot!«

Er warf ihr einen dankbaren Blick zu.

Maniac lebte nur, um zu essen, zu fliegen und Sex zu haben. Eine einfache Philosophie. Das Essen an Bord der *Tiger Claw* war nicht übel, und genauso stand es um die Jäger, obwohl manche von ihnen noch schlimmer ausgebessert worden waren als die Maschinen seines Vaters. Soweit es die Frauen betraf, hatte Maniac an der *Claw* absolut nichts auszusetzen.

»Und du bist sicher, daß er nicht gleich hereinplatzt?« fragte Forbes, die nackt und verschwitzt neben ihm lag.

»Selbst wenn er es tun sollte«, entgegnete Maniac, der immer noch etwas außer Atem war, »ich habe das Schloß frisiert. Abgesehen davon ist Blair ein wirklich heller

Junge. Er wird sich einen anderen Ort zum Knacken suchen und uns in Ruhe lassen.«

»Und nicht herumlabern?«

»Doch nicht Blair!«

»Da ist was dran.« Sie drehte sich zu ihm um und begann, an seinem Ohrläppchen zu saugen. »Komm schon, zieh ihn noch mal hoch!«

Er legte eine Hand auf seine Brust. Sein Herz lief auf Volldampf. »Ich glaube, der mächtige Maniac braucht eine Ruhepause.«

»Komm schon, Baby! Habe ich mich nicht gut um dich gekümmert?«

»Jawohl, Madam!«

»Also, jetzt bist du am Zuge!« Sie legte sich auf ihn und fuhr mit ihren Fingern durch sein Brusthaar.

»Ich werde dir meine größte Fürsorge zukommen lassen, wie bei einem Kind!«

»Wirklich?«

»Ja. Jetzt halte die Klappe und schlaf!«

Sie sah ihn beleidigt an und rollte von ihm herunter.

»Wegen dir hat es sich gelohnt!« meinte er sehr ernst.

»Gelohnt?«

»Daß ich mir den Arsch abgearbeitet habe auf der Akademie. Daß ich jetzt hier an der Front bin. Den ganzen Abschiedstrallala mitgemacht habe.«

»O ja, daran kann ich mich noch gut erinnern!« Sie imitierte die Stimme eines Ausbildungsleiters. »Wenn ihr nach Hause zurückkehrt, wird man euch begraben.«

Er verzog sein Gesicht. »Das geht mir am Arsch vorbei.«

»Lügner. Was ist mit deiner Familie?«

»Und mit deiner? Bis jetzt hast du mir absolut nichts über dich erzählt!«

»Hast mich ja auch nicht gefragt.«

»Gut gekontert! Also, was hast du zu erzählen? Äh – vielleicht fängst du mit deinem Namen an?«

Sie schlug mit dem Kissen nach ihm. »Als ob dich das interessieren würde!«

»Doch – wirklich! Erzähl mir was über deine Eltern. Hast du Geschwister?«

»Einzelkind. Als ich mich entschloß, auf die Akademie zu gehen, sprachen meine Eltern nicht mehr mit mir. Es war, als hätte ich eine tödliche Krankheit, und sie könnten das Ganze nicht ertragen. Sie haben sich komplett von mir distanziert. Ich habe seit sechs Jahren nicht mehr mit ihnen gesprochen.«

»Entschuldige, ich hätte wohl besser nicht danach gefragt.«

»Nee, das geht schon klar. Ich habe damit keine Probleme mehr. Ich verstehe genau, warum sie sich so verhalten. Ich glaube, daß sie feige sind, aber dafür habe ich Verständnis. Eines Tages werde ich dort draußen sterben. Ich bin ihr Kind, und es ist sicher nichts schmerzvoller, als ein Kind zu verlieren. Manchmal frage ich mich, wie es ihnen jetzt geht. Ich frage mich, ob meine Mutter immer noch herumschreit, weil mein Vater zuviel Bier trinkt. Und ob er immer noch herumschreit, weil sie sich darüber beschwert.«

»Manche Dinge ändern sich nie.« Maniac rieb sich die Augen. »Mann, diese Unterhaltung ist wirklich zum Heulen. Aber ich habe gute Neuigkeiten!«

Sie hob eine Braue.

Er hielt seine Hand an den Mund und flüsterte in ihr Ohr: »Roger. Alle Systeme sind wieder klar. Der mächtige Maniac fliegt wieder.« Er zog sie an der Schulter zu sich, um sie zu küssen.

Aus dem Interkom kam ein nerviger Ton, den Maniac sofort als das Alarmsignal erkannte.

»Scheiße«, brummte Forbes. »Dieser Krieg geht mir allmählich auf die Eierstöcke!«

KAPITEL 17

Tiger Claw, Flottenträger der Föderation
Odysseus-Korridor
17. März 2654, 0530 Uhr Zulu-Zeit
Position: 7,5 Stunden vom Sprungpunkt Charybdis-Quasar

Blair hatte noch eine letzte Inspektion seines Rapier, durchgeführt, bevor er sich zu den anderen Piloten gesellte, die auf Commander Deveraux warteten.

Gerade öffneten sich die Türen des Lifts. Maniac und Forbes betraten das Flugdeck, wobei sie beide hektisch an ihren Uniformen herumzupften, um sie in Ordnung zu bringen. Mit Ausnahme von Blair glotzten alle die beiden Neuankömmlinge an.

»Voll in der Zielerfassung«, murmelte Blair, während er auf Maniac zuging. »Hast du den Türcode frisiert?«

»Keine Ahnung, wovon du redest!«

»Die Tür unserer Kabine. Ich bin nicht reingekommen.« Er warf einen bezeichnenden Blick auf Forbes. »Jemand hat da drin gekichert, und ich habe gerufen, aber niemand hat reagiert.«

Maniac legte seine Hand auf Blairs Schulter. »Eines Tages, Blair, wirst du dich daran erinnern und sagen: ›Mein Gott, wäre ich doch an seiner Stelle gewesen!‹«

»Eines Tages werde ich mich dann erinnern und …«

»Ach-tung!« rief Knight.

Blair stellte sich in einer Reihe mit den anderen Piloten auf. Lieutenant Commander Deveraux ging mit ernster Miene an ihnen vorbei. »Also, Herzchen – paßt auf! Wir haben ein Komm-Schiff mit Geleitzug. Das heißt, wir bekommen es möglicherweise mit zwei, vielleicht auch drei Zerstörern der Ralari-Klasse zu tun, inklusive der dazugehörigen Jäger und Hilfsschiffe. Primäres Ziel ist das Komm-Schiff. Der Rest ist Luxus.« Sie blieb vor Blair stehen. »Macht sie fertig. Abtreten!«

Die Gruppe löste sich auf.

»Heute ist mein Tag, das spüre ich!« meinte Maniac.

»Konzentriere dich lieber auf die Kilrathi, Maniac.«

»Komm schon, Blair«, erwiderte Maniac mißmutig. »Sei doch nicht so nachtragend ...«

Blair erkannte, daß er tatsächlich ein bißchen neidisch auf Maniac war. Mit Frauen und Jagdbombern konnte sein Freund verdammt gut umgehen. Außerdem besaß er die Fähigkeit, seine Furcht zu verdrängen, indem er den ganzen Krieg als einen einzigen, großen Witz betrachtete. Maniac lebte in den Tag hinein, nahm absolut nichts ernst und empfand keinerlei Reue für das, was er anderen antat. Die Menschen liebten ihn. Die Menschen haßten ihn. Es war ihm offenbar scheißegal.

Blair lief auf dem Weg zu seinem Jäger an Hunter vorbei, der wie üblich auf seiner Zigarre herumkaute. Einen Augenblick lang überlegte Blair, ob er ihm Glück wünschen sollte. Da Hunter ihn jedoch keines Blickes würdigte, lief er direkt auf seine Cockpitleiter zu.

»Blair!« rief Deveraux. »Übernimm Hunters Flügel!«

»Übernehme seinen Flügel, Madam!«

Ohne seine Zigarre aus dem Mund zu nehmen, sagte Hunter: »Madam, ich möchte darum bitten, daß Sie mir einen anderen Flügelmann zuweisen.«

Deveraux ging langsam auf Hunter zu. Ihre Augen blitzten wütend auf. »Hast du ein Problem, von dem ich wissen sollte, Hunter?«

Der Australier sah zu Blair herüber und grunzte: »Ja, Madam. Das habe ich. Ich fliege nicht mit Pilgern.«

»Dann fliegst du überhaupt nicht.«

»Madam, auf diesem Eimer gibt es über hundert Piloten, ich frage mich wirklich, warum es ausgerechnet mich trifft.«

Deveraux musterte ihn verächtlich und dachte eine Sekunde lang nach. Dann sagte sie: »Blair, du übernimmst meinen Flügel.«

»Bist du sicher?« fragte er.

»Habe ich gerade einen Befehl erteilt oder eine Frage gestellt, Lieutenant?« fauchte sie ihn an.

»Übernehme Ihren Flügel, Madam!«

Sie warf Hunter noch einen giftigen Blick zu, bevor sie zu ihrer Maschine ging.

»Hey«, meinte Hunter.

Blair zögerte.

»Falls du mich oder meine Kameraden in Gefahr bringst, Halbblut, drehe ich dir den Hals um!«

»Versuch's nur!« Blair sah Hunter scharf an, bevor er sich wegdrehte, um zu seiner Cockpitleiter zu gehen. »Tolle Stimmung hier«, seufzte er.

Kurz darauf erfolgte der Funkcheck. Als er Taggarts Stimme hörte, wählte Blair den privaten Kanal des Captains an. »Sir, ich wußte nicht, daß Sie dabei sind. Ehrlich gesagt wußte ich nicht einmal, daß Sie einen Broadsword fliegen können!«

»Ist halt eine wichtige Mission, also bin ich dabei. Sehen Sie zu, daß Sie im richtigen Moment den Kopf einziehen, Lieutenant!«

»Das werde ich tun.«

Blair hörte, wie Knight, Hunter, Forbes, Polanski und Marshall ihre Statusmeldungen an Deveraux durchgaben. Knight flog den anderen Broadsword, während Polanski Hunters Flügelposition übernehmen sollte und Maniac die von Forbes. Er fragte sich, ob er an diesem Tage noch auf weitere Überraschungen hoffen durfte.

Die Starts klappten weitgehend reibungslos, auch

wenn Polanski einen Schaden an einer Hydraulikleitung meldete, den er jedoch als unbedenklich einstufte.

Blair nahm direkt seine Position auf 4 Uhr unter Deveraux' Jäger ein. Zusammen mit zwei anderen Rapiers bildeten sie den Geleitzug für die Broadswords, die ursprünglich als Jagdbomber für Attacken auf größere Kilrathi-Schiffe entwickelt worden waren. Man konnte sie mit Recht als fliegende Festungen bezeichnen, die sowohl steuerbord als auch backbord und am Heck mit Waffensystemen ausgestattet waren und zusätzlich jeweils vier Raketen und Raumtorpedos mit sich trugen. Die Raumtorpedos konnten den Phasenschild eines größeren Kilrathi-Schiffes mühelos durchfliegen, was allerdings voraussetzte, daß man sie aus unmittelbarer Nähe abfeuerte. Die geplante Zerstörung des Kommunikationsschiffes setzte also voraus, daß die Piloten der Rapiers es schafften, für Taggart und Knight eine Bresche durch die zu erwartende Phalanx der Dralthi-Jäger zu schneiden.

Schnell erreichten sie den Asteroidengürtel, zwischen dessen Gesteinsbrocken die Trümmer der Station Pegasus durch den Raum schwirrten. Blair klappte das Projektionsdisplay vor sein Auge und aktivierte die Infrarotsicht, während er mit rasender Geschwindigkeit durch das gefährliche Trümmerfeld flog.

»Baker sieben, haben Sie irgendwelche Funkaktivitäten auf dem Scanner?« fragte Deveraux.

»Negativ«, antwortete Taggart.

»Dann gehen wir rein!«

»Prima!« meldete sich Maniac.

»Schnauze!« brummte Polanski. »Der Kerl ist doch pervers!«

»Schluß jetzt!« befahl Deveraux.

»Immer noch keine Funkaktivitäten«, meldete Taggart.

»Die haben Funkstille vereinbart«, vermutete Deveraux. »Vermutlich verwenden sie nur Nahbereichssignale.«

»Oder sie haben sich abgesetzt«, hielt Taggart dagegen.

»Baker zwei, drei und vier – könnt ihr irgendwelche Aktivitäten anpeilen?«

Blair warf ein Blick auf den Radarschirm. *»Nada,* Chef!«

»Nichts los hier, Boß!« meldete Forbes.

Maniac seufzte gelangweilt. »Mein Schirm ist leer, Commander!«

»Scheiße!« schrie Hunter plötzlich.

»Was ist los?« fragte Deveraux.

»Da ist gerade ein dicker Brocken gegen mein Cockpit geknallt. Der Computer hat den Kurs nicht rechtzeitig korrigiert!«

»Das kommt von seinen Scheißzigarren!« frotzelte Polanski. »Hunter ist wieder mal vollkommen high!«

Einige der Piloten schienen diese Bemerkung ungemein witzig zu finden.

Maniacs von der Sauerstoffmaske bedecktes Gesicht tauchte auf Blairs Display auf. »So, Leute – es geht los. Ich habe drei Zielmeldungen auf 5 Uhr, direkt in der Nähe der Sonne.«

»Bestätigt«, meldete Forbes. »Der mittlere Blip hat eine ziemlich kräftige elektromagnetische Signatur!«

Blair ließ sich den Radarbericht anzeigen. Auf dem Feldgitter waren auf seiner 12-Uhr-Position drei Blips zu sehen. Er las die am anderen Rand des Bildschirms ausgegebenen Koordinaten. »Ziel Nr. eins auf 1-2-5 Skalar 3-4-5. Ziel Nr. zwei auf 1-2-6 Skalar 3-6-6. Ziel Nr. drei auf 1-3-0 Skalar 3-7-7. Abfangkurs ist berechnet, Roger!«

»Das ist das Komm-Schiff«, sagte Deveraux. »Gut – bereitet euch auf den Angriff vor. Die Uhr läuft!«

»Warum bleibt ihr nicht hier und schaut zu?« fragte Maniac, während er an den anderen vorbeizog. »Maniac erledigt das schon!«

»Bleib bei deinem Flügelmann, verdammt!« schrie Deveraux.

»Keine Panik, Commander!« mischte sich Forbes ein. »Den versäge ich!« Sie beschleunigte ihren Rapier und zog ihn nur um Haaresbreite an einem langen Trümmerstück vorbei.

»Blair. Es geht los!« gab Deveraux durch.

»Das ist kein Komm-Schiff!« meldete Taggart plötzlich. »Brecht den Anflug ab!«

»Das soll wohl ein Witz sein?« fragte Maniac.

»Baker sieben, Sie haben in diesem Geschwader keine Kommandogewalt!« schnauzte Deveraux. »Anflug wird nicht abgebrochen!«

»Das würde ich mir an Ihrer Stelle gut überlegen! Ich habe die Ziele analysiert – es sind Versorgungsschiffe der Dorkir-Klasse, genau wie das Komm-Schiff, das ich aber nicht mehr anpeilen kann.«

»Wollen Sie damit andeuten, daß es sich um eine Falle handelt?«

»Ja, aber sie haben es nicht auf uns abgesehen – wir müssen die *Tiger Claw* warnen!«

»Sie sind Zivilist, warum ...«

»Commander, ich bin kein Zivilist.«

»Mr. Taggart, ich habe jetzt keine Zeit für ...«

»Ich bin Commodore des Marinegeheimdienstes der Föderation und stehe unter dem direkten Befehl von Admiral Tolwyn. Mein Deckname ist Paladin.«

»Klar, und ich bin Admiral Nelson«, meinte Forbes trocken.

»Jetzt halt doch mal die Schnauze!« Blair war gespannt, was Taggart noch zu erzählen hatte.

»Mein Sicherheitscode lautet Charlie-6-Alpha-Zebra-9. Lassen Sie es überprüfen, Commander. Sofort.«

Blair wartete Deveraux' Reaktionen nicht erst ab und gab den Code in seinen Bordcomputer ein, der sich sofort ins Datennetzwerk der Marine einklinkte. Das linke

Display blinkte kurz auf, und dann erschien ein kurzer Text:

Commodore James Taggart
Rufzeichen: Paladin
14. Flotte
Sicherheitsstatus bestätigt

Jetzt war Blair wirklich baff. »Heiliger ...«

»Schön und gut«, sagte Deveraux, »aber woher weiß ich, daß Sie nicht einfach den Commodore getötet haben, um seine Identität anzunehmen?«

»Hören Sie mir zu, Angel – das ist alles, was ich von Ihnen verlange. Falls ich unrecht habe, dann haben Sie lediglich die Gelegenheit verpaßt, einige Frachter zu zerstören. Falls ich jedoch recht habe, wird die *Tiger Claw* vielleicht schon in diesem Moment angegriffen!«

»Die *Claw* durchkreuzt bereits den Strahlungsgürtel, Boß. Sie kann keinen Funkkontakt zu uns aufnehmen«, gab Forbes zu bedenken.

»Warum knallen wir nicht einfach die Frachter ab und kehren dann schnell zurück«, schlug Hunter vor.

»Um die Überlebenden aus den Trümmern herauszufischen, Mr. Hunter?« erwiderte Taggart.

Blair hatte es satt. »Wollt ihr darüber abstimmen, oder was? Die Entscheidung liegt allein beim Commander. Also, Madam?«

Während er auf die Antwort wartete, stellte er sich vor, was die anderen in diesem Augenblick taten. Forbes würde sich sicher die Augen reiben und den felsenfesten Entschluß fassen, nie mehr eine Nacht durchzumachen. Polanski murmelte vermutlich gerade einige handfeste Verwünschungen, und Hunter würde sich in diesem Augenblick die Sauerstoffmaske vom Gesicht reißen, um sich eine Zigarre zwischen die Zähne zu schieben. Knight würde sich vorstellen, was alles passieren konnte, wenn die *Tiger Claw* von gut hundert Kilrathi-Jägern attackiert wurde. Und Maniac juckte es in den Fingern, die Nachbrenner zu zünden und einigen Kilrathi den Garaus zu machen. Taggart sagte zweifellos dauernd »Komm schon!«, während er nervös auf die Uhr schaute.

Und Lieutenant Commander Jeanette Deveraux?

Sie würde zutiefst seufzen, da sie sich in diesem Moment der Einsamkeit bewußt sein mußte, die die Verantwortung ihres Ranges mit sich brachte.

KAPITEL 18

Tiger Claw, Flottenträger der Föderation
Odysseus-Korridor
17. März 2654, 0600 Uhr Zulu-Zeit
Position: sieben Stunden vom Sprungpunkt Charybdis-Quasar

Captain Jay Sanskys drehte und wendete Admiral Tolwyns Ring in den Fingern. In seinen Gedanken war er nicht auf der Brücke der *Tiger Claw*, sondern weilte in der siebenhundert Lichtjahre entfernten Stadt Houston. Er dachte an den Tag, der auf dem Holo festgehalten war. Er und Bill Wilson waren nach dem Abschluß der offiziellen Feier mit zwei Flaschen Champagner in die Wüste hinausgefahren, um die Erinnerungen der letzten vier Jahre Revue passieren zu lassen ...

»War es die ganze Anstrengung wert?« fragte Wilson, der auf der Motorhaube des Marine-Hovers saß, den sie sich ausgeborgt hatten.

»Ehrlich, es kam mir viel länger vor als vier Jahre. Mein Gott, die Examen! Die ganzen Torturen. Bill, was haben wir gemacht? Unsere Jugend verschenkt?«

Wilson lachte laut. »Wir hätten uns auch in meinem Apartment besaufen können – aber nein, du wolltest unbedingt hier rausfahren. Nur um die Wüste noch einmal zu sehen. Bitte schön – da ist sie!«

Er schwenkte die Flasche über die vom Wind zerfurchten Sandkämme, um sie anschließend an den Hals zu setzen.

»Du, vielleicht ist das hier alles, was noch da ist, wenn ich eines Tages zurückkomme. Keine Menschen, vermutlich auch keine Akademie. Ich möchte irgendwas haben, das auf jeden Fall noch da ist.«

»Erinnerungen, na klar. Vielleicht ist auch der ganze Planet nicht mehr da!« Er hob die Flasche, um auf den Himmel zu deuten. »Da gibt es irgendwo eine Kraft, die größer ist, als wir es uns vorstellen können. Wir glauben, daß unser Schicksal dort draußen bei den Sternen liegt, Jay. Ich glaube, daß wir uns da irren.«

»Und warum willst du trotzdem dorthin?«

»Keine Ahnung. Vielleicht ist es einfach zu spät, um ›nein‹ zu sagen. Vielleicht will ich auch den Beweis dafür haben, daß wir dort nichts zu suchen haben.«

Sansky hob seine Flasche, um Wilson zuzuprosten. »Dann trinken wir darauf – und darauf, daß wir lebend zurückkommen.«

»Wir werden das Universum verändern, Jay. Davon bin ich überzeugt.«

»Okay. Aber jetzt saufen wir uns erst mal einen an.«

Eine Schweißperle lief langsam über Sanskys Stirn, als stände er wirklich dort draußen in der glutheißen Wüste. Doch jetzt war er sich wieder dessen bewußt, daß er sich an Bord seines Schiffes befand. Er betrachtete den gefleckten Gasriesen. Zwei seiner Monde waren nun deutlich auf dem Viewport zu sehen, während ein dritter gerade hinter dem Planeten zum Vorschein kam. Ein Geschwader Rapiers eskortierte die *Tiger Claw* bei ihrer Durchquerung des imposanten inneren Ringsystems, das sich aus Billiarden von Partikeln aus Eis und Staub zusammensetzte, die den Planeten im Abstand von fünftausend bis etwa fünfundsiebzigtausend Kilometern umkreisten. Der Planet besaß zwei weitere Ringe, die noch weiter von seiner Oberfläche entfernt waren.

»Black Lion sieben an Pride eins – wir empfangen jede

Menge Störsignale aus dem Ringsystem. Keine Blips, aber das muß nichts heißen. Roger.«

Sansky drehte sich zu der Funkstation um, wo Lieutenant Commander Obutu neben Kommunikationsoffizier Sasaki stand. Der Bildschirm zeigte das Gesicht von Major Jennifer Leiby, die gerade ihre Meldung durchgegeben hatte. »Verstanden, sieben«, sagte Obutu in das Mikrophon seiner Sprechgarnitur. »Fliegen Sie die Umgebung weiter ab, schön nach Vorschrift.«

»Aye-aye, Sir. Moment – ich glaube, ich hab' was. Warten Sie … zwei Blips auf Angriffskurs. Ich wiederhole …« Ihre Worte wurden von einem prasselnden Rauschen übertönt. »Ich bin getroffen! Ich bin getroffen! Mayday!«

Irgendwo hinter dem dritten Mond des Gasriesen war auf dem Viewport ein winziger Lichtblitz zu sehen.

»Wer hat die Funkstille gebrochen?« fragte Gerald, der gerade auf die Brücke gestürmt kam.

»Major Leiby«, antwortete Obutu. »Aber wir haben sie verloren.«

Geralds Lippen zuckten. »Was?«

»Ich habe multiple Blips, auf direktem Angriffskurs!« meldete der zwanzigjährige Radartechniker Harrison Falk. Er deutete auf den großen transparenten Schirm und sah Sansky betroffen an.

Sansky, Gerald und Obutu blickten auf den Viewport.

Dutzende von winzigen, glänzenden Punkten verließen die Deckung des dritten Mondes. Wie es aussah, waren mindestens drei größere Schiffe dabei.

Als Sansky sich umdrehte, hatte Mr. Falk bereits begonnen, den feindlichen Kurs zu berechnen. Obutu nahm Kontakt mit den Piloten der Patrouillenschiffe auf, während Gerald sich auf dem Sessel am Kommandostand niederließ. Als Sansky ihm zunickte, rief er: »Flugdeck! Flugdeck! Sofort alle verfügbaren Jäger starten!«

Trotz der Hektik auf der Brücke verspürte Sansky, wie

ihn eine seltsame Ruhe überkam. Zwischen dem feindlichen Geschwader und dem Schiff standen nur noch einige lächerliche Rapiers, aber irgend etwas in ihm weigerte sich, angesichts dieser Gewißheit so etwas wie Angst zu verspüren. Was keineswegs seltsam war, da Sansky sich gut vorstellen konnte, daß man dasselbe empfand, wenn man in einer Eiswüste dem sicheren Tod entgegensieht. Wenn man direkt vor sich die grellen Scheinwerfer eines Lastwagens sieht, der einen im nächsten Augenblick überrollen wird. Die Ruhe, mit der man nach all den Jahren des Krieges seinem unausweichlichen Schicksal entgegensieht.

Bill hatte recht … Bill hatte recht …

»Macht endlich die verdammten Schotts auf!« brüllte Flugleiter Ratznick über den Interkom. Er stand an seinem Schreibtisch und starrte durch das Viewport auf die hektisch über das Flugdeck rennenden Techniker.

»Bin dabei, Sir!« rief ihm Spezialist Mistovski zu. »Aber wir haben einen Druckabfall auf der linken Seite. Ich weiß nicht, ob wir sie nachher wieder schließen können.«

»Wenn wir sie nicht sofort öffnen, brauchen Sie sich darüber keine … ach, vergessen Sie das! Auf mit dem Schott, junger Mann!«

»Ja, Sir!«

»Petersen!« brüllte Raznick.

»Hier, Sir!«

»Alles startklar?«

»Muß nur einen Tanker und eine Rampe zurückbeordern!«

»Warum quatschen Sie dann mit mir? Machen Sie schon!«

»Ja, Sir!«

»Raznick? Wo sind meine Abfangjäger?« meldete sich Commander Gerald.

»Startklar, noch zehn Sekunden.«

»Wieso erst dann?«

»Ein Problem mit dem Hauptschott des Flugdecks, Sir.« Jetzt sah Sansky, daß sich die Türen öffneten. »Wurde soeben gelöst.«

»Gut. Sehen wir mal, ob Sie diesmal Ihren eigenen Rekord brechen!«

»Aye-aye, Sir!«

Der Rekord lag bei sechs Starts pro Minute, allerdings inklusive aller Checks. Raznick schaltete die Außenlautsprecher ein. »Achtung, an alle Piloten. Wir werden Schnellstarts durchführen. Ich will in jeder Minute sieben von euch abrauschen sehen. Ist das klar?«

»Verstanden, Sir!«

Sansky sah sich noch einmal die Angriffswelle feindlicher Schiffe an, bevor er sich zum Kommandostand zurückzog. Irgendwie wirkte das Geschehen von hier aus für ihn nicht realer als ein Holo. Das Ringsystem verwandelte sich in ein Schlachtfeld, als sich jeweils zwei oder sogar drei Dralthi-Jäger auf jeden Rapier stürzten, während die mittelschweren Krant-Bomber das Trümmerfeld mit Kurs auf die *Tiger Claw* durchquerten. Durch alle Viewports konnte man miteinander kämpfende Jäger oder vereinzelte Explosionen sehen, die zeigten, daß ein Pilot dieser oder jener Seite den Asteroiden zum Opfer gefallen war. Die Drehbewegungen und Druckstöße der acht Zwillingsbatterien des Flottenträgers erschütterten das gesamte Schiff. Ständig schossen weitere Rapiers und Broadswords aus dem Schott des Flugdecks, wobei einige bereits vom Sperrfeuer des Feindes zerfetzt wurden, nachdem sie noch nicht einmal einen Kilometer tief in das Vakuum hineingeflogen waren. Einige der Explosionen weiteten sich wie eine Kettenreaktion auf andere Jäger der gleichen Startreihe aus, deren Piloten es nicht mehr schafften, ihre Maschinen rechtzeitig wegzuziehen.

Etwas abseits der Kampfhandlungen warteten die größeren Schiffe der Kilrathi – bewegungslos und bedrohlich. Es war klar, daß sie sich auf die *Claw* stürzen würden, sobald deren Verteidigung ausreichend geschwächt war.

»Alle verfügbaren Jäger sind jetzt draußen, Sir!« verkündete Obutu. Seine Stimme klang irgendwie hohl, fast gespenstisch.

Jemand berührte Sanskys Schulter. »Sir?«

Gerald sah ihn besorgt an. Diese unerwartete Gefühlsregung seines Offiziers riß Sansky wieder in die Gegenwart zurück. Noch war nicht alles verloren. »Schutzschirme hochfahren!«

Obutu warf ihm einen verwunderten Blick zu. »Sir, die Schirme sind bereits auf Maximum!«

»Gut«, sagte Sansky, ohne sich daran zu stören, daß er einen vollkommen überflüssigen Befehl erteilt hatte. »Torpedoraum! Alle Rohre vorbereiten!«

»Habt ihr es bald?« brüllte Rodriguez, wobei seine Stimme fast vom Lärm der Alarmsirenen übertönt wurde.

»Ist scharf«, antwortete Galaway, während Rodriguez auf sie zugerannt kam.

Der Torpedo saß auf seiner Lafette direkt vor dem Rohr. Rodriguez öffnete eine Klappe, um den Ladeschalter zu betätigen. Die Ladevorrichtung schob den Torpedo mit einem sanften Brummton ins Rohr. Als der Ladevorgang beendet war, schloß er die Abdeckklappe und deutete Galaway an, sich zum nächsten Torpedorohr zu begeben.

Bei seiner Grundausbildung hatte Rodriguez gelernt, daß das manuelle Laden der Torpedorohre nicht nur ein erhöhtes Maß an Sicherheit bot, sondern sich auch aus psychologischer Sicht bewährt hatte, da es als hervorragendes Beispiel für Teamarbeit innerhalb der Marine angesehen wurde. Rodriguez selbst verspürte außerdem beim Berühren der Waffen das Gefühl, direkt an vorderster Front des Krieges teilzunehmen.

»Müde?« fragte er Galaway.

»Keineswegs.«

»Gut. Wenn wir diese Schlacht erst einmal gewonnen haben, dann sollten wir beide feiern. Kennst du Salsa?«

Sie grinste anzüglich. »Willst du wirklich nur tanzen?«

»Torpedostatus nominal«, meldete eine Computerstimme.

»Ich habe hier drei Dutzend Kilrathi-Jäger, zwei Zerstörer der Ralari-Klasse sowie einen schweren Panzerkreuzer«, las Falk von seinem Holodisplay ab. »Die Hauptschiffe bewegen sich mit hundertzwanzig KPS und werden in etwa vier Sekunden in Reichweite unserer Geschütze sein.«

Sansky sah Gerald überrascht an. »Dann hatte dieser verdammte Taggart doch recht.«

»Vielleicht weiß er mehr als wir – falls es so ist, werde ich ihn wegen Zurückhaltung von Informationen vor ein Kriegsgericht bringen!«

»Ihr angeschlagenes Ego in Ehren, Mr. Gerald, aber wir haben jetzt andere Probleme. Steuermann …«

»Torpedosichtung!« schrie Falk.

Zwei Kilrathi-Torpedos flogen träge in einer langgezogenen Kurve auf den Flottenträger zu.

»Abwehr vorbereiten!« befahl Sansky.

Falk nickte und betrachtete die von den Triebwerken

der Torpedos hinterlassenen Gasfahnen. »Abwehr vorbereitet und … *Scheiße, Sir*! Entschuldigung, Sir. Torpedos sind immer noch auf Kurs. Mutmaßliches Ziel ist Steuerbordseite.«

»Geben Sie Kollisionsalarm!« meinte Sansky zu Gerald. »Schiffe für Zusammenstoß bereitmachen!«

Die Torpedos rasten mit zunehmender Beschleunigung durch die Eis- und Gesteinssplitter des Asteroidengürtels. Sie passierten die 50-km-Marke, dann vierzig Kilometer … dreißig …

»O Gott!« murmelte Falk. »Einschlag in drei Sekunden.«

Der erste Torpedo explodierte in einem grandiosen Feuerball auf dem Schirm des Flottenträgers. Ein Schauer glühender Trümmer prasselte erbarmungslos auf die Außenhülle. Als der zweite Torpedo detonierte, klammerte Sansky sich an seinem Kommandosessel fest, um den Explosionsschock abzufangen. Falk rief etwas Unverständliches. Gerald grunzte, und Obutu verlangte bereits eine Schadensmeldung, bevor die Schockwelle abklang.

Auf dem Flugdeck richtete sich Spezialist Jones wieder auf, um mit Olivia auf ein fast bis zur Hälfte bestücktes Waffenregal zuzulaufen, das sich aus seiner Verankerung gelöst hatte und umzukippen drohte.

Dann wurden sie vom zweiten Einschlag von den Füßen gerissen.

»Paßt auf!« brüllte Raznick aus dem Interkom.

Jones sah gerade noch rechtzeitig, wie Dutzende Geschosse aus dem Regal kippten. Er rettete sich, indem er auf allen vieren wie ein Krebs davonkrabbelte, wobei er eine erstaunliche Geschwindigkeit an den Tag legte.

Drei Tonnen Durastahl und Sprengstoff krachten einen halben Meter hinter ihm auf den Boden des Flugdecks.

Er drehte sich um, sein Herz klopfte wie irrsinnig. Wo war Olivia? *O Gott!* »Olivia!«

»Ja?«

Jones warf einen Blick über seine Schulter und seufzte.

»So, Leute! Besorgt mal einen Kran!« rief Raznick. »Ich will, daß das Regal in neunzig Sekunden wieder ordnungsgemäß steht!«

Jones warf Olivia einen entnervten Seitenblick zu, bevor er sich erhob. »Bin gleich wieder da!«

»Das meint er doch nicht ernst!«

Er zuckte seine Achseln und lief zum nächsten Ausgang.

Die Brücke wurde immer noch von sekundären Schockwellen durchgerüttelt, die allerdings nicht mehr so stark waren wie die erste. Sansky atmete tief durch. »Wie sieht es mit der Zielerfassung aus, Mr. Gerald?«

»Gut, Sir – Statusmeldung, Mr. Falk.«

»Zielerfassung ist aktiviert«, meldete Falk mit rauher Stimme. Dann, nur eine Sekunde später: »Eingerastet!«

Gerald nickte zufrieden. »Rohre eins und zwei abfeuern!«

Wie zwei von den Ketten gelassene Bluthunde lösten sich die Torpedos aus ihren Rohren und hinterließen auf dem Samthintergrund des Alls weiße Gasfahnen, während sie auf ihr Ziel zu schossen.

»Captain, Sichtung eines Rapiers in der Nähe der Zerstörer«, meldete Kommunikationsoffizier Sasaki.

»Auf den Bildschirm!«

Der Rapier raste mit irrsinniger Beschleunigung durch das Sperrfeuer der Flak- und Lasergeschütze auf den feindlichen Zerstörer zu, um erst im letzten Moment mit mindestens sechs g beizudrehen. Der Computer blendete das Bild der rückwärtigen Waffenkamera ein, auf dem zu sehen war, wie zwei Torpedos die Phasenschirme des Zerstörers durchbrachen und sich in die Hülle bohrten. Das gesamte Schiff bebte unter der doppelten Schockwelle, um dann wie in Zeitlupe in der Mitte auseinanderzubrechen. Eine riesige Blase von Nährgas strömte aus dem Riß ins Weltall, gefolgt von einer Wolke von Trümmern. Dann folgten Hunderte kleinerer Explosionen in allen Teilen des Zerstörers. In einer Vision meinte Sansky, vereinzelt auch Kilrathi zu sehen, die nach dem grünen Nebel schnappten, den sie als Atemluft benötigten.

»Zwei Volltreffer, Sir!« berichtete Falk. Die Besatzung auf der Brücke johlte begeistert.

Immer noch waren die Kamerabilder des Rapiers zu sehen. Dann nahm Sansky mit gleichmütigem Gesicht zur Kenntnis, wie der Panzerkreuzer eine Position neben dem verbliebenen Zerstörer einnahm.

Die Torpedorohre des Panzerkreuzers öffneten sich, um ihren tödlichen Inhalt freizugeben.

Sieh an! Jetzt war der Zeitpunkt gekommen, den Sansky immer gefürchtet hatte. Er wunderte sich ein wenig darüber, daß er keine Angst empfand. *Dem Tod bis zum letzten Moment ins Auge sehen,* dachte er. *So kann man aus einer gewaltigen Niederlage vielleicht einen kleinen Sieg machen.* Wahrscheinlich würde es außer ihm niemand verstehen. Aber das spielte keine Rolle mehr.

Er nahm die Stimmen der anderen Besatzungsmitglieder kaum noch wahr. Gerald brüllte irgend etwas, Falks Stimme klang, als ob ihn jede Hoffnung verlassen hätte. Dann schrien alle laut auf, als die Torpedos des Feindes den Phasenschirm durchschlugen.

Die erste Schockwelle war nicht so schlimm, wie er gedacht hatte. Aber bei der zweiten lag er auf dem Boden und sah, wie über ihm Qualm aus den Kontrollpulten aufstieg.

»Sämtliche Kommunikationssysteme ausgefallenen!« brüllte Sasaki durch das Chaos. »Schalte auf das Hilfssystem um!«

»Phasenschirm ist um vierzig Prozent abgefallen«, meldete Obutu. »Schadensmeldung: Feuer im Batterieraum, Totalausfall der Systeme im Torpedoraum.«

Ein Funkenregen traf Sanskys Schulter, als er aufstand, um sich wieder an den Kommandostand zu setzen. Durch den Viewport konnte er sehen, wie Rapiers versuchten, die Dralthi- und Krant-Jäger von der *Tiger Claw* fernzuhalten.

»Ich habe hier acht weitere Ziele, direkt hinter dem Panzerkreuzer«, sagte Falk.

Gerald grinste schief. »Die Nachhut, wie es aussieht.«

»Wie schmeichelhaft für uns«, meinte Sansky. Er drückte die Kanaltaste des Interkom. »Torpedoraum – geben Sie Ihren Status durch.«

Rodriguez rieb sich seine vom Qualm gereizten Augen, bevor er in die Kamera sah. »Rohre drei und vier sind defekt, Sir. Autolader nicht einsatzbereit. Und an eins und zwei kommen wir wegen der Trümmer nicht heran.«

»Schaffen Sie es, ein Rohr einsatzbereit zu machen, mein Sohn? Kriegen Sie das hin?«

»Werd's versuchen, Sir!«

»Jesus … wir sitzen in der Falle!« Gerald sprang auf. »Mr. Obutu – fragen Sie Mr. Raznick, ob er einige Leute entbehren kann. Sie sollen im Torpedoraum mithelfen!«

»Captain, ich habe einen Scan vom Kreuzer«, meldete Falk. »Sie öffnen die Rohre!«

»Natürlich tun sie das«, entgegnete Sansky ruhig. »Natürlich tun sie das.«

Er spürte Geralds Schatten auf sich und blickte zu ihm hoch. Gerald wirkte besorgt.

»Was gibt es, Commander?«

»Die Lage ist extrem kritisch, Sir. Wenn wir ohnehin sterben, schlage ich vor, daß wir ihnen das Schiff in den Arsch schieben!«

»Nett formuliert, Mr. Gerald. Aber ich glaube nicht, daß wir dazu kommen werden.«

»Sollen wir etwa warten, bis sie uns abschlachten?«

»Mr. Gerald, Sie sollten sich nicht im Ton vergreifen.«

»Um Himmels willen, Captain! *Jay!* Wenn wir schon untergehen, dann doch wenigstens kämpfend!«

»Dem stimme ich zu, Sir!« mischte sich Obutu ein. Dann wandte er sich an Gerald. »Raznicks Mannschaft ist bereits auf dem Weg!«

»Gentlemen – ich habe nicht vor, zu sterben. Aber sich auf den Rücken zu legen und tot zu spielen, das ist etwas anderes ...«

KAPITEL 19

Tiger Claw, Flottenträger der Föderation
Odysseus-Korridor
17. März 2654, 0630 Uhr Zulu-Zeit
Position: 6,5 Stunden vom Sprungpunkt Charybdis-Quasar

»Mr. Obutu? Bereiten Sie das gesamte Schiff darauf vor, sämtliche Energie herunterzufahren«, befahl Gerald, während er sich auf dem Kommandosessel niederließ.

»Wird vorbereitet. Aye-aye, Sir.« Obutus Gesicht war von Schweiß bedeckt, aber seine Stimme klang gelassen.

Sansky nahm zufrieden zur Kenntnis, daß sich die Stimmung auf der Brücke wieder gebessert hatte. Im Gegensatz zu den anderen glaubte er allerdings nicht an den Plan, den er selbst vorgeschlagen hatte. Im energielosen Zustand würde die *Tiger Claw* mit Sicherheit die Neugier der Kilrathi erwecken. Möglicherweise würde der Kommandant des Panzerkreuzers den Befehl zum Entern geben und das Schiff so nahe heranbringen, daß die Mannschaft der *Tiger Claw* einen Torpedo aussetzen konnte – vorausgesetzt, das Team unter Leitung von Mr. Rodriguez würde es rechtzeitig schaffen, die Feuerbereitschaft wiederherzustellen.

Andererseits wußte Sansky, daß die große Oberkatze auch auf die Idee kommen könnte, die Krallen ganz auszufahren und der leistungslos durch das Weltall treibenden *Tiger Claw* den Rest zu geben.

»Captain«, rief Sasaki aufgeregt. »Ich habe hier eine eindeutige Identifizierung der neu hinzugekommen Jäger – es sind unsere, Sir!«

»Das ist Deveraux' Geschwader«, sagte Sansky, wobei er sich bemühte, ruhig zu bleiben. Noch hatte sich das Blatt ja nicht wirklich zu ihren Gunsten gewendet.

Gerald konnte sich ein Grinsen nicht verkneifen. »Mr. Obutu – ich nehme den Befehl zurück, fahren Sie die Leistung nicht herunter. Und fragen Sie, wie es um unsere Feuerbereitschaft steht.«

»Aye, Sir!«

Hinter dem Panzerkreuzer der Kilrathi tauchten Deveraux' Jäger in Keilformation auf, jeder von ihnen war deutlich als kleiner Lichtpunkt zu sehen. Für einen Moment wünschte sich Sansky, nun ebenfalls dort draußen zu sein, im Cockpit zu sitzen und Funkkontakt zu seinem Flügelmann zu unterhalten. Am liebsten hätte er die gelassene Passivität, die er auf seinem verantwortungsvollen Posten an den Tag legen mußte, weit hinter sich gelassen ...

Als gut ein halbes Dutzend Ziele auf seinem Projektionsdisplay auftauchte, zuckte Blairs Finger automatisch zum Hauptauslöser der Waffensysteme. Wie gerne hätte er nun den Befehl erhalten, aus der Formationen zu brechen und anzugreifen.

Seit Deveraux Taggarts Vorschlag akzeptiert hatte, schwieg sie eisig. Sie waren mit voller Kraft zur *Claw* zurückgeflogen. Als Forbes die Zerstörer und den Panzerkreuzer bemerkt hatte, verspürten die Piloten des Geschwaders eine seltsame Mischung aus Erleichterung, Besorgnis und Anspannung. Taggart hatte recht gehabt, was jedoch bedeutete, daß die *Tiger Claw* bereits einiges hatte einstecken müssen. Obwohl Blair und die anderen eingreifen würden, standen die Chancen für den Flottenträger alles andere als gut.

»So, Ladies! Alle Rapiers außer Maniac und Blair kümmern sich jetzt um die Dralthis!« meldete sich Deveraux

Blair unterdrückte einen Fluch. »Commander, ich bin nicht als Beobachter mitgeflogen!«

»Immer mit der Ruhe, Lieutenant. Je länger Sie auf den Einsatz warten müssen, desto spannender wird es doch. Und ich möchte es für Sie ein wenig spannend machen ...«

»Bis später dann, Herzchen!« gab Forbes an Maniac durch.

»Paß auf deinen Arsch auf, Rosie!«

»Ich dachte, das wäre deine Aufgabe!« Blair hatte sich diese Bemerkung nicht verkneifen können, obwohl er sie im nachhinein gar nicht so witzig fand.

Ein Teil des Geschwaders löste sich jetzt paarweise aus der Formation, um gegen die auf der 1-Uhr-Position einfliegenden Dralthi-Jäger vorzugehen. Kurz darauf wurden sie von einem Netz aus Laserstrahlen und in unberechenbaren, spiralförmigen Bahnen auf sie zurasenden Raketen eingehüllt. Wer jetzt übermütig wurde und sich nicht auf das rhythmische Muster des Sperrfeuers einstellte, war verloren.

Blair hatte ein seltsames Gefühl, als er versuchte, die Szene so zu betrachten, als wäre er nur ein Beobachter. So viele Piloten, die schon in den nächsten Sekunden aufeinander losgehen würden ...

Die große Entscheidungsschlacht stand unmittelbar bevor.

»Broadswords, wir brechen jetzt aus.« Deveraux' Blick war eiskalt.

»Roger«, bestätigte Taggart. »Bombardement wird eingeleitet.«

»Maniac, Blair«, befahl Deveraux. »Gebt uns Feuerschutz!«

Deveraux zog ihren Rapier in eine 45-Grad-Schleife. Die Bomber beschleunigten und folgten ihr.

Blair hatte seine liebe Not, die Entfernungen richtig abzuschätzen. Er korrigierte seinen Kurs und bezog Taggarts 7-Uhr-Position, wobei er versehentlich die Gasfahne durchkreuzte, die dessen Triebwerke produzierten. Als er das Manöver durchgeführt hatte, richtete er sein Fadenkreuz auf einen Jäger aus, der gerade das vordere Landedeck des Zerstörers verlassen wollte. Ein Piepsen ertönte – die Zielerfassung war eingerastet. Er drückte den Auslöser des sekundären Waffensystems. Ein kurz aufblitzender Lichtkegel zeigte ihm an, daß die mit einer optischen Mustererkennung ausgestattete Rakete gezündet worden war. Auch Maniac feuerte zwei Raketen ab, die offenbar auf einen zweiten Dralthi-Jäger gerichtet waren, der gerade starten wollte.

Die großen Waffentürme der feindlichen Schiffe schwenkten herum und feuerten auf die Angreifer. Gleichzeitig öffneten sich die Torpedorohre des Panzerkreuzers, um eine neue Salve auf die *Tiger Claw* abzufeuern, deren Phasenschirme ohnehin schon bis an die Überlastungsgrenze unter dem Feuer der Dralthis zu leiden hatten.

Blair beobachtete auf dem Monitor, was die Kamera seiner Rakete anzeigte. Endlich erreichte sie das Ziel und zertrümmerte den feindlichen Jäger. Die halbkreisförmige Flügelkonstruktion taumelte durch den Raum, bis sie mit dem Phasenschirm des Zerstörers kollidierte.

Maniac schaffte es, gleich drei Gegner aus dem Weg räumen – zwei wurden direkt getroffen, während der dritte von der Explosion seines Flügelmannes erwischt wurde.

Auf dem linken Display tauchte Maniacs Gesicht auf. »Drei Abschüsse für Maniac, Leute.« Dann hob er den Kopf und meinte etwas ernüchtert: »Hey, Leute – seht mal!«

Vier Torpedos hatten sich der *Tiger Claw* bis auf einen Kilometer genähert.

Blair konnte nichts für den Flottenträger tun.

Nur warten.

Ingenieur Davies wurde von einem ziemlich schwachen Phasenschirm, einundzwanzig Zentimeter Panzerung und einem drei Meter durchmessenden Segment der Außenhülle beschützt.

Er sah nicht, wie der Torpedo einschlug.

Wie er sich durch den Phasenschirme bohrte und explodierte, wobei der Durastahl wie Papier zerrissen wurde.

Die Schockwelle riß ihn von den Füßen und schleuderte ihn über das Deck. Der dumpfe Aufprall wurde von einem Knacken begleitet. Sein Arm war gebrochen. Dann hörte er ein gewaltiges Rauschen und Heulen, als die Luft durch das riesige Loch ins Vakuum strömte. Jemand packte ihn am Halsausschnitt seiner Uniform. Es war Oxendane, der Kerl, der angeblich Furcht ›riechen‹ konnte. Mit seiner freien Hand griff er nach einer Turbinenleiter, um sich daran festzuhalten und Davies näher an sich heranzuziehen.

Davies fragte sich wirklich, was Oxendane damit bezweckte. Daß er versuchte, ihn zu retten, war natürlich ein schöner Beweis für die Kameradschaft, die man ihnen auf der Marineakademie immer wieder eingebleut hatte. Es war schön, diese Kameradschaft einmal erlebt haben zu dürfen. Sicher starben viele Soldaten, ohne diese Erfahrung jemals gemacht zu haben.

Eine gierige Feuerzunge leckte an Oxendanes Hand, worauf sie sich von der Sprosse der Leiter löste … Verzweifelt öffneten und schlossen sich seine Finger, als er versuchte, sich irgendwo, irgendwie festzuhalten …

Davies meinte, Oxendane schreien zu hören, aber vielleicht war es auch nur seine Einbildung. Der Luft zog ihn einige Meter über das Deck. Irgendein Gegenstand krachte ihm in den Rücken, ein anderer prallte gegen sein Bein.

Dann merkte er, daß er nicht mehr atmen konnte. Er schnappte nach Luft.

Dann sah für einen kurzen Augenblick die Sterne, bevor er die Augen schloß, um das Unvermeidliche über sich ergehen zu lassen.

Sanskys Kommandostand wurde entzweigerissen. Ein scharfkantiges Trümmerstück krachte ihm so heftig gegen den Kopf, daß er sich fast das Genick brach. Er spürte, wie sich auf seinem Gesicht warmes Blut mit kaltem Schweiß vermengte. Er lag reglos auf seinem Sessel, sein Atem ging unregelmäßig, und in seinem Nacken breitete sich ein taubes Gefühl aus. Er wollte seine Hand heben, um sich das Gesicht abzuwischen, aber er konnte die Kraft dafür nicht aufbringen. Qualm zog in seine Lungen. Er hustete, und alles begann, sich um ihn zu drehen.

Zwischen den heftigen Trommelschlägen der Explosionen auf den unteren Decks hörte er Obutus kräftige Stimme. »Die Hülle wurde auf Ebene drei beschädigt. Steuerfähigkeit ist um achtzig Prozent gesunken. Reparatur wurde eingeleitet, geschätzte Zeit bis zur Wiederherstellung: sechs Minuten.«

»Sir?« fragte Gerald, der offenbar direkt in seiner Nähe stand. »Sir? Sanitäter! Wir brauchen sofort ein San-Team auf der Brücke!«

»Gerald.« Sansky hustete Blut. »Wie steht es um Deveraux?«

»Blair? Wie sieht es aus?« fragte Deveraux.

»Keine größeren Probleme im Moment«, antwortete er. *Blödsinnige Antwort!* Jede Sekunde konnte eine neue Bedrohung auf dem Radardisplay auftauchen.

Jede Sekunde.

Dann geschah es: Vier Salthi-Jäger lösten sich aus der kastenförmigen Formation, um die Bomber abzufangen. Ihre Geschwindigkeit betrug fast 1000 KPS; die Nachbrenner liefen bereits oberhalb der kritischen Grenze. Die Flügel dieser Jäger waren in V-Stellung von dem flachen, breiten Rumpf abgeschwenkt, der aus dem Frontalwinkel kaum zu treffen war. Eine einzelner Salthi konnte einem Rapier kaum gefährlich werden, aber wenn man es mit genügend von ihnen zu tun bekam, waren sie äußerst ernstzunehmende Gegner.

Deveraux startete eine unterhalb ihres Steuerbordflügels angebrachte Rakete, die in nur drei Sekunden auf 850 KPS beschleunigte – der Salthi-Pilot, den sie anvisiert hatte, würde sie gerade noch verfluchen können, bevor er durch das Geschoß zerfetzt wurde.

Ihm blieb nicht einmal die Zeit, ein letztes Gebet zu seinem grausamen Gott Sivar zu sprechen. Dann verging er in einem kurz aufflackernden Feuerball.

Blair sichtete einen zweiten Jäger und hängte sich mit einem gewagten Manöver an dessen 6-Uhr-Position, um ihn in die Zielerfassung zu nehmen.

Die Zielerfassung rastete ein!

Blair ließ die in der Nase des Jägers angebrachte Kanone tödliche Blitze schleudern. Bereits die erste Salve traf den Schirm des Salthi, der darauf in ein blauleuchtendes elektrisches Inferno getaucht wurde. Die zweite Salve erwischte das Cockpit, woraufhin sich der Jäger einmal um die Achse drehte und ohne großes Spektakel detonierte.

»Hey! Laß mir noch ein paar übrig!« schrie Maniac.

Während Blair den heranfliegenden Trümmern des von ihm abgeschossenen Jägers auswich, sah er, wie Maniac dem dritten Jäger einen Flügel abschloß. Der Pilot verlor die Kontrolle, und seine Maschine raste in den vierten Salthi, worauf beide im gleichen Moment explodierten.

Maniac johlte: »Kaufen Sie einen, den zweiten kriegen sie umsonst!«

Als Blair wieder in Formation gehen wollte, wurde seine Flugbahn vom Kanonenfeuer der Hauptschiffe gekreuzt, so daß er sich gezwungen sah, im 60-Grad-Winkel auszuweichen.

Aber so leicht ließen sich die Zielerfassungscomputer der Katzen nicht austricksen. Als er die Maschine wieder auf Kurs ziehen wollte, sah er backbord gewaltige Feuerstöße an seinem Rapier vorbeiziehen.

»Wird mir zu heiß hier«, meinte Deveraux. »Das sollen die Bomber machen. Wir fliegen Geleitschutz!«

Blair zog seine Maschine hoch, um unter den Bombern durchzutauchen und sich dann hart an die 6-Uhr-Position von Deveraux zu heften. Er schaltete auf die Kamera des hinteren Waffensystems um und sah, wie sich die Bomber auf die Steuerbordflanke des Zerstörers stürzten.

»Danke für die Eskorte«, meinte Taggart und wandte sich dann an Knight: »Kurs beibehalten. Wir warten, bis sie die Schirme öffnen, um die Torpedos abzufeuern.«

Dem Feuer der Drillingsgeschütze und Tachyonenwerfer begegneten die Bomber durch Ausstoßen von Blindraketen und Ablenkpartikeln. Drei Waffentürme des Zerstörers waren damit abgelenkt, aber die anderen feuerten weiter auf die Angreifer.

»Gleich haben wir's«, versicherte Taggart seinem Flügelmann. »Nur die Ruhe bewahren und den Kurs beibehalten!«

Dann wurde der Rumpf von Knights Broadsword vom Tachyonenfeuer aufgerissen. Der Pilot ließ einen unheimlichen Schrei los, als seine Maschine brennend auf den Zerstörer zustürzte.

Blair sah, wie der Broadsword in die Flanke des Zerstörers krachte und Taggart dem Inferno gerade noch entkam, indem er seine Maschine im steilen Winkel wegzog.

In der Zwischenzeit hatte Deveraux sich mit zwei Krant-Jägern eingelassen, die versuchten, sich hart an ihre 6-Uhr-Position zu hängen. Blair zog seinen Rapier herunter und flog etwa achthundert Meter über dem Zerstörer eine Wendeschleife, um ihr zu helfen. Sie wich dem Laserfeuer durch geschickte Haken aus, aber er wußte genau, daß sie gegen zwei Kilrathi keine Chance hatte. Die ersten Treffer ließen ihre Abwehrschirme aufflammen – wenn es so weitergehen würde, war es um sie geschehen …

Blair fuhr die Nachbrenner hoch und schoß auf die beiden Krant zu. Doch bevor er den Zielcomputer aktivieren konnte, zog Deveraux ihre Maschine in einer 6-g-Schleife herum und feuerte zwei mit Infrarotsuchern ausgestattete Raketen ab. Einer der Krant wurde getroffen, aber der andere hinterließ eine Wolke von Abwehrpartikeln und flog eine Schleife, um dem Geschoß auszuweichen. Deveraux' Rakete detonierte, ohne Schaden anzurichten.

Blair verrenkte sich fast den Hals, um den Krant sehen zu können, der sich jetzt an Deveraux' Deck gehängt hatte und feuerte, was die Kanone hergaben. Nach fünf oder sechs Salven brachen ihre Schirme zusammen, worauf der Kilrathi begann, sich auf ihr Cockpit einzuschießen.

Blair setzte dem Krant nach und hatte ihn fast schon in der Zielerfassung, als Deveraux einen Haken schlug.

Für den Bruchteil einer Sekunde zog er in Erwägung, trotzdem zu schießen, sah aber davon ab, weil das Risiko zu groß war, daß er sie versehentlich traf. Statt dessen tauchte er ab und behielt ständig das Radardisplay im Auge, während er dem Feuer der Hauptschiffe auswich und zunehmend beschleunigte. Dann riß er den Knüppel hart nach hinten und zog die Maschine hoch, um sich von unten dem Krant zu nähern, der jetzt an der Steuerbordseite hinter Deveraux herflog.

Der Zielcomputer meldete, daß er den Krant erfaßt hatte. Das Fadenkreuz folgte genau dem Kurs des feindlichen Jägers.

Wie ein Drache aus Durastahl stieß Blairs Maschine jetzt einen tödlichen Hauch aus Laserstrahlen und Neutronenimpulsen aus, der den Krant mit einem Schlag zerfetzte.

Blair flog eine Spirale durch das Trümmerfeld, als Deveraux' Gesicht auf dem Display erschien.

»Wo warst du so lange?« fragte sie.

»Habe eine Abkürzung genommen«, entgegnete er, während er einen vorsichtigen Blick auf den Panzerkreuzer warf. »Wo ist Taggart?«

»Sehe nichts von ihm«, meldete sich Maniac. »Das Schwein ist ausgebüxt!«

»Leute, der Panzerkreuzer öffnet die Rohre!« warnte Deveraux.

Tatsächlich! Die Torpedoluken des riesigen Schiffes öffneten sich.

»Sie fahren die Schirme herunter«, frohlockte Blair. »Jetzt haben wir sie am Arsch!«

Die mächtige, wie ein aus zwei Klammern bestehendes Kreuz geformte Hülle des Panzerkreuzers passierte das Wrack des Zerstörers mit weniger als einhundert Meter Abstand.

Und plötzlich, als niemand damit rechnete, tauchte

zwischen der zerfetzten Hülle des Zerstörers ein Schiff auf.

Ein Broadsword.

»Baker eins«, meldete Taggart, während er seine Maschine mit voller Kraft hochzog, »sehen Sie zu, daß mir Ihre Jäger nicht im Weg sind, wenn das Ding hochgeht!«

»Roger. Maniac? Blair? Zieht euch zurück. Zurück zur *Claw*«, befahl Deveraux.

Blair fragte sich nur, wie Taggart selbst der bevorstehenden Explosion zu entrinnen gedachte. Er befolgte Deveraux' Befehl und richtete den Navigationscomputer auf die *Tiger Claw* ein, wobei er aber die Beschleunigung auf halbe Leistung setzte.

Schließlich wollte er nicht verpassen, was mit Taggart geschehen würde, der mit höchster Geschwindigkeit den Panzerkreuzer anflog.

James ›Paladin‹ Taggarts Hand zitterte, als er den Schalter betätigte, der die beiden auf der Oberseite des Broadswords angebrachten Torpedos abfeuerte. Dann drückte er auch den anderen Knopf, der die beiden unteren Torpedos freisetzte. Das Projektionsdisplay zeigte an, daß die vier Torpedos ihr Ziel erfaßt hatten.

Er hielt den Atem an, zündete die Nachbrenner und zog im steilen Winkel von den gegnerischen Hauptschiffen weg, begleitet von den Feuerstößen der Drillings- und Hilfsgeschütze. Zahlenwerte rasten über das Display, während sich die Distanz vergrößerte. Er schüttelte besorgt den Kopf, als der Kollisionsalarm ausgelöst wurde. Als er den Kopf hochriß, sah er, wie die stark zerkraterte Oberfläche des dritten Mondes aus dem Nichts auftauchte.

Dann schlugen die Torpedos ein …

Alles wurde von einem weißen Licht eingehüllt. Er war erstaunt, als es nach einer Sekunde immer noch gleißend hell war. Und auch nach zwei Sekunden, nach drei ...

Dann verschwand das Licht auf einen Schlag. Die Hülle des Panzerkreuzers wurde von gewaltigen Explosionen erschüttert, als das riesige Raumschiff von den Schockwellen zerrissen wurde. Der verbleibende Zerstörer der Kilrathi setzte zu einem Ausweichmanöver an, aber es war zu spät – das Schiff schwenkte nur um einige Grade herum, als es von der Explosion erfaßt und gegen das Wrack des anderen Zerstörers gedrückt wurde. Überall entstanden nun kleinere Explosionen, als das sich ausbreitende Atomfeuer die Munitionskammern erreichte. Schließlich riß die Hülle auf und entließ einen Strom von Gas und Trümmern aus dem Inneren des Schiffes.

Taggarts zufriedenes Grinsen erstarrte, als die elektromagnetische Schockwelle seinen Broadsword erreichte.

Es knackte und prasselte, als die Displays ausfielen und sich der Bomber auf die Seite legte, so daß Taggarts Kopf unliebsame Bekanntschaft mit der Steuerkonsole machte. Er verspürte einen stechenden Schmerz, und dann füllten sich seine Augen mit Blut. Er kniff sie zusammen und blinzelte, bis er sah, was er befürchtet hatte.

Der Broadsword stürzte auf den Mond zu.

Taggart zog den Hebel, der das gesamte Cockpit vom Schiff löste. Langsam rotierend schoß die Rettungskapsel von dem nicht zu rettenden Bomber fort, bis sie mit stotternden Bremstriebwerken den Rand des elektromagnetischen Störfeldes erreichte.

Er sah, wie der Broadsword auf die Oberfläche des Mondes krachte und eine Staubwolke hervorrief, die sich vermutlich erst in mehreren Tagen wieder gelegt haben würde.

Bevor Taggart sich von seinem Schock erholen konnte, bemerkte er, daß nun auch die Rettungskapsel von der Anziehungskraft des Mondes erfaßt wurde. Er erhöhte den Schub der Bremstriebwerke, um die Kapsel wieder unter Kontrolle zu bringen. Er atmete auf, als die Triebwerke jaulend hochfuhren.

Doch dann war alles still.

Die Triebwerke hatten versagt. Als er auf die grauweiße Oberfläche des Mondes zustürzte, redete er sich ein, daß hinter ihm ein glanzvolles, erfülltes Leben lag, obwohl er nur ein relativ unbedeutender Held war, der sich keinesfalls mit einem Artus oder einem Siegfried messen konnte, aber trotzdem vielleicht den ein oder anderen jungen Menschen inspiriert hatte. Schön, wenn er dadurch vielleicht den Lauf der Geschichte beeinflußt hatte. James Taggart hatte erreicht, was er von Anfang an wollte. Er hatte das Leben eines Kriegers geführt und würde den Tod eines Kriegers sterben.

Wie ungemein passend.

KAPITEL 20

Odysseus-Korridor
17. März 2654, 0700 Uhr Zulu-Zeit
Position: sechs Stunden vom Sprungpunkt Charybdis-Quasar

Taggart wurde brutal nach vorne geschleudert. Er zog eine Grimasse. Dann bemerkte er erstaunt, daß die Rettungskapsel nicht mehr auf den Mond zustürzte.

Für einen Moment war er davon überzeugt, daß die Kapsel längst mit dem Mond kollidiert war. Daß er tot war und sich in einer Art Fegefeuer befand, in dem er dieselbe Szene immer wieder erleben würde. Seinen eigenen Tod erleben. Wie widersprüchlich ...

Er berührte seine Wange. Fleisch und Blut, einwandfrei. Schließlich wurde er sich bewußt, daß all seine Sinne vollkommen funktionierten. Und dann sah er draußen den schwachen Lichtschein eines Traktorstrahls, der die Kapsel erfaßt hatte.

Kurz darauf zog ein Rapier neben der Kapsel auf. Taggart betrachtete den Schriftzug am Cockpit: Lt. Christopher Blair. Der junge Mann salutierte. Taggart erwiderte den Gruß.

»Sie bluten, Sir«, bemerkte Blair.

Taggart berührte die Platzwunde an seiner Stirn. »Sie hatten doch den Befehl, den Rückzug anzutreten!«

»Den habe ich auch befolgt.«

»Und wieso sind Sie dann hier?«

»Äh, ich habe mich verflogen, Sir. Wollte Sie fragen, wo ich langmuß ...«

»Mr. Blair: Pilger verfliegen sich nicht.«

Maniacs Grinsen wurde zunehmend breiter, als sich die verbleibenden Kilrathi-Jäger neu formierten und hinter die Monde des Planeten zurückzogen. Bis auf einen mußten alle sterben. Der Überlebende würde seinen Clan vor dem Zorn des Maniac warnen. Maniac würde für die Kilrathi so etwas wie eine Legende werden. Sein Bild würde in den Aufenthaltsräumen der Piloten hängen: Habt ihr gegen diesen haarlosen Affen gekämpft? Dieses übelriechende Wesen ist der meistgesuchte Pilot des Imperiums.

Doch all dies würde nicht passieren, wenn Maniac nicht hinter den fliehenden Katzen herjagen würde. »Hey, Rosie! Hast du Lust auf eine weitere Runde?«

Der Bildschirm flackerte auf. Sie runzelte die Stirn. »Da fragst du noch?«

Sie flogen beide eine enge Wendeschleife, um die Krant, Salthi und Dralthi zu verfolgen.

»Kontakt mit den Pussies in fünf Sekunden«, gab Maniac grinsend durch.

»Baker eins an alle – Rückzug zur Basis. Wiederhole: Rückzug zur Basis.«

Maniac warf Lieutenant Commander Deveraux schnell noch einen verächtlichen Blick zu, bevor ihr Gesicht vom Bildschirm verschwand. Er konnte es sich leisten, sein Gesichtsausdruck war unter der Maske ja nicht zu erkennen. Er ließ die Hand auf dem Steuerknüppel ruhen und blieb auf Kurs.

»Maniac?« Forbes' Stimme hatte einen warnenden Unterton.

»Hey – keiner schert sich um meine Bedürfnisse!«

»Deine Bedürfnisse? Hör mal, wir haben gerade einen Befehl ...«

Sie kam nicht dazu, den Satz zu beenden, da sich in diesem Augenblick zwei Dralthi-Jäger aus der Formation lösten und wie stählerne Mantarochen auf Maniac und Forbes zuschossen.

»Sie werden versuchen, uns zu rammen«, vermutete Forbes. »Böse, Böse!« Sie erhöhte die Schubleistung auf Maximum und zerfetzte den Gegner in tausend Teile.

Der zweite Dralthi flog auf Maniac zu, der kurz das häßliche Gesicht des gegnerischen Piloten auf seinem Display hatte. »Ihr werdet für Sivar bluten, ihr Nachkommen von Affen!« Die Augen des Kilrathi weiteten sich. Sie hatten die Farbe von Urin.

Maniac zog verächtlich die Nase hoch. »Sag Sivar, er soll meinen Arsch küssen!« Dann schaltete er auf Forbes' Kanal um. »Paß mal auf, Rosie!«

Maniac zündete die Nachbrenner und wurde mit einem Ruck in den Sitz gepreßt. Er hatte den Gegner im Fadenkreuz, dachte jedoch gar nicht daran, zu feuern. Der Kollisionsalarm schlug an.

Distanz: eintausend Meter.

»Knall ihn ab, Maniac!« brüllte Forbes. »Eröffne das Feuer!«

Siebenhundert Meter.

»Warnung – wenn Sie Ihren gegenwärtigen Kurs nicht …«

Maniac schaltete die Sprachausgabe des Computers ab.

Fünfhundert Meter.

Er schaltete auf das Bild der rückwärtigen Kamera um. Forbes folgte ihm auf der 5-Uhr-Position.

»Worauf wartest du, Maniac?«

»Auf ihn.«

Dreihundert Meter.

»Knall ihn ab. Sonst tu ich es!«

»Alles eine Frage des Timings …«

Hundert Meter.

Forbes begann zu feuern, verfehlte aber ihr Ziel.

Fünfzig Meter.

»Dreh bei!«

»Noch nicht!«

Dreißig Meter.

Jetzt begriff Maniac, daß der Kilrathi nicht ausweichen würde, sondern den festen Plan gefaßt hatte, seinen Feind mit in den Tod zu nehmen. Maniac riß den Rapier nach Steuerbord und feuerte gleichzeitig eine Salve auf das Cockpit ab, die den Piloten tötete.

Nur um Haaresbreite zog Maniacs Rapier an dem führerlosen Dralthi vorbei, aus dessen Cockpit Nährgas strömte. Der Dralthi stürzte auf …

»Rosie!« brüllte Maniac. »Scheiße noch mal – zieh die Kiste weg!«

Die Nase ihres Rapier hob sich um einige Grad.

Nicht genug.

Die Flügel des Dralthi waren scharf wie Sensen. Sie rissen den Rumpf des Rapier, an seiner Steuerbordseite auf. Der Rapier blutete Funken und Qualm. Forbes wollte die Maschine wegreißen, aber der Zusammenprall sorgte dafür, daß sie sich in einer weiten Bahn um ihre eigene Achse drehte. Sie beschleunigte, um den Jäger wieder abzufangen. Für einen Moment gelang es ihr, die Maschine geradezuhalten, wobei sie jedoch auf und ab hüpfte wie ein Stein, den man auf einer Wasseroberfläche tanzen läßt. Dann sah Maniac, daß sie ein Triebwerk verloren hatte und Treibstoff auslief.

Maniac nahm ihre Flügelposition ein. »Rosie – kannst du sie halten?«

»Kein Problem – ich könnte dir gleichzeitig beide Eier braten, wenn ich es darauf anlege!« Das Ende ihres Satzes war von Störgeräuschen überlagert; offensichtlich hatte das Kommunikationssystem etwas abbekommen. Tatsächlich konnte sie in gewissen Grenzen manövrieren, kam Maniac jedoch durch die Bocksprünge ihrer Maschine manchmal gefährlich nahe.

»Hey, hör auf, so anzugeben!« meinte er, während er die Distanz zu ihr vorsichtshalber vergrößerte.

»Bist beeindruckt, was?«

»Schieß dich raus, ich hole dich dann mit dem Traktor rein!«

»Schön wär's, Herzchen! Der Schleudersitz funktioniert nicht.«

Er atmete tief ein. »Dann müssen wir uns wohl etwas anderes einfallen lassen, Rosie! Keine Sorge. Wir schaffen das schon.«

Zehn Minuten später näherten sie sich bereits dem durch das Gefecht ramponierten Flugdeck des Flottenträgers.

»O Mann!« entfuhr es Maniac angesichts des Ausmaßes der Zerstörung.

»Das Schiff sieht schlimmer aus als ich nach drei Tagen Landurlaub!« meinte Forbes trocken.

Maniac versuchte eine Stelle zu finden, an der die *Tiger Claw* nicht beschädigt worden war. Im Bereich des Maschinenraums entdeckt er ein gewaltiges Loch in der Außenhülle, die fast an jeder Stelle die Spuren von Laserstrahlen und Explosionen aufwies. Direkt in der Nähe drifteten die Wracks und Trümmer von Jägern und Bombern vorbei; hier einer der Kilrathi, dort einer der Föderation.

»Schatz!« meinte Maniac launig. »Ich glaube, wir suchen uns besser ein anderes Hotel – der Laden hier ist mir zu heruntergekommen!«

Forbes grinste. »Leider können wir uns das wohl nicht aussuchen!«

Er seufzte. »Baker drei und vier melden sich zurück. Alles für eine Notlandung räumen.«

Raznicks Gesicht wirkte müde. »Roger, Baker drei und vier. Landeerlaubnis erteilt.«

Die beiden Rapiers zogen herunter, bis sie auf gleicher Höhe mit dem Flugdeck waren. Er warf einen besorgten

Blick auf ihre Maschine. Es würde nicht einfach werden. Ein Schauer lief ihm über den Rücken, als ihre Maschine wieder einen Satz nach oben machte. Er überprüfte ihre Anfluggeschwindigkeit. »Wir kommen zu schnell rein!«

»Tut mir leid, ich habe die Bremsen in der Werkstatt vergessen!«

»Halte deine Schüssel auf Kurs«, warnte er. Von seinem Humor war nichts mehr zu merken.

»Kein Problem – das war es ja bislang auch nicht!«

»Vielleicht solltest du noch einmal überlegen, ob du wirklich steuerbord unten einfliegen willst?« Jetzt grinste er doch wieder.

»Ich wußte doch, daß irgend etwas nicht stimmt.«

Maniac behielt das Flugdeck im Auge, während sie einflogen. »Fast geschafft!«

Sie schrammte mit dem Flügel an der Wand entlang, schaffte es aber, die Maschine wieder unter Kontrolle zu bekommen. Sie murmelte etwas, was sie wahrscheinlich nicht einmal selbst verstand.

»Gut. Alles soweit klar. Jetzt vorsichtig …«, sagte er. »Noch dreißig Meter.«

Ihre Triebwerkleistung fiel ab, und sie blieb ein Stück hinter ihm zurück.

»Noch zehn Meter.« Die Landevorrichtung seines Jägers wurde ausgefahren, während er nahe über dem Deck entlangflog. Der Energieschirm füllte das gesamte Display aus. »Nur noch fünf …«

Er bemerkte, daß etwas nicht stimmte. »Zieh sie hoch! Zieh sie hoch!«

Aber sie reagierte nicht. Sie konnte nicht. Ihr Backbordflügel berührte für einen Sekundenbruchteil das Deck und wurde abgerissen, worauf sich der Rapier überschlug und mit einem entsetzlichen Geräusch auf dem Cockpit landete. Er sah die Splitter durch die Gegend fliegen, dann wurde das verbleibende Triebwerk abgerissen und schoß mit ungeheurer Gewalt an der Maschine vorbei …

Maniac hatte inzwischen das Energiefeld durchflogen und das Cockpit schon geöffnet, bevor das Landegestell den Boden des Flugdecks berührte. Es schien ihn nicht zu interessieren, daß die ihm zugewiesene Rollbahn von einigen Containern zugestellt war, die er nur knapp verfehlte – er hatte die Hände ohnehin nicht mehr am Steuerknüppel, sondern machte sich an den Verschlüssen seines Sicherheitsgurtes zu schaffen. Er kletterte bereits über den Flügel, als das Geräusch der Triebwerke noch nicht ganz erstorben war, sprang herunter und rannte auf Rosies Maschine zu.

Irgendeine vertraute Stimme rief seinen Namen. Rief ihn noch einmal. Halb bewußt nahm er das Geräusch von Schritten wahr. Dann verschränkten sich zwei fremde Arme vor seiner Brust, und er wurde zu Boden geworfen, während er immer noch mit verzweifeltem Blick auf das Wrack hinter dem Energieschirm starrte.

»Sie ist außerhalb der Luftsperre!« schrie Blair. »Wenn du da durchmarschierst, bist du in einer Sekunde tot!«

Maniac richtete sich auf. »Besorgt mir einen Druckanzug! Ich will sofort einen Druckanzug!« Er wollte auf den Energieschirm zulaufen, aber Blair packte ihn am Kragen. Maniac zitterte, als er das gefährliche Summen des Energieschirms hörte, und begriff, was er getan hätte, wenn Blair nicht gewesen wäre. Tränen schossen ihm in die Augen. Er starrte den zerstörten Rapier an und brüllte: »Rosie! Rosie!« Er konnte ihren Helm hinter dem zersplitterten Cockpit ausmachen. Sie bewegte sich nicht. Eine Reihe von Schatten huschte über das Wrack. Die anderen Rapiers, die auf ihre Landeerlaubnis warteten.

»Forbes? Rosie?« krachte Deveraux' Stimme durch die Lautsprecher des Flugdecks. »Kannst du mich hören?

Rosie? Sag doch was. Drück auf die Sprechtaste, wenn du mich hören kannst! Mach schon, Mädchen …«

Maniacs Blick hob sich zu den Lautsprechern. Er wartete. Und wartete.

»Ich habe nur noch für neunzig Sekunden Sprit, Commander«, gab Hunter nervös durch.

»Dito bei mir!« meldete sich nun auch Polanski.

»Rosie?« hallte Deveraux' Stimme wieder über das Flugdeck. Immer noch keine Antwort. »Bakerstaffelführer an Basis. Beseitigt das Wrack!«

Maniac war so fassungslos, daß ihm die Worte zunächst im Hals steckenblieben. Dann brüllte er empört: »Was sagst du da?«

Er sah sich irritiert um, als plötzlich das Geräusch einer Maschine zu hören war. Es war ein großer, gelblackierter Schaufellader. Der Fahrer betätigte die Hupe, um Blair und Maniac zu warnen.

Maniac rannte auf die Kanzel der Flugkontrolle zu. »Hey! Was habt ihr vor? Hey!« Er sah Raznick und hob die Arme über den Kopf, um ihn auf sich aufmerksam zu machen. »Hey! Das könnt ihr nicht machen! Das könnt ihr nicht machen! Bitte! Sie lebt noch!«

Der Schaufellader näherte sich dem Energieschirm und senkte die Schaufel. Maniac änderte seine Strategie und setzte hinter dem Schaufellader her – er würde den Fahrer notfalls am Kragen packen und aus der Kabine zerren …

Aber dann ergriff Blair ihn wieder von hinten. Eng umschlungen wie ein Liebespaar rollten die beiden über das Deck, während der Schaufellader unaufhaltsam weiterfuhr.

»Laß es, es bringt doch nichts!« brüllte Blair.

»Laß mich los, du Arsch von einem Pilger!« Maniac verpaßte Blair einen Kinnhaken, befreite sich und wollte wieder auf das Energiefeld zulaufen.

»Willst du dich auch noch umbringen, du Idiot?« Blair klammerte sich an Maniacs Beinen fest, um ihn zu Fall zu bringen.

Hilflos mußte Maniac nun dabei zusehen, wie der Schaufellader Rosies zertrümmerte Maschine zum Rand der Landebahn schob, um sie mit quälender Langsamkeit ins Vakuum des Alls zu befördern.

Der Rapier trudelte langsam vom Schiff weg, bis er nicht mehr zu sehen war ...

Maniac senkte seinen Kopf und schloß die Augen. Ihm war eiskalt.

»Bakerstaffelführer an Basis«, meldete Deveraux mit gleichmütiger Stimme. »Bitte um Landeerlaubnis.«

Maniac saß auf dem Flugdeck, den Rücken an eine Stützsäule angelehnt, die Beine bis an die Brust herangezogen. Er beobachtete, wie die Rapiers einflogen. Bei jeder Landung hatte er das Bild von Rosie vor sich, mit hochgestreckten Daumen ...

Er starrte die anderen Piloten an, in der irren Hoffnung, Rosie würde sich unter ihnen befinden. Gerade kletterte Polanski aus dem Cockpit, während Hunter bereits auf dem Flugdeck stand und seinen Helm abgenommen hatte, um sich den Schweiß von der Stirn zu wischen. Taggart saß auf der Nase der Rettungskapsel seines Broadswords und ließ die Platzwunde auf seiner Stirn von einem Sanitäter behandeln.

Deveraux kletterte die Cockpitleiter herunter.

»Los, komm schon«, sagte Blair und trat Maniac mit der Spitze seines Stiefels sanft vors Schienbein. Maniacs Freund war nicht von seiner Seite gewichen.

»Was gibt es da Großartiges zu besprechen?« fragte Maniac. »Wir sind losgeflogen, und zwei gute Piloten mußten dran glauben. So was wie Trauer kennt man hier ja anscheinend nicht!« Er spannte die Muskeln an, entschied sich schließlich aber doch dafür, aufzustehen und seinen Freund zu begleiten.

Er würde dafür sorgen, daß sie Rosie in guter Erinnerung behalten würden. Selbst, wenn er sich dafür umbringen mußte.

»Lieutenant Marshall ...« Was immer Deveraux in diesem Augenblick sagen wollte, es würde unausgesprochen bleiben. Aber Maniac wußte genau, worauf es hinauslief.

Sie versuchte es noch einmal, diesmal in deutlich entschlossenerem Tonfall. »Sie haben meinen Befehl mißachtet, direkt zur Basis zurückzukehren ...«

»Ich habe ...«

»... was als Verrat auszulegen ist«, fuhr sie unterkühlt fort, »und darauf steht die Todesstrafe. Hunter, gib mir deine Waffe!«

Hunter starrte Polanski besorgt an, während er langsam seine Pistole aus dem Holster zog.

Blair kam einen Schritt auf ihn zu. »Laß es sein, Hunter!«

»Sie ist der Commander.«

Blair nickte langsam. Im nächsten Moment sprang er Hunter an, wurde aber von Polanski aufgehalten, der seine Schulter gegen Blairs Brustbein rammte. Polanski war ein ganzes Stück größer als Blair und hatte keine Schwierigkeiten, ihn zu überwältigen. Einige Sekunden später hatte er Blair die Arme auf den Rücken gedreht.

Deveraux hob die Pistole und richtete sie auf Maniacs Kopf.

Maniac hätte ihr am liebsten ›Feigling!‹ ins Gesicht geschrien. Aber irgendwo war er sich unsicher, ob sie nicht doch abdrücken würde.

»Was ist nur mit euch los?« schrie Blair. »Es war doch nur ein beschissener Unfall, verdammt noch mal! Außerdem ist er bestraft genug – er muß schließlich damit leben, daß …«

»Vielleicht möchte ich gar nicht damit leben«, fiel ihm Maniac leise und voller Resignation ins Wort. Er starrte in die kalte Wüste hinter Deveraux' Augen. Sie war mit Rosie befreundet gewesen. Wie konnte sie das vergessen, was soeben passiert war? Er betrachtete den zitternden Lauf der Pistole.

»Wenn du noch einmal einen Piloten in Gefahr bringst, lege ich dich um!«

Sie senkte die Pistole, drehte sich abrupt um und gab sie Hunter zurück. Dann drehte sie sich um und ging.

Polanski und Hunter sahen Maniac haßerfüllt an.

Er fluchte und ging ebenfalls.

KAPITEL 21

Tiger Claw, Flottenträger der Föderation
Odysseus-Korridor
17. März 2654, 0800 Uhr Zulu-Zeit
Position: 5 Stunden vom Sprungpunkt Charybdis-Quasar

Captain Sansky hatte sich während des Gefechts nur eine leichte Gehirnerschütterung zugezogen. Doch auf seinem Weg zur Krankenstation erlitt er einen akuten Myokardinfarkt und lag seitdem im Koma. Deshalb hatte Commander Gerald das Kommando über das Schiff übernommen.

Gerald ging voll in seiner Rolle auf, da er davon überzeugt war, daß er ohne Sansky – der seiner Ansicht nach zögerlich gehandelt hatte – den Flottenträger einigermaßen heil durch das nächste Scharmützel bringen würde.

Während des Angriffs hatte sich Sansky seltsam zurückhaltend und wenig entschlußfreudig gezeigt. Der Jay Sansky, den Gerald bislang gekannt hatte, hätte seine Mannschaft mit selbstbewußten Kommandos in den Kampf geführt und seine Offiziere auf diese Weise motiviert.

Doch jetzt war sein Vorgesetzter nicht mehr ansprechbar. Gerald weigerte sich zu glauben, daß Sansky sich fürchtete. Wenn ein Soldat sich fürchtet, merkt man ihm das an. Nein, es mußte an etwas anderem liegen. Gerald fand dies jedoch noch weitaus beunruhigender.

Während er sich mit den neuen Daten befaßte, die auf den Bildschirmen des Steuermanns erschienen, bemühte er sich, alles zu vergessen, bis auf das, was jetzt getan werden mußte: Er hatte dafür zu sorgen, daß die *Tiger Claw* dem bevorstehenden Ansturm der Kilrathi entkam.

Ein Schirm zeigte die Oberfläche eines der drei Monde an, die den riesigen Gasplaneten umkreisten. Er deutete auf einige tiefe Krater, die groß genug waren, um den Flottenträger zu verstecken. »Da!« Gerald deutete mit seinem Finger auf eine bestimmte Stelle. »Bringen Sie uns dorthin!«

Der Steuermann programmierte den Kurs ein. Kurz darauf beschleunigte das Schiff mit einem Ruck. Gerald sah zunächst Mr. Falk an, dann Mr. Sasaki und schließlich Mr. Obutu. Er suchte so etwas wie Bestätigung in ihren Augen. Aber sie waren zu sehr mit ihren Aufgaben beschäftigt, die sie trotz ihrer Erschöpfung erfüllten.

Bald schwebte das Schiff über dem Krater, und der Steuermann bewegte es auf den harten Schatten an der Nordwand zu.

»Ich schlage vor, daß wir jetzt sämtliche Systeme herunterfahren, Mr. Obutu«, sagte Gerald.

»Kein Problem, Sir. Die meisten Systeme sind ohnehin ausgefallen.«

Gerald mußte angesichts dieser Ironie doch lächeln. »Ist das Ablenkungsmanöver vorbereitet?«

»Ja, Sir.«

»Sehr gut. Ablenkungsmanöver einleiten.«

»Ablenkungsmanöver wird eingeleitet. Aye-aye, Sir.«

Ein dumpfer Schlag war zu hören, als die zur Ablenkung der Angreifer vorbereitete Drohne abgefeuert wurde. Gerald beobachtete auf den Monitor, wie aus der runden Drohne Parabolantennen ausgefahren wurden. Die Drohne verringerte kurzzeitig ihre Beschleunigung, um eine Kursberechnung vorzunehmen, bevor sie ihre Triebwerke zündete und in Richtung der Ringe des Gasplaneten flog.

Gerald drehte sich um, weil Taggart und Deveraux die Brücke betraten. Er bemerkte eine gewisse Überraschung in ihren Gesichtern, als die Beleuchtung der Brücke zunächst schwächer wurde und schließlich mit einem Schlag erlosch.

»Ablenkungsmanöver wurde eingeleitet, Commander!« meldete Obutu. »Alle Systeme arbeiten normal. Die elektromagnetische Signatur ist etwas größer als die der *Concordia.* Ich glaube, daß sie darauf hereinfallen werden, Sir!«

»Und ich hoffe, daß Sie damit recht behalten. Schalten Sie alle aktiven Scanner ab – lassen Sie nur die passiven Systeme laufen.« Er ließ sich auf den Sitz des Captains fallen und richtete seine Augen auf die vorderen Viewports.

Am rechten Rand war einer der Monde zu sehen. Gerald glaubte, bei näherer Betrachtung erkennen zu können, daß die Helligkeit des Trabanten fluktuierte. *Und richtig* – im nächsten Augenblick schien sich ein Flitter greller Lichtpunkte von dem weitentfernten Mond zu lösen. Immer mehr der winzigen Partikel lösten sich von der Oberfläche des Mondes, um sich bald darauf zu einer Dreiecksformation zu ordnen.

»Da sind sie«, bemerkte Obutu überflüssigerweise. »Die Kriegsflotte der Kilrathi.«

Gerald beugte sich angespannt vor. Noch nie hatte er so viele Kilrathi-Schiffe aus so kurzer Distanz beobachtet.

»Die haben uns nicht bemerkt!« flüsterte Mr. Falk überzeugt. Er lächelte. »Sie folgen der Drohne!«

Jubel von allen Seiten, selbst Gerald entfuhr ein erleichtertes »Ja!«.

»Ruhe!«

Plötzlich war es still, und alle Augen richteten sich empört auf Taggart.

Dann wurde die Stille von einem rhythmischen Piepsen unterbrochen.

»Ich kenne diese Signatur!« erklärte Taggart, während er zu dem Radarstand ging. »Das ist ein Zerstörer ... ich glaube, wir haben ein Problem ...«

Das Piepsen wurde greller und ertönte in immer kürzeren Abständen. Falk starrte fassungslos auf das Display. »Sie haben uns angepeilt!«

»Noch nicht«, widersprach Taggart. »Wir befinden uns direkt am Rand des Strahlungsgürtels – die Gammastrahlung schirmt uns vor ihren Sensoren ab. Wenn sie uns nicht sehen, werden sie uns auch nicht finden.«

Gerald empfand angesichts Taggarts Meinung eine gewisse Zuversicht, was sich allerdings schlagartig änderte, als das Piepsen plötzlich lauter wurde. Er drehte sich auf seinem Sitz herum, während das Schiff merklich schwankte.

»Habt ihr das gemerkt?« fragte Deveraux.

Wieder ging ein Vibrieren durch das Schiff. Gerald biß die Zähne zusammen und stieß mit einem scharfen Ton die Luft aus. »Scheiße. Die bombardieren die Krater. Die Schweinehunde gehen verdammt methodisch vor!«

Als hätten die Kilrathi seine beleidigende Äußerung vernommen, zeigte eine erneute Schockwelle an, daß sie eine weitere Bombe abgeworfen hatten.

»Die nächste wird uns erwischen!« meinte Deveraux ziemlich überzeugt.

»Oder nicht«, entgegnete Gerald. »Wir stellen uns weiter tot.«

Taggart legte eine Hand auf Deveraux' Schulter. »Mr. Gerald hat recht, Commander. Wir stellen uns tot.«

»Noch ein Abwurf!« rief Falk. »Es geht rund ...«

Spezialist Justin Jones interessierte es einen Scheißdreck, was Raznick unentwegt über den Interkom durchgab. Er kannte seinen Job, hatte die Lage durchblickt. Echt zum Kotzen, daß der Alte einen nicht in Ruhe arbeiten ließ. Die Kilrathi warfen Nuklearbomben ab, also mußte er dafür sorgen, daß alles auf dem Flugdeck gesichert war. Vollkommen logisch. Man mußte kein Genie sein, um das zu erkennen.

Jones wußte, daß David Olivia in diesem Moment genauso dachte wie er. Er würde ihm helfen, solange er nicht ständig auf dem Scheißhaus verschwand.

Zum zweitenmal überprüfte er die Verankerung eines Rapiers, dessen Landekufen stark beschädigt waren.

Plötzlich verlor er den Boden unter den Füßen. Ein ohrenbetäubendes Kreischen ging durch das Schiff. Die Bomber und Jäger um ihn herum zitterten und rappelten, während die Schockwellen über das Flugdeck liefen. Dann rissen sich die ersten Verankerungsseile los ... darunter auch jenes, das Jones gerade erst überprüft hatte. Olivia rief ihm etwas Unverständliches zu und gestikulierte wild.

Jones drehte sich herum und sah jetzt den Rapier auf sich zukommen. Er empfand so etwas wie Verwunderung und dachte: *Das war's dann wohl!* In einer Reflexbewegung hob er seine Hand, um sich vor dem herunterkrachenden Rapier zu schützen, obwohl er längst mit seinem Leben abgeschlossen hatte.

Rodriguez konnte sich im letzten Moment an einer Traverse festklammern, als die Schockwelle über ihn hereinbrach. Es war ein ziemlich merkwürdiges Gefühl, daß das Schiff auf so dramatische Weise durchgeschüttelt wurde, ohne daß ein Alarm ertönte. Wenn die Systeme in seinem Arbeitsbereich aktiviert gewesen wären, hätte er jetzt auch noch den Lärm der Sirenen ertragen müssen.

Außerdem hätte er rechtzeitig bemerkt, daß das Schiff auf Station vier leckgeschlagen war.

So fand er es erst heraus, als er mit ansehen mußte, wie seine Kollegin Tasha Douglas vom Luftsog erfaßt und in den Weltraum befördert wurde. Das geschah so schnell, daß sie nicht einmal mehr die Zeit hatte, einen Todesschrei auszustoßen.

Ashley Galaway rannte zum nächsten Schott, während Rodriguez mit einem Faustschlag den Nothebel betätigte, der das Schott hinter ihr schließen würde. Nun war er allein auf dieser Station; er sah, wie Ashley ihn von draußen verzweifelt durch das Fenster des Schotts anstarrte. Sie rief ihm etwas zu und hämmerte mit der Faust auf den Durastahl ein; aber er konnte nichts davon hören, da die Luft bereits zu dünn war, um den Schall zu übertragen. Er hatte nicht mehr die Kraft, sich festzuhalten …

Er spürte, wie seltsam es sich anfühlt, mit den Beinen voran ins Vakuum gesaugt zu werden. Miguel Rodriguez fand es völlig in Ordnung zu sterben, wenn man sein Leben sinnvollerweise für seine Kameraden hergibt. *Das geht schon in Ordnung.*

Allerdings betrübte es ihn, daß er nie die Gelegenheit gehabt hatte, mehr als eine Stunde mit Ashley zu verbringen. Das letzte, was er hörte, war der Rhythmus seines Herzens, das zum letzten Mal im Takt des Salsa schlug.

Nachdem Maniac den Hangar verlassen hatte, versuchte Blair, die Wogen etwas zu glätten. Aber Hunter und Polanski ließen sich darauf nicht ein, da sie Maniac für Forbes' Tod verantwortlich machten. Blair sah bald ein, daß er sich mit seiner Intervention nur selbst schaden würde. Offenbar planten die beiden, Maniac einmal in die Zange zu nehmen. Während sie sich auf die Suche nach ihm machten, kehrte Blair ohne besonderen Grund in den Hangar zurück.

Als er an Maniacs Rapier vorbeikam, bemerkte er, daß sein Freund im Cockpit der Maschine saß. Bevor er ihn zur Rede stellen konnte, begann das Bombardement, das von einem grellen Pfeifen begleitet wurde. Die Ursache konnte Blair nicht ausfindig machen. Während er besorgt zusah, wie die Jäger und Bomber von den Schockwellen durchgerüttelt wurden, blieb Maniac in seinem Rapier sitzen. Selbst als zwei Mechaniker unter einem zusammenbrechenden Rapier begraben wurden, verzog er keine Miene.

Blair sah Deckmaster Peterson, der auf ihn zugelaufen kam. »Was ist das für ein Lärm?«

Peterson erstarrte und hob den Kopf, um die riesigen Tore des Hangars zu betrachten. »O mein Gott«, murmelte er. Dann schrie er seiner Crew zu: »Die Dichtung am Tor gibt auf! Boß? Wir müssen den Energieschirm einschalten!«

»Geht nicht!« entgegnete Raznick über den Interkom. »Die Katzen sind direkt in der Nähe! Sie werden den Einschaltimpuls sofort anpeilen!«

»Verdammt!« Peterson wirkte plötzlich sehr einsam, obwohl er von drei Technikern umgeben war. »Na gut, na gut! Wir versuchen, es irgendwie dicht zu bekommen. Los, macht euch an die Arbeit!«

Während die Techniker hektisch über das Deck liefen, sah sich Blair um und entdeckte dabei den abgerissenen Flügel eines Rapier-Jägers, der zwischen einigen Werkstattwagen lag. Ihm kam ein Geistesblitz – er lief sofort zu der Stelle und versuchte, den Flügel anzuheben. »Hey! Ihr da! Helft mir mal!«

Peterson bemerkte, was er vorhatte, und rannte zu

ihm. Das Pfeifen wurde ständig lauter, und der Sog war bereits so stark, das leichte Gegenstände – weggeworfene Trinkbecher aus Styropor, Kugelschreiber, Wickelpapier von Kaugummi – davon erfaßt wurden. Als Peterson bei Blair ankam, schoß bereits alles, was leichter als ein Kilo war, wie von Geisterhand über den Boden auf die Hangartore zu. Peterson versuchte, den Flügel am anderen Ende anzuheben. Aber seine Hände rutschten ab, und er schüttelte resigniert den Kopf.

»Kommen Sie!« bedrängte ihn Blair. »Wir schaffen es schon!«

Mit einem angestrengten Grunzen versuchte Peterson es noch einmal. Tatsächlich schafften sie es, den Flügel bis zum Hangartor zu zerren, als Blair bewußt wurde, daß nur das Gewicht des Durastahls verhinderte, daß sie beide ins Vakuum hinausgesogen wurden.

Dann flog ihm irgend etwas von hinten gegen den Schädel. Er wurde nicht ernsthaft verletzt, aber der Schrecken sorgte dafür, daß er den Flügel losließ. Sofort wurde er von dem Sog erfaßt und rutschte mit den Beinen zuerst auf die Tore zu, die unter der mechanischen Belastung bebten. Verzweifelt versuchte er, sich irgendwo festzuhalten. Aber es gab nichts außer dem glatten Boden des Flugdecks, an dem seine Hände keinen Halt fanden.

Zwischen dem Heulen des Luftsogs hörte er die Rufe der Mechaniker. Vor ihm knallten und prasselten etliche kleinere und größere Gegenstände gegen die Tore. Es klang manchmal wie das Geräusch eines automatischen Gewehrs. Die Reibungshitze brannte schmerzhaft auf Blairs Handflächen. Er versuchte verzweifelt, sich an den Verankerungen festzuhalten, an denen er mit zunehmendem Tempo vorbeirutschte. Der erste Versuch schlug fehl, und die zweite Verankerung war bereits außer Reichweite, als er danach zu greifen versuchte. Er streckte den Arm aus, bis ihm vor Schmerz die Tränen kamen, während er auf die dritte Verankerung zuschoß. Seine Finger berührten das Metall, und er klammerte sich fest. Der Ruck war so schmerzhaft, daß er einen Moment lang glaubte, sein Arm sei einfach abgerissen. Aber dann schaffte er es, sich auf den Bauch zu rollen und sich auch mit der anderen Hand an der Verankerung festzuhalten. Im nächsten Augenblick wurden seine Beine vom Sog hochgerissen, und sein Körper flatterte wie eine Fahne im Wind.

Blair drehte seinen Kopf, um sehen zu können, wie es um die anderen stand. Er sah Maniac und ein Stück hinter ihm Hunter. Peterson klammerte sich immer noch an dem Flügel fest, aber jetzt kamen ihm zwei Mechaniker zur Hilfe.

Plötzlich tat Maniac etwas, das die anderen ziemlich überraschte. Er drehte sich zu ihnen um und schrie: »Wollt ihr Arschlöcher nur dabei zusehen, wie er krepiert?«

Er rannte zu dem nächstgelegenen Bomber und löste eines der Ankerseile, um es sich um die Hüfte zu schlingen. Das andere Ende drückte er Hunter in die Hand und sagte: »Halt das fest!«

Falls Maniac in diesem Moment Angst verspürte, war ihm dies nicht anzusehen. Er wirkte nur ein bißchen ärgerlich, vielleicht sogar wütend, als er nun lief. Plötzlich öffnete sich zwischen den Toren ein Spalt von vielleicht fünfundzwanzig Zentimeter, worauf Maniac durch den abrupt ansteigenden Sog von den Füßen gerissen wurde. Er flog auf Blair zu; der Stoff seiner roten Montur flatterte wie die Flammen eines Feuers in Wind.

Nur einige Meter von Blair entfernt wurde er mitten in der Luft von dem bis zum Zerreißen angespannten Seil so heftig abgebremst, daß Blair nicht allzu verwundert gewesen wäre, wenn Maniac in zwei Teilen ins Vakuum geflogen wäre. Maniac unterdrückte einen gewaltigen Schmerzensschrei und ergriff mit einer Hand das Seil. Dann winkte er den anderen zu, mehr Seil lassen. Mit gespreizten Beinen sprang er wie ein Bergsteiger über das Deck, bis das Seil wieder gespannt war. Wieder winkte er den anderen zu, ihm mehr Seil zu geben.

Aber Hunter schüttelte nur bedauernd den Kopf, worauf Maniac das Seil losließ und beide Hände zu Blair ausstreckte. Das einzige, was ihn jetzt noch vor dem Sog beschützte, war das um seine Hüfte geschlungene Seil. »Los, halt dich fest!«

Blair wagte es, eine Hand von der Verankerung zu lösen, um sie Maniac entgegenzustrecken. Maniac brüllte laut auf, als das Seil sich wieder spannte. Dann umfaßte er Blairs Unterarm mit beiden Händen, um sich anschließend zu Hunter und den anderen umzudrehen. »Los, zieht!«

Blair spürte, wie sein Auge von einem dicken Tropfen irgendeiner Flüssigkeit getroffen wurde, während er mit quälender Langsamkeit von den Toren weggezogen wurde. Noch ein Tropfen. Und noch einer.

Erst jetzt bemerkte er den dunklen Flecken auf Maniacs Overall, genau dort, wo sich das Seil tief eingegraben hatte. Er rief den Namen seines Freundes.

Keine Antwort. Er versuchte es noch einmal. Und noch einmal.

Währenddessen hatten Peterson und die anderen den Flügel hochkant aufgestellt und bewegten ihn millimeterweise zu den Toren. Aus dem Augenwinkel bekam Blair mit, wie der Flügel schließlich ein kurzes Stück durch die Luft segelte und mit einem gewaltigen Donnern gegen die Tore prallte.

Schlagartig ließ der Sog nach, und im gleichen Moment verwandelte sich der ohrenbetäubende Lärm in ein sanftes Zischen.

So angenehm und beruhigend dies auch war, der abrupte Abriß des Luftstroms sorgte dafür, daß Maniac und Blair hart auf den Boden knallten. Blair landete so unglücklich auf dem Bauch, daß ihm die Luft wegblieb. Maniac krachte voll auf seine Schulter und stieß einen halberstickten Schrei aus. Als Blair sich aufrichtete, schoß ein Wartungsfahrzeug an ihm vorbei, an dessen Fahrerkabine eine fast zwei Meter lange Kanone befestigt war. Das seltsame Gerät entpuppte sich als Spritztülle für eine hochflexible Dichtmasse, mit der man den Schaden provisorisch zu beheben hoffte.

Blair sah zu Maniac herüber, der reglos auf den Rücken lag. Er lief zu ihm und befreite seinen Freund von dem Seil, das den Stoff der Montur durchtrennt und eine tiefe, blutende Wunde hinterlassen hatte.

Maniac ließ sich von Blair aufhelfen. Er zitterte am ganzen Körper. »Was machst du eigentlich, wenn ich einmal nicht zur Stelle bin, um deinen verdammten Arsch zu retten?«

»Heb dir das für später auf!«

Maniacs Augen verdrehten sich, und er sackte zusammen. Blair fing ihn auf und bettete den Kopf seines Freundes auf seinen Schoß. »Sanitäter!«

Maniac regte sich wieder. »Es war mein Fehler. Sie hätte es schaffen müssen, Blair.«

»Sie wußte, worauf sie sich da eingelassen hatte …«

»Ich hätte sie beschützen müssen …«

»Forbes war Kampfpilot im Kriegseinsatz«, sagte er in einem Tonfall, der so gefühllos klang, daß er selbst schockiert war. »Sie brauchte keinen Beschützer. Sie ist tot. So einfach ist das.«

»Wie kannst du so verdammt …« Maniacs Augenlider flattern, und er verlor das Bewußtsein.

»Sanitäter! Sanitäter!«

KAPITEL 22

***Tiger Claw*, Flottenträger der Föderation**
Odysseus-Korridor
17. März 2654, 0900 Uhr Zulu-Zeit
Position: vier Stunden vom Sprungpunkt Charybdis-Quasar

»Der Zerstörer hat uns soeben überflogen, Sir«, sagte Mr. Falk, während er angestrengt die Instrumente des Radarstands betrachtete.

Gerald seufzte unmerklich und rieb sich die Augen. »Mr. Obutu? Bitte geben Sie mir den Zustandsbericht.«

»Der Bericht ist noch nicht komplett. Bislang wurden fünfunddreißig Todesfälle gemeldet. Hundertdreiundzwanzig Verletzte. Die Reparaturmannschaften versuchen immer noch, die Atmosphäre auf den Decks elf und einundzwanzig wieder zu stabilisieren. Die Lecks im Maschinenraum und im Torpedoraum wurden bereits abgedichtet. Der Flugleiter hat gemeldet, daß die Hangartore beschädigt sind. Er kann noch nicht abschätzen, wieviel Zeit die Reparatur in Anspruch nehmen wird. Auf den Bericht vom Flugdeck über die Schäden an Bombern und Jägern werden wir ebenfalls noch eine Weile warten müssen. Sieht nicht gut aus, Sir.«

»Da bin ich ganz Ihrer Meinung. Übernehmen Sie die Brücke.« Gerald erhob sich, um die Brücke zu verlassen.

Als er durch den Korridor lief, ging ihm Obutus Bericht immer noch durch den Kopf. *Wie zum Henker konnte es dazu kommen?*

Er fuhr mit dem Lift hinunter in den Wohntrakt des Schiffes. Unterwegs sprach ihn jemand an, aber er ging einfach weiter. Als er die Tür von Sanskys Kabine erreichte, konnte er sich nicht einmal mehr daran erinnern, wer ihn vorhin angesprochen hatte.

Der Captain lag auf seinem Bett. Die Ärzte hatten ihn mit einem halben Dutzend Kathetern und Sensoren versehen, die an einen transportablen Computer angeschlossen waren. Die Gefäßverengung war beseitigt worden, so daß es eigentlich keinen vernünftigen Grund gab, warum es Sansky nicht bessergehen sollte. »Er sagt, daß er nicht sterben will«, hatte einer der Ärzte Gerald erzählt, »aber das nehme ich ihm nicht ab.«

Gerald beugte sich über den Captain, dessen Augen glasig wirkten. »Wie geht es Ihnen, Sir?«

»Wie es dem Schiff geht, geht es auch seinem Captain, so heißt es doch, nicht wahr?«

»Wirklich so schlimm?«

Sansky setzte ein müdes Grinsen auf. »Schießen Sie los!«

Nachdem er Sansky eine Kurzfassung des Zustandsberichtes gegeben hatte, verschränkte Gerald seine Arme vor der Brust und wartete auf die Reaktion. Er war ziemlich erstaunt, weil Sansky erleichtert wirkte. »Mr. Gerald, es ist nur Ihren Führungsqualitäten zu verdanken, daß der Schaden nicht noch größer ist. Vielen Dank. Ich nehme das Kommando wieder auf.«

»Aye-aye, Sir. Doch wenn ich mir erlauben darf, wir hätten diese Verluste nicht erlitten …«

»Ich weiß, worauf Sie hinauswollen, Paul. Lassen Sie es.«

»Sir, alles, was wir unternehmen, wissen die Kilrathi bereits. Und das passiert, seit dieser Commodore Taggart oder Paladin oder weiß der Kuckuck an Bord ist, zusammen mit diesem Halbblut und seinem geisteskranken Kumpel. Überhaupt – was ist mit diesen UNF-Signalen? Wir haben sie nicht abgestrahlt, und trotzdem hat Blair sie entdeckt. Er versucht doch einwandfrei, uns von seiner Fährte abzubringen. Wie dem auch immer sei, ich bin überzeugt davon, daß sich an Bord der *Tiger Claw* ein Verräter befindet.«

Sansky wollte etwas sagen, als sich jemand an der Tür meldete. »Herein!«

Es war Taggart, der Sansky ansah und mit der Hand auf die Tür deutete. »Die Türen hier sind ziemlich dünn, Mr. Gerald. Man hört jedes Geräusch. Also, machen Sie nur weiter.«

»Dieser Junge ist ein Pilger. Reicht Ihnen das?«

Grinsend ging Taggart auf das Bett zu. »Also, er ist ein Pilger, gut und schön. Heißt das, daß er in Ihren Augen deshalb auch ein Verräter ist?«

»Ja, Sir. Das heißt es.«

»Wenn man einmal von der Abstammung des Lieutenants absieht, fallen Ihnen noch andere Argumente ein, die Ihre Ansicht untermauern könnten?«

»Das ist nicht nötig, Sir. Der Ärger begann doch direkt, nachdem er das Schiff betreten hatte. Das ist doch kein Zufall. Es sind unumstößliche Fakten!«

Jetzt hatte Taggart endgültig genug. »Lieutenant Blair hat heute sein Leben riskiert, um das meine zu retten. Er ist ein guter Soldat – und ich habe mit den besten an meiner Seite gekämpft. Ich würde ihm, ohne zu zögern, jederzeit meine Flügelposition überlassen. Ich möchte Ihnen raten, diesen verdammten alten Krieg zu vergessen, Commander! Falls Sie es nicht bemerkt haben, haben wir es mit einem neuen Krieg zu tun!«

»Commodore!« fauchte Gerald. »Mit allem Respekt – als Agent der Spionageabwehr haben Sie nicht den blassesten Schimmer vom Ernstfall, vom Kampf im Weltraum, von Strategien, vom Krieg!«

Taggart erwiderte seinen Blick gelassen. »Immerhin war ich nicht der Idiot, der Deveraux auf einen Jagdausflug geschickt hat, während die *Tiger Claw* vom Feind beschossen wurde.«

»Aber wenn die Kilrathi uns zusammengeschossen hätten, hätte Sie das absolut nicht betroffen. Sir, erklären Sie mir bitte, woher Sie die Eingebung hatten, daß die Kilrathi uns in eine Falle locken wollten?«

»Commander, ich könnte noch Stunden damit zubringen, Ihnen meine Loyalität für Ihre Sache zu beweisen. Ich könnte Ihnen stundenlang davon erzählen, wie ich an Admiral Tolwyns Ring gekommen bin – aber was sollte das bringen? Sie haben sich Ihre Meinung längst gebildet, also, was soll es?«

»Gentlemen«, meinte Sansky beschwichtigend, »das spielt doch im Moment alles keine Rolle. In erster Linie müssen wir an unser Überleben denken und an unsere Mission!«

»Beides wird durch die Anwesenheit dieses Mannes gefährdet!« sagte Gerald.

»Es reicht!« Sansky starrte ihn wütend an und bot Taggart seine Hand. »Willkommen an Bord, Commodore. Haben Sie irgendwelche Befehle für mich?«

Gerald sah fassungslos zu, wie sein Captain die Hand des Mannes drückte, den dieses verdammte Halbblut Blair zu seinem Vorbild erklärt hatte.

»Sir, die *Tiger Claw* ist Ihr Schiff«, erwiderte Taggart. »Ich biete nur meine Hilfe bei der Bewältigung der gegenwärtigen Krise an.«

Gerald nickte. »Dann sollten Sie am besten verschwinden!«

»Wie es aussieht, können wir jede Hilfe gebrauchen«, meinte Sansky. Er hatte etwas lauter gesprochen und mußte deshalb husten. »Dieses Schiff wurde schwer beschädigt, und wir haben kaum noch einsatzfähige Jäger. Falls Sie einen Vorschlag haben – *irgendeinen* –, dann wäre ich erfreut, davon zu hören.«

Taggart kniff die Augen zusammen. »Die Kilrathi werden den Sprungpunkt in weniger als vier Stunden erreichen. Bislang wissen wir noch nicht, wie stark ihre Bewaffnung ist oder welchen Plan sie verfolgen.« Seine Hand fuhr sanft über die Wand. »Ich glaube, daß sich das alte Mädchen hier immer noch ganz gut zur Wehr setzen kann. Sie braucht nur ein wenig Ansporn.«

Gerald war geradezu erbost über die Naivität dieses Mannes. »Der Maschinenraum hat einen Volltreffer abbekommen. Unsere Brennstoffzellen sind fast am Ende. Wir haben nicht einmal genug Energie, um die Lebenserhaltungssysteme auf voller Leistung zu fahren, geschweige denn, uns in Bewegung zu setzen. Es müßte schon ein Wunder passieren, damit wir noch eine Chance haben, unsere Mission zu erfüllen.«

»Die Mission *muß* erfolgreich ausgeführt werden, Commander«, entgegnete Taggart. »Und falls es ein Wunder ist, was wir benötigen, dann schlage ich vor, daß wir uns überlegen, wie man ein solches Wunder selbst produzieren kann. Habe ich mich klar und deutlich ausgedrückt?«

»Ja, Sir!«

»Abtreten, Commander«, befahl Sansky, der entschieden hatte, daß er für eine solche Diskussion zu müde und krank war.

Gerald hob seine Hand zum Salut, obwohl er sie lieber an Taggarts Kehle gelegt hätte. Wutschnaubend verließ er die Kabine.

Es war höchste Zeit, ein paar Takte mit dem Kommandostab zu reden. Höchste Zeit.

KAPITEL 23

Kampfflotte der Kilrathi
Snakeir-Kreuzer KIS *Grist'Ar'Roc*
Odysseus-Korridor
17. März 2654, 1000 Uhr Zulu-Zeit
Position: drei Stunden vom
Sprungpunkt Charybdis-Quasar

Commander Ke'Soick starrte auf die Lifttüren im hinteren Bereich der Brücke. Offenbar hatte Thiraka erkannt, was sein Vorgesetzter wollte, da er sich vorsichtig von seinem Kommandostand wegbewegte und dabei Admiral Bokoth im Auge behielt. Der Kalralahr stand jetzt am vorderen Viewport und betrachtete interessiert die Lichtwirbel des Quasars. Niemand hätte es in diesem Augenblick gewagt, ihn zu stören.

»Kal Shintahr«, flüsterte Ke'Soick, der nun bei den Türen angelangt war und somit sicher sein konnte, daß Bokoth ihn nicht hören würde, »ich möchte ihn töten. Erlauben Sie mir, diese ehrenvolle Tat zu begehen.«

»Nein.«

Ke'Soick bleckte seine Zähne. »Dann werden wir alle sterben, weil er diesem Pilger vertraut.«

»Ruhig Blut, mein Freund. Ich werde nicht zulassen, daß es soweit kommt.«

»Du hast es schon zugelassen, wenn man es genau betrachtet. Er gehört zu deinem Clan. Du spielst mit sehr hohem Einsatz. Ich weiß, wie gefährlich das ist, Thiraka. Also, erteilte mir die Erlaubnis.«

»Ich werde dich nicht für diese Sache opfern.«

»Eine andere Möglichkeit gibt es nicht. Wir müssen

aggressiv, entscheidungsfreudig und vor allem gnadenlos sein. *Du* solltest unser Anführer sein.«

»Nicht ohne dich an meiner Seite zu haben.«

»Kal Shintahr?«

Thiraka hob seinen Blick. Der Admiral hatte offenbar lange genug vor dem Viewport gestanden. Sein Blick wanderte irritiert durch den Raum. »Hier, Kalralahr«, rief Thiraka, um auf sich aufmerksam zu machen. Er durchquerte den Raum, um vor dem Admiral Haltung anzunehmen.

»Das Geschwätz der jungen Krieger bereitet mir Sorgen!« meinte Bokoth, während er sich wieder zum Viewport umwandte, um den Quasar anzustarren. »Mit dem Alter verlagert sich die Kraft von den Muskeln in die Seele. Doch schwächt uns dieser Wechsel der Kräfte? Wohl kaum, denke ich. Aber du teilst meine Meinung wohl nicht. Dieser alte Mann hier steht dir im Weg, hat deine Flotte übernommen und dich gedemütigt, nicht wahr?«

Thiraka zögerte. »Wenn ich diese Frage bejahe, würde ich mich zum Verrat bekennen. Wenn ich sie verneine, würde ich Euch damit als Lügner darstellen.«

»Und wenn du sie nicht wahrheitsgemäß beantwortest, wirst du auf der Stelle sterben!«

Thiraka trat einen Schritt zurück und sagte: »Eure Gegenwart unterminiert meine Autorität. Meiner eigenen Mannschaft wird dadurch demonstriert, daß mein Vater mir nicht vertraut. Und der Verlust von zwei Zerstörern und einem Panzerkreuzer trägt wenig dazu …«

»Die Verantwortung für diese Verluste übernehme ich voll und ganz.«

»Ihr hättet mehr Schiffe einsetzen müssen«, sagte eine dünne Stimme. Die schwächliche Gestalt des Pilgers löste sich aus dem Schatten. Sein Gesicht war bleich, sein winziger Mund zitterte. »Die *Tiger Claw* wurde nicht zerstört. Und somit stellt sie immer noch eine Gefahr dar.«

Bokoth blitzte den Verräter wütend an. »Begebt Euch

auf das Kommunikationsschiff, um die Sprungkoordinaten vorzubereiten und an die Flotte zu übertragen.«

Der Mensch starrte ihn einen Augenblick lang giftig an, bevor er von der Brücke stürmte.

»Was ist mit der *Tiger Claw*?« fragte Thiraka.

»Das Kommunikationsschiff wird sich darum kümmern.« Der Admiral sah Thiraka seltsam an. »Bist du damit nicht einverstanden?«

»Ihr dient dem Imperator, Kalralahr. Und ich diene Euch.« Thiraka verneigte sich vor seinem Vorgesetzten.

»Das war keine Antwort.«

»Im Moment ist das alles, womit ich Euren Wissensdurst befriedigen kann.«

Die Ärzte hatten sich bei der Behandlung von Maniacs Wunden selbst übertroffen und ihm anschließend geraten, sich mindestens achtundvierzig Stunden lang auszuruhen. Blair bezweifelte natürlich, daß Maniac es länger als achtundvierzig Minuten im Bett aushalten würde. Doch nachdem er seinen Freund in dessen Kabine gebracht hatte, legte sich dieser sofort ins Bett und schlief kurz darauf ein. Blair nahm besorgt zur Kenntnis, daß Maniac im Schlaf zuckte und Unverständliches murmelte. Ganz offensichtlich träumte er von den Erlebnissen des vergangenen Tages.

Blair hätte sich ebenfalls gerne hingelegt, aber es gab zu viel zu tun. Er kehrte zum Flugdeck zurück, wo die Piloten bereits mit ihren Mechanikern über die Instandsetzung der Jäger debattierten. Als er bei seiner Maschine ankam, waren bereits drei Mechaniker damit beschäftigt, sie von den Trümmern zu befreien, während ein Wartungsinspektor im Cockpit saß und die Diagnoseprogramme ablaufen ließ. Zwei weitere Mitarbeiter des Serviceteams tasteten die Maschine mit Röntgenscannern auf Lecks ab. Blairs Jäger hatte keine größeren Schäden davongetragen. Bei vielen der insgesamt fast hundert Jäger und Bomber sah es viel schlimmer aus. Gebrochene Flügel, zersplitterte Cockpits, abgerissene Landevorrichtungen – manche waren so stark beschädigt, daß Blair nicht einmal erkennen konnte, um welchen Typ Maschine es sich handelte.

Ein größeres Team von Wartungstechnikern unter der Leitung Petersons war damit beschäftigt, die Hangartore zu reparieren. Die Verkleidung neben den Toren war entfernt worden, so daß die Hydraulikleitungen und Pumpen zu sehen waren, mit denen die Tore bewegt wurden. Peterson schimpfte, brüllte, drohte und trieb seine Leute mit unmöglichen Zeitvorgaben an.

Blair wollte gerade die Leiterin seines Teams ansprechen, als er Deveraux bemerkte, die unter ihrem Jäger hockte und mit düsteren Blick das Landegestell inspizierte.

»Angel?«

Sie kroch unter der Maschine hervor. Ihre Augen waren geschwollen und ihr Haar ungekämmt. »Was gibt es, Lieutenant?«

»Jetzt wirst du aber albern, ja?« Er schwieg einen Moment lang. »Tut mir leid, das mit Forbes.«

»Wer?«

»Vergiß es.« Er schüttelte den Kopf. »Das ist ein Scheißspiel, Angel. Ich hab' das schon hinter mir, mit Maniac. Weißt du was? Es war schlimm. Ist ja auch logisch.«

»Schwingst du dich jetzt zum Experten auf, oder was?«

»Wenn man jemanden wirklich liebt, kann man ihn nicht einfach aus seinem Gedächtnis streichen.«

Sie schloß entnervt die Augen. »Also, was willst du?«

»Helfen – vielleicht. Vielleicht können wir uns gegenseitig helfen.«

»Ich habe nichts mehr damit zu tun.« Sie drehte sich weg.

»Er war nach ihr verrückt.«

Sie drehte sich wieder um. »Nach ihr verrückt?« In ihren Augen lagen Wut und Trauer. »Sie war meine beste Freundin. Ich habe sie geliebt.«

»Nicht nur du. Du solltest wissen, daß er sich dafür die Schuld gibt.«

»Das sollte er auch tun.«

»Sein Selbstvertrauen ist schwer angeknackst. Er stellt alles in Frage, was er tut. So kann man ihn doch nicht wieder in den Kampf schicken. Aber wir brauchen nun einmal jeden Piloten.«

»Das stimmt. Aber das bedeutet doch nicht, daß ich mich dazu überreden lasse, ihn wieder auf die Einsatzliste zu setzen.«

»Tu, was du für richtig hältst.«

»Ich werde es überschlafen«, erwiderte sie leise.

»Vielleicht könntest du auch mal mit den anderen sprechen. Maniac ist schon in Ordnung. Und es tut ihm wirklich, wirklich leid. Es gibt keinen Grund, ihn deshalb zu hassen.«

Sie atmete tief ein und dachte über das nach, was Blair gesagt hatte. Er nickte ihr zu und wollte sich umdrehen, um zu seinem Jäger zurückzugehen.

»Blair?«

Er sah sie an. »Ja?«

»Danke.«

Commander Gerald saß gerade mit Obutu, Sasaki und Falk in einem der Konferenzräume, als Deveraux hereinplatzte. Die Ärmel ihrer Montur waren hochgekrempelt und ihre Unterarme mit Maschinenöl verschmiert.

»Tut mir leid, Sir – ich weiß, ich komme zu spät«, entschuldigte sie sich bei Gerald, um sich dann auf einem Stuhl niederzulassen.

Gerald richtete sich auf. »Ich komme gerade zum wesentlichen Punkt: Captain Sansky hat, obwohl er gesundheitlich schwer angeschlagen ist, wieder das Kommando dieses Schiffes übernommen. Nach den Vorschriften der föderierten Marine steht ihm das auch zu, solange er nicht im Koma liegt und bei Vernunft ist. Nun liegt der Captain zweifellos nicht im Koma, hat aber beschlossen, Mr. Taggart zu vertrauen.«

»Was wollen Sie damit andeuten, verdammt noch mal?« fragte Deveraux.

Gerald beschloß, der Frage auszuweichen. »Commander, ich wollte Sie dabeihaben, weil ich einen Zeugen brauche. Es handelt sich hier nicht um eine Verschwörung zur Meuterei, wohlgemerkt. Ich möchte nur, daß Sie Ihre Augen nicht vor der Wahrheit verschließen. Uns wurde nicht der Hintern versohlt, weil wir dämlich sind. Nein, irgend jemand hat unsere Position an die Kilrathi verraten. Vielleicht waren es Taggart und dieses Halbblut, vielleicht auch nicht. Ich möchte mich nur vergewissern, daß Sie mit von der Partie sind, wenn die Scheiße in den Propeller rauscht.«

Falk und Sasaki nickten einverständig.

»Sir, ich kann den Sicherheitsdienst informieren«, bemerkte Obutu. »Sie arbeiten sehr unauffällig.«

»Sehr gut. Lassen Sie sämtliche Kommunikationsverbindungen überwachen. Moment, gerade fällt mir ein, daß an der Außenhülle des Schiffes Reparaturarbeiten durchgeführt werden. Es wäre wohl besser, wenn wir diese Arbeiten auch überwachen lassen.«

Obutus Finger huschten über die Tastatur seines Minicomputers. »Wird gemacht.«

»Commander, wenn Sie der Auffassung sind, daß es an Bord einen Verräter gibt, habe ich nichts dagegen, eine vertrauliche Sitzung des Kommandostabes einzuberufen«, erklärte Deveraux. »Aber Sie sollten nicht mit dem nackten Finger auf Taggart, Blair oder Marshall zeigen – Himmel noch mal, Paladin hat eigenhändig einen Panzerkreuzer zerstört. Und Blair hat ihm Rückendeckung gegeben. Um Marshall mache ich mir ebenfalls keine Sorgen – mit dem werde ich schon fertig.«

»Ich gebe Ihnen vollkommen recht – natürlich sind die drei absolut qualifizierte Offiziere. Oder Spione, wie man es nennt.« Geralds Pager meldete sich mit lautem Piepsen. Er löste ihn von dem Clip an seinem Gürtel und betrachtete das Display. »Sir, unsere Freunde sind zurück. Ich danke Ihnen. Abtreten – ach so, Deveraux! Ihr Freund Mr. Taggart würde sich gerne auf der Brücke mit Ihnen treffen.«

Sie zog eine Grimasse und verließ eilig den Raum.

Im Lift trafen sie wieder aufeinander. Keiner sagte ein Wort, nur das Summen des Lifts war zu hören. Schließlich gab Gerald auf. »Was gedenken Sie nun zu tun, Commander?«

»Sir?«

»Wie … geht es Ihnen?«

Sie sah ihn etwas irritiert an. »Gut. Und Ihnen?«

»Lassen wir das.«

Glücklicherweise erreichten sie bald darauf die Brücke. Taggart wartete am Radarstand und starrte auf den Schirm. Aus dem Lautsprecher war ein Piepsen zu hören; das Signal für ein sich näherndes Schiff.

Deveraux stellte sich neben Taggart, um den Schirm zu betrachten. »Was ist das? Noch ein Zerstörer?«

»Spielt keine Rolle«, rief Gerald ihr zu. »Das nächste Bombardement überleben wir sowieso nicht.«

Ihr Gesicht wirkte plötzlich kantig und hart. »Ich habe noch vier kampfbereite Rapiers. Wenn wir sterben müssen, dann mit fliegenden Fahnen!«

»Mehr als das, Angel«, meinte Taggart mit undurchsichtiger Miene. »Dieses Schiff da wird unseren Arsch retten!«

KAPITEL 24

Tiger Claw, Flottenträger der Föderation
Odysseus-Korridor
17. März 2654, 1030 Uhr Zulu-Zeit
Position: 2,5 Stunden vom Sprungpunkt Charybdis-Quasar

Maniac hatte versucht zu schlafen, aber seine Träume reflektierten in einer endlosen Schleife Rosies Tod. Als er aufwachte, spürte er einen Druck auf der Brust, und ihm wurde schlecht, als er daran dachte, daß es eigentlich an der Zeit war, etwas zu essen. Deshalb ließ er das Frühstück ausfallen und loggte seinen Computer ins Datennetz des Schiffes ein, um sich die Videoaufzeichnung der Schlacht anzusehen. Aber er konnte sich nicht richtig darauf konzentrieren, weil er das Gefühl hatte, Rosie würde hinter ihm stehen und über seine Schulter sehen.

Kurz und gut, das ganze Leben war ein Dreck.

Er legte sich wieder aufs Bett und drehte sich nach einer Weile mit einer Grimasse des Schmerzes auf den Bauch. Sein Kopfkissen roch immer noch nach ihrem Parfüm. Er sog scharf die Luft ein, als sich seine Augen mit Tränen füllten.

Plötzlich verspürte er eine gewaltige Wut. *Es war doch nicht meine Schuld! Glaubt ihr etwa, ich wollte, daß sie stirbt?*

Er überlegte, an wen sich diese akademische Frage gerichtet hatte. An Gott vielleicht? Keine Antwort. Er kam ins Grübeln, versenkte sich tief in sich selbst und wurde dort mit seinen Schuldgefühlen konfrontiert. Er hatte

Rosie nur für kurze Zeit gekannt, aber der Krieg ließ manchmal selbst die kürzeste Zeitspanne wie eine Ewigkeit erscheinen. Zwei Tage oder zwanzig Jahre – das spielte keine Rolle. Wenn man mit dem Tod lebt, wirkte jeder Augenblick des Lebens intensiv nach. Man lernte jemanden kennen und stellte sich eine gemeinsame Zukunft vor. Heiraten, Kinder haben – alles in einem oder zwei Tagen. Während dieser beiden Tage hatte Maniac sein Leben mit Rosie verbracht. Und dann hatte er dieses Leben in den Mülleimer geworfen, weil er geglaubt hatte, allmächtig zu sein und die Kontrolle über sein eigenes Leben zu haben. Diese Welt, diese familiäre Sicherheit, war mit Rosie gestorben. Er vertraute nichts und niemandem mehr. Und er glaubte an nichts und niemanden mehr.

Sein Interkom produzierte ein lästiges Alarmsignal, das aber unwirklich weit entfernt erschien. Er vergrub seinen Kopf tief in das Kissen, bis er nichts mehr sah. Aber aus dem Nichts brachen bald zwei Dralthi-Jäger hervor. Er feuerte aus allen Rohren, aber jeder Schuß ging fehl. Rosie flog an seine Steuerbordseite, ihre Augen blitzten kurz auf, bevor ihr Jäger mit beiden Dralthi kollidierte.

Maniac richtete sich ruckartig auf. Er zitterte am ganzen Körper.

»Lieutenant? Los, machen Sie doch die verdammte Tür auf! Lieutenant?«

»Herein«, rief er müde. Die Tür öffnete sich.

Deveraux trug eine nagelneue Fliegermontur an und hatte eine Computertafel unter ihren Arm geklemmt. »Ich hatte soeben eine Unterhaltung mit Ihrem Doktor. Er meint, ich solle sie ruhig hochscheuchen. Zeit, daß Sie wieder im Cockpit sitzen. Kommen Sie, ziehen Sie sich an!«

Er zog die Decke hoch. »Madam?«

»Ich brauche meine besten Piloten da draußen.«

»Ich wußte nicht, daß ich zu ihren besten Piloten gehöre!«

Sie wirkte ein wenig angeekelt. »Glaubt hier eigentlich jeder, daß ich nur dazu gut bin, euch Komplimente zu machen?«

»Nein, Madam!«

»Also, Sie kennen Ihren Befehl. Finden Sie sich in fünf Minuten auf dem Flugdeck ein.« Sie sah ihn seltsam an. »Denken Sie meinetwegen, daß Sie es für Rosie tun.«

Das war schon ein wenig seltsam – Deveraux war wieder voll im Einsatz und schien keine Trauer zu empfinden, hatte aber andererseits die Existenz eines toten Piloten anerkannt. Plötzlich wurde sich Maniac dessen bewußt, daß es noch ein zweites Leben ohne Rosie gab. Und daß er dieses Leben leben wollte, kämpfen wollte. Er sprang auf und verzog wieder schmerzhaft das Gesicht, ergriff aber zielstrebig in seine Fliegermontur und machte sich am Reißverschluß zu schaffen.

Dann kamen ihm die Tränen, aber zwischendurch huschte ein Lächeln über sein Gesicht.

Blair stand in der Nähe der Ladeluke der *Diligent* und beobachtete, wie Commander Paul Gerald eine Schwadron Marineinfanteristen die Rampe hochkommandierte. Die Spezialisten trugen Kampfanzüge in Grau und Rot, jeder hatte einen Koffer bei sich. Den vernarbten, versteinerten Gesichtern nach zu urteilen, hätte es sich durchaus um einen Haufen ausgebrochener Häftlinge handeln können, die soeben der Hölle einer Strafkolonie entkommen waren.

Der Commander trug ebenfalls eine Kampfmontur. Blair fragte sich, was er damit wohl bezweckte. Bei der Einsatzbesprechung war davon keine Rede gewesen. »Was zur Hölle hatte *der* hier zu suchen?«

»Das würde ich auch gerne wissen«, meinte Taggart.

Als er das Schiff betrat, sah Gerald die beiden mit einem haßerfüllten Blick an.

Taggart verzog angewidert den Mund. »Ich glaube, Sie haben sich verlaufen, Commander!«

Gerald hob seine Hand und richtete den Zeigefinger auf Taggart. »Ich bin immer noch für meine Leute verantwortlich, Commodore! Sie werden meine Offenheit entschuldigen, wenn ich Ihnen sage, daß ich *mein* Team nicht einem Abtrünnigen und einem Halbblut überlassen werde!« Er drängte sich an den beiden vorbei.

Taggart grinste Blair an. »Ist wirklich ein prima Kumpel, wenn man ihn erst einmal richtig kennengelernt.«

Blair lächelte zurück und ging dann auf die Rampe zu. »Ich bin gleich zurück.«

»Zwei Minuten, Lieutenant!«

Er schlenderte durch den Hangar, bis er Maniac sah, der gerade mit seinem Chefmechaniker die Zuladung durchging. »Hey!«

»Hey, Blair!«

»Ich habe dich nach der Einsatzbesprechung gesucht, wollte mit dir reden.«

»Ich mußte schnell hier runter …«

»Wie geht es dir überhaupt …« Blair strich sich mit der Hand über die Hüfte.

»Besser.«

»Gut.« Er sah seinem Freund in die Augen, worauf dieser seinen Blick plötzlich abwandte.

»Mir geht es gut, Chris. Wirklich.«

»Na klar.«

»Dann kannst du ja wieder abzischen.«

Blair lächelte. »Bin schon weg.« Er sprintete wieder auf die *Diligent* zu, wobei er beinahe von einem Wartungsfahrzeug überrollt wurde, das in Maniacs Richtung fuhr.

Als er wieder den Frachtraum des Schiffes betrat, hatten sich die Marineinfanteristen bereits an den Wänden niedergelassen und ihre Waffen neben sich mit dem Kolben auf den Boden gestellt.

»Hey, Lieutenant!« rief ihm einer der Typen zu. »Sagen Sie dem Commodore, er soll voranmachen. Wenn wir nicht bald losfliegen, ballern wir uns noch gegenseitig ab!«

Blair hob eine Braue. »Ich werde es ihm ausrichten.«

Kurz darauf betrat Blair die Brücke und salutierte, als er Deveraux sah. Er begab sich zu einem Platz hinter dem des Steuermanns, den Taggart eingenommen hatte. Gerald saß neben dem Commodore auf dem Platz des Kopiloten und wirkte richtig gut gelaunt.

»Ist Ihnen ein wenig zu groß, Lieutenant!« meinte Deveraux mit einem Blick auf seinen Raumanzug. »Oder Sie sind ein wenig zu schmalbrüstig dafür, wie man es nimmt.« Blair bewertete ihre Bemerkungen als positiven Stimmungswechsel, obwohl sie alles andere als Fröhlichkeit ausstrahlte.

»Wenn Sie es wünschen, kann ich das Steuer übernehmen, Madam.« Blair hätte sich am liebsten auf die Zunge gebissen, als er Taggarts warnenden Blick und dann den von Gerald bemerkte.

»Diligent? Sie haben Starterlaubnis«, teilte ihnen Boß Raznick über den Interkom mit.

Taggart warf einen Blick auf sein Pult. »Roger. Flugkontrolle. Verankerungen und externe Stromzuführungen sind gelöst. Interne Kraftversorgung wird hochgefahren.«

Blair beschloß, Raznick später dafür seinen Dank auszusprechen, daß er die Starterlaubnis genau in diesem Moment erteilt hatte.

Er stellte sich neben Taggart auf, der das Schiff nun durch die bereits reparierten Hangartore manövrierte. Die *Diligent* durchtrat den Energieschirm und schoß mit voller Beschleunigung über die Startbahn. Bald darauf hatte sie die düsteren Krater des Mondes hinter sich gelassen und näherte sich einer Gruppe von drei gigantischen Asteroiden. Taggart ließ das Schiff eine Vierteldrehung durchführen, um es hinter einem der Asteroiden zu verbergen. Die zwei Rapier, die sie begleiteten, folgten seinem Beispiel.

»Passivradar aktiviert«, meldete Gerald, als einer der Taster anschlug.

Taggart setzte einen abwesenden Blick auf und lauschte. »Wir haben ein Zielobjekt«, sagte er schließlich.

»Da ist es.« Blair deutete auf einen der vorderen Viewports. Ein großes Schiff war im orangen Licht seiner eigenen Triebwerke zu sehen. Blair kniff die Augen zusammen, um erkennen zu können, um welchen Schiffstyp es sich handelte, als er zwei Dralthi bemerkte, die offensichtlich Geleitschutz flogen.

»Das ist kein Zerstörer«, meinte Deveraux.

Blair trat näher an den Viewport heran, um das Schiff besser sehen zu können. »Das ist doch das Kommunikationsschiff, mit dem wir es schon mal zu tun hatten.«

»Dürfte nicht lange dauern, bis die unsere Hitzesignatur bemerken«, vermutete Gerald.

»Trotzdem haben sie keine Chance«, entgegnete Taggart. »Blair – übernehmen Sie die Ionenkanone.« Er nahm Funkverbindung zu den Rapiers auf. »Marshall? Polanski? Ihr dürft zuschlagen!«

Als Blair mit schnellen Schritten die Brücke verließ, murmelte Gerald irgend etwas davon, daß es ein Skandal sei, ein solches Unternehmen mit einem Handelsschiff wie der *Diligent* durchführen zu müssen. Die Wartungsabteilung hatte ihm einen Broadsword zugesagt, aber es hatte nicht rechtzeitig geklappt. Ausnahmsweise konnte Blair die Bedenken des Commanders durchaus nachvollziehen. Andererseits war die *Diligent* exzellent mit Waffen bestückt.

Blair kletterte in die Waffenkanzel und schnallte sich auf dem Sitz fest. Das System fuhr automatisch hoch, und er trat auf ein Pedal, das den Sitz einmal um die eigene Achse rotieren ließ. Dann legte er seine Hände auf die Kontrollgriffe der Waffensteuerung und machte sich mit den Besonderheiten der Ionenkanone vertraut, deren Lauf knapp drei Meter aus der Waffenkanzel hervorragte. Plötzlich wurden die Oberfläche des Asteroiden und die Sterne scheinbar in Bewegung versetzt – die *Diligent* verließ ihre Deckung.

Das Kommunikationsschiff erhöhte seine Beschleunigung, als die Rapiers mit glühenden Nachbrennern aus dem Dunkel des Weltraums hervorstießen. Blair hatte genügend Einsätze mit Maniac geflogen, um dessen Flugstil einwandfrei identifizieren zu können – er flog wie ein Verrückter, zog die Maschine in einer perfekten Mehrfachschraube durch das Abwehrfeuer und kippte zur Seite weg, um einen Dralthi mit präzisen, schnellen Feuerstößen zu attackieren, bis dessen Schirm zusammenbrach und die Maschine in Stücke gerissen wurde.

»Jawoll!« brüllte Maniac.

Polanski hatte die Geschwindigkeit seines Gegners überschätzt und fluchte, als er an ihm vorbeizog. Der Dralthi setzte sofort nach, und Polanski flog zwischen den Blitzen des Laserfeuers einen gewagten Schlingerkurs durch das Trümmerfeld.

Als Maniac dies bemerkte, gab es für ihn kein Halten mehr – er zog seine Maschine im 80-Grad-Winkel hoch, um den Dralthi abzufangen, der an Polanskis Triebwerken klebte.

Blair wurde auf das Radardisplay aufmerksam, das auf die transparenten Sektionen der Waffenkanzel projiziert wurde. Zwei neue Dralthi-Jäger tauchten aus der Deckung des Mondes auf. »Habe zwei Blips auf 6 Uhr.« Sofort eröffnete er das Feuer auf einen der Jäger. Elektrisch geladene Partikel wurden mit Höchstgeschwindigkeit durch ein Magnetfeld aus dem Rohr der Ionenkanone abgefeuert. Der Dralthi scherte im letzten Augenblick aus dem tödlichen Partikelstrom aus und ließ eine Salve auf die Energieschirme der *Diligent* prasseln. Blair fluchte – er kam noch nicht mit der Ionenkanone zurecht. Normalerweise hätte er diesen Bastard weggepustet.

Das Schiff machte einen Satz, als Taggart die Beschleunigung erhöhte, um sie näher an das große Kommunikationsschiff heranzubringen. »Marines, auf eure Posten«, befahl er.

Blair hörte, wie die Marines ihre Helme anlegten, die Gewehre luden und entsicherten, um sich anschließend vor dem Schott zu versammeln. Dann erklang die Stimme ihres Sergeants: »Jetzt hört mal zu, ihr Schätzchen! Wenn dieser Einsatz nicht nach Plan läuft, reiße ich jedem von euch was ab – habt ihr das verstanden?«

»Verstanden, Sir!«

»Hey, Sarge – Montauk hat gesagt, er würde seine Eier ...«

»Schnauze!«

Dann war wieder Taggarts Stimme zu hören: »Sobald ihr drin seid, versucht ihr sofort, die Brücke zu erreichen. Sie dürfen keine Gelegenheit haben, das Schiff hochzujagen!«

Wieder entdeckte Blair einen Dralthi. Er schwenkte herum, biß die Zähne zusammen und drückte ab. Der äußerst wendige Jäger wich der Salve aus, aber Blair hatte ihn schon wieder im Visier, und diesmal rastete die Zielerfassung ein. Das Leben des gegnerischen Piloten endete in einer gewaltigen, vielfarbigen Explosion. »Treffer!«

Die *Diligent* lag nun direkt neben dem Kommunikationsschiff. Blair sah, wie die Andockvorrichtung ausgefahren wurde. Dann konzentrierte er sich wieder darauf, neue Gegner zu entdecken.

Deveraux fühlte sich etwas unwohl, als sie durch einen Viewport das ständig näher kommende Oberdeck des feindlichen Schiffes betrachtete.

»Die Waffensysteme sind noch aktiviert«, meldete Gerald.

»Das nutzt ihnen rein gar nichts«, entgegnete Deveraux gelassen. »Wir sind viel zu nahe dran.«

»Das sind Kilrathi, Commander. Denen ist alles zuzutrauen!«

Bevor sie etwas erwidern konnte, sah sie einen Jäger, der direkt in Richtung Brücke der *Diligent* steuerte.

»Er will uns rammen!« schrie Gerald.

Maniac sah aus seinem Cockpit auf der 12-Uhr-Position einen Dralthi, der es offenbar darauf anlegte, einen Kamikaze-Angriff auf die *Diligent* durchzuführen. Er schaltete die Kamera in den Telemodus um. Der Monitor zeigte den Helm des Piloten, das Gesicht war von einem Lichtreflex bedeckt.

Zu schade, dachte Maniac. Er hätte gern den nackten Terror in den Augen der Katze gesehen ... Sivars Zorn war ein Dreck gegen den von Maniac!

»Jetzt geht es rund, Arschloch!«

Die Turbinen des Rapiers heulten auf, als Maniac nun seinerseits zu einem Kamikaze-Angriff auf den Dralthi ansetzte. Er sah, wie der Pilot nach hinten ruckte, und legte seine Maschine auf den Rücken.

Mit einem gewaltigen Kreischen riß die gepanzerte Kanone einer Frontsektion seines Rapiers das Cockpit des gegnerischen Jägers los, während Maniac die Maschine bereits wieder mit einem 4-g-Manöver wegzog. Er riskierte einen kurzen Blick über seine Schulter und sah, wie der Dralthi führerlos in die Flanke des Kommunikationsschiffes stürzte.

Maniac überflog die Schadensmeldung auf dem Display. Der Jäger reagierte nur noch träge auf die Steuerung, aber davon ließ sich Maniac nicht beeindrucken. »Der war für dich, Rosie!«

Dann stieß er in einem weiten Bogen zur *Diligent* zurück. Die Enterung war bereits in vollem Gange – er konnte das Licht der Laser sehen, die sich durch die Hülle des Schiffes fraßen.

»Hey, Maniac! Übernimm meine Flügelposition!« befahl Polanski.

»Bin dabei!«

»Und danke für die Hilfe!«

»Das wird dich eine Runde kosten, wenn wir zurück sind!«

»Ist nicht drin! Ich bin Shotglass bereits einen Wochensold schuldig – bei dem habe ich fürs erste keinen Kredit mehr!«

»Laß mich nur machen, ich denke, daß ich ihm einen Handel aufschwatzen kann, von dem wir alle profitieren.«

»Da ist doch ein Haken dran?«

»Bist ein schlauer Kerl, Polanski.«

Die beiden Jäger begannen, um die mit der Entervorrichtung verbundenen Schiffe zu kreisen. Maniac behielt den Blick auf dem Radardisplay. Die Ruhe erschien ihm höchst verdächtig.

KAPITEL 25

Kommunikationsschiff der Kilrathi
Odysseus-Korridor
17. März 2654, 1100 Uhr Zulu-Zeit
Position: zwei Stunden vom Sprungpunkt Charybdis-Quasar

Deveraux wußte genau, daß es Sergeant Cogan sauer aufstieß, daß seine Marines bei der Enterung des Kommunikationsschiffes unter ihrem Befehl standen. Schon bei der Verkündung dieses Planes hatte er eine Miene aufgesetzt, die vermutlich Skepsis und Wut ausdrücken sollte. Deveraux war kein Marineinfanterist und verfügte nicht über die entsprechende formelle Ausbildung, die Cogan bei einer solchen Mission als unabdingbar voraussetzte. Seiner Meinung nach gab es nichts, was sie für diese Aufgabe qualifiziert hätte.

Daß Gerald sie trotzdem für diese Rolle auswählte, hatte einen ganz besonderen Grund. Während ihrer Ausbildung hatte Deveraux zwei Monate Training auf einem Frachter der Dorkir-Klasse absolviert, der der Föderation in die Hände gefallen war. Sie kannte das Innenleben dieser Schiffe, was auf Cogans Truppe nicht zutraf. Natürlich hatten die Marines schon alle möglichen Schiffe von innen gesehen, aber wer behält schon so viele verschiedene Konstruktionen im Kopf?

Cogans Truppe jedenfalls nicht.

Da der Zeitfaktor eine große Rolle spielte, wäre es wenig ratsam gewesen, die Marineinfanteristen mit Hilfe von Computern und Faltplänen durch das gegnerische Schiff zu jagen, wenn doch jemand an Bord war, der die Führung übernehmen konnte.

Nicht, daß Cogan dieses Argument eingesehen hätte.

Nun stand Cogan neben Deveraux im flackernden Schein der Laserbohrer und setzte seinen Entschluß in die Tat um, der jungen Frau zu zeigen, was er von ihr hielt. »Bevor die Tür rausfliegt, sollten Sie sich besser verziehen, Lieutenant. Sie wären meinen Leuten nur im Weg.«

»Ich leite diese Mission, Sergeant. Und ich empfehle Ihnen, das wörtlich zu nehmen. Haben Sie das kapiert?«

»Ja.« Dann setzte er nach: »Bin froh, daß eine Leiche hier draußen bei null-g so gut wie nichts wiegt.«

»Noch fünf Sekunden«, brüllte ein Marine und wedelte nervös mit einem Scanner herum.

Deveraux zählte in Gedanken die Sekunden herunter, aber die Tür krachte bereits auf den Boden, bevor sie bei Null angelangt war. Sie fühlte, wie der Luftsog an ihr vorbeistrich. Wie zu erwarten war, hatten die verdammten Katzen in dieser Sektion ihres Schiffes die künstliche Schwerkraft abgeschaltet, um das Vorankommen der Marines zu behindern.

Dann kann der Tanz ja beginnen, dachte Deveraux, als sie in das Schiff hineinschwebte. Zwischen den dicken Kabelsträngen, die für den Innenaufbau der Kilrathi-Schiffe typisch waren, hingen dichte Wolken des Nährgases. Deveraux kniff die Augen zusammen und hielt ihr Gewehr im Anschlag.

Plötzlich schoß ein gelber Blitz durch den Raum und riß kaum mehr als einen halben Meter neben ihr ein Loch in die Wand. Sie feuerte blind zurück, um sich Deckung zu verschaffen. Dann aktivierte sie den Infrarotscanner in ihrem Helm. Daten flackerten über die Scheibe, und dann konnte sie die ersten Details erkennen. Das Loch in der Wand pulsierte grellrot.

Die Marines stürmten voran und ballerten auf alles, das auch nur im entferntesten ein Kilrathi hätte sein können. Das Nährgas wirbelte in Hunderten kleiner Tornados durch den Raum, wodurch sich die Sicht erheblich verschlechterte.

»Feuer einstellen!« befahl Cogan.

Deveraux beobachtete den Korridor. Nichts regte sich, auch nicht im Infrarotbereich. »Tito, Marx – ihr geht zuerst rein. Das zweite Team übernimmt die Rückendeckung.«

Blair beobachtete, wie Polanski und Maniac sich mit den beiden soeben aus dem Schutz der Asteroiden aufgetauchten Dralthi-Jäger anlegten.

»Sie kommen von hinten heran«, bemerkte Polanski überflüssigerweise. »Hey, Maniac – wir sollten sie einfach ausbremsen!«

»Bestätige.«

»Auf *Zack* geht's los … warte … warte … warte … Zack!«

Maniac und Polanski zogen ihre Maschinen absolut synchron im harten Winkel nach backbord herum, so daß die Dralthi an ihrer ursprünglichen Position vorbeischossen, während die Rapiers bereits eine Wendeschleife flogen, um hinter den gegnerischen Jägern herzuhetzen. Die Zielcomputer rasteten fast augenblicklich ein, und die Piloten der Dralthi zahlten für ihren taktischen Fehler den ultimativen Preis.

Merlin meldete sich über den Interkom. »Lieutenant, ich muß dringend mit Ihnen reden!«

»Bin momentan sehr beschäftigt … aber meinetwegen.«

Das Hologramm flackerte auf. Merlin hockte in seinem üblichen Aufzug im Schneidersitz auf dem Kontrollpult der Ionenkanone. Er stülpte seine Unterlippe nach vorn, um eine Haarsträhne von seiner Stirn zu pusten. »Ich habe eine seltsame elektromagnetische Strahlung geortet, die von dem Kilrathi-Schiff ausgeht.«

»Na und?«

Merlin sprang auf den Querholm der Waffensteuerung und saß jetzt direkt vor Blairs Nase. »Ein Pilger-Signal, dieselbe UNF, die ich schon einmal angepeilt habe. Interessiert dich das?«

»Ja, sicher. Kannst du die Quelle ausmachen?«

»Natürlich. Ich hätte es dir gar nicht erzählt, wenn ich es nicht könnte.«

Blair starrte den kleinen Mann fassungslos an. »Also?«

»Deck zwei, im Heckbereich. Die Brücke.«

Jetzt war eine Entscheidung fällig. Blair starrte auf das Radardisplay – alles im grünen Bereich. Maniac und Polanski würden für eine Weile auch allein zurechtkommen. *Eine faule Ausrede, aber für mein Gewissen besser als gar keine!* Er holte das Kreuz hervor, küßte es und zwängte sich dann aus der Waffenkanzel. Während er die Leiter herunterstieg, sah er sich vorsichtig um. Taggart und Gerald saßen vor ihren Pulten; sie wendeten ihm beide den Rücken zu. Gut. Er schaffte es, fast geräuschlos ein Gewehr aus der Wandhalterung zu nehmen. Nachdem er sich vergewissert hatte, daß die Waffe geladen war, nahm er sich einen Helm aus dem Regal.

Er verzog das Gesicht, weil das Schott beim Öffnen ziemlich laut zischte. Aber Taggart und Gerald waren anscheinend zu beschäftigt, um es zu hören. Er überprüfte die Dichtung des Helms und begab sich dann in den Tunnel der Entervorrichtung. Einen Moment lang verlor er den Boden unter den Füßen, aber dann aktivierte die Automatik des Raumanzuges die Gravitationsstiefel. Er kämpfte sich durch den dichten Nebel, bis er das Kilrathi-Schiff betrat. Die Sicht betrug allenfalls einen Meter. Er drehte sich zur Seite, um in den Korridor zu gehen – plötzlich streifte etwas seine Schulter. Er schrie und hob das Gewehr, legte den Finger auf den Abzug und …

Neben ihm schwebte ein Monstrum, eine grauenhafte Kreatur, ein Alptraum. Der bleiche, langgezogene Kopf wies eine fürchterliche Brandwunde auf, offenbar das Resultat eines Volltreffers aus einem Infanteriegewehr. Die gelben, toten Augen starrten Blair an, wobei die Lider noch im Todeskampf flatterten.

Taggart hatte recht: die Kilrathi würden bei einem Schönheitswettbewerb nicht einmal ein Trostpreis gewinnen. Blair war heilfroh, daß der erste, dem er begegnete, nicht mehr am Leben war.

»Wirklich nett hier«, blödelte Merlin. »Ich glaube, es gibt noch einen anderen Weg. Halte dich rechts.«

Bald erreichte er die Tür am Ende des Korridors, auf der eine in der Symbolsprache der Kilrathi beschriftete Tafel angebracht war.

»Ich übersetze«, erklärte Merlin. *»Den großen Knopf drücken,* heißt es. Glaube ich.«

»Na prima.«

Während die Tür aufglitt, fegten grüne Schwaden in den Raum. Blair hob die Hand, um den Infrarotscanner seines Helms einzuschalten. Bis auf zwei Rohrleitungen schien es keine Wärmequelle zu geben. Blair nahm das Gewehr in den Anschlag und ging rein.

»Scheiße!« murmelte Deveraux, als sie eine Handvoll Kilrathi im Korridor entdeckte. Es kam zu einem kurzen Schußwechsel mit den Marines, dann zogen sich die Kilrathi in einen Seitengang zurück.

»Ist das der einzige Weg?« fragte Cogan, während er seiner Waffe das alte Magazin entnahm und ein neues hineinschob.

»Jetzt schon«, antwortete sie grimmig. »Die haben

unsere Position durchgegeben. Jetzt versuchen sie, uns den Weg abzuschneiden.«

»Granate!« brüllte jemand.

Deveraux sah, wie die zylinderförmige Granate etwa zwei Meter vor ihr quer über den Boden rollte. Cogan packte sie an den Schultern, um sie in den Gang zu reißen.

Die Bombe explodierte mit einem dumpfen Knall. Ein blauroter Feuerball zog über sie hinweg, und dann lagen Deveraux und Cogan bereits auf dem Boden.

Sie schnappte eine Weile nach Luft und schaffte es irgendwie, sich hinzusetzen.

Drei tote Marines lagen auf dem Gang. Die Arme und Beine der Leichen waren vom Rumpf abgerissen worden oder auf groteske Weise zerschmettert. Die Sauerstoffpumpen der Raumanzüge versuchten vergeblich, den Druckverlust auszugleichen.

Dann kam ein verschwitzter Marine um die Ecke. Sein Gesichtsausdruck wirkte ziemlich verängstigt, und er bückte sich, um dem Laserfeuer zu entgehen. Er betrachtete kurz die Leichen seiner Kameraden und zog verbittert und angeekelt sein Gesicht. »Madam? Hinter uns zieht noch eine Schwadron auf. Wir sitzen in der Falle.«

»Lieutenant Polanski? Ihr Bericht«, befahl Gerald.

Das von der Atemmaske bedeckte Gesicht des jungen Piloten tauchte auf dem Schirm auf. »Kein Feindkontakt, Sir!«

»Dasselbe bei mir«, meldete Marshall. »Wir stören den lokalen Funkverkehr, was aber nicht heißt, daß unsere Freunde es nicht doch geschafft haben könnten, eine Meldung abzusetzen. Wir können ruhig noch einige Gedecke auflegen, mit weiteren Gästen ist zu rechnen.«

»Verstehe«, erwiderte Gerald. »Wie sieht es bei Ihnen aus, Blair?«

Keine Antwort.

»Lieutenant Blair? Melden Sie sich!« Gerald schlug mit der Hand an den Monitor und schaltete dann die einzelnen Sicherheitskameras des Schiffes durch, bis er das Bild aus der Waffenkanzel auf dem Schirm hatte. »Sehen Sie sich das an!« schrie er Taggart an. »Sie hätten dieses verdammte Halbblut niemals bei diesem kritischen Einsatz mitnehmen dürfen! Er hatte den ausdrücklichen Befehl, in der Waffenkanzel zu bleiben.« Gerald stand ruckartig auf. »Sie bleiben hier. Ich werde ihn suchen.«

In Gedanken setzte Gerald bereits seine Pistole auf Blairs Stirn, während er sich mit einem Helm und einem Gewehr versah. Er warf Taggart einen giftigen Blick zu. *Ganz recht, Commodore – Sie sollten sich Sorgen machen um Ihren Jungen. Der bekommt nämlich jetzt, was er verdient hat.*

»Wo entlang jetzt, Merlin?«

Blair hatte das Ende des nächsten Korridors erreicht, der hier in einen schmalen Durchgang einmündete.

»Geh links und dann nach unten.«

Er zwängte sich durch die Passage und erreichte bald wieder einen Korridor, in dem die Gravitation deutlich höher war. Sein Magen sackte ihm in die Kniekehlen.

»Da vorne muß eine Abdeckung im Boden sein«, meinte Merlin.

Blair hatte sie bald entdeckt und hob den Deckel mit einer Hand weg, da er seine Waffe nicht aus der Hand legen wollte. Vorsichtig sah er in den darunterliegenden Durchgang. *Alles klar, niemand in Sicht.*

Natürlich war ihm klar, daß sich dies in jeder Sekunde ändern konnte. Also überlegte er nicht lange und glitt durch das Loch in den Gang.

»Siehst du das Schott da vorne?« fragte Merlin. »Das ist

die Brücke. Die UNF liegt jetzt am oberen Rand des Meßbaren.«

Blair duckte sich, da das Schott mit einem großen Fenster versehen war. Dahinter konnte er die Infrarotsignaturen von zwei Kilrathi sehen, die an ihren Kontrollpulten saßen. Er warf einen Blick auf die Ladeanzeige seines Gewehres. *Voll.*

Blair schlich an der Wand entlang, da der Nebel dort dichter war. Er drehte sich kurz um, weil er sich vergewissern wollte, daß niemand hinter ihm war. Als er wieder weitergehen wollte, flackerte es unruhig auf dem Projektionsdisplay, weil unvermittelt zwei Kilrathi vor ihm aufgetaucht waren. Ihre schweren Stiefel rumpelten über das Deck, und Blair betrachtete aus seiner Deckung ihre gewaltigen, rasiermesserscharfen Zähne, das faul und brandig wirkende Zahnfleisch ...

Als sich der Kilrathi-Krieger mit einer unwahrscheinlichen Geschwindigkeit auf ihn stürzte, blieb Blair reglos stehen. Sein Finger krümmte sich um den Abzug und berührte ihn erst im letzten Augenblick. Das Monstrum gurgelte und sah ihn fassungslos an, während das Blut an seinem Leib herunterschoß.

Dann brach es zusammen.

Doch da tauchte bereits der zweite Kilrathi auf. Blair hob das Gewehr, aber sein Gegner schlug es ihm aus der Hand. Die weit aufgerissenen Katzenaugen trugen einen Ausdruck des Triumphes, und das schreckliche Maul öffnete sich zu einem grausigen Grinsen.

In einer Reflexbewegung ergriff Blair sein Pilgerkreuz und ließ die Klinge herausspringen, worauf es sich automatisch von der Kette löste. Er sprang nach vorn und stieß mit aller Kraft zu.

Die Katze zuckte auf, und das sadistische Grinsen gefror zu einer Totenmaske, als sie mit einem letzten Schrei zusammenbrach.

Blair hob sein Gewehr auf und zog die Klinge aus dem Leib des Kilrathi. Dann versteckte er sich wieder, um weiter das Geschehen auf der Brücke zu beobachten.

Einer der Aliens starrte gebannt auf einen Monitor, während ein anderer – vermutlich der Captain – vor einer kupferfarbenen Statue Sivars niederkniete.

»Das ist nicht gut«, erklärte Merlin. »Dieser Kilrathi spricht eine Art Gebet. Er sagt, daß es eine Ehre für ihn sei, für den Imperator Kilrah und das Imperium zu sterben.«

Der Captain erhob sich wieder und ging zu einer Konsole, die mit einem großen, roten Knopf ausgestattet war. Blair brauchte keine Übersetzung für die in besonders großen Symbolen ausgeführte Beschriftung des Knopfes …

Er zog sich von der Tür zurück und lud die Waffe durch, riß sie in den Anschlag, zielte und …

… das Explosivgeschoß krachte gegen die Tür und hob sie aus den Laufschienen. Blair nutzte die Deckung der schwarzen Qualmwolke, um mit erhobenem Gewehr in den Durchgang zu stürmen. Der Captain versuchte gerade, den roten Knopf zu drücken, als Blairs Schuß ihm die halbe Schulter wegriß. Zwei weitere Schüsse, dann lag die Katze am Boden.

Die beiden Offiziere hatten sich hinter ihren Kontrollen verschanzt und feuerten nun auf Blair. Er ließ sich auf den Boden fallen und kroch vorsichtig zwischen den großen Drehstühlen durch, wobei er die schweren Stiefel seiner Gegner sah, die sich in seine Richtung bewegten. Nur noch wenige Sekunden …

Er wartete ab und rollte sich erst im letzten Augenblick nach vorn, um hinter einem seiner Gegner aufzutauchen und ihm das Gewehr an den Kopf zu rammen, bevor er den Abzug durchdrückte und ihm das Gehirn aus dem Kopf blies.

Verdammt, wo ist der andere?

Blair riß hektisch das Gewehr herum – er konnte ihn nicht sehen. Doch plötzlich tauchte sein Gegner wie aus dem Nichts auf und schlug ihm blitzschnell das Gewehr aus der Hand, um ihn danach mit einer noch schnelleren Bewegung auf den Boden zu werfen.

Dieser Kilrathi grinste nicht, als er zur Tötung seines Gegners ansetzte. Mit zusammengekniffenen Augen und gebleckten Zähnen stieß er ein langgezogenes, tiefes Knurren aus, als er den Stoff von Blairs Raumanzug ergriff und ihn mühelos hochzog. Er sah Blair noch einmal bösartig an, bevor er die andere Pfote hob, um ihn aufzuschlitzen.

Blair bewegte sich wie eine gutgeölte Todesmaschine, als er das Kreuz ergriff, die Klinge herausspringen ließ und sie seinem Gegner in den Hals stieß. Er spürte, wie sich der Griff löste. Dann berührten seine Füße wieder den Boden.

Der Kilrathi hauchte zuckend und gurgelnd sein Leben aus.

»Schön gemacht«, kommentierte Merlin, der auf einem Monitor hockte.

»Danke auch für die Hilfe.« Blair zog seine Waffe aus der Leiche und säuberte sie an der Uniform des Toten.

»Ich halte mich nur an mein Programm. Ach so, berühre nur nicht den roten Knopf.«

Blair betrachtete den Selbstzerstörungsknopf und seufzte. Dann wanderte sein Blick über die Brücke, wobei er einen schwarzen Kasten entdeckte, der in der Nähe der zertrümmerten Tür stand. Auf einer Seite war der Kasten mit terranischen Buchstaben beschriftet:

»N…A…V…«, entzifferte er.

Dann bemerkte er die aus dem Kasten ragenden dicken Kabel, die offensichtlich mit dem Steuerpult der Brücke verbunden waren. Er betrachtete die Zahlenkolonnen auf einem Monitor, der ebenfalls an den Kasten angeschlossen war. »Was zur Hölle noch mal ...«

Er ging zu dem Gerät, um den Schriftzug besser lesen zu können.

»Pegasus NAVCOM ... verdammte Scheiße! Merlin, sie haben die Sprungkoordinaten von Charybdis!«

»Mehr als das. Das Pult rechts von dir strahlt starke elektromagnetische Felder ab – UNF. Sie übertragen Positionsdaten.«

»Welche Positionsdaten?«

»Die von der *Tiger Claw.*«

»Verdammt. Woher kommt das Quellsignal?«

»Von der *Tiger Claw.*«

Blair klappte der Unterkiefer herunter. »Die haben einen Verräter an Bord ...«

»Das ist nur die Spitze des Eisbergs. Der Schlüssel für den Code hat höchste Priorität. Ich habe ihn sofort identifiziert.«

»Wer hat Zugriff auf diesen Code?«

»Nur Captain Sansky und Commander Gerald.«

Blair bemerkte, daß die Geschwindigkeit, mit der die Zahlenkolonnen über den Bildschirm huschten, deutlich zugenommen hatte.

»Was spielt sich hier ab?« fragte er Merlin.

»Das Signal wurde gerade von UNF in den Hochfrequenzbereich verlagert. Damit ist die *Tiger Claw* jetzt wohl so etwas wie eine Funkbake.«

»Das heißt, jedes Kilrathi-Schiff in diesem Sektor kann sie jetzt anpeilen ...«, meinte Blair mit rauher Stimme.

»Lieutenant, da kommt ...«

Blair bemerkte im selben Moment die Schritte und drehte sich schnell herum.

Es war Gerald, der ihn mit einem irrsinnigen Blick anstarrte, während er mit dem Gewehr im Anschlag die Brücke betrat. »Fast hätten Sie es geschafft, Sie kleines

Stück Scheiße!« Er deutete mit dem Lauf der Waffe auf einen der toten Kilrathi. »Dafür sollte ich Sie denen zum Faß vorwerfen!«

»Das können Sie ja immer noch machen«, erwiderte Blair und legte sein Hand auf den NAVCOM. »Eine kleine Gefälligkeit unter Freunden nennt man das wohl, nicht wahr, Mr. Gerald?«

KAPITEL 26

Kommunikationsschiff der Kilrathi
Odysseus-Korridor
17. März 2654, 1130 Uhr Zulu-Zeit
Position: 1,5 Stunden vom Sprungpunkt Charybdis-Quasar

Gerald durchquerte die Brücke mit selbstsicheren Schritten. »Mr. Blair …« Unvermittelt rammte er den Lauf seines Gewehres gegen Blairs Helm. »Ich glaube, Sie haben mich soeben des Verrats bezichtigt?«

Blair ging mit verdrehten Augen zu Boden. Gerald richtete seine Waffe auf Blairs Kopf und lud durch. »Abschalten!«

Er meinte offensichtlich den NAVCOM. Aber wenn Gerald nicht der Verräter war, dann …

Plötzlich hörte Blair ein Lachen vom anderen Ende der Brücke. Ein Mann trat aus dem Schatten, er trug einen Raumanzug und hielt eine große Kilrathiwaffe in der Hand. Sein hartes Gesicht kam Blair vertraut vor, aber der Name wollte ihm nicht einfallen.

»Wilson?« Gerald war mehr als verblüfft. »Aber die Pegasus …«

Der Admiral machte einen Schritt nach vorn. Blair hatte noch nie ein so haßerfülltes Gesicht gesehen. »Nach zwanzig Dienstjahren – seltsam, nicht wahr?« Er hob den Arm, um die Waffe auf Gerald zu richten.

»Halt!« brüllte Blair und riß zitternd seine Hand hoch, um das Kreuz zu zeigen.

Wilson zögerte und starrte das Kreuz mißtrauisch an. »Wo haben Sie das her?«

»Von meiner Mutter. Sie starb auf Peron.« Blair erhob

sich vorsichtig und streckte dabei die Hand mit dem Kreuz aus.

Wilsons Blick verschleierte sich, als er über das Massaker nachdachte. »Wenn Sie an Peron denken, was empfinden Sie dabei?«

Blair starrte Gerald an, während er antwortete: »Haß – ich empfinde Haß!«

»Betrachten Sie sich etwa als Pilger? Können Sie sich überhaupt vorstellen, was es bedeutet, sein ganzes Leben auf den Tag der Gerechtigkeit zu warten?« Er deutete mit der Waffe auf Gerald. »Meine Leute haben diesen Typen die Sterne geschenkt … unser Vermächtnis.«

»Ihre Leute haben Millionen Menschen umgebracht!« erwiderte Gerald. »Aber das interessiert einen Hundesohn wie Sie wohl nicht.«

Wilson schien sich nicht an der Bemerkung stören. In seinem Blick lag so etwas wie Begeisterung, als er sich an Blair wandte: »Also, mein Sohn – wenn Sie ein Pilger sein wollen, dann müssen Sie den Beweis antreten, daß Sie das Zeug dazu haben.« Er deutete auf Gerald. »Töten Sie ihn!«

Blair nickte und setzte sich in Bewegung, um sein Gewehr aufzuheben. Seine Gedanken rasten. Er hätte Gerald liebend gerne verprügelt, aber konnte er diesen Mann wirklich kaltblütig umbringen?

»Nicht das Gewehr!« rief Wilson. »Nehmen Sie die Klinge!«

Blair löste das Kreuz von der Kette und berührte das Symbol, um die Klinge auszufahren.

Gerald zog ein langes, ziemlich gefährlich aussehendes Messer aus seiner Weste hervor.

Das ist mit Sicherheit keine Armeewaffe, ging es Blair durch den Kopf.

Gerald grinste bösartig, während er die Beine spreizte und die Schultern durchhängen ließ, um sich kampfbereit zu machen. »Los, Pilger! Das ist Ihre große Bewährungsprobe!«

Dann ging er auf Blair los, der sich zurückdrängen ließ, bis er fast mit dem Rücken an der Wand stand. Er sprang auf eins der Pulte und dann wieder auf den Boden, um mehr Raum zu gewinnen. Gerald folgte ihm, bis sie schließlich mit gezückten Messern voreinander standen.

Blair merkte, wie Verzweiflung in ihm hochstieg, während er die Klinge mit Bewegungen führte, die viel zu stereotyp waren, um einen erfahrenen Gegner zu beeindrucken. Blair konnte nicht richtig glauben, was um ihn herum vorging.

Mutter? Vater? Das ist doch nur ein Alptraum, oder nicht?

Dann berührte seine Klinge die von Gerald. Blair merkte schnell, daß er nicht gegen die Kraft dieses Mannes ankommen konnte. Er drehte seine Hand weg, worauf Gerald seinen eigenen Schwung abfangen mußte, indem er einen Schritt nach vorne machte. Blair stand nun hinter ihm, aber Gerald drehte sich blitzschnell herum und trat ihm in die Rippen.

Blair japste nach Luft. Gerald hob sein Messer und …

… es dauerte eine Sekunde, bis Blair begriff, was das häßliche Geräusch zu bedeuten hatte. *Mein Gott, der Anzug hat ein Leck!*

Blair trat einige Schritte zurück, während der Computer seines Raumanzuges meldete, daß die äußere Schicht beschädigt war. Gerald setzte zu einer schnellen Attacke an, die Blair jedoch mit der Klinge abwehren konnte.

Blair verschaffte sich eine kurze Atempause.

»Ich bin von Ihnen enttäuscht, Mr. Gerald«, bemerkte Wilson zynisch.

Gerald fluchte und täuschte einen Angriff von der

rechten Seite vor, um Blairs Abwehr zu unterlaufen und zu versuchen, ihm die Klinge in den Magen zu rammen. Doch statt das Messer abzuwehren, ergriff Blair Geralds Handgelenk und stellte sein Bein hinter ihn, um ihn mit einem klassischen Judogriff zu Fall zu bringen.

Gerald krachte hart auf den Rücken. Bevor er sich erholen konnte, war Blair schon über ihm und richtete die Klinge auf Geralds Herz.

»Machen Sie ihn fertig!« schrie Wilson.

Blair sah Gerald an, dessen Gesicht hart und bleich war. Der Commander fluchte, während Blair sich vorstellte, wie es sein würde, wenn Geralds Körper sich nach dem Stich aufbäumen würde …

Blair holte mit der Klinge weit aus, riß aber im letzten Augenblick das Handgelenk zur Seite, um die Klinge weit fortzuschleudern.

Gerald, der bereits mit seinem Leben abgeschlossen hatte, sah erstaunt, wie das Kreuz durch die Luft sauste.

Fump!

Der Admiral zuckte zusammen und senkte den Blick, um fassungslos auf das Kreuz zu starren, das aus seiner Brust ragte. Sein Gesicht verzerrte sich, als er das laute Zischen der aus seinem Raumanzug entweichenden Luft hörte.

Er stolperte einige Schritte zurück und prallte dann mit dem Rücken gegen eine Stützsäule.

Gerald richtete sich halb auf. Blair streckte ihm die Hand entgegen. »Bitte sehr, Sir!«

Gerald zögerte einen Moment, bevor er sich entschied, Blairs Hilfe anzunehmen.

Das Gesicht des Admirals war bleich und verschwitzt, aber trotz des Schmerzes war er noch bei Bewußtsein.

»Warum haben Sie Tolwyn überhaupt gewarnt?« wollte

Gerald wissen. »Ihre Kilrathi-Freunde hätten doch mit dem NAVCOM der Pegasus problemlos zur Erde fliegen können, um …«

Wilson lächelte bitter. »Ich bin ein Pilger. Die Sterne gehören uns. Nicht der Erde. Und auch nicht Kilrah.«

Blair hörte ein leises Klicken und richtete seinen Blick auf die Hand des Admirals, die sich nun langsam öffnete, so daß Blair sehen konnte, daß der Zünder der Granate aktiviert war.

»Scheiße!« brüllte Blair. Er rannte im gleichen Moment los wie Gerald, aber es war bereits zu spät.

Blair fühlte, wie eine ungeheure Hitzewelle über seine Beine strich. In nächsten Moment wurde er umgerissen. Er versuchte, sich wieder aufzurappeln, aber dann hörte er eine zweite Explosion und lag eine Sekunde später wieder auf dem Boden.

Schwarze Rauchschwaden zogen über ihn hinweg. Das lauter werdende Geräusch der Flammen sorgte dafür, daß er sich zusammennahm und erneut versuchte, wieder auf die Füße zu kommen. Als er es geschafft hatte, sah er kurz Gerald an, der einige Meter neben ihm stand.

»Muß ich Ihnen noch erklären, wer der Verräter ist?« fragte Blair.

Das Schott sprang auf. Ein Marineinfanterist sah vorsichtig um die Ecke und richtete den Lauf seiner Waffe auf Gerald. »Halt!« rief er zwei seiner Kameraden zu, die direkt hinter ihm standen.

»Cogan? Deveraux?« fragte Gerald.

Deveraux kam im Laufschritt in den Raum. »Sir? Was machen Sie denn hier?«

»Ist eine lange Geschichte. Sichern Sie die Brennelemente. Blair und ich habe noch etwas zu erledigen.«

Er ließ sie einfach stehen. Deveraux blickte ihm fassungslos nach. Dann warf sie Blair einen besorgten Blick zu.

»Geht schon klar«, sagte er.

»Was haben Sie denn mit ihm …«

»Muß weg.«

Er sprintete hinter Gerald her.

Als Blair wieder auf der *Diligent* war, suchte er zuerst Taggart auf, um ihn auf den neusten Stand zu bringen. Gerald bereitete indessen eine Rettungskapsel vor, um zur *Tiger Claw* zurückzukehren.

»Sie sind doch ein Geheimdienstler, Sir. Hätten Sie es für möglich gehalten, daß Captain Sansky ein Spion ist?«

»Nein«, erwiderte Taggart, der diese Wendung der Dinge erst einmal verdauen mußte. »Seine Reputation ist eigentlich tadellos.«

»Ob er ein Pilger ist?«

»Wer weiß.«

Gerald steckte seinen Kopf in den Raum. »Wir müssen los, Lieutenant!«

Sie setzten die Kapsel so hart auf dem Flugdeck auf, daß der Flugleiter über Funk eine Erklärung verlangte. Aber Gerald ignorierte ihn und rannte auf den nächsten Lift zu. Während Blair ihm folgte, fragte er sich, was nun in den Köpfen der Decksmannschaft vorgehen mußte. Sie wunderten sich bestimmt, warum die beiden Offiziere das Flugdeck mit gezogenen Waffen betreten hatten.

Gerald nutzte seinen Generalcode, um die Tür zu Sanskys Kabine zu öffnen. Die beiden stürzten in den Raum, wo Sansky mit etwas überraschtem Gesichtsausdruck im Bett saß. »Gentlemen, ich werde mich nicht zur Wehr setzen.« Er warf einen Blick auf seine Armbanduhr. »Im Gegenteil, es werden nur noch ein paar Minuten vergehen, bis ich tot bin.«

Als Blair seine Stirn in Falten runzelte, deutete Sansky auf die leere Spritze, die auf dem Nachttisch lag. »Früher verwendete man dafür wohl Zyankali. Der wissenschaftlichen Fortschritt hat dafür gesorgt, daß man heute weniger qualvoll abtreten kann.«

»Jesus – Jay, du warst der beste Kommandant, unter dem ich jemals gedient habe!« Gerald senkte den Lauf seiner Waffe und sah ihn enttäuscht an. »Warum?«

»Wie soll ich es dir erklären, Paul – manchmal ist die Rolle, die man im Leben spielt, nicht diejenige, für die man bestimmt war.«

»Du hast in beiden Rollen versagt!« knurrte Gerald.

»Habe ich das?« sagte Sansky voller Ironie. »Ein schlechter Spion und ein schlechter Captain.« Seine Stimme wirkte schläfrig, aber er bekämpfte die Wirkung des Giftes und streckte Blair seine Hand entgegen. »Hier. Geben Sie das Tolwyn zurück. Bitte.«

Blair nahm den Ring genau in dem Moment entgegen, als Sanskys Hand kraftlos zurücksank.

»Sehen Sie sich das mal an!« Gerald zeigte Blair eines der Holobilder, die auf dem Nachttisch lagen. Abschlußfotos. Wilson war auf fast jedem der Bilder zu sehen.

»Damals müssen sie etwa in meinem Alter gewesen sein«, meinte Blair.

»Das ist die Vergangenheit«, meinte Gerald kopfschüttelnd und deutete auf Sansky. »Und da ist die Zukunft – wenn Sie dem Ruf ihres Blutes folgen.«

»Ich möchte nur wissen, wo ich herkomme, Sir. Das ist alles.«

»Ich denke, daß Sie es bereits wissen.«

»Commander?« tönte Obutus Stimme aus dem Interkom.

»Die Brennelemente der Kilrathi sind an Bord. In einigen Minuten haben wir sie adaptiert. Die Ingenieure schätzen, daß wir dann wieder sechtig Prozent Leistung haben.«

»Sehr gut. Bereiten Sie alles für den Start vor.« Gerald bemerkte, daß er immer noch das Holobild in der Hand hielt. Er ließ es quer durch den Raum segeln. »Wenn wir das Ganze überleben«, meinte er mit mühsam zurückgehaltener Wut, »werde ich einige Zeit brauchen, um darüber hinwegzukommen.«

Blair nickte traurig. »Wenn überhaupt, wenn überhaupt.«

KAPITEL 27

***Tiger Claw*, Flottenträger der Föderation**
Odysseus-Korridor
17. März 2654, 1200 Uhr Zulu-Zeit
Position: eine Stunde vom Sprungpunkt Charybdis-Quasar

»Hey, Blair! Was hast du da draußen angestellt? Erst bist du an der Ionenkanone, und dann haust du plötzlich ab. Nicht, daß Polanski und ich nicht ohne dich ausgekommen wären – aber es wäre nett, wenn du auf deinem Posten geblieben wärst, um uns nötigenfalls den Arsch zu retten!«

Blair saß auf seiner Pritsche und rieb sich die Augen.

»Hey, du mußt deswegen nicht gleich heulen ...«

Blair blickte Maniac mit einer Grimasse an. Sein Freund lag mit entblößtem, bandagiertem Oberkörper auf seiner Pritsche.

»Erzähl schon, Chris! Was war los?«

»In wenigen Minuten wird Commander Gerald verkünden, daß Captain Sansky tot ist. Möglicherweise erwähnt er auch, daß Sansky die Föderation verraten hat. Was eine Untertreibung ist; es war nämlich die gesamte Menschheit, die er verraten hat!«

»Erzähl keinen Scheiß!?«

»Ich wollte, es wäre Scheiß. Aber ich vermute, daß Sansky ein Pilger war. Oder zumindest einer ihrer Sympathisanten.«

»Deshalb hast du eine solche Laune. Nun, du wolltest ja mehr über die Pilger in Erfahrung bringen. Bist du jetzt zufrieden?«

Blair sprang auf und riß sich die Montur vom Leib, bevor er in der Dusche verschwand. Während er sich das heiße Wasser über den Körper laufen ließ, schloß er die Augen und dachte darüber nach, ob seine Mutter wohl auch in Dinge verstrickt war, die so schrecklich waren wie die, die Sansky und Wilson begangen hatten.

»Hey, Chris?« rief Maniac. »Tut mir leid, Mann! Echt!«

Blair nahm die Seife und den Waschlappen zur Hand.

Er hatte das dringende Bedürfnis, sich gründlich zu säubern.

Als Blair aus der Dusche kam, war Maniac bereits fort. was Blair ganz recht war. Er rubbelte sich trocken und berührte dabei zufällig die Stelle, an der sonst das Kreuz gehangen hatte.

Natürlich war es nicht mehr dort. *Wie dumm von mir.*

Er hob seine Hose vom Boden auf und suchte in der Tasche nach dem Ring. Taggart würde ihm sicher den Gefallen tun, Tolwyn den Ring zurückzugeben. Andererseits hätte er ihn schon gerne behalten, sozusagen als Ersatz für das Kreuz, als neues Symbol für einen neuen Glauben ...

Nachdem er sich wieder angezogen hatte, steckte er den Ring in die Brusttasche seiner Montur.

Er würde ihn Taggart geben.

Als Blair die Brücke betrat, setzte sich das Raumschiff gerade wieder in Bewegung. Blair sah hinter den Viewports die schroffe Oberfläche des Asteroiden.

Lieutenant Commander Obutu lag auf dem Boden und half einem Techniker bei der Reparatur des Beobachtungsstandes auf der Backbordseite des Schiffes.

Deveraux sprach Blair an: »Ich habe von der Sache

gehört. Gerald wird die Crew nicht informieren, bevor wir nicht hier raus sind. Oder tot. Das ist natürlich gegen die Vorschriften, aber er hat recht. Wir müssen alles tun, um die Moral an Bord aufrechtzuerhalten. Apropos, wie steht es diesbezüglich bei dir?«

»Danke, ganz prima.«

»Wow, das überzeugt mich voll!«

»Nein, wirklich – ich komme gut zurecht. Bald. Vielleicht. Mal sehen.«

»Zumindest lügst du mich nicht an!«

Er deutete auf Taggart, der neben Gerald stand. »Muß mit ihm reden.« Deveraux entließ ihn mit einem Nicken.

Als er neben Taggart stand, zog er den Ring aus der Tasche und sagte: »Sir, ich habe etwas für Sie!«

Taggart grinste und schüttelte langsam den Kopf. »Behalten Sie ihn erst mal. Wenn wir es schaffen, können Sie den Ring selbst zurückgeben.«

»Danke, Sir!«

»Haben Sie schon die Bekanntschaft des Admirals gemacht?«

»Nein, noch nicht.«

»Dann glaube ich, daß Ihnen ein … denkwürdiges Ereignis bevorsteht.«

»Ja, Sir.«

»Wir verlassen jetzt den Krater«, meldete der Steuermann.

»Sehr gut«, erwiderte Gerald. »Mr. Obutu – bereiten Sie eine Drohne vor. Geben Sie die Sprungkoordinaten der Kilrathi ein. Schicken Sie die Drohne durch den Charybdis-Quasar zu Admiral Tolwyn.«

»Aye-aye, Sir!« Obutu rutschte unter dem Pult hervor und stand auf, um dem Befehl nachzukommen.

Gerald drehte sich zu Taggart um. »Die müßten eigentlich in der Lage sein, die genaue Lage der Wiedereintrittspunkte der Kilrathi zu berechnen. Die Schlacht wird vorbei sein, bevor die Katzen auch nur ihre Waffen feuerbereit gemacht haben.«

»Wenn Tolwyn wirklich dort ist, Mr. Gerald. Falls er dort ist.«

Blair bemerkte, daß Obutu wütend mit der Faust auf die Tastatur schlug. »Sir, wir haben ein Problem. Alle Drohnen sind gesperrt – offensichtlich hat jemand seinen Mastercode benutzt.«

»Sansky!« Gerald sprach den Namen aus, als sei er ein Schimpfwort. »Ohne die Koordinaten hat Tolwyn keine Chance. Und wir sind ein bißchen zu groß, um durch die Angriffslinie der Kilrathi zu schlüpfen.«

Taggart warf Blair einem seltsamen Blick zu und schlug dann vor: »Wir könnten einen Jäger losschicken.«

»Unmöglich«, entgegnete Gerald. »In dem Quasar gibt es über tausend Singularitäten – da ohne NAVCOM hineinzuspringen wäre Selbstmord!«

»Wir brauchen kein NAVCOM, Mr. Gerald!« Taggart legte seine Hand auf Blairs Schulter. »Lieutenant, Sie werden die Navigation durch den Quasar übernehmen. Lieutenant Commander Deveraux folgt Ihnen.«

Blair starrte ihn fassungslos an. »Wie … das ist doch nicht zu schaffen!«

»Wir haben keine andere Wahl«, erwiderte Taggart, bevor er leiser hinzufügte: »Sie haben doch die Fähigkeit, Sie wissen schon …«

Blair trat einen Schritt zur Seite und griff wieder an die Stelle, wo vor kurzer Zeit noch das Kreuz gehangen hatte. »Aber mir fehlt der Glaube …«

»Mit Glauben hat das nichts zu tun«, erklärte Taggart. »Es ist genetisch bedingt: die Fähigkeit, magnetische Felder aufzuspüren. Aber wenn Sie meinen, daß es etwas mit Glauben zu tun hat …« Er öffnete sein Hemd und zog ein Pilgerkreuz hervor. »Bitte schön … nehmen Sie meins!«

Blair nahm das Kreuz ehrfürchtig entgegen und sah Taggart entgeistert an. »Warum haben Sie mir ... Ich meine ...«

Taggart hob eine Braue. »Sie hatten mich nicht gefragt.«

Nun wurde Blair einiges klar – deshalb dieser Ausdruck von Ehrfurcht in Taggarts Augen, als er ihm damals sein eigenes Kreuz gezeigt hatte. Deshalb dieser seltsame Ausdruck von Bitterkeit, wenn Taggart von den Pilgern erzählte. Aber wieso kämpfte Taggart auf der Seite der Föderation?

Blair hoffte, lange genug zu leben, um dies herausfinden zu können. Er befestigte das Kreuz an seiner Kette und wollte diese wieder unter der Uniform verschwinden lassen. Aber dann entschied er sich anders – die anderen sollten sehen, worauf er so stolz war.

»Ferntaster melden Kilrathischiffe, Sir«, sagte Obutu. »Vermutlich ein Zerstörer und ein Kreuzer.«

»Mr. Blair – werden Sie es schaffen?« fragte Gerald.

»Ich glaube schon, Sir!«

»Das genügt mir nicht, Lieutenant ...«

»Sir, ich werde es schaffen, Sir!«

»Sehr gut. Wir werden die Sprungdaten der Kilrathi in ihren Rapier laden und eine Kopie davon in Deveraux'. Und wir werden uns etwas einfallen lassen, damit sie euch nicht aufs Korn nehmen! Junge, sehen Sie zu, daß Tolwyn die Koordinaten erhält!«

»Aye-aye, Sir!« Blair betrat den Lift, gefolgt von Deveraux.

»Ich denke, daß wir eine ziemlich heiße Tour vor uns haben«, bemerkte sie grinsend.

»Du mußt ja nicht mitkommen. Maniac kann meinen Flügel übernehmen. Er ist tapfer *und* dämlich, weißt du?«

»Was nicht für mich gilt, nehme ich an?«

»Du bist klug, Angel. Sehr klug. Deshalb respektieren die andern dich auch.«

»Ich würde es selbst gerne glauben ...«

»Das solltest du auch!«

»Egal ... Paß auf – ich bin mit von der Partie. Schließlich handelt es sich um einen Befehl des Commodore. Außerdem kannst *du* mich sowieso nicht davon abbringen!«

»Dann wird es mir eine Ehre sein, mit Ihnen zu fliegen, Madam.« Er sah sie ernst an. »Wäre schön, wenn du mich nicht umbringst!«

Für ihr Lächeln hätte sich so mancher Mann tatsächlich umgebracht.

Blair war diesbezüglich keine Ausnahme.

Auf dem Flugdeck herrschte Hochbetrieb. Die Mechaniker hatten noch zahllose kleinere Reparaturen an den Broadswords und Rapiers durchzuführen. Blair winkte im Vorübergehen Polanski, Hunter und Maniac zu, die mit den Teams ihre Maschinen einsatzbereit machten.

»Pilger!« rief ihm eine vertraute Stimme zu.

Es war Hunter. *Nicht jetzt, nicht schon wieder. Warum kann mich dieses Arschloch nicht in Ruhe lassen?* Blairs Muskeln spannten sich an, während Hunter auf ihn zukam.

»Ich habe gehört, was auf dem Kilrathischiff passiert ist.« Der Australier sah ihm direkt in die Augen. »Das ändert einiges. Ich habe mich geirrt.« Er streckte seine Hand aus.

Blair atmete leise auf, als er den festen Händedruck seines Kameraden spürte.

»Viel Glück!« Hunter nickte ihm noch einmal zu und ging dann zurück zu seiner Maschine.

Als Blair sich umdrehte, stand Maniac vor ihm. »Du

willst doch nicht abhauen und abkratzen, ohne daß ich davon etwas weiß?«

»Ich ...«

»Laß es, sag besser nichts! Möchte dich in guter Erinnerung behalten, also sehe ich mir dein hübsches Gesicht an; das reicht. Wir sehen uns dann auf der anderen Seite wieder, Bruder!« Maniac zwinkerte ihm noch einmal zu, bevor er ging.

Als Blair seine Maschine endlich erreicht hatte, strich er sanft mit den Fingern über ihren Rumpf. *Nun, altes Mädchen? Ich möchte dich warnen – vielleicht ist das unser letzter Flug.*

»Man hat mir erzählt, daß Sie in den Quasar fliegen wollen, Sir!« Seine Teamchefin mußte brüllen, um den Turbinenlärm zu übertönen. »Stimmt das?«

»Wer hat Ihnen das erzählt?«

Sie grinste flüchtig. »Habe ich vergessen. Nun, stimmt es?«

Er nickte. »Sie sind herzlich eingeladen, mitzukommen!«

»Na klar doch. Nur habe ich leider nichts Passendes im Kleiderschrank, wissen Sie?«

Sie bückte sich und schlüpfte unter dem Rapier durch. Als sie auf der anderen Seite wieder auftauchte, hob sie den Daumen.

»Alles klar!« Sie wirkte sehr besorgt.

Was soll das – noch bin ich nicht tot!

Blair lächelte sie an und hob ebenfalls den Daumen. Dann drückte er auf eine Taste, um die Kanzel herunterzufahren. Er verspürte einen Kloß im Hals, als er die Verankerungen löste und die Maschine auf den Start vorbereitete.

Eine Minute später erhielt er die Freigabe vom Flugleiter. Blair salutierte ihm zu und aktivierte das Haupttriebwerk.

Als er den Energieschirm passiert hatte, schaltete er das Display auf die hintere Kamera um. Er sah, wie die *Tiger Claw* immer kleiner zu werden schien, wie sie schließlich nur einen von unendlich vielen Punkten auf dem samtigen Hintergrund des Weltraums darstellte.

Schließlich schaute er nach unten, weil er einen Blick auf Taggarts Kreuz werfen wollte. Es hatte sich gedreht, so daß er nun die schmucklose Rückseite sehen konnte, auf der etwas eingraviert war:

Für James
Liebe überwindet jede Entfernung
Denk an mich
Amity

Er drehte das Kreuz wieder herum und flüsterte: »Das tut er, Amity.«

KAPITEL 28

***Tiger Claw*, Flottenträger der Föderation**
Odysseus-Korridor
17. März 2654, 1245 Uhr Zulu-Zeit
Position: Fünfzehn Minuten vom Sprungpunkt Charybdis-Quasar

»Lagebericht!« brüllte Gerald, um das Alarmsignal zu übertönen.

»Wir haben einen Blip auf Vektor 1-9-7 Abschnitt drei«, meldete Obutu. »Es nähert sich mit einer Geschwindigkeit von ... jetzt ist es nicht mehr da. Versuche erneute Peilung, Sir!«

Taggart betrachtete Obutus Display, auf dem eine Aufzeichnung des Signals zu sehen war. Er fluchte und lief zum Radarstand.

»Wissen Sie mehr als ich, Commodore?« fragte Gerald.

»Das ist ein Skipper. Muß sich um einen Prototypen handeln – wir können es nur anpeilen, wenn sie die Tarnkappenvorrichtung abschalten, um eine Radarpeilung vorzunehmen.«

»Das ist beim gegenwärtigen technischen Stand der Kilrathi nicht möglich – zumindest laut Aussage unseres Nachrichtendienstes«, entgegnete Gerald. Er sah Taggart scharf an. »Darüber wissen Sie sicher mehr als ich, Mr. Taggart. Was sollen wir machen?«

Der Commodore zuckte die Achseln und wandte sich an Mr. Falk. »Geschätzte Zeit bis zum Einschlag?«

Falk gab die Koordinaten ein und wartete, bis das Ergebnis über den Bildschirm flackerte. »Neun Minuten, Sir.«

Blair sah auf den Radarschirm. Das Signal war bereits außer Reichweite, so daß nichts mehr dagegen sprach, die Funkstille zu beenden. »Ich hatte eben ein ziemlich großes Signal auf 10 Uhr mit Kurs auf die *Claw*. Aber jetzt ist es verschwunden.«

»Ich wühle mal in der Datenbank«, erwiderte Deveraux. »Dauert eine Sekunde. Ah, hier ist es. Ein Skipper. Scheiße.«

»Kommt die *Claw* damit alleine klar?«

»Um das Ding auszuhebeln, muß man schon in einem Jäger sitzen und Sichtkontakt haben.« Mit diesen Worten zog sie die Maschine hart nach rechts und nahm Kurs auf den Asteroidengürtel.

»Hey, was machst du da?«

»Geht dich nichts an – du bleibst schön auf Kurs!«

»Verdammt, Angel, das kannst du doch nicht machen!«

Stille, nichts als Stille.

»Angel?«

»Zeit bis zum Einschlag, Mr. Falk?«

»Sechs Minuten, fünf Sekunden, vier, drei, zwei, eins. In etwa einer Minute dürften sie wieder die Tarnkappenvorrichtung abschalten.«

»Sir, unsere Energieschirme sind zu schwach, um einen Volltreffer durchzustehen«, meldete Obutu mit eindringlicher Stimme.

»Vorgeschlagene Gegenmaßnahmen?«

»Die Abwehrdrohnen sind nach wie vor nicht einsatzbereit, aber die Standardreihe funktioniert. Trotzdem – dieses Geschoß hat ein hochintelligentes Peilsystem, dagegen kommen wir nicht an.«

Gerald nickte ernüchtert. Dann schaute er Taggart an, dessen Blick abwesend wirkte. »Commodore, fällt Ihnen dazu nichts ein?«

Taggart schüttelte den Kopf. »Es liegt jetzt wohl in den Händen von Blair und Deveraux.«

Blair zuckte zusammen, als er den Blip bemerkte. »Es ist wieder da, Angel! Sieh mal auf den Schirm.«

»Ich hab's!«

Auf seinem Schirm war Deveraux nur ein blauer Punkt, der jetzt hinter einem roten Punkt herjagte.

»Es ist jetzt an deiner Steuerbordseite, 2-2-4 Vektor 1-3-1. Das machen wir besser zusammen!« sagte er.

»Nichts da – du hältst weiter deinen Kurs!«

Er riß den Steuerknüppel hart herum, bis er in weiter Entfernung das Glühen ihrer Triebwerke sehen konnte. Sie feuerte aus allen Rohren, obwohl der Skipper soeben wieder in den Tarnmodus gegangen war.

»Angel – du bist zu nahe dran!«

Plötzlich tauchte vor ihr aus dem Nichts der Skipper auf und trudelte ein kurzes Stück durch den Weltraum, wobei er einen Strom glühender Trümmer hinterließ.

»Ziel abgeschossen«, meldete sie mit rauher Stimme.

Doch im nächsten Moment explodierte der Skipper in einem gewaltigen Lichtblitz, dem eine infernalische Schockwelle folgte, die Deveraux' Maschine wie ein Papierflugzeug mit sich riß.

»Angel! Angel!« rief Blair, als er ihren verzweifelten Schrei hörte. Dann sah er, wie die Flügel des Rapiers abgerissen wurden und im gleichen Moment ein schwacher Lichtblitz anzeigte, daß sie die Rettungskapsel gezündet hatte, die zunächst genauso durchgerüttelt wurde wie der Jäger selbst, sich aber schon bald stabilisieren konnte.

Blair hatte seine liebe Not, dem Trümmerregen auszuweichen. Schließlich riß er den Jäger herum, um parallel zur Schockwelle zur Rettungskapsel zu fliegen.

Deveraux zündete noch einmal die Bremstriebwerke, als die Kapsel kaum mehr als einen Meter neben dem Cockpit von Blairs Rapier schwebte.

»Alles in Ordnung?« fragte er.

»Der Kopf ist noch dran«, entgegnete sie.

Er warf einen Blick auf die Trümmer des Skippers. »Du hast es geschafft!«

Sie schüttelte den Kopf. »Im Gegenteil – das Ding hat mich geschafft!«

Blair aktivierte das Bergungssystem. »Ich schleppe dich mit dem Traktorstrahl zurück.«

»Nein. Du gehst zurück auf Kurs. Das ist ein Befehl!«

»Ach was – in einer Stunde geht dir die Luft aus!«

»In einer Stunde und vier Minuten.«

»Siehst du – ich schleppe dich jetzt ab!«

Sie drohte ihm mit dem Finger. »Wenn du meinen Befehl mißachtest, zerre ich dich vor das Kriegsgericht!«

»Jetzt bekomme ich aber richtig Angst!«

»Denk mal lieber daran, daß Milliarden von Menschen sterben werden, wenn die Flotte die Sprungkoordinaten der Kilrathi nicht hat. Du bist lange genug mit dabei, um zu wissen, daß dieser Krieg keine Party ist! Das ist nun einmal der Gang der Dinge.«

»Aber so muß es nicht unbedingt sein.«

»Du sollst gegen die Kilrathi kämpfen, Blair – nicht gegen den Krieg! Jetzt verschwinde, du hast etwas zu erledigen.«

Er schluckte. »Gut. Sieh zu, daß du klarkommst, ja?«

Sie löste ihre Atemmaske und lächelte ihn an. »Du auch, Chris.«

Er wandte den Blick von ihr ab und fuhr die Triebwerke hoch. Ein letztes Mal betrachtete er ihr Gesicht.

Er dachte an die Widmung auf Taggarts Kreuz.

Nein, die Entfernung spielt keine Rolle.

Gerald drehte sich zum Radarstand um. »Wiederholen Sie das!«

Falk starrte verwundert auf seinen Bildschirm. »Ich sagte, daß ich den Skipper nicht mehr orten kann, Sir. Einer der Rapiers muß ihn abgeschossen haben.«

»Wo sind die beiden jetzt?« wollte Taggart wissen, der vor einem der Viewports stand.

»Einer ist noch auf Kurs, der andere ... Moment, ich orte ein Notsignal von einer Rettungskapsel.« Falk senkte den Kopf, um eine Anzeige zu betrachten. »Der Ferntaster zeigt zwei Kilrathischiffe an.«

»Das sieht denen ähnlich«, meinte Taggart trocken. »Die wissen, wie es um uns steht, und schicken nur zwei Schiffe los, während die anderen einen Hinterhalt am Sprungpunkt legen!«

Gerald stand auf und gesellte sich zu dem Commodore. »Was machen wir jetzt? Uns stehen höchstens ein halbes Dutzend Jäger zur Verfügung, und mit unserer Manövrierfähigkeit sieht es nicht gut aus!«

Der Commodore sah ihn mit leuchtenden Augen an. »Was wir jetzt machen, Mr. Gerald? Ich werde Ihnen sagen, was wir machen: Wir werden den Kilrathi auf den Schiffen dort zeigen, wie es in der Hölle aussieht!« Er drehte sich zu den anderen um und brüllte: »Kampfstationen bereitmachen!«

Obutu machte einige Eingaben, woraufhin die Alarmsirenen losheulten.

Gerald setzte sich wieder an den Kommandostand. »Nun denn, meine Damen und Herren«, sagte er mit fester Stimme, »machen Sie sich bereit, wir werden die Kilrathi ein wenig in die Eier treten!«

Blair pfiff durch die Zähne, als er an der Steuerbordseite die beiden Kilrathischiffe bemerkte. Er hatte einen Asteroiden gefunden, der ihn nun vor dem Ordnungssystem der Gegner unsichtbar machte. Der Computer führte eine Kursberechnung durch. Die ergab, daß die Schiffe sich in Richtung der *Tiger Claw* bewegten. Er konnte nur hoffen, daß die Mannschaft des Flottenträgers die Gegner ebenfalls entdeckt hatte.

Kurz darauf beschleunigte er wieder und nahm Kurs auf den Quasar.

Maniac saß mit geschlossenen Augen in seinem Rapier und lauschte seinem eigenen Atmen. Maniac langweilte sich. Maniac wartete nämlich auf den Einsatzbefehl.

Hunter saß ebenfalls in seiner Maschine. Hunter schlief und hatte vergessen, das Mikrophon abzuschalten. Hunters Schnarchen war von den anderen Piloten zunächst mit großem Hallo als amüsante Abwechslung begrüßt worden. Aber mittlerweile ging es den anderen nur noch auf die Nerven.

Maniac wurde schlagartig aus seinen Tagträumen gerissen, als das Startsignal ertönte. »Mann, das wurde auch Zeit! Noch zwei Minuten, und ich wäre eingepennt.«

»Nicht nur du«, stimmte ihm Polanski zu. »Hey, Hunter? Bist du wieder da?«

»Im Geiste!« brummte dieser.

»Hat der wieder eine Laune!« frotzelte Polanski. »Gut, daß er seine Wut gleich an den Katzen auslassen kann!«

»Liebe Freunde«, erwiderte Hunter priesterlich, »ich bin in der Tat höchst erzürnt. Wenn ihr noch einige von denen abhaben wollt, müßt ihr euch gleich ganz schön anstrengen!«

»Nun hör dir den an!«

»Diesmal hältst du dich hoffentlich an meine Anordnungen!« bemerkte Hunter warnend. »Keine Extratouren, kapiert?«

»Ja, Sir«, erwiderte Maniac. »Andernfalls gebe ich eine Runde Zigarren aus!«

Hunter kicherte. »Müssen schon kubanische sein, wenn du uns milde stimmen willst!«

»Kubanische? Einverstanden.«

»Gut – jetzt zieh ab!«

Maniac ließ seinen Rapier nach den Anweisungen des Deckmaats auf die vorgesehene Startschneise rollen. Er salutierte noch einmal, gähnte herzhaft und ließ sich dann von den Turbinen wachrütteln.

»Alle Jäger sind jetzt draußen«, berichtete Gerald dem Commodore. Der Gedanke an die beiden Kilrathischiffe da draußen verursachte ihm Schüttelfrost und ein pelziges Gefühl im Mund. Es war keine Angst, es war nur Respekt gegenüber einem mächtigen Feind. Einem Feind, den sogleich der Tod ereilen würde.

»Kilrathi-Kreuzer und Zerstörer sind jetzt in Reichweite unserer Raketen«, meldete Falk. »Sie fahren die Waffensysteme hoch!«

Taggarts Augen weiteten sich. »Eröffnen Sie das Feuer, Mr. Gerald!«

»Aye-aye, Sir.« Er aktivierte den Interkom. »An alle Batterien – Feuer frei!«

»Mr. Obutu? Statusbericht!«

»Batterien arbeiten mit vierzig Prozent Leistung, Tendenz fallend, Sir. Diese Kilrathi-Zellen taugen nicht soviel wie unsere.«

»Aber das wissen unsere Kanoniere ja, und deshalb muß eben jeder Schuß sitzen!«

»Sie werden ihr Bestes tun, Sir!«

Gerald zeigte keine Reaktion, als die Kilrathi Dutzende von Raketen auf die *Tiger Claw* abfeuerten.

Deveraux hatte alle Systeme der Rettungskapsel abgeschaltet, die nicht unbedingt lebensnotwendig waren. Dazu gehörte auch der Notsender, der ihre Positionsdaten abstrahlte.

Sie zitterte. Es war kalt, kälter sogar als der harte belgische Winter. An der Backbordseite konnte sie die Raketen entlangziehen sehen. Sie preßte ihre Nase an die Scheibe, aber der Niederschlag ihres Atems machte es unmöglich, Details zu erkennen.

Sie dachte nach. Ihr Tod würde wahrscheinlich nicht sehr unangenehm sein. Durch die Kälte würde sich bald ein taubes Gefühl in ihrem Körper ausbreiten, das jeden Schmerz und jedes Unwohlsein lähmte. Sie würde ersticken, aber sie würde kaum etwas davon merken.

Jedenfalls nicht *körperlich*. Aber ihre Seele würde leiden, weil es tausend dringliche Dinge gab, die sie nicht mehr erledigen konnte. Tausend Aspekte eines ordentlichen Menschenlebens, die alles darstellten, was von ihr übrigbleiben würde.

Sie mußte an ihre Eltern denken, an die Holobilder. Sie versuchte, in ihre Vergangenheit zurückzukehren. Zu ihrem großen, schlanken, dunkeläugigen Vater, der sie auf den Armen trug und den salzigen Duft der Nordsee ausströmte. Dann kam ihre Mutter und sang ihr ein Lied vor, das von den Ardennen erzählte und von einem Picknick unter Eichen und Birken.

Und von ewiger Liebe.

Als Blair den Rand des Asteroidengürtels erreichte, schaltete er auf sein Projektionsdisplay um. Er versuchte, Ruhe zu bewahren, während er den tosenden Orkus des Quasars beobachtete.

Der Computer zeigte ihm eine Reihe von Kursvorschlägen, die angeblich durch das Inferno führen sollten. Doch keiner von ihnen würde funktionieren. Zumindest hatte er das Gefühl, daß sie nicht funktionieren würden.

»Merlin? Überprüf mal meine Koordinaten!«

»Koordinaten sind okay, Boß! Drei Minuten bis zum Sprung.«

»Schalte auf Sprungtriebwerk um ...«

Als er den Schalter berührte, schoß die Maschine schlagartig mit 6 g los. Seine Mundwinkel wurden von der Beschleunigung nach hinten gezogen, das weiche Fleisch auf seinen Wangen zwischen die Zähne gepreßt.

Der Quasar hatte sich in einen gespreizten Tunnel verwandelt, aus dem Tausende von Energietentakel nach dem Rapier schnappten. Das Metall des Jägers ächzte unter der Belastung und übertönte dabei sogar die Warnsignale.

Und dann kam der fürchterliche Moment, in dem er sich wirklich bewußt wurde, daß er ohne jegliche Kontrolle in das Inferno stürzte.

Als die Kilrathischiffe so nahe herangekommen waren, daß man sie mit bloßem Auge sehen konnte, wandte sich Gerald nervös an Taggart. »Kursänderung, Sir?«

»Kurs halten, Mr. Gerald«, befahl Taggart. »Mal sehen, wer hier Nerven hat.«

»Aye-aye, Sir. Kurs wird gehalten.«

»Hunters Flügelmann ist bereits draußen, Sir«, meldete Obutu. »Aber das Verhältnis beträgt zehn zu eins gegen uns.«

Das Triebwerk von Blairs Rapier heulte auf wie ein waidwundes Tier, während er an zahllosen Singularitäten vorbeiraste. Blairs Atem ging stoßweise, sein Puls raste.

»Neunzig Sekunden bis zum Sprungpunkt«, meldete Merlin. »Du bist übrigens vom Kurs abgekommen.«

»Quatsch nicht – die Gravitationswellen bringen deine Sensoren durcheinander.«

»Diagnoseprogramm läuft. Alle Systeme intakt. Christopher, du mußt den Kurs ändern. Ich lade die Koordinaten in den NAVCOM.«

»Negativ. Laß es sein, sonst drehe ich dir den Saft ab!«

»Also ist der lang erwartete Moment gekommenen – du willst dich umbringen!«

»Merlin ...«

Der kleine Mann beschloß nun doch, daß es klüger sei, den Mund zu halten. Blair warf noch einen Blick auf die Anzeigen und schloß dann die Augen.

Mutter, ich weiß, du willst nicht, daß ich herkomme. Aber diesmal muß es sein. Ich hoffe, du verstehst es. Ich hoffe, daß du nicht versuchst, mich aufzuhalten.

»Alarm. Sprungtriebwerk erreicht kritische Geschwindigkeit von 0,5 Licht«, meldete der Bordcomputer. »Vorgang abbrechen?«

»Nicht abbrechen.«

»Kritische Geschwindigkeit überschritten. System wird ausgeloggt. Abbruch nicht mehr möglich.«

KAPITEL 29

Kampfflotte der Kilrathi
***Grist'Ar'Roc*, Kreuzer der Snakeir-Klasse**
Odysseus-Korridor
17. März 2564, 1259 Uhr Zulu-Zeit
Position: eine Minute vom Sprungpunkt Charybdis-Quasar

Der Plan, der auf dem unheiligen Pakt zwischen Admiral Bokoth und dem mittlerweile toten Verräter beruhte, drohte zu scheitern. Trotzdem sah Kapitän Thiraka davon ab, dem Admiral diesen Umstand unter die Nase zu reiben. Als er seinem Vorgesetzten Bericht erstattete, blieb er überaus sachlich. Schließlich wußte er genau, daß der nächste Fehler des Admirals auch sein letzter sein würde. Ke'Soick zuckte es immer noch in den Klauen, Bokoth eigenhändig umzubringen, und Thiraka sah sich nun geneigt, den Shintahr gewähren zu lassen. Thiraka würde das Leben eines guten Freundes für die Erhaltung des Imperiums opfern. Sicher schmerzte ihn der Gedanke, Ke'Soick zu verlieren, der für die Ermordung des Admirals zweifelsohne exekutiert werden würde. Aber Thiraka wußte auch, daß es keinen anderen Weg gab. Er verneigte sich vor Bokoth. »Kalralahr – ein bemannter Abfangjäger der Föderation fliegt mit aktivierten Sprungtriebwerk auf den Quasar zu. Es gibt keine Möglichkeit für uns, ihn aufzuhalten.«

»Ein Abfangjäger?« fragte Bokoth, nachdem er sich langsam auf dem Kontursessel herumgedreht hatte. »Welche Koordinaten verwendet er?«

»Vermutlich die richtigen, Herr.«

Das gesunde Auge des Bokoth glotzte ihn an. »Er soll der Flotte der Föderation unsere Sprungkoordinaten überbringen. Laß ihn verfolgen. Teile allen Schiffen mit, daß sie unseren Kurswechsel zur Kenntnis nehmen sollen, sie sollen aber den ursprünglichen Koordinaten folgen. Kontrolle alle sechzig Sekunden.«

»Wie Ihr es wünscht. Aber ich sollte Euch daran erinnern, daß unser Gegner es offensichtlich beherrscht, Gravitationsquellen und Pulsare zu durchspringen – und nun sogar einen Quasar. Vermutlich setzen sie Pilger ein. Wenn die *Tiger Claw* nicht zerstört wird, wird sie meiner Meinung nach versuchen, hinter unsere Reihen zu springen.«

»Für den Fall werden drei unserer Zerstörer dort auf sie warten. Zufrieden?«

»Dazu bedarf es des Sieges, Kalralahr. Nur mit dem Sieg gebe ich mich zufrieden.« Thiraka nickte noch einmal, bevor er sich entfernte, um dem Steuermann den neuen Kurs mitzuteilen. Anschließend gesellte er sich zu Ke'Soick.

»Nun?« fragte der Commander.

»Ich bin mit seinem Plan einverstanden«, erklärte Thiraka. »Wir warten bis nach dem Sprung. Aber keine Sorge, mein Freund – deine Stunde wird kommen!«

Gerald sprang auf, als er sah, daß der gegnerische Kreuzer hart nach backbord abdrehte. »Mr. Falk?«

»Sie ändern den Kurs, Sir!«

»Warum?«

»Ehrlich gesagt, Sir, ich weiß es nicht!«

»Mr. Gerald«, meinte Taggart. »Bereiten Sie das Herunterfahren der Schirme vor. Steuerbordbatterien feuerbereit machen.«

Erst nachdem er die Energieschirme auf das Herunterfahren vorprogrammiert hatte, fiel Gerald auf, daß etwas an Taggarts Befehl unstimmig war. »Sir, das Raketenleitsystem funktioniert auf so kurze Distanz nicht!«

»Das muß es auch nicht. Sprengköpfe aktivieren!«

Ashley Galaway beeilte sich, die Torpedos durch Eintippen der Codesequenzen scharf zu machen.

Als sie fertig war, setzte sie ein müdes, grimmiges Lächeln auf.

Raznick knallte sein Computerpad auf den Tisch und warf den Interkom an. »Peterson? Warum ist das Flugdeck nicht gesichert? Da fliegt ja überall Werkzeug herum – von Kampfbereitschaft kann man da wohl nicht sprechen!«

»Ich weiß nicht, Sir. Werde mich sofort darum kümmern, Sir! Alle Mechaniker, bewegt gefälligst eure lahmen Ärsche hierher! Pronto!«

Blairs Rapier wurde jetzt so stark durchgerüttelt, als würde er im Sturzflug in die Atmosphäre eines Gasplaneten eintauchen.

»Merlin?« rief er kraftlos. »Geschwindigkeit?«

Der kleine Mann nannte sie ihm und klang dabei nicht weniger mitgenommen als Blair. »Zwanzig Sekunden bis zum Sprung. Schaffst du es?«

»Es gibt nur einen Weg, das herauszufinden.«

Blair dachte daran, wie er beim Anflug auf Scylla die Augen geschlossen hatte und seine Finger instinktiv über die Tastatur gehuscht waren, um eine Symphonie subatomarer Vektoren zu komponieren. Er hatte sich komplett von seinen Gefühlen leiten lassen und war überzeugt davon, daß dies auch hier funktionieren würde. »Computer – schalte auf Stimmerkennung um und bereite die Kurseingabe vor.«

»Bestätigt. System ist bereit.«

Er entspannte sich und nahm tief in seinem Inneren Kontakt mit den Quasar auf, um dessen unsichtbares Labyrinth von magnetischen und gravitativen Feldern zu visualisieren. Schließlich erschien das Bild eines Pfades vor seinem geistigen Auge, ein mit zahllosen Sternen durchsetzter Strudel. »Koordinaten: 1-7-2-9-4 Skalar 3-3-3-8. Vektor: 4-4-2-7-1. Angriffswinkel: 6-3-9-5-6-1 zu 3-2-4-9.«

»Erster Koordinatensatz wurde aufgenommen. Warnung: Abweichung vom vorberechneten Sprungkurs. Möchten Sie die Eingabe korrigieren?«

»Ignoriere die Abweichung. Geschwindigkeit und Kurs beibehalten.«

Die *Tiger Claw* wurde von einer Breitseite des Kilrathi-Kreuzers erschüttert.

Gerald schnallte sich fest und warf einen Blick auf das Display der Torpedostation. »Commodore – vier Rohre sind feuerbereit. Ziel ist jetzt noch auf vierhundertsechzig Meter Distanz.«

Taggart saß am Kommandostand und hatte eine rätselhafte Miene der Gelassenheit aufgesetzt, die Gerald ein wenig an Sansky erinnerte. Doch dann umfaßte er die Armstützen und zog sich nach vorne, als wollte er sich selbst auf den Kreuzer stürzen. »Schirme herunterfahren. Geben Sie ihnen eine Breitseite, Mr. Gerald!«

»Alle Batterien Feuer frei!« brüllte Gerald.

»Aye-aye. Alle Batterien Feuer frei«, kam die Antwort aus der Waffenleitzentrale.

Der Flottenträger war jetzt ungeschützt und wurde

vom Feuer des Kilrathischiffes durchgerüttelt. Aber Gerald versuchte die Erschütterungen zu ignorieren und sich ganz auf seine Torpedos zu konzentrieren. Drei von ihnen durchschlugen die Abwehrschirme des Kreuzers und rissen den größten Teil der Backbordbatterien sowie eines der Flugdecks in Stücke. Der vierte Torpedo schlug in die Brücke ein und verursachte eine Reihe von Folgeexplosionen, die sich über das gesamte Schiff ausbreiteten.

Im nächsten Augenblick schlugen gut ein Dutzend der von der *Tiger Claw* abgefeuerten Raketen in den Rumpf des Kreuzers ein, wo sie Verheerendes anrichteten.

»Commodore«, meldete Mr. Falk. »Zwei von deren Jägern sind durchgebrochen – einer hat es auf den Maschinenraum abgesehen. Wenn er es schafft, verlieren wir unsere Manövrierfähigkeit!«

»Wo sind unsere eigenen Jäger?« wollte Taggart wissen.

Falk verzog das Gesicht. »Die haben alle Hände voll zu tun.«

»Hey, Maniac? Verdammt noch mal, bleib auf meiner Flügelposition!« brüllte Polanski.

Doch Maniac zog stur eine 80-Grad-Kehre durch, um seine Maschine aus dem Getümmel der Jäger herauszubringen und in die Nähe der Hauptschiffe zu gelangen. »Zwei Krants sind zur *Claw* durchgebrochen – zur Abwechslung darfst du dich jetzt mal an meine Flügelposition hängen!«

»Bin sofort bei dir, Kumpel!«

Maniac betrachtete den blauen Blip auf seinem Radarschirm, der Polanskis Maschine darstellte und die nun zu ihm aufschloß. »Übernimm du den, der es auf die Brücke abgesehen hat – ich nehme den anderen!«

»Verdammt, der Bursche ist echt flink!« murmelte Polanski.

»Schnapp ihn dir, mach schon!«

Maniac drückte den Steuerknüppel nach vorn und stürzte auf das Heck des Flottenträgers zu. Der Krant war nun direkt vor ihm, und Maniac sah auf seinem Display, daß die Waffensysteme des gegnerischen Jägers das Ziel bereits erfaßt hatten. Maniac stieß seinen Kriegsschrei aus und feuerte eine Neutronensalve auf den Krant ab, der sich daraufhin in einen gleißenden Trümmerschwarm verwandelte, den Maniac nun unweigerlich durchqueren mußte. »Scheiße, Scheiße, Scheiße!« murmelte er, während er die Beschleunigung zurücknahm, um die Maschine aus dem Flammeninferno herausreißen zu können.

Das erste, was er danach wieder sah, war die *Tiger Claw,* die nun genau längsseits des gegnerischen Kreuzers lag. »Die sollen noch mal behaupten, ich sei verrückt!« knurrte er.

Dann bemerkte er aus dem Augenwinkel einen Blitz an seiner Backbordseite. Es war Polanskis Rapier. »Das sind sechs Abschüsse für heute, Maniac. Da kommst du wohl nicht mehr an mich ran!«

»Ach ja?« Maniac nahm die Beschleunigung weg, so daß der Schwarm von Jägern, der die beiden Rapiers verfolgte, schnell aufholen konnte.

»Hey, mach keinen Mist!« warnte ihn Polanski. »Zumindest nicht ohne mich …«

Mr. Obutu genehmigte sich ausnahmsweise ein Grinsen, als er den Kopf hob. »Commander – der Kreuzer ist nicht mehr manövrierfähig. Lebenserhaltungssysteme sind ausgefallen. Wir haben sie, Sir!«

Die Mannschaft brach in Jubelschreie aus, während

Gerald seinen Sicherheitsgurt löste und sich zu einem der Viewports begab, um das brennende Wrack des Kreuzers zu betrachten.

»Der Zerstörer ist außerhalb unserer Reichweite«, meldete er.

Taggart stand auf und ging auf Gerald zu. »Nicht schlecht für einen Piraten, nicht wahr?« Er grinste ihn an.

»Sir, Sie müssen verstehen, daß die Sicherheit des Schiffes und der Mannschaft für mich im Vordergrund ...«

Taggart hob eine Hand. »Kein Problem, Sie vertrauen eben niemandem. Und wissen Sie was? Ich auch nicht.«

Das Sprungtriebwerk kreischte im höchsten Diskant, und das Rappeln hatte mittlerweile ein Ausmaß erreicht, das es unmöglich machte, sich zu konzentrieren. »Zweiter Koordinatensatz – 4-7-5-5-3-9-9«, brüllte Blair.

»Warnung: Kursabweichung. Wollen Sie den ...«

»Nein, verdammt! Bleib auf den Kurs!«

»Fünf Sekunden«, meldete Merlin, »vier, drei, zwei.«

Der Strudel verschwand vor Blairs Augen.

»Mutter?«

»Warum tust du dir das an, Christopher? Du solltest mich nicht besuchen. Das hier ist nicht dein Universum.«

»Das ist meine Sache!«

»Ist es nicht. Du hast nicht das Recht, hier zu sein.«

»Hier gibt es keine Regeln. Das fühle ich. Ich darf hier machen, was ich will.«

»Dann wirst du untergehen wie die anderen!«

»Du bist gar nicht meine Mutter, nicht wahr?«

»Ich bin alles, was deine Mutter jemals war, ist und sein wird. Ich bin in allen Teilen des Universums zugleich, genau wie du. Aber so sollte es nicht sein.«

»Warum?«

»Ich wünschte mir, du könntest es verstehen. Ich

wünsche es mir mehr als alles andere. Aber ich weiß bereits, welchen Weg du gehen wirst. Und ich kann nichts daran ändern.«

»Moment – das hatten wir schon mal! Das ist doch schon mal so passiert …«

»Nein, ist es nicht. Aber es wird so gesehen.«

»Ich verstehe nicht …«

»Das mußt du auch nicht.«

»Wo willst du hin? Wir müssen reden! Ich muß wissen …«

Ein mächtiges Donnern riß ihn in die Realität zurück. Er merkte, wie sich die Gurte erbarmungslos in seine Schultern schnitten. Sein Kopf wurde brutal nach vorn gerissen, dann wieder nach hinten. Die Sterne waren nur noch langgezogene Fäden aus Licht, die um ihn herumwirbelten. Es roch nach heißem Metall.

Und plötzlich wußte er, daß er sich am Rand des Solsystems befand …

»Wir haben es geschafft«, murmelte er. »Wir haben es geschafft.« Er legte seine Hand auf die Wand des Cockpits. »Ich liebe dich, Baby – du hast es durchgestanden!«

»Im Gegensatz zu mir, glaube ich«, knurrte Merlin.

Blair wählte einen sicheren Funkkanal der Föderation an. »Hier spricht Lieutenant Christopher Blair von der TCS *Tiger Claw*. An alle Schiffe der Föderation. Eine Kampfgruppe der Kilrathi ist im Besitz der Sprungkoordinaten von Charybdis. Sie werden bei 1-6-7 Skalar 8-8-9 ins Solsystems vordringen. Melden Sie sich, wenn Sie meine Nachricht empfangen haben.«

Doch aus dem Empfänger war nur Rauschen zu hören.

»Merlin – sieh mal nach, ob du irgendwelche Signale von der Flotte empfangen kannst!«

»Nichts … warte mal! Hinter uns ist etwas!«

»Hinter uns?«

Aus dem schwarzen Hintergrund des Weltalls tauchte unvermittelt ein gleißendweißer Lichtblitz auf, aus dem ein Netz von Energietentakel hervorstieß. Schließlich sah Blair ein gigantisches Raumschiff, das aus Kupfer zu bestehen schien ...

»Kilrathi!« sagte Merlin düster. »Snakeir-Klasse.«

Blair schlug mit der Faust auf die Steuerkonsole. »Scheiße! Wir kommen zu spät!«

KAPITEL 30

Kampfgruppe der *Concordia*
17. März 2654, 1115 Uhr Zulu-Zeit
gegenwärtige Position: Oort-Wolke
Ziel: Solsystem

Admiral Tolwyn hatte seine Kampfgruppe mit einer Flugleistung von hundertzwanzig Prozent vorangetrieben und bislang fünf Schiffe verloren. Immerhin war der Vorsprung der Kilrathi von zwei Stunden auf nur fünfzehn Minuten zusammengeschrumpft. Sosehr die Ingenieure und ihre Teams auch nörgelten, ihre Leistung übertraf alles, was bislang in der Geschichte der Föderation versucht worden war. Commodore Bellegarde hatte versprochen, daß sie jeden Sprungrekord brechen würden, um Sol binnen zweiundvierzig Stunden zu erreichen. Tolwyn hatte diese Herausforderung angenommen.

Bald würde die *Concordia* den Pluto erreichen und dann zum Neptun weiterfliegen.

»Ist alles in Ordnung, Sir?«

Tolwyn sah Bellegarde nicht an, da er die ständige Sorge um seine Person gründlich satt hatte. »Wollen Sie mir wieder einmal sagen, daß ich dringend Schlaf brauche, Commodore? Wenn es ...«

»Nein, Sir. Unsere Funker haben eine sehr schwache Nachricht von Lieutenant Christopher Blair aufgefangen. Er hat das Solsystem erreicht und überträgt die Sprungkoordinaten der Kilrathi.«

Tolwyn drehte sich abrupt auf dem Sessel herum. »Blair?« Konnte es ein Zufall sein? Wohl kaum. »Ganz wie der Vater!«

»Sollen wir antworten, Sir?«

»Wir haben einen Rapier geortet«, meldete Radaroffizier Abrams. »Er fliegt mit LSM null Komma neun zur Erde.«

»Und?« fragte Tolwyn, der an der Stimme des Radaroffiziers bemerkte, wie nervös dieser war.

»Er wird von etwas verfolgt, das ziemlich groß ist, Admiral. Ich habe die Signatur analysiert – es scheint sich um eine Snakeir zu handeln.«

Bellegarde warf einen Blick zu Tolwyn. »Sollen wir eingreifen, Admiral?«

»Nein«, antwortete Tolwyn und fuhr mit der Hand nachdenklich über seinen Dreitagebart. »Wir warten.«

»Aber gegen eine Snakeir kommt Blair nicht an!«

Tolwyn nickte bedächtig.

»Sir, wenn wir nicht eingreifen, dann wird dieses Schiff die Erde vor uns erreichen. Die Konsequenzen könnten signifikant sein.«

»Das weiß ich verdammt gut, Richard.« Tolwyn sprang auf und befahl entschlossen: »Alle Schiffe bleiben auf ihren Positionen und beobachten die übermittelten Austrittspunkte.«

»Aber ...« Bellegarde ließ den angefangenen Satz in der Luft hängen und dachte einen Moment nach, bis ihm klar wurde, was Tolwyn plante. »Ach so, wenn wir eingreifen, können die Kilrathi diese Position problemlos passieren.«

»Mit einer ordinären Snakeir geben wir uns nicht zufrieden. Wir müssen einen Sieg auf ganzer Linie erzielen – sonst ist dieser Krieg für uns zu Ende.« Tolwyn starrte aus einem der Viewports auf die Sterne. »Für diesen Sieg muß ich leider das Leben unschuldiger Zivilisten aufs Spiel setzen. Und auch das eines sehr tapferen jungen Lieutenants.«

Blair ließ das Diagnoseprogramm noch einmal durchlaufen. Wieder fluchte er, als er sah, in welchen Zustand die Triebwerke waren. Zwar hatte der Rapier den Sprung überstanden, aber nun war nicht mehr als siebenundachtzig Prozent Leistung aus den Maschinen zu holen.

Und der große Blip auf dem Radarschirm kam ständig näher ...

»Blair an Flotte der Föderation«, sagte er hektisch. »Können Sie mich empfangen? Ein Hauptschiff der Kilrathi hat den Quasar durchsprungen und befindet sich jetzt im Solsystems. Hören Sie mich?«

Rauschen, nichts als Rauschen.

»Flotte der Föderation, empfangen Sie mich?« Er wandte sich an Merlin: »Vermutlich sind sie außer Reichweite. Damit haben die Kilrathi gewonnen.«

»Es grenzt schon an ein Wunder, daß wir es so weit geschafft haben«, tröstet ihn Merlin. »Natürlich erhöht dies das Ausmaß der Tragik.«

»Schnauze! Laß dir lieber was einfallen!«

»Ich wußte doch gleich, daß es ein schreckliches Ende nehmen wird! Hatte ich bereits erwähnt, daß wir in gut zehn Minuten in Reichweite ihrer Geschütze sein werden?«

»Zumindest können sie bei dieser Geschwindigkeit keine Torpedos auf uns abfeuern!«

»Ehrlich gesagt, Christopher: das müssen sie nicht!«

Ein rhythmisches Piepsen ertönte. Blair checkte sein Projektionsdisplay. »Da! Wir haben Kontakt – das ist die Flotte! Sie haben unser Signal empfangen.« Er betätigte die Sprechtaste.

»Blair an Flotte der Föderation. Kilrathi-Schiff fliegt jetzt Angriffskurs auf mich. Hören Sie mich?«

Der Alarm wurde deutlich lauter. Blair beobachtete den Blip. »Ist ein ziemlicher Eimer, das Schiff.«

»Das ist kein Schiff«, sagte Merlin düster. »Schau es dir mal genauer an!«

Blair schaltete den optischen Scanner auf den Telemodus um, bis er das Objekt deutlich auf dem Projektionsdisplay sah. Er las die Daten ab …

»O Scheiße!«

»Allerdings«, knurrte Merlin. »Als hätten wir nicht schon genug Probleme.«

Das Objekt, das Blair für ein Kilrathischiff gehalten hatte, war in Wirklichkeit Scylla.

Taggart warf aus einem Viewport einen Blick auf die fast stillstehenden Sterne. Die *Tiger Claw* driftete antriebslos durch das All, da zahllose Reparaturen durchgeführt werden mußten.

»Wissen wir irgend etwas Neues über Lieutenant Blair?« fragte er Obutu.

»Wir sind nicht ganz sicher, Sir, aber wir glauben, daß einer der Rapiers den Sprung geschafft hat.«

»Was ist mit dem Notsignal?«

»Wir haben es während des Gefechts verloren, Sir«, meldete Mr. Falk.

Taggart schüttelte müde den Kopf. »Wir haben schon zu viele gute Piloten verloren. Machen Sie die *Diligent* startklar – ich werde die Kapsel suchen.«

»Aye-aye, Sir!«

Während Taggart die Brücke verließ, stellte er sich vor, wie Deveraux – oder vielleicht auch Blair? – nach Luft schnappend in der Kapsel hockte, die irgendwo da draußen durch das All trieb.

»Christopher? Warum hast du den Kurs nicht geändert?«

Blair schwitzte. Der Alarm war so laut, daß er sich nicht mehr richtig konzentrieren konnte. Mehrmals hatte er ihn abgeschaltet, was ihm aber nur für kurze Zeit Ruhe verschafft hatte, bis der Alarm erneut anschlug. »Merlin, kannst du das verdammte Ding nicht irgendwie abschalten?«

»Kann ich. Aber du solltest wissen, daß du in neunzig Sekunden den Nichtumkehrpunkt von Scylla erreichen wirst. Dann werden wir in Stücke gerissen, genauer gesagt: in mikroskopisch kleine, hochverdichtete Stücke.«

»Ich will Lösungen, Merlin – keine Bergpredigt!« Blair starrte auf die Sterne, die bereits durch den Gravitationssog verzerrt wurden. *Lösungen.* Bei diesen Worten kam ihm ein Gedanke. *Ein Schiff hinter mir, eine Gravitationsquelle vor mir. Mhm.*

»Sag mal, Merlin – wie groß ist die Masse einer Snakeir?«

»Frage Datenbank ab – etwa zweihundert Kilotonnen.«

Blair grinste und legte den Schalter um, der die Nachbrenner aktivierte. Sekundenbruchteile später wurde er in den Sitz gepreßt, als der Jäger wie ein Geschoß auf Scylla zuraste. Überall blinkten nun Meldelampen auf, aber zumindest hatte Merlin es irgendwie geschafft, das akustische Alarmsystem lahmzulegen.

»Was machst du da?« kreischte der kleine Mann. »Die Nachbrenner verfeuern unseren letzten Treibstoff!«

»Ich weiß, aber ich brauche mehr Schub. Siebenundachtzig Prozent reichen nicht.«

»Aber wir fliegen doch direkt auf das Ding zu!« rief Merlin.

Captain Thiraka atmete tief ein und wandte sich dann an den Bokoth, der immer noch auf seinem Sessel hockte wie ein Kriegerdenkmal, das einer Sachbeschädigung zum Opfer gefallen war.

»Kalralahr, die Planetentorpedos sind abschußbereit. Wir erreichen die maximale Zielentfernung in vierzig

Minuten. Niemand reagierte auf die Funksendungen des Rapiers. Sivar ist uns wohlgesinnt – der Sieg wird unser sein!«

Bokoth bleckte seine Zähne. »Ja«, erwiderte er langsam, »so wird es sein!«

Als Thiraka den ungeheuren Schmerz in seinem Rücken bemerkte, drehte er sich erstaunt um. Er hätte am liebsten laut gebrüllt, aber dazu fehlte ihm plötzlich die Kraft.

Hinter ihm stand Commander Ke'Soick, der in seiner Hand einen blutigen Vorshookadolch hielt, die traditionelle Waffe des Attentäters. »Vergib mir, Kal Shintahr.«

»Er ist ein erfahrener Krieger«, bemerkte Bokoth mit einem bösen Grinsen. »Dein Tod wird weder schnell noch schmerzlos sein, Thiraka. Ich wollte, daß du unseren Sieg noch erlebst und anschließend ... nun, Reue empfindest. Wie konntest du es wagen, meine Ermordung zu planen? Glaubst du wirklich, daß sich Ke'Soicks Loyalität so leicht in andere Bahnen lenken läßt?«

»Mein Vater wird euch dafür zur Rechenschaft ziehen«, entgegnete Thiraka. Dann sackte er kraftlos auf die Knie.

»Dein Vater ist mit deiner Ermordung einverstanden. Schon bald wird die Ehre des Kiranka-Clans wiederhergestellt sein.«

Thiraka bemerkte, daß sich von seinen Schultern ausgehend eine Lähmung in seinem Körper ausbreitete. Er versuchte, seine Arme zu bewegen, aber es war zwecklos. Er überlegte, um Hilfe zu rufen – aber wer würde es wagen, sich gegen den Bokoth zu erheben?«

Plötzlich läutete Unterfang Norsh'kal die Tocsin, um die Besatzung auf sich aufmerksam zu machen.

»Was gibt es?« fragte Bokoth entnervt.

»Der Rapier hat sich auf einen Leitstrahl gehängt. Es könnte sich um ein Meldefeuer der Föderation handeln.«

»Oder ein Hauptschiff«, gab Bokoth zu bedenken.

»Genaue Identifikation. Alle Kampfzentralen sollen sich bereithalten.«

Thiraka sah auf Bokoths Schirm, wie sich einen roter Fleck auf das mutmaßliche Meldefeuer zubewegte.

Plötzlich erkannte er, um was es sich bei dem angeblichen Meldefeuer wirklich handelte. Er riß das Maul auf, überlegte es sich aber im letzten Moment anders.

Thiraka lächelte schwach. Der Pilot des Rapiers würde sein Werkzeug der Rache sein.

Deveraux hatte sich geirrt. Ihr Tod würde viel qualvoller sein, als sie es sich vorgestellt hatte.

Sie war eine Närrin.

Sie hatte kaum noch Luft. Sie saß unter einer transparenten Kapsel, die bereits vereist war, so daß sie die Sterne nicht mehr sehen konnte.

Ich habe etwas aus meinem Leben gemacht, redete sie sich ein. *Es war kein schlechtes Leben. Ich habe einigen Menschen geholfen. Ich war nicht allzu selbstsüchtig, glaube ich. Aber ich kann diese Kälte nicht ertragen. Ich bin ein Soldat, aber ich kann es nicht ertragen. Vielleicht bin ich schwach, aber das ist mir egal.*

Sie streckte ihre zitternde Hand aus und betätigte einen Schalter. Eine Meldeleuchte blinkte auf.

»Selbstzerstörungsystem aktiviert. T-Minus dreißig Sekunden bis zur Zündung«, meldete der Bordcomputer. »Widerruf muß bis T-Minus zehn Sekunden erfolgen.«

Deveraux ging plötzlich ein Lied durch den Kopf, ein Lied aus ihrer Kindheit. »...wenn der Mond am Himmel steht und sich um die Erde dreht, wissen wir, es ist jetzt Nacht. Darum paß auf und gib gut acht, wenn der Tod dich heut noch sieht, geht durch deinen Kopf ein Lied, geht durch dein Kopf ein Lied ...«

Blair starrte auf sein Projektionsdisplay. Mindestens sechs Systeme waren überlastet, aber darum konnte er sich jetzt nicht kümmern. Etwa einen Kilometer von ihm entfernt raste auf der Steuerbordseite ein Asteroid auf die Gravitationsquelle zu. Blair betrachtete das Bild der rückwärtigen Videokamera.

»Sie sind immer noch da«, erklärte er Merlin. »Gut.«

»Wenn du meinst ... Die Kilrathi haben dich jetzt in der Zielerfassung. Zehn Sekunden bis zum Nichtumkehrpunkt ... und du hast so gut wie keinen Treibstoff mehr.«

»Gib mir einen Countdown!«

»Vier ... drei ...«

»Heilige Scheiße!«

»... zwei ...«

Blair riß den Steuerknüppel hart nach steuerbord. Die Triebwerke stotterten, bevor sie ihn mit mindestens fünfeinhalb g in den Sitz preßten. »Wir schaffen es nicht!« brüllte er. »Wir haben nicht genügend Treibstoff ...«

»Du hast noch für zehn Sekunden Schub!«

»Das reicht nicht!«

»Dann mußt du ein Loch in der Gravitationsquelle finden – verlaß dich auf deinen Instinkt!«

Der Rapier drohte endgültig in seine Einzelteile zu zerfallen ...

Blair riß den Steuerknüppel zurück, um für einen Moment in den Steigflug zu gehen, und drückte ihn anschließend wieder nach unten.

»Noch fünf Sekunden Schub.«

»Tut mir leid, daß ich dir das antun muß, altes Mädchen ...«, flüsterte er.

»Zwei Sekunden!«

Im nächsten Augenblick verließ er die Gravitationsquelle in einem fast rechtwinkligen Manöver.

»Wir sind raus!« hauchte Blair, ohne wirklich davon überzeugt zu sein.

Thiraka spürte seine Beine nicht mehr. Was er noch an Kraft hatte, brauchte er voll und ganz zum Atmen. Er konnte nicht einmal mehr grinsen, während er zusah, wie Bokoth auf das Manöver des Rapiers hereinfiel.

Unterfang Norsh'kals Stimme durchbrach die Stille, die sich über die Brücke ausgebreitet hatte. »Kalralahr, der Rapier hat eine Kursänderung vorgenommen. Vor uns befindet sich nun das Meldefeuer der Föderation.«

Bokoth nickte gelangweilt, bevor er noch einmal einen Blick auf den Schirm warf. Dann verzog sich sein Gesicht zu Thirakas höchster Befriedigung zu einer Grimasse des Entsetzens.

»Das ist kein Meldefeuer! Hart nach backbord beidrehen! Volle Schubumkehr!«

Blairs Triebwerke heulten noch einmal auf, bevor sie aussetzten. Der Rapier driftete nun antriebslos durch das All.

»Wir haben keinen Treibstoff mehr«, verkündete Merlin. »Und außerdem sind die Batterien nahezu erschöpft.«

Blair ignorierte Merlin, weil er sich gerade für etwas anderes interessierte. Für das Kilrathischiff, das in einiger Entfernung in das Inferno der Gravitationsquelle eintauchte, obwohl die Triebwerke auf volle Schubumkehr geschaltet waren.

»Zu schwer, das Ding!« meinte Blair grinsend. »Sie kommen gegen Scylla nicht an.«

Thiraka schaffte es, seinen Kopf noch einmal zu heben, um durch einen der Viewports der Steuerbordseite zu sehen. Der Anblick Scyllas hatte alle außer ihm in zitternde Feiglinge verwandelt.

Auch Bokoth.

»Vollen Schub auf alle Maschinen!« kreischte der Admiral mit bleichem Gesicht.

Thiraka spürte, wie der Boden unter dem Zug der Gravitationsquelle erzitterte.

Norsh'kal sprang auf, als aus seinem Pult Funken und Stichflammen hervorpeitschten

Bokoth sank auf seinem Sessel zusammen. »Sivar hat uns verlassen ...« Er starrte auf Thiraka runter, der es fertigbrachte, genug Kraft zu mobilisieren, um ihn böse anzugrinsen.

Thiraka sah, wie Ke'Soick und Norsh'kal plötzlich grotesk in die Länge gestreckt wurden. Beide kreischten hysterisch auf ...

Dann wurde es schwarz.

Thiraka wunderte sich, weil er nicht mehr hören konnte. *Bin ich tot?*

Im nächsten Augenblick spürte er ein Ziehen in seinem Körper. Schlagartig wußte er, was ihm bevorstand.

Wir haben die Singularität erreicht, hier vergeht die Zeit unendlich langsam. Und folglich werde ich jetzt unendlich langsam in Stücke gerissen ...

»Zeichne das auf, Merlin«, befahl Blair, während er zusah, wie das feindliche Schiff noch ein letztes Mal versuchte, der Gravitationsquelle zu entkommen. Kurz bevor es dann von Scylla verschluckt wurde, brach die Außenhülle an etlichen Stellen über die gesamte Länge des Schiffes auf.

Von den legendären sechs Köpfen Scyllas konnte Blair nichts sehen. Aber er empfand eine tiefe Ehrfurcht vor der Macht des Monstrums, als alle Trümmer des Schiffes in weniger als zehn Sekunden von ihr aufgesogen wurden.

»Aufzeichnung beenden?« fragte Merlin.

»Ja.«

»Was ist mit dir los – wir haben doch gewonnen?«

»Ich weiß. Aber so ein unvorstellbar grausamer Tod … ich meine …«

»Erfrieren ist auch nicht schön, mein Lieber! Darf ich dich daran erinnern, daß du nur noch für vier Minuten Energie hast?«

»Dann sende gefälligst das Notsignal und außerdem die Koordinaten.«

»Hab' ich schon. Kein Schiff in unserer Nähe.«

»Sieht aus, als ob du deine Tragödie doch noch bekommst …«

»Davon habe ich aber nichts – du weißt doch, dein Vater hat mich so programmiert, daß ich meine Funktion einstelle, sobald du stirbst!«

Blair löste seine Atemmaske, um sich den Schweiß vom Gesicht zu wischen. »Tut mir leid für dich.«

»Typisch Mensch«, maulte Merlin. »Wenn ihr sterbt, werdet ihr plötzlich sentimental und erzählt Dinge, die …«

»Sag mal«, fiel ihm Blair ins Wort, »was soll das?«

»Weißt du, du hast eigentlich keine Ahnung davon, wie ich programmiert wurde. Dein Vater wollte es so, aber da du jetzt sterben wirst, sehe ich keinen Grund, warum ich es dir nicht sagen könnte. Meine Chips bestehen aus Protein, das deinem Vater entnommen wurde. Auf diese Weise würde er sich niemals von dir trennen.«

»Aber das ändert nichts daran, daß er nicht mehr bei mir ist!«

»Richtig, wenn man es physisch betrachtet. Er wußte es lange vorher. Er hat dich geliebt, Christopher, mehr geliebt als jeden anderen Menschen. Und er hat mich gebaut, um dir zu zeigen, wie sehr er dich liebte. Ich hoffe nur, daß ich dieser Aufgabe gerecht geworden bin …«

Blair mußte nun doch grinsen. »Erst wirst du zynisch und jetzt sentimental … Offenbar strengst du dich wenigstens an, deine Aufgabe zu erfüllen!«

KAPITEL 31

Kampfgruppe der *Concordia*
17. März 2654, 1130 Uhr Zulu-Zeit
Position: am Rande des Solsystems

Admiral Tolwyn hielt seinen Atem an, als die *Concordia* den Schub verringerte und das Geschwader die Angriffsformation einnahm.

»Was meinen Sie, Sir?« fragte ihn Bellegarde. »Kommen wir zu früh oder zu spät zu dieser Partie?«

Tolwyn sah ihn nicht an, als er leise sagte: »Wir sind genau rechtzeitig da.« Dann wandte er sich an den Radaroffizier. »Identifizieren Sie das Schiff.«

»Ein Kreuzer der Fralthi-Klasse«, erwiderte Abrams.

Tolwyn nickte. »Alle Batterien Feuer frei!«

Hunderte von Laserstrahlen und Raketen schossen durch den Raum auf den Kreuzer zu. Während Tolwyn das Manöver beobachtete, bemerkte er, wie ein zweites Schiff am Sprungpunkt auftauchte.

Bevor er Abrams dazu auffordern konnte, meldete dieser bereits: »Zerstörer der Ralari-Klasse geortet!«

»Direkt abschießen!« befahl Tolwyn trocken.

Nachdem der gegnerische Kreuzer es immerhin schaffte, dem Überraschungsangriff einige schlecht gezielte Salven entgegenzusetzen, wurde er in Trümmer zerrissen. Dem durch das Trümmerfeld rasenden Zerstörer erging es nicht besser.

»Die kommen wirklich einer nach dem anderen durch«, bemerkte Bellegarde. »Somit haben Sie keine Chance, die anderen zu warnen.«

Tolwyn nickte, sah ihn fragend an. »Wo ist die Snakeir?«

»Sie ist vorhin von unserem Scannern verschwunden.«

»Schicken Sie zwei Rapierteams und eine Schwadron Broadswords los. Wir müssen sie finden.«

»Aye-aye, Sir!«

Das Meldelicht des Lebenserhaltungssystems wurde zunehmend schwächer. Blair schätzte, daß er noch für zwei oder drei Minuten Atemluft hatte. *Vielleicht erfriere ich auch, bevor ich ersticke …*

Unter anderen Umständen hätte er diese Bemerkung vielleicht witzig gefunden. Aber wenn man nur frierend dasitzt und nichts zu tun hat, außer dem Klappern der eigenen Knochen zuzuhören, ändert sich manches.

Er war bereits am Pluto vorbeigeflogen, aber trotzdem noch unendlich weit entfernt von seiner eigentlichen Heimatwelt, die er zu gerne einmal besucht hätte, um die legendäre Schönheit dieses Planeten zu bewundern.

Daraus wird wohl nichts mehr.

»Hey, Merlin! Bist du noch da?«

Das Hologramm erschien auf Blairs Knie. »Hier, Christopher.«

»Wollte dir nur sagen, daß du die ganze Zeit recht hattest.«

»So, hatte ich?«

»Ja, wir sind im Eimer!«

Merlin kreuzte die Arme vor der Brust und starrte ihn mit der Miene eines Feldwebels an. »Sag das nicht. Du bist ein Soldat, also kämpfe. Wir werden es schaffen!«

»Dir hat die Kälte wohl die Chips eingefroren, was? Wieso wirst du plötzlich so optimistisch?«

»Nenn es ruhig Intuition, aber …«

Blair spürte, wie der Rapier einen Ruck nach vorn machte.

»… wobei nicht auszuschließen ist, daß es mir die Scanner geflüstert haben.«

»Was zur Hölle …« Ein grelles Licht fiel in das Cockpit. Blair stellte mit brennenden Augen fest, daß sich direkt neben seinem Jäger ein Broadsword befand, dessen Pilot salutierte.

Blair erwiderte den Gruß und machte sich daran, seinen Teil zu seiner eigenen Rettung beizutragen. Er betätigte eine Reihe von Schaltern, um die Ankopplung an den Bomber einzuleiten.

»Guten Tag«, meinte der Pilot, dessen von der Atemmaske bedecktes Gesicht nun auf Blairs Videoschirm zu sehen war. »Ich bin Lieutenant C. W. McCubbin von der TCS *Concordia.* Wer ist Saranya Carr?«

»Die Hauptdarstellerin von *Luna Jones, Jäger des verlorenen Sprungpunkts.«*

»Treffer. Aber das dürften sogar die Katzen wissen.«

»Komm schon, Kumpel – sehe ich aus wie ein Kilrathi?«

»Nun, Lieutenant – häßlich genug sind Sie momentan jedenfalls!« Der Pilot grinste und fuhr die Triebwerke hoch, um Blair abzuschleppen.

»TCS *Tiger Claw* befindet sich im unteren Parkorbit der Erde«, meldete Abrams.

»Jesus«, meinte Tolwyn nur, als er sah, in welchem Zustand sich die Außenhülle des alten Flottenträgers befand. Fassungslos hatte er den Bericht über Sanskys Verrat zur Kenntnis genommen. Aber er war letztlich nicht überrascht – Sansky war nicht der erste Verräter, der die Uniform der Föderation getragen hatte.

Und bestimmt auch nicht der letzte.

Die Türen des Lifts öffneten sich, und ein junger Mann betrat die Brücke. Er sah ebenso desolat und müde aus wie Tolwyn selbst.

Tolwyn erwiderte den Salut und streckte dann seine Hand aus.

»Ihr Vater wäre stolz auf Sie gewesen!«

»Danke, Sir«, entgegnete Blair. »Es ist eine große Ehre für mich, Sie persönlich kennenzulernen, Sir.« Er stockte für einen Moment und fuhr dann fort: »Sir, ich soll Ihnen etwas zurückgeben.« Er kramte etwas aus der Brusttasche seiner Montur hervor.

Tolwyn nahm den Ring und betrachtete ihn mit großer Rührung, bevor er ihn über seinen Ringfinger gleiten ließ. Er wollte sich nicht anmerken lassen, wie nahe ihm Sanskys Verrat gegangen war, aber Blair bemerkte es doch.

»Er war ein guter Captain«, erklärte Tolwyn schließlich. »Trotz allem.«

»Ja, Sir.« Blair zögerte. »Sir, wurde Lieutenant Commander Deveraux schon geborgen?«

»Paladin hat sich darum gekümmert, aber wir haben noch keine Meldung von ihm.«

Bellegarde, der die ganze Zeit am Observationsstand gesessen hatte, stand nun auf, um sich zum Kommunikationsstand zu begeben. Dort diskutierte er eine Weile mit einem der Offiziere und setzte sich dann eine Sprechgarnitur auf. »Wir hören die Übertragungen der *Tiger Claw* ab. Sie hat Verbindung zur *Diligent* gehalten. Commodore Taggart bittet gerade um Landeerlaubnis.«

Der junge Lieutenant ging eilig auf Bellegarde zu. »Ist sie bei ihm?«

»Lieutenant Commander Deveraux ist an Bord«, bestätigte Bellegarde.

»Ich wußte, daß sie es schafft!« erklärte Blair mit einem zufriedenen Nicken.

»Taggart hat ein Notarztteam aufs Landedeck beordert!«

Blair erstarrte. »Was ist los?«

»Tut mir leid.« Bellegarde legte die Sprechgarnitur beiseite. »Der Rest der Übertragung war unverständlich, weil Sie gerade in den Atmosphärenbereich des Flugdecks eingetreten sind.«

Das Gesicht des Lieutenants zeigte mehr als Sorge um einen Kameraden. Tolwyn verkniff sich ein Lächeln. »Mr. Blair? Ich glaube, Sie befinden sich auf dem falschen Schiff!«

»Sir, könnte ich ein ...«

»Gehen Sie schon mal aufs Flugdeck. Ich werde dafür sorgen, daß eine Maschine bereitsteht.«

Er rannte los, erinnerte sich aber rechtzeitig an seine Pflichten, drehte sich noch einmal zu Tolwyn um und salutierte, bevor er sich ungeduldig durch die sich öffnenden Türen des Lifts zwängte.

»Schau an«, meinte Tolwyn lächelnd, als sich die Türen hinter Blair geschlossen hatten, »die sind eigentlich nicht anders, als wir es früher waren ...«

Bellegarde erlaubte sich ebenfalls zu grinsen, bevor er Tolwyn direkt in die Augen sah. »Sir? Mir steht noch einiges an Resturlaub zu. Wird Zeit, daß ich Schottland besuche. Möchte mich gerne mal da umsehen. Mit ihrer Erlaubnis ...«

»Erlaubnis erteilt, Richard«, sagte Tolwyn überrascht. »Ich glaube, daß Sie dort einiges sehen werden, womit Sie nicht gerechnet haben.«

»Das hoffe ich, Sir.«

Blair schaltete den Interkom des für ihn bereitgestellten Rapiers ab, als Raznick begann, wieder einmal seine üblichen Ermahnungen abzuspulen. Bald darauf schoß seine Maschine durch den Energieschirm. Als die Landekufen über das Flugdeck schlitterten, hatte er die Kanzel bereits geöffnet.

Blair stand auf, um nach der *Diligent* Ausschau zu halten. Bald entdeckte er sie in der Nähe einer Laderampe. Sie war von einer kleinen Menschenmenge umstellt.

Blair sprang auf den Boden und lief auf das Handelsschiff zu.

Taggart, Gerald und Maniac sahen den Sanitätern zu, die versuchten, Deveraux wiederzubeleben. Sie lag auf einer Bahre und zuckte gerade heftig zusammen, als einer der Sanitäter einen Defibrillator über ihr Herz hielt.

Maniac entdeckte Blair und ging auf ihn zu. »Mensch, du hast es wirklich geschafft!«

Blair sah zu Deveraux herüber. »Was ist mit ihr?«

»Sie hat Schwein gehabt, daß ich sie überhaupt gefunden habe«, erklärte Taggart. »Wahrscheinlich hatte sie den Notsender abgeschaltet, damit die Kilrathi sie nicht orten konnten. Sie hatte bereits die Selbstzerstörung aktiviert, als ich sie fand – acht Sekunden später, und das wäre es dann für sie wohl gewesen. Sie wurde ohnmächtig, bevor ich sie rüberholen konnte. Tapferes Mädchen.«

Blair kniete sich neben die Bahre. Er zitterte, als er ihr bleiches Gesicht sah. »Komm schon, Angel! Das schaffst du.« Er nahm ihre kalte, schlaffe Hand in die seine. »Komm schon, Angel!«

Maniac bückte sich, um eine Hand auf die Schulter seines Freundes zu legen, während einer der Sanitäter einen kleinen Sensor an ihrem Hals befestigte und dann einen Handscanner studierte. »Moment, wartet mal – ja, da ist ihr Pulsschlag ja …«

»So ist es gut, Angel«, murmelte Blair und drückte ihre Hand. »Wage es nicht, einfach zu sterben …«

Ihre Lider flatterten kurz, und dann öffnete sie ihre Augen. Sie hustete und drehte ihren Kopf zur Seite, um ihn anzusehen. »Was hast du gesagt?« fragte sie mit einem müden Lächeln.

»Du sollst nicht sterben, sagte ich.«

Sie fuhr sich mit der Zunge über ihre spröden Lippen. »War das ein Vorschlag oder ein Befehl?«

»Eher ein Befehl!« Er kam sich ein bißchen einfältig vor, bis er bemerkte, daß sich ihr Blick schon seit einer Weile nicht mehr von seinem löste. Er beugte sich herunter, um sie zu küssen ...

»Wir müssen sie auf die Krankenstation bringen«, erklärte einer der Sanitäter, während er die Bahre von ihm wegzog. Dann zwinkerte er Blair zu. »Machen Sie sich keine Sorgen – wir bringen sie durch!«

Blair sah zu, wie die Sanitäter die Bahre in den Lift schoben.

»Also, Mr. Blair«, sprach ihn Gerald an, »mir kam zu Ohren, Sie hätten im Alleingang einen Snakeir zur Strecke gebracht, indem Sie ihn in die Gravitationsquelle lockten?«

»Das stimmt, Sir!«

»Nun«, meinte Gerald langsam, »ich kann Sie trotzdem nicht ausstehen.« Er starrte Taggarts Kreuz mit finsterer Miene an. »Andererseits haben Sie es verdient, daß ich Ihnen gegenüber ein gewisses Mindestmaß an Vertrauen zeige. Mit größter Wahrscheinlichkeit werde ich in Kürze das Kommando über die *Tiger Claw* übernehmen. Soweit es die Wing-Commander betrifft, möchte ich mich nur mit den Besten umgeben.«

Taggart warf Blair einen eindringlichen Blick zu. »Wenn ich es richtig verstehe, versucht der Commander gerade, Sie gerade zu befördern, Lieutenant. Er hat wohl gehört, daß hier an Bord ein großer Bedarf an qualifizierten Wing-Commandern besteht. Nehmen Sie den Job an?«

Blair grinste. »Wing-Commander? Ich?«

»Ich könnte Sie gut gebrauchen, Lieutenant«, versuchte es Gerald noch einmal. »Wir haben die Kilrathi aufgehalten und ...«

»… werden es erneut mit ihnen zu tun bekommen«, vollendete Taggart den Satz. »Ist alles nur eine Frage der Zeit.«

»Diesmal sind wir auf sie vorbereitet«, meinte Blair.

»Sehen Sie, er interessiert sich für den Job.« Taggart zwinkerte Gerald zu.

»Ich weiß nicht«, mischte sich Maniac ein, der bis jetzt erstaunlich schweigsam gewesen war. »Vielleicht bin ich ja ein bißchen unsensibel, aber mir kamen sie gar nicht so gefährlich vor, wie man immer erzählt.«

Gerald und Taggart sahen Maniac mit Blicken an, die keinen Zweifel daran ließen, daß sie überzeugt waren, er habe nun auch sein letztes bißchen Verstand verloren. Selbst Blair verzog sorgenvoll die Stirn.

»Hey, das war *absolut* ernst gemeint, Leute«, erklärte Maniac.

Einige der Piloten begannen laut zu grölen, und Polanski packte Maniac am Arm, um ihn wegzuziehen.

Während Gerald vom Deckmaat angesprochen wurde, sah Taggart Blair an und deutete auf den Lift. »Kommen Sie – ich schulde Ihnen einen Drink!«

»Und ich muß Ihnen noch was zurückgeben«, erwiderte Blair, während er das Kreuz von der Kette löste.

Taggart zog seine eigene Kette aus dem Ausschnitt und befestigte das Kreuz daran. »Ich nehme an, daß Sie dem Admiral den Ring zurückgegeben haben?«

»Habe ich. Darf ich Ihnen eine Frage stellen, Sir?

»Wegen Amity, meinen Sie?«

»Woher …«

Taggart lächelte nachdenklich, sagte aber nichts.

»Tut mir leid, wenn ich …«

»Nein, ist schon okay. Lassen Sie uns zusehen, daß wir unsere Drinks bekommen. Ich brauche jedenfalls einen, wenn ich diese Geschichte erzählen soll.«

EPILOG

Planet Mylon III, Downing-Quadrant
Wega-Sektor
nördliches Bergland
Santyana-Farm
18. März 2654, 1900 Ortszeit

In seinen dreiunddreißig Lebensjahren hatte William Santyana wenige Dinge kennengelernt, die ihm mehr Freude bereiteten als die Sonntagnachmittage, die er mit seiner Frau und seiner dreijährigen Tochter verbrachte. Er stand auf der Terrasse seines Landhauses und atmete den wunderbaren Duft der Würstchen und Hamburger ein, die auf dem Grill brutzelten. Er fragte sich, wie viele Väter es auf den Millionen Welten dort draußen geben mochte, die gerade so ziemlich dasselbe machten wie er. Santyana ließ seinen Blick über das grüne Feld wandern, das sich bis zum Horizont erstreckte, der bereits im Zwielicht lag. Irgendwo im violetten Dunst meinte er einige Lichtblitze zu bemerken, vermutlich die Vorzeichen eines Gewitters. Er wollte gerade den Deckel auf den Grill legen, als er aus dem Haus die Stimme seiner Frau hörte.

»Will!«

»Noch eine Minute, Pris! Wir wollen sie doch nicht roh herunterschlingen!«

»Komm bitte rein – sofort!« rief sie mit einem entsetzten Unterton in der Stimme.

Er rannte ins Wohnzimmer, wo sie mit dem Kind auf den Knien auf dem Sofa saß. Das Holo war an, und die lebensgroße Projektion eines Nachrichtensprechers stand mitten auf dem Teppich. Er deutete auf eine computeranimierte Kugel, die von Dutzenden roten Punkten umkreist wurde.

»Wir wurden angegriffen!« erklärte Pris zitternd. »Hör mal …«

»… *das planetare Verteidigungsnetz wurde abgeschaltet. Die Regierung hat bislang keine Erklärung abgegeben. Wie wir erfahren konnten, handelt es sich bei dem Schiff um einen Flottenträger der Föderation, aber sämtliche Kennzeichnungen wurden von der Hülle entfernt. Hunderte Jagdflieger, Bomber und Landefahrzeuge sind bereits auf diesem Planeten gelandet. Wir schalten jetzt zu George Okeeo auf den Blue-Mountain-Raumhafen. George, können Sie mich hören?*

Das Holo schaltete auf die undeutlich wabernde Projektion eines jungen Mannes um, dessen Augen übernächtigt wirkten. Er hockte offensichtlich auf einem Stuhl in einer der Abfertigungshallen des Raumhafens. »Ich höre Sie, Rick. Meine Damen und Herren, gerade ist vor diesem Terminal des größten Raumhafens von Mylon ein Geschwader von Broadswords gelandet. Die Menschen hier sind schockiert – wir hätten dies von seiten der Kilrathi erwartet, aber nicht aus den eigenen Reihen. Bis jetzt gibt es allerdings noch keine Gewißheit darüber, wer für diesen Angriff verantwortlich ist. Die Evakuierung wurde bereits eingeleitet, aber die Bomber sind nur noch wenige Minuten entfernt. Wir haben aus zuverlässiger Quelle erfahren, daß mehr als zwei Dutzend weitere Bomber derzeit die föderierte Abwehrbasis im nördlichen Bergland anfliegen. Moment – ich glaube, daß ich die Bomber hören …«

»George, bringen Sie sich in Sicherheit!« Jetzt war wieder das Bild des Nachrichtensprechers zu sehen. »George? George!« Er warf einen Blick zur Seite. »Was ist das?«

Aus weiter Entfernung wehte das dumpfe Donnern von

Explosionen durch die offenen Fenster des Landhauses. Santyana sah durch das Glas der Terrassentür schwarze Rauchsäulen am westlichen Horizont aufsteigen. Dann bemerkte er ein Summen, das immer lauter wurde, bis es sich in ein orkanartiges Rauschen verwandelte. Heftige Windstöße fegten durch das Haus. Pris und Lacey schrien, während er mit tränenden Augen zur Tür lief.

Ein langgezogener Schatten fiel auf die Terrasse. Er sah nach oben und entdeckte einen bedrohlich wirkenden Truppentransporter, der nicht mehr als drei Meter über dem Haus entlangzog. Die pfeilförmige Maschine zündete die Bremstriebwerke, drehte sich um die eigene Achse und wirbelte bei der Landung Staub und Grasplacken auf.

Er rannte ins Haus zurück, wobei ihm der irrwitzige Plan durch den Kopf ging, mit seiner Familie in ihrem Privathover zu fliehen. »Pris! Los, wir müssen abhauen! Mach schon! Mach schon!«

»O Gott!« rief sie, während er an ihr vorbeilief. »Was ist passiert?«

»Daddy?« fragte Lacey. »Daddy?«

Er hatte die Küche erreicht, als er von draußen eine Lautsprecherdurchsage hörte.

»Mr. William Santyana – kommen Sie bitte aus dem Haus.«

»Will?« rief seine Frau. »Die kennen dich ...«

Er lief ins Wohnzimmer zurück. Vor den Fenstern sah er dunkelgekleidete Gestalten. Er streichelte seiner Frau die Wange, küßte seine Tochter und murmelte: »Bleibt hier.«

Als er die Terrasse betrat, wurde er von zwei Offizieren der Föderation erwartet, die von einem halben Dutzend schwerbewaffneter Soldaten umgeben waren. Einer der Offiziere war eine Frau in Williams Alter. Die musterte ihn mit ihren moosgrünen Augen. »Mr. Santyana?«

»Was wollen Sie von mir, verdammt?«

Ihr schulterlanges Haar wurde von einem Windstoß erfaßt. »Sind Ihre Frau und Ihre Tochter im Haus?«

»Was wollen Sie von mir?«

Die Frau nickte den Soldaten zu, die daraufhin in das Haus eindrangen.

»Pris! Verschwinde sofort!«

»Nein, William«, sagte die Frau zu ihm. »Wir sind hier, um Sie mitzunehmen.«

»Gehören Sie zur Abwehrbasis – aber nein, dann würden Sie ja nicht wissen, wer ich bin …«

»Will!«

Pris wurde von zwei Soldaten auf die Terrasse geführt. Sie trug Lacey auf dem Arm.

»Sie kommen von dem Flottenträger, nicht wahr? Warum greifen Sie uns an?«

»Nicht *Sie*, William. Und auch nicht Ihre Familie. Wir töten nur die Menschen, die hier leben.«

»Menschen? Und wofür halten Sie sich?«

Sie griff unter ihre Uniform und zog ein Pilgerkreuz hervor. »Sie wissen, was das ist?«

Natürlich wußte er das. Seine Eltern hatten so ein Kreuz getragen, und sie waren für die Ideale gestorben, die das Kreuz repräsentierte. »Ihr … ihr verdammten Fanatiker – was habt ihr gemacht?«

»Das ist erst der Anfang, William. Wir nehmen uns die Sterne zurück. Und Sie werden uns dabei helfen.«

»Demnach habe ich keine Wahl?«

»Sie können Ihre Abstammung nicht verleugnen!«

Jetzt sprach ihn der andere Offizier an, ein älterer Mann mit verträumten, nußbraunen Augen, in dessen Stimme William den charakteristischen Singsang der Randwelten bemerkte. »William. Sie sind ein guter Mann, ein wunderbarer Vater. Amity hat mich gebeten, mitzukommen, da ich Seite an Seite mit Ihren Eltern gekämpft habe. Wir bringen jetzt alles in Ordnung. Wir erobern unsere Heimat zurück!«

»Heimat? Das hier ist meine Heimat!«

»Lassen Sie uns in Ruhe!« rief Pris. »Wir wollen mit euch Pilgern nichts zu tun haben!«

Amity verzog den Mund und nickte. »Verstehe. Aber in wenigen Stunden wird es auf diesem Planeten nichts geben, was noch lebt. Vielleicht sollten Sie unter diesen Voraussetzungen doch mit uns kommen – zumindest vorübergehend.«

Santyana sah seine Frau an. Sie suchte nach einer Antwort, aber die Angst verschloß ihr den Mund. Er sah Amity an und seufzte. »Wir kommen. Aber ihr werdet es nicht schaffen, euch die Sterne zurückzuholen.«

Sie grinste ihn müde an. »Wir haben fast zwanzig Jahre auf diesen Augenblick gewartet, William. Wir haben einen Krieg verloren. Wir werden nicht noch einen verlieren.«

ENDE

Über den Autor:

Peter Telep hat an der University of Central Florida studiert und arbeitet dort nun als Dozent im Fachbereich Anglistik. Er ist Träger des begehrten John-Steinbeck-Preises für Belletristik und hat eine Reihe von SF- und Fantasy-Romanen verfaßt. Zu seinen bekanntesten Titeln gehören das auf dem gleichnamigen Computerspiel basierende Buch *Descent* und die Bücher zur TV-Serie *Space 2069.* Er ist auch im Internet aktiv und unter der e-mail-Adresse PTelep@aol.com zu erreichen. Auf seiner Homepage www.ptelep.com finden Sie weitere Informationen zu seinen Büchern.

Danksagung

An erster Stelle möchte ich meine Lektoren John Douglas und Caitlin Blasdell erwähnen, die dafür sorgten, daß ich dieses Buch schreiben durfte. Meine Frau und meine Tochter haben mir die Arbeit versüßt, wofür beiden mein besonderer Dank gilt.

Mein Agent und langjähriger Freund Robert Drake hat wie üblich professionelle Arbeit geleistet und dadurch alles Mögliche, aber auch Unmögliches zu diesem Werk beigetragen. Sehr kooperativ war das Team von Digital Anvil – Chris Roberts, Maddie Fox, Ashley Galaway, Katie Marye.

Chris McCubbin und David Ladyman sei für die Beratung und konstruktive Kritik gedankt. Chris las das Manuskript noch am selben Tag, an dem ich es ihm per e-mail schickte. Er ist ein großartiger Autor und netter Kollege.

Mr. Ben Leswick, einer der größten Wing-Commander-Fans, hat mich bei der Recherche unterstützt und mir unter anderem auch eine komplette Liste aller Raumschiffe des Wing-Commander-Universums überlassen. Ich glaube, daß es eine gute Idee war, einen Fan um Hilfe zu bitten, aber ich war erstaunt, wie freundlich und ehrgeizig Ben dieser Aufgabe nachkam. Ich habe ihn über Mr. Dan Finkelstein kennengelernt, der eine wirklich großartige Website zu den Wing-Commander-Filmen unterhält: http://users.nac.net/splat/wc

Meine Nachbarn Glen und Diane Martin besorgten mir Informationen über die frühen Wing-Commander-Spiele und überließen mir das Strategiebuch zu WCIII. Ja, es gibt wirklich großartige Nachbarn.

Zu guter Letzt möchte ich allen Autoren danken, die für Wing-Commander geschrieben haben. Ihre Leistungen haben dafür gesorgt, daß die Hintergrundgeschichte der Reihe so komplex und interessant ist, daß es Spaß machte, sie fortzusetzen.

Die Menschheit ist dabei, die Sterne zu besiedeln. Das Universum scheint ein behaglicher Ort – bis plötzlich ein unbekanntes Objekt von der Größe eines Mondes auftaucht. Handelt es sich um ein Raumschiff? Eine neue Lebensform? Um den Versuch einer Kontaktaufnahme oder um einen Angriff? Die durch einen Unfall zu einer halben Androidin gewordene Mary Nussem erhält den Auftrag, das Rätsel zu lösen ... und gerät in ein Abenteuer, das ihre Welt auf den Kopf stellt.

ISBN 3-404-23216-X